이혼의 항로에서

이현의 연애

심윤경 장편소설

문학동네

차례

나는 이진입니다

나는 이진. 영혼을 기록하는 여자입니다. 나와 결혼하려고 마음먹은 당신에게, 이런 식의 소개는 몹시 당황스럽겠지요? 나도 다른 사람들처럼 보편적이고 일상적인 방식으로, 고향은 어디고 무슨 학교를 나왔으며 어떤 취미를 가졌는지 소개할 수 있으면 정말로 좋겠지만, 불행히도 나는 그럴 수 없는 운명이랍니다. 당신을 곤란하게 만들어서 미안해요. 하지만 어쩔 수가 없네요. 나는 영혼을 기록하는 여자, 이진입니다.

기록이란 중요한 거예요. 원초적으로 그래요. 기록이 남지 않은 것은 어쩌면 존재하지 않았던 것이라고 볼 수 있지요. 아니라고요? 실존이란 엄연하고도 무거운 거라서, 지켜보는 눈길이나 기록하는 손가락 따위의 존재 여부로 달라지지 않는다고요? 당신은 그렇게 생각하나요. 나하고는 생각이 다르군요.

존재했던 엄연하고 무거운 현실도, 기록되지 않으면 사라져버립니다. 그 반대로, 존재하지 않았던 일도 일단 기록되어버리면 존재했던 것으로 착각되어요. 세월이 흘러 증언자들이 모두 늙어 죽어버리면 더욱 그렇죠. 기록은 기억의 확장이니까요. 우리는 기억을 믿듯이 기록을 믿어요. 결국 기록은 존재를 대신해요. 존재는, 기록이 남아 있는 그 범위까지만 유효성을 가지죠. 그렇기 때문에 영리한 사람이라면 스스로 어떤 존재인지를 생각하기보다는 자신이 어떻게 기록되고 있는지, 그 기록이 어떻게 유지될 것인지에 신경 써야 할 것입니다.

나는 영혼을 기록하는 사람입니다. 하지만 영혼이라는 말에서 음산한 무덤과 시신, 원한과 복수를 연상하지는 마세요. 내가 기록하는 영혼들은 생령(生靈)들이에요. 자신의 남은 삶이 영원하리라 믿으며 오늘을 불태우고 있는, 당신과 똑같이 살아 있는 사람들의 이야기란 말이지요. 때로 사령(死靈)이나 외국인, 매우 특수한 사람의 영혼을 기록할 때도 있기는 하지만, 그런 일들은 부수적인 경우에 속해요. 나의 기록은 대부분, 오늘을 살아가는 평범한 사람들의 이야기입니다.

영혼의 기록이란, 그들이 들려주는 이야기를 받아적기만 하는 것은 아니에요. 그들이 언제나 진실을 말한다고 볼 수는 없으니까요. 그들의 언어가 언제나 나의 것과 일치하는 것도 아니거든요. 그러므로 나의 기록은 언어적인 소통에 크게 의존하지 않아요. 그보다는, 나 자신이 그 영혼이 되어버리죠. 나는 옷을 입듯이 그의 육신을 입어요. 그리고 그가 살았던 시대, 그가 살아온 인생 속으로 들어가요. 그가 행동하는 동선을 따르며 그가 겪는 일들을 함께 경험해요. 그리고 나의 일을 기록하듯이 그 영혼의 삶을 기록하지요. 나는 그들이 말하는 그들의 진실을 기록하는 것이 아니라 절대적인 진실, 절대적인 감정, 절대적인 사건들을 기록해요.

기억할 수 없이 어릴 때부터 영혼들을 보기 시작했고, 다섯 살 때부터 정신병원에 들락거렸어요. 나는 너무 어렸고, 나에게 정해진 운명이 어떤 것인지 조금도 이해하지 못했어요. 물론 자상하게 설명하고 안심시켜주는 사람도 아무도 없었구요. 우습게도, 그들을 불러들인 것이 바로 나 자신인 것조차 알지 못했어요. 남들은 보지 못하는 존재들을 왜나 혼자서만 보는지, 왜 나는 나 자신이기도 했다가 다른 사람의 영혼을 입기도 하는지, 아무것도 이해하지 못했지요. 하지만 문자를 습득하기 이전부터 나는 본능적으로 어설프게 뭔가를 끼적거리기 시작했어요. 아기오리가 물을 보면 무턱대고 헤엄을 치기 시작하는 것과 마찬가지겠죠.

영혼을 기록하는 나의 별난 습성은 사람들에게 대개 환영받지 못해요. 어머니가 일찍 돌아가신 뒤, 아버지는 나를 외딴 집에 격리했어요. 네 살 무렵부터 스물다섯 살 때까지, 나는 혼자 그 집에 머물렀지요. 정확하게 어디인지는 몰라요. 마을에서 뚝 떨어진 양지바른 산자락에 자리잡은 큰 집이었어요. 대문이 있고 잔디밭이 아주 넓었어요. 이층집이었고 다락방이 있었을 거예요. 그러다가 내가 열두어 살 되던 무렵에 낡은 일본식 건물을 헐어버리고 새집을 지었어요. 식구가 많은 것도 아니니까 더 작고 아늑하게 고쳤는데, 훨씬 밝고 좋아졌어요. 난방도 훌륭해서 겨울에도 춥지 않았죠. 여름엔 워낙 덥지 않은 집이었어요. 숲 그늘에서 서늘한 바람이 늘 불었으니까요.

아주 혼자 있었던 것은 아니에요. 식사와 청소 같은 집안일을 돌보아주는 아주머니가 한 분 계셨어요. 그분에 대한 기억은 별로 없어요. 그림자 같은 분이었다고 할까. 그분은 나를 두려워하셨던 것 같아요. 귀신 들린 여자아이와 외딴 집에 둘이 산다는 것이 기분 좋은 일은 아니었겠죠. 가끔씩 장을 보러 나갈 때면 기뻐하셨고, 주말이면 교회에 나가셨어요. 그분이 집에 있거나 없거나 별로 영향을 받지는 않았어요. 나에게 중요한 건 기록하는 일뿐이니까요.

　외로울 때면 가끔 어머니를 생각했어요. 당신이 생각하는 것처럼 어머니를 향해 애틋한 그리움을 느끼는 것은 아니에요. 나는 어머니의 얼굴조차 본 일이 없으니까요. 그분의 뱃속에서 잉태되었던 인연을 제외하면 남이나 다름없어요. 어찌 된 일인지 아버지는 어머니를 지독하게 미워했고, 그 미움을 나에게 해소하는 경향마저 있었으니 어머니를 향한 내 마음도 썩 유쾌한 것은 아니었죠. 어머니와 한 번이라도 이야기할 수 있다면, 묻고 싶었어요. 어머니도 영혼을 기록하는 사람이었는지. 그분도 나와 같은 고독과 적막을 경험하셨는지.

　나에게 기록이란, 그냥 종이와 글씨가 아니에요. 한 인간의 삶 속으로 녹아들어가 그의 감정과 상황과 사건들을 나의 것들로 경험한다는 것은 쉬운 일이 아니죠. 미쳐 날뛰는 말 잔등에 얹힌 것처럼, 떨어져 밟혀 죽지 않도록 안간힘을 써야 해요. 이미 정신병원을 아침저녁으로 드나들며 살고 있지만, 스스로 '이러다간 정말로 미쳐버리겠다' 라든지 '미쳐버리지 않으려면 정신을 똑바로 차려야 해' 라고 마음의 고삐를 바짝 죄어잡곤 해요. 먹지도 잠자지도 못하면서 타인의 인생을 내 몸속에 가득 채워 손끝으로 다시 쏟아내는 일 주일, 보름, 또는 한 달의 세월. 알겠어요? 나에게 이야기의 단위란 그런 식으로 체감되어요. 그런 이야기가 한 개에서 시작해서 열 개, 백 개, 천 개. 그 일을 하다가 광란 또는 고사(枯死) 지경에 이르기까지 했지만, 아직도 내 앞에는 끝 나지 않은 인생이 남아 있으니 앞으로 몇 개나 더 기록해야 할지도 잘 모르겠군요.

영혼을 보고 그들을 기록하는 나의 작업에 대해 처음부터 지금까지 끊이지 않고 여러 가지 오해와 혼선이 있긴 했지만, 아무튼 모든 것들 이 조금씩 다 나아졌어요. 처음에 나는 혼자서 다른 세상을 보고 흰 종 이만 보면 닥치는 대로 외계의 문자를 끼적거리는, 정말 심하게 미친 아이였지요. 이제 나는 하루에 열한 시간 정도만 일해요. 다른 시간엔 다른 사람들처럼 샤워를 하고 휴식을 취하지요. 정말 심하게 미친 것 같았던 내 겉모양도 조금씩 나아져서, 결국 아버지는 나의 연금상태를 해제하신 거였구요. 물론 정신과 치료를 계속 받기는 했지만 그건 본질 적인 문제가 아니니까 아무 상관 없어요. 정기적으로 미용실에 가서 머 리를 다듬는 거나 비슷한 거죠. 나는 다른 사람들과 별로 다르지 않아 요. 그냥 영혼을 보고, 그들의 일을 기록할 뿐이죠. 세상엔 쇠를 먹는 사람도 있고 동물의 말을 기록하는 사람도 있으니까 그런 정도의 별스 런 취미라고 생각하면 될 거예요.

세상에는 나 말고도 영혼을 기록하는 사람들이 또 있을지도 몰라요. 이 세상에 사람이 이렇게나 많으니, 나 한 사람뿐이라고 누가 장담할 수 있겠어요. 영혼의 기록자들이 여러 사람 더 있을지도 모르지요. 몇 명이나 더 있을지 모르겠지만, 나는 내가 누구보다도 훌륭한 영혼의 기 록자라고 자부해요. 나는 기록을 아주 잘하는 사람이 되었거든요. 당신 은 현실 속의 내 모습만 보았으니 내가 하는 말이 우습게 들리겠지요.

당신이 보는 내 모습은 언제나 어설프고 우왕좌왕하고 세상의 흐름을 알지 못하고, 실생활에 조금도 도움이 되지 않는 딴 세상의 일만을 생각하는 사람이니까요.

하지만 영혼을 기록하는 나는 당신이 아는 사람과 전혀 다르답니다. 영혼을 기록하는 이진은 우스꽝스럽지도 않고 갈팡질팡하지도 않아요. 영혼을 기록하는 일에 대해서는 그 누구보다도 경험이 풍부하고 탁월한 사람이지요. 현실 세상에서 그 어떤 대단한 일을 하는 사람이라도 내 앞에서는 아무것도 속이지 못하고 아무것도 숨기지 못해요. 나는 눈빛으로 그들을 제압하고 파악하고 위로하지요. 군더더기 말 따위는 아무것도 필요하지 않아요. 오로지 눈빛으로, 눈빛만으로 그들의 심장과 대뇌를 꿰뚫어버리지요. 사각사각 움직이는 나의 연필 앞에서 그들은 조용히 수모를 감내할 뿐이에요. 순종하건 순종하지 않건, 기록되는 것은 다르지 않아요. 영혼의 기록자 이진, 그게 바로 나랍니다.

영혼들에게 앞일을 가르쳐달라고 해보았냐구요? 왜 그런 걸 물어봐요? 지금 나를 놀리는 거지요? 물론 영혼과 대화할 수 있는 나의 능력이 그런 식의 예지작용을 할 수 있다면 그걸로 돈을 벌 수 있을지도 모르죠. 생각해보니 그건 아주 좋은 거래가 되겠군요. 그들은 나에게 앞일을 가르쳐주고, 나는 그들의 옛일을 기록하고. 그걸로 내가 돈을 벌 수 있다면 이렇게 몸을 팔듯이 당신과 결혼해서 위자료를 받을 날만을 기다리며 살 필요도 없겠지요. 하지만 이야기했듯이 나에게 찾아오는 건 우리와 동시대를 살고 있는 생령들이에요. 그들에게 앞일을 물어보는 건 옆집 아저씨에게 앞일을 물어보는 것과 다르지 않아요. 물론 아주 오래 전에 죽은 영혼이 찾아오는 일도 종종 있어요. 그런 영혼이라면 금방 알 수 있지요. 그들은 말투나 사고방식이 전혀 다르니까요. 하지만 그들은 증권이나 부동산이 무슨 뜻인지도 모른다구요. 그런 사람들을 놓고 앞으로 어떻게 되겠느냐고 물어보는 게 말이 되겠어요? 자신 있게 말하건대, 그들보다는 차라리 내가 똑똑해요. 이십일 년 동안 세상에서 격리되어 살았지만 적어도 나는 TV는 볼 수 있었거든요. 그들에게 앞일을 알려달라고 하느니 차라리 나한테 내일 어떤 종목이 상한가에 도달할지 물어보세요.

이제 나에 대해서 궁금증이 조금 풀리셨나요? 나 같은 사람이 존재하리라고는 꿈에도 생각지 못했겠지요. 어쨌거나 나는 존재하고, 곧 당신의 아내가 될 거예요. 나처럼 별난 사람과 결혼하겠다고 마음먹은 당신은 무척 용감한 사람임이 분명해요. 사랑에 대해서는 잘 모르겠지만, 나는 당신이 무척 좋은 사람이라고 생각해요. 대부분 사람들은 자신과 유난히 다른 존재를 멀리하고 싶어하니까요. 나의 겉모습만 보고 연애감정을 느낀 사람들도 여럿 있었지만 이런 이야기들을 듣고 나면 모두들 외면했거든요. 그들과는 달리 나를 믿고 결혼하기로 결심한 당신에게 무척 감사드려요.

나의 겉모습을 사랑한 것처럼 나의 일도 존중해주세요. 나는 평범한 노트에 연필로 기록해요. 서재에 자물쇠를 잠그지도 않고, 기록한 노트는 책꽂이에 가지런히 꽂아놓죠. 당신을 시험하려는 것이 아니에요. 감추고자 하는 노력이 부질없음을 알기 때문이에요. 어차피 현실 속에서 나는 무력하기 짝이 없을 뿐이고, 모든 자원과 권력을 쥐고 있는 당신이 그러기로 마음을 먹는다면 내가 아무리 감추려고 안간힘을 써도 당신의 의지를 거스를 수 없을 테니까요. 나의 기록이 온전히 보호받는 것은 처음부터 끝까지 당신의 뜻에 달려 있어요. 아내의 일기를 훔쳐읽는 남편처럼 나의 노트를 들추어보지 마세요. 거기에 나 개인에 대한 이야기는 아무것도 없어요. 우리가 알지 못하는 낯선 사람들의 이야기일 뿐이니까요. 그들의 프라이버시를 존중하는 마음으로 나의 노트를 존중해주세요. 당신의 성실을 믿고, 마음을 다해 부탁드립니다.

이제 당신이 결혼하기로 마음먹은 상대에 대해서 충분히 설명이 되었다고 믿어요. 나의 인생은 몹시 단순하기 때문에 그리 길게 설명할 말이 없어요. 당신이 영혼을 기록하는 여자와 결혼하기로 결심한 것을 고맙게 생각하며, 당신의 결혼생활이 좀더 즐겁고 안락한 것이 되도록 나 역시 최선을 다하겠습니다. 비행기 승무원의 인사말과 비슷한가요? 그 누구의 결혼생활도 곁눈질할 기회가 없었으니 몹시 서툴기는 하겠지만, 당신이 인내심을 가지고 이해해주세요. 나는 원래 모든 것에 서툰 사람이니까요. 내가 영혼을 기록하는 일 말고 다른 일, 그러니까 결혼 같은 것에 도전해보겠다고 마음먹은 것만으로도 대단한 일이랍니다. 당신의 선한 눈빛을 믿고, 나는 당신과 결혼하겠습니다. 당신이 약속한 일들이 성실하게 이행되기를 바라요. 당신이 약속을 지키지 않더라도 현실 속에서 나는 저항할 길이 없긴 하군요. 이렇게 무력하고 대책 없는 나 자신이 싫긴 하지만, 어쩔 수가 없어요. 나의 이름과 나의 운명을 바꿀 길은 없으니까요. 이제 곧 당신의 아내가 될, 나의 이름은 이진, 영혼을 기록하는 여자입니다.

이현, 이진을 만나다

    세상에는 두 종류의 사랑이 있다. 하나는 잠시 불타올랐다가 곧 이전의 광채를 잃어버리는, 금세 지루한 일상의 범주로 편입되는 평범한 사랑이다. 또 하나는, 전자에 대한 대칭적 개념으로 정의하자면 비범한 사랑이라고 해야 할 테지만, 그보다는 신비로운 사랑이라고 해야 좀더 그 자체의 성질에 가까울 것이다. 후자 쪽의 사랑은 좀더 희귀하고 벼락같다. 전자 쪽의 사랑만 경험하고서도 신비롭고 벼락같은 경험이었노라고 고백하는 사람들이 세상의 대부분을 차지하지만, 후자 쪽의 사랑을 만나면 금세 깨달을 수 있다. 이 세상에 존재하는 흔해빠진 다른 사랑들과는 비교할 수 없는, 절대, 순수, 운명, 복종, 이런 복고적 단어들이 섬광같이 정수리를 내리치는 그런 감각은 일반적인 사랑에서 느낄 수 있는 것이 아니니까 말이다.

평범한 사랑을 하는 사람들은 그 사랑을 신비로운 것으로 과장하고 비약시키기 위해 안달한다. 이와 마찬가지로, 신비로운 사랑을 만난 사람들은 그것을 평범한 것으로 변질시키기 위해 온 몸과 마음을 다 바쳐 몸부림친다. 양쪽 모두 똑같이, 뜻을 이루지 못한다. 평범한 사랑과 신비로운 사랑은 눈으로 보이는 겉모습이 비슷할지언정 그 태생부터 전혀 다른 성질의 것이다. 덧칠하여 바꿀 수 있는 것은 아무것도 없다. 사람들은 이것을 뻔히 알면서도, 오로지 간절한 마음 하나 때문에 덧없는 몸부림을 그치지 않는다. 그게 사랑의 양쪽 유형에 유일하게 공통되는 보편적 성질이다.

이전까지 그가 경험했던 모든 것들의 색채를 일시에 잿빛으로 덮어버리는 신비롭고 운명적인 무언가가 닥쳤다는 사실을 본능적으로 직관했을 때, 이현(李現)이 처음 한 행동은 평소보다 좀더 일찍 퇴근한 것이었다. 그리고 평일에는 거의 찾지 않는, 어린 시절 살았던 부모님의 집으로 찾아갔다. 아버지가 작고하신 뒤 혼자 지내시던 어머니는 갑작스럽게 찾아온 이현을 보고 깜짝 놀랐다. 하지만 이현이 별다른 인사치레도 없이 다락방에 파묻히자 그럴 줄 알았다는 듯이 쓸쓸한 표정을 지었다.

이현은 약 두 시간 동안 다락방 속에서 낡은 물건들을 낱낱이 휘저으며 베개 한 뭉치 분량의 먼지를 들이마시고도 목적을 달성하지 못했다. 무시무시한 광채와 폭력성을 과시하며 날아온 혜성과 충돌해 우주의 먼지로 부서져보고자 하는 오랜 소망이 무산되는 것이 아닌가, 차가운 좌절이 등골을 타고 흘러내렸다. 그러나 이현은 이미 자정을 넘긴 시각을 무시하고 다시 서재를 뒤지기 시작했다.

콧구멍과 기관지를 틀어막아버린 묵은 먼지 때문에 추접스럽게 기침을 하고 콧물을 흘려대는 중년 남자의 꼴이 가끔씩 뇌리를 스쳐서 괴롭긴 했지만, 다락방에 이어 서재를 차근차근 뒤지기 시작한 팔과 다리는 이미 사십대 남자의 것이 아니었다. 그의 기억이 분명하다면, 그의 나이는 아마도 여섯 살에 불과할 것이었다. 소년이라고 부르기조차 우스운 여섯 살 꼬마들의 욕망이란 그런 것이었다. 무엇으로도 막을 길 없고, 자기 꼴이 어떤지 돌이켜볼 줄도 모르고, 흥이 나면 하룻밤쯤 꼴딱 새우는 것쯤은 육체적으로 조금도 피로하지 않은 막무가내의 욕망. 서재를 뒤져서 나오지 않는다면 내일 하루 연차휴가를 내고 마당 한구석에 있는 창고까지 뒤지리라 마음먹으면서—창고는 그가 지금 살고 있는 집과 맞먹는 크기였다—두 겹 슬라이딩 책장의 세번째 섹션까지 뒤진 끝에 그는 드디어 목적을 달성했다. 새벽 세시에 약간 못 미친 시각이었다.

그가 찾던 사진은 그의 생각과는 달리 사진첩에 있지 않았다. 아마도 여섯 살 꼬마가 그만이 알 수 있는 특별한 장소, 신비로운 사랑에 걸맞은 어느 위대한 책의 한 갈피에 특별히 보관한 모양이었다. 숭고한 목적에 걸맞은 장엄한 이름을 가진 것으로 선택된 책은 단테의 『신곡』, 천당편의 어디쯤에 사진은 꽂혀 있었다.

그것은 아주 오래된, 낡은 컬러사진 한 장이었다. 관광지에 단체여행을 온 일행들이 네모반듯하게 모여 서서 찍은 기념사진같이 보이기도 한다. 자세히 보면 사람들 속에 신랑과 신부가 있다. 그렇다면 그 사진은 결혼사진이다. 촬영 장소는 아마 성당인 듯한 석조건물의 야외계단이다. 신랑은 다소 키가 작고 나이가 많다. 면사포를 쓴 신부는 어딘지 방심한 듯하기도 하고 자신의 결혼식이 아닌 것처럼 무심해 보이기도 한다.

때로는 사진보다 기억이 더 세밀하고 집요하다. 사진을 보면서 그는 그런 사실을 실감한다. 그날 그가 보았던 신부의 짙은 속눈썹이나 긴 눈시울은 사진에 명료하게 남아 있지 않았다. 살구즙을 한 방울 떨어뜨린 우유처럼 향긋하고 부드럽던 피부의 느낌도 뚜렷하지 않다. 사진 속에 남아 있는 것은 무료한 표정으로 부케를 들고 있는 아름다운 여인의 개략적인 윤곽뿐이다.

신부의 드레스 자락에 반쯤 휘감겨 있는 여섯 살 꼬마의 표정도 분명치 않다. 그 소년의 가슴속에 휘몰아치고 있는 선망과 좌절의 폭풍은 사진 속에서 조금도 읽어낼 수 없었다. 흰 드레스의 그녀를 처음 보는 순간 그는 숨이 가빴고 어지러웠다. 사람들은 그의 등을 떠밀며 "축하합니다"라고 말하라고 했다. 그러나 심장과 입이 얼어붙어 단 한마디도 할 수 없고 팔과 다리를 움직일 수조차 없었다. 말을 할 수 있다고 해도, 방금 사랑에 빠진 아름다운 여인이 다른 남자와 결혼하는 현실을 축하할 마음은 조금도 없었다. 아름다운 신부가 그에게 눈길을 주었는데, 그녀의 다갈색 눈동자는 거대한 빙하에서 퍼올린 수정구슬 같았다. 그녀가 허리를 굽혀 그의 볼에 살짝 입맞추었는데, 정확히 그 순간 그의 생애에서 아주 중요한 역할을 해야 하는 하나의 감각이 우지끈 부러져 사라지고 말았다. 그 감각은 다시 되살아나지 못했고 그는 이후 일평생 일종의 정신적인 장애상태로 살게 되지만, 그 순간 그 일이 치명적인 사고였음을 냉정하게 인식하기엔 너무 감미로웠다.

말하자면 그는 첫사랑의 여인을 그녀의 결혼식장에서 만났다. 자상하고 행복했던 사진 속의 신랑이 하객들에게 결혼기념사진을 한 장씩 우송한 뒤 그의 아버지는 무심히 그 사진을 앨범 속에 간직해두었다. 그는 식구들의 눈을 피해 틈틈이 그 사진에 코를 파묻었다. 사진에서조차 살구 향기가 풍겨나올 듯한 그 절대지고의 여인을 제외하고 그가 다시 사랑할 수 있는 여인은 어디에도 없다고 믿었다. 비밀의 여인에게 경배하고 입맞추면서 이른 사춘기의 징조쯤에 해당할 인생의 한 시기가 흘러갔다.

　다행히 그때 그는 아주 어린 나이였으므로 뼈아픈 실연의 기억을 망각의 두터운 장벽에 가둘 수 있었다. 지금 마흔두 살에 이른 그가 이 사진을 다시 들여다본 것도 실로 수십 년 만이었다. 달이 서서히 이울기 시작한 깊은 새벽, 오랫동안 소년의 비밀과 동경을 품어감추고 있던 단테의 『신곡』 속에서 사진을 꺼내면서 그는 솔직히 약간 실망했다. 기억 속에서 그렇게 싱그럽게 살구즙의 향기를 풍기던 그녀는, 사진 속에서 훨씬 건조하고 밋밋한 모습에 불과했다. 그는 사진 속의 여인에게 이전까지 가졌던 경외심이 어느덧 절반 넘게 사라져버렸음을 스스로 깨달았다. 여섯 살의 그가 느꼈던 첫사랑은 마른 안개꽃 다발의 운명과도 같이 아름다움의 가장 건조한 외형만을 가까스로 유지하다가 어느 날 부스러져 사라진 것이었다.

　그가 하는 일의 당위성을 확신했고 그 운명적인 신비로움에 스스로 감탄하고 있었음에도, 막상 지하매점 앞에 서자 그는 쉽게 유리문을 밀어열지 못했다. 매점 안쪽에 서 있는 아름다운 여인은 어두운 표정으로 유리문 바깥에 서 있는 키 큰 남자를 바라보았다. 유리벽을 사이에 두고 두 눈길이 마주쳤다. 거대한 빙하에서 막 퍼올린 수정구슬 같은 여인의 눈동자 앞에서 이현은 가벼운 어지럼증을 느꼈다. 수정구슬 안에는 완벽에 가깝게 텅 빈 공간이 있어서, 주변의 모든 것을 끌어당겨 그 공간을 채우려 하는 강력한 어떤 힘이 그곳에 존재하는 것 같았다. 그 난폭하고 저항할 수 없는 힘에 휩쓸려 잠시 세상과 멀어지는 것처럼 아득하게 어지러운 그 느낌은, 어린 시절의 그가 운명의 결혼식에서 경험했던 아찔한 현기증과 그대로 닮은 것이었다.

이현은 유리문을 열고 매점 안으로 들어섰다. 살구 향기를 풍기는 아름다운 여인은 굳어진 얼굴로 그를 바라보고 있었다. 이전에 한번, 우리는 이렇게 만난 일이 있었지. 당신의 결혼식에서. 하지만 입이 얼어붙은 것처럼 말이 나오지 않는 그 느낌도 그대로였다. 여섯 살 어린 소년이었을 때 그는 그녀의 얼굴을 보려면 뒷목이 뻣뻣해지도록 한껏 고개를 뒤로 젖혀야 했다. 이제 눈높이가 비슷해진 어른이 되어 그녀를 다시 만나게 된 행운 앞에서 그는 잠시 할말을 찾지 못했다. 여인은 오랜 세월 동안 차분히 그를 기다린 것처럼 여전히 아름답고 청초한 모습이었다.

그들이 아무 말도 하지 않고 잠시 서 있는 동안, 다른 젊은 직원 한 사람이 불쑥 매점에 들어섰다. 이현은 그에게 차례를 양보하고 한 발짝 뒤로 물러섰다. 물론 그 청년 역시 매직펜이 꼭 필요했다기보다는 잠시라도 그녀와 둘만의 시간을 보내고 싶었던 것이었기에 그는 이현에게 다소 불만스러운 것처럼 보였다. 그러나 이현에게는 사야 할 물건이 없었기에 청년의 불만을 모른 척할 수밖에 없었다. 청년이 매직펜을 사들고 나가자 이번엔 담배를 사러 온 다른 청년이 또 뒤를 이었다. 그는 연달아 세 명의 담배 손님에게 차례를 양보하고 기다려야만 했다. 그녀가 매점을 맡은 이후 매점의 매출이 네 배로 뛰었다는 소문은 결코 과장이 아닌 듯했다. 건물 전체가 금연건물로 지정되어 실내에서는 아무도 흡연을 할 수 없었지만 매점의 담배 매출은 가히 수직상승이라 할 만큼 급격히 늘었다. 그녀에게 마음을 매인 젊은이들이 건물 옆 등나무 그늘 쉼터에 삼삼오오 모여서 하루 종일 담배를 피우며 한탄을 하기 때문인 것 같았다.

그는 천장과 바닥을 번갈아 보면서 그녀가 일하는 모습을 곁눈질했다. 소문대로 그녀는 계산치인 듯했다. 손님들이 내미는 지폐를 받아들고 한 번도 정확하게 거스름돈을 내민 일이 없었다. 똑같은 에쎄 라이트 담배 세 갑을 연속해서 팔면서, 그녀는 언제나 계산기를 두드렸다. 삼천원의 지폐를 받고 오백원의 거스름돈을 주는 단순 작업이 그녀의 기억 속에는 저장되지 않는 것 같았다.

계산기를 두드리는 손가락도 몹시 부정확하여, 그녀는 거스름돈을 거의 제대로 내밀지 못했다. 그녀가 카운터 일을 맡은 지 삼 주 가까이 되어가는 것 같은데, 바로 오 분 전에야 이 일을 맡은 사람처럼 우왕좌왕하고 갈팡질팡했다. 분명히 우스꽝스러운 모습이었지만 그녀의 이 세상 사람이 아닌 듯한 아름다움과 연결되면 하나도 우습지 않았다. 피부에서 살구즙의 향기를 풍기고, 빙하에서 방금 퍼올린 다갈색 구슬 같은 눈으로 바라보는 여인을 비웃을 수 있는 사내는 이 세상에 아무도 없었다.

빙하에서 솟아오른 신비로운 여인이 매점 카운터를 맡은 첫날부터 그녀는 터무니없는 실수들을 돌이킬 수 없이 많이 저질렀다. 매점에 발 디딜 틈 없이 인파가 몰렸고 엄청난 매출을 올렸음에도 불구하고 현금 함은 텅 비어 있었다. 그녀는 눈앞에서 사람들이 그냥 물건을 집어가도 아무 말도 하지 못했고, 지폐를 지불한 사람에게는 아무렇게나 잡히는 대로 한 움큼의 동전을 거스름돈이라고 내밀었다. 단언컨대 그녀는 지하매점의 카운터 점원으로는 세상에서 가장 어울리지 않는 사람이었다. 도대체 결산을 내는 것이 불가능할 정도였고 그녀를 고용한 매점 주인은 노발대발했다.

그녀가 며칠 버티지 못하고 잘릴 것이라는 소문이 나돌자마자, 이번엔 매점에 돈사태가 났다. 매점을 드나드는 사람들은 거의 모두 재정경제부 소속 국가공무원들이었고 그들은 소속 기관의 명칭이 주는 느낌만큼이나 철저하고 계산에 밝은 사람들이었다. 하지만 세상의 한가운데에서 길을 잃고 파닥이는 아기새처럼 애처로운 느낌을 주는 매점 아가씨의 모습 앞에서는 너나할것없이 머릿속의 계산기가 마비되었다. 그들은 갑부가 아니었지만 손사래를 치면서 거스름돈을 사양했고 좀더 사려 깊은 사람들은 그녀의 머리를 복잡하게 하지 않기 위해 아예 거스름돈이 하나도 없게 돈을 딱 맞추어서 냈다.

그런 식으로 장사를 하면 누구라도 금세 거부가 되겠다 싶게, 그녀는 카운터에 앉아 있기만 해도 큰돈을 벌었다. 지난 며칠간 지하매점의 아름답고 머리가 모자란 여인은 재정경제부 모든 직원의 가장 뜨거운 화젯거리였다. 이현은 지금 오래된 단테의 『신곡』을 손에 들고 서서, 말로만 들었던 그녀의 독특한 상술을 직접 눈으로 확인하고 감탄하고 있었다.

거의 이십 분쯤 멀쑥하게 서서 기다린 끝에야 이현은 그녀와 다시 마주 설 수 있었다. 이현의 심리적인 불편함 때문에 다소 과장되게 길게 느껴졌을 수도 있지만, 실제로 그녀가 몹시 우왕좌왕하느라 시간이 오래 걸리기도 했다. 마침내 세 명의 손님에게 담배를 팔고 나서 그녀는 그에게 눈길을 주었다. 거대한 빙하에서 퍼올린 다갈색 구슬 같은 눈동자를 마주하자 그의 입술에서 작은 한탄, 또는 안도의 한숨 같은 것이 새어나왔다. 온몸이 묶인 것 같던, 팔과 다리가 굳어지고 비틀리는 것 같던 옛 느낌도 되살아났다. 그는 잠시 말을 꺼내지 못하고 그 눈길 속에 빠져 있었다. 하지만 이렇게 그녀를 바라보고만 있기에는 시간이 촉박했다. 재정경제부 건물에는 모두 천이백 명의 직원들이 있고, 그중 절반가량은 아름다운 지하매점 아가씨를 생각하고 있으니까 말이다. 그는 서둘러야만 했다.

"나를 기억하십니까? 우리는 이전에 만난 일이 있습니다."

"아니요, 기억하지 못합니다. 미안합니다."

"우리는 아주 오래 전에 만난 일이 있었습니다. 나는 그 일을 분명히 기억하는데, 당신은 기억나지 않는 모양이군요. 그래서 저는 당신에게 우리가 만났던 증거를 보여주려고 합니다."

그녀는 대책 없이 절망적으로 고개를 저었다. 그녀와 인연의 비단실을 엮어보려고 이런저런 방법으로 접근하는 사내들은 지난 삼 주 동안 숱하게 많았을 터였다. 그리고 지금 이현의 모습도 그 숱한 꾀꼬리들과 크게 다르지 않을 것이 분명했다. 그녀의 눈길은 이현이 들고 있는 책 쪽으로 향해 있었다. 그가 책을 펼쳐들고 사랑의 시를 읊을까봐 걱정하는 것 같았다. 천이백 명의 꾀꼬리들 중에 그런 고전적인 방식으로 접근하려 했던 사람도 있었나보다. 그의 입술에서 사랑의 노래가 쏟아져 나올까 우려하는 그녀를 안심시키기 위해 그는 얼른 카운터에 책을 펼치고 책갈피 속에서 낡은 사진을 꺼내들었다. 당황한 빛만 떠돌던 매점 아가씨의 눈에 드디어 구체적인 호기심의 기색이 깃들었다. 그는 여인에게 낡은 결혼사진을 건네주었다. 여인은 빨려들어가듯 결혼사진 쪽으로 고개를 숙였다.

아름다운 그녀의 곁에 오래된 사진을 나란히 놓고 비교하면서 그는 새삼 진실과 기억 사이의 거대한 간극을 되새겼다. 사진 속의 여인은 아름답지만, 지금 내 눈앞에서 머리칼을 쓸어올리며 뚫어질 듯이 사진을 노려보는 이 여인은 무려 천 배나, 아니 만 배나 더 아름답다. 그녀의 숨결에서는 살구 향기가 풍겨나왔다.

"분명히 맞지요? 여기 당신이 있습니다."

그는 사진 속의 신부를 손가락으로 가리켰다.

"그리고 여기는 나."

그는 다시 신부의 드레스에 휘감긴 소년을 가리켰다. 하지만 그녀는 사진 속의 소년에게는 그다지 관심을 두지 않는 듯했다. 그녀의 눈길은 오래된 사진 속의 신부에게 붙잡아매여 있었다.

스카치테이프를 사기 위해 정확히 동전까지 맞춰 천삼백원을 챙겨든 또 한 마리의 꾀꼬리가 매점으로 날아들었다. 꾀꼬리는 동전과 지폐를 꽃다발처럼 가슴에 품어안고 있었다. 하지만 그녀는 새로운 꾀꼬리의 출현을 알아차리지도 못했다. 이현은 사진의 요술 같은 효력에 쾌재를 불렀다. 천이백 마리의 꾀꼬리가 한꺼번에 매점으로 날아들어 지저귄다 해도 이제는 아무 상관 없었다.

"저는 일곱시쯤 업무가 끝날 것 같습니다. 퇴근 후에 잠깐 이야기를 같이 할 수 있겠습니까?"

그제서야 그녀는 사진에서 눈을 떼고 이현에게 눈길을 주었다. 그녀의 둔감한 망막에 그의 얼굴이 하나의 중요한 의미로 새겨지는 순간을, 이현은 기쁜 마음으로 지켜보았다.

"저는 여섯시에 매점을 정리해요. 이 앞에서 기다리겠습니다."

"아니, 여기 서서 기다리지 말고 청사 옆에 있는 등나무 쉼터에 계세요. 거긴 벤치도 있고 요즘 날씨도 괜찮으니까요."

테이프를 사러 온 청년이 이현을 위아래로 훑어보았다. 질투한다기보다는 경악스러워하는 모습이었다. 그녀는 여전히 사진 속의 여인만 들여다보고 있었다. 그는 가벼운 목례를 던지고 유쾌하게 매점을 나섰다. 억누를 수 없는 흥분과 떨림이 그의 온몸을 뒤흔들었다. 이곳이 그의 직장만 아니었다면, 그는 여섯 살 소년으로 돌아가 큰 소리로 노래를 부르며 춤을 추고 싶었다. 그러나 마흔두 살에 이른 지금은, 매점의 유리문을 투과해 여전히 그의 등짝에 꽂혀 있는 아름다운 여인의 눈길만으로도 충분히 만족했다.

"그분은 제 어머니이십니다."

작은 분수로 조경한 아담한 카페, 방금 주문한 카페라테가 아직 서빙되지 않아 물잔만 앞에 놓은 그녀가 말했다. 차 안에서 내내 불안해 보이던 그녀는 자리에 앉자마자 사진 이야기부터 꺼냈다. 하루 종일 그 사진만 들여다보고 있었던 모양이었다. 어쩐지 그녀다운 천진함이 느껴졌다. 매점을 벗어난 그녀는 한결 여유를 되찾은 모습이었다. 침착하고 단정한 자태가 아름다운 용모와 잘 어울렸다. 지적인 직업에 종사하는 전문직 여성, 교수나 예술가라고 해도 좋을 만한 모습이었다.

"예, 그럴 것 같다고 짐작했습니다. 정말 아름다운 분이셨지요."

"저는 그분을 본 일이 없습니다. 저를 낳기 하루 전에 돌아가셨어요."

"하루 전?"

"예, 그분의 뇌파가 멈추고 만 이십사 시간 후에 제가 태어났다고 해요."

물론 만삭의 임산부도 사망할 수 있다. 안타까운 일이지만 그렇다. 하지만 그가 가진 의료 지식으로는, 임산부가 위독할 경우 즉시 제왕절개로 태아를 구하는 것이 상식이다. 뇌파가 멈추고 이십사 시간이 흐르도록 방치했다는 것은 믿기 어려운 일이었다. 아마도 그녀가 무언가를 착각하고 있는 듯했다. 그녀는 착각을 잘 하는 사람이다. 초등학생도 해낼 수 있는 단순한 거스름돈 계산도 어려워하는 사람이니 그럴 확률이 높다. 하지만 이 여인의 입에서 나오는 말들은 묘하게 사람의 가슴속을 파고드는 힘이 있었다. 그는 일단 무턱대고 그녀를 믿기로 하고 크게 고개를 끄덕였다.

"그러면, 이세(李世) 공의 따님이십니까?"

그녀는 고개를 끄덕였다. 그렇다면 왕족의 핏줄을 이어받은 셈이다. 물론 요즘 세상엔 그런 것은 아무 의미가 없다. 이세 공은 시인이다. 그는 탄광을 소유한 방계 왕족의 아들로 태어나 활발한 창작활동을 벌이다가 어느 날 돌연히 절필했다. 잠시 시작(詩作)활동을 하다가 그만두고 사업에 몰두하는 사람은 흔하다. 하지만 약 십여 년의 기간 동안 그가 발표한 서정시들은 전 사회적으로 큰 화제가 되었으므로 그의 절필은 사람들에게 큰 아쉬움을 주었다. 그 이후로 오늘날까지 그만한 문학적 성과를 이룬 시인은 아무도 없다고, 사람들은 흔히 이야기했다. 그러거나 말거나 이세 공은 은둔했다. 그녀의 모습에서는 키가 작고 콧대가 굳건하고 머리가 벗어진 이세 공의 모습을 한 뼘도 찾아낼 수가 없다. 그녀는 사진 속의 여인이 새 옷으로 갈아입고 그대로 걸어나온 것처럼 보였다.

"저는 이현이라고 합니다. 재정경제부 국제기구과의 과장입니다."

그녀에게 명함 따위를 건네는 일은 우스울 듯하여 생략했다.

"저는 이진입니다."

명백히 그녀 쪽의 요령 부족으로 대화가 뚝 끊어져버렸다. 이현이 참 진(眞)자를 쓰느냐고 덧붙여 물어본 말도 작은 끄덕임 한 번에 묻혀버렸다. 그러나 이현은 그다지 당황스럽지 않았다. 그는 이야기가 끊긴 것을 그대로 내버려두고 이진을 가만히 관찰했다. 눈매나 콧대나 입술이나, 모두 갸름갸름하게 자리잡은 아름다운 얼굴이었다.

하지만 아름답다는 말만으로는 그녀를 다 묘사할 수 없었다. 그녀가 가진 아름다움의 핵심은 무심함이었다. 그녀의 얼굴에서는 어쩐지 성인의 풍모가 느껴지지 않았다. 언제나 먼 곳을 보는 것 같은 그녀의 눈길은 무엇을 보고 무엇을 생각하는지 알 수 없는 갓난아이의 무심한 시선을 닮았다. 그렇다고 이현이 그녀에게서 아무런 욕망을 느끼지 않는 것은 아니었다. 사실 그의 욕망은 향수 냄새나 킁킁거리고 싶어하는 다른 사내들의 것보다 훨씬 더 강렬하고 조급했다. 그는 그녀의 피부에 코를 묻고 숨을 깊이 들이쉬고 싶었다. 그녀의 보얀 듯 노릿한 피부에 코를 비비면 살구즙 향기가 풍길지, 그걸 확인하고 싶었다. 하지만 그녀는 남자들이 자신을 볼 때 무엇을 상상하고 갈망하는지, 그런 것은 천 년에 한 번도 생각해본 일 없다는 듯 눈길만 멀고 깊었다.

"무엇부터 이야기를 해야 할지 잘 모르겠어요. 당신은 제 어머니를 만난 분이니까 어머니 이야기부터 하면 좋겠지만, 아까 말했듯이 그분은 제가 태어나기도 전에 돌아가셨기 때문에 아무 이야기도 할 것이 없어요. 나는 어머니를 몰라요. 나중에 혹시 제 아버지를 만나시더라도 어머니 이야기는 꺼내지 않는 것이 좋을 거예요. 어머니는 젊은 나이에 돌아가셨고, 아버지는 어머니를 기억하는 사람도, 어머니를 기억나게 하는 것들도 모두 미워하세요."

"믿기 어려운 이야기입니다. 내가 두 분을 만난 건 아주 오래 전이었지만, 그날 두 분은 깊이 사랑하고 있었거든요. 당신의 아버님은 어머님이 남겨놓은 기억 한 조각조차 소중히 간직하실 분 같았습니다."

젊은 날 이세 공은 분명히 그랬다. 신부의 아름다움에 넋이 빠진 어린 이현은 질투에 들떠서 신랑의 단점만을 꼼꼼히 집어내었다. 신랑은 그때 벌써 머리숱이 적었고 통통한 몸매였다. 미남이라고 할 수 없는 둥그스름한 얼굴도 눈에 차지 않았다. 그러나 이현이 찾아낼 수 있었던 결점은 그것뿐이었다. 어린 이현은 이세 공의 문학적 업적에 대해서는 아무것도 몰랐지만, 이세는 친절하고 자상한 사람이었다. 이 세상 사람이 아닌 듯 아름다운 신부가 실제로는 거의 입도 열지 않고 손님 접대에도 아무런 관심을 보이지 않는 반면, 이세는 부지런히 돌아다니며 하객들을 챙기고 가족들을 돌보았다. 한 사람 한 사람에게 소홀하게 대하는 일이 없었다. 그렇다고 해서 깐깐하고 답답한 느낌을 주는 것도 아니었다. 그는 선의와 기쁨에 넘쳐서, 행복하고 즐거운 얼굴로 모든 하객들과 인사를 나누고 그들의 식사를 챙기고 있었다. 그리고 물론, 아름다운 아내에게는 가장 극진한 사랑과 경배를 바쳤다. 이현이 지금까지 참석했던 모든 결혼식을 통틀어, 이세는 가장 인정 많고 호감을 주는 신랑이었다. 그런 이세가 아내를 잃은 뒤 슬픔에 빠지다 못해 먼저 떠난 아내를 미워하게 되기까지 했다는 것은 믿기 힘든 이야기였다. 하지만 세상에는 믿기 힘든 일들도 숱하게 일어나는 법이니까, 어쩌면 이진의 말은 사실일지도 모른다.

"당신 자신의 이야기를 들려주는 건 어떻습니까. 나는 당신의 어머니를 만났지만 그건 아주 어릴 때 단 한 번뿐이었으니까요. 내가 당신의 어머니를 만난 것은 중요한 일이 아닌 것 같아요. 내가 만날 사람은 당신이었고, 그 전주곡처럼 당신의 어머니를 잠깐 스쳤을 뿐입니다. 그런 것 같습니다."

그녀는 난처한 표정으로 잠시 망설였다.

"내 이야기는 너무 뒤죽박죽이라서…… 간단하게 말할 수가 없어요."

"간단하게 이야기할 필요는 없습니다. 나는 얼마든지 당신의 이야기를 들을 수 있습니다. 아주 오랫동안 듣고 싶습니다."

그녀는 잠시 눈을 감고 생각했다. 겨우 이십대 중반, 왕족의 혈통에 부유한 집안에서 자라난 아름다운 여성이 자신을 소개하는 데 그렇게 어려움을 느낄 필요가 있을까. 하지만 이현은 그녀의 섬세한 겉모습 아래에 무언가 복잡하고 흔하지 않은 어떤 것이 숨어 있을 가능성을 충분히 인지했다. 거대한 호수를 통째로 담고 있는 것 같은 그 아름다운 눈망울이 수시로 파르르 떨리는 모습이나, 때때로 희고 가느다란 손가락을 부러지도록 심하게 비틀어대는 모습을 보면 그녀의 피부 위에 천 마리 개미가 기어다니는 것처럼 보인다.

"그럼, 떠오르는 대로 이야기할게요. 먼저, 나는 미쳤어요."

"……"

"네 살 때부터 영혼들을 보기 시작했어요. 그래서 아버지는 다섯 살 때부터 나를 가두어 키웠어요. 의사들이 드나들긴 했지만 감금이나 다름없었어요."

"……"

"감금에서 풀려난 건 이 년 전이었어요. 하지만 여전히 내 눈엔 그들이 보여요."

드디어 그녀가 눈을 들어 똑바로 이현을 바라보았다. 귀신 들린 여자라고 하기엔 너무 천진하고 맑은 눈이었다. 무섭거나 으스스한 느낌은 조금도 들지 않았다. 그녀의 눈빛에 조금은 억울하고 이해받고 싶다는 인간적인 감정이 깃드는 모습은 오히려 보기 좋았다. 이제야 그녀와 이야기를 풀어갈 수 있는 실마리를 찾아낸 듯했다. 게다가 그는 담대한 편이었다. 밤중에 창문으로 십자가가 날아들어 죄 없는 잠든 남자의 목을 꿰뚫는 〈엑소시스트〉 같은 일이 아니라면, 이 아름다운 여인의 이마에 자리잡은 두 줄기 세로 주름처럼 순진하고 아름다운 종류의 광기라면 그는 얼마든지 용납할 마음이 있었다.

"그 귀신들이 당신을 위협하거나 괴롭힙니까?"

"귀신이라고 말하니까 조금 이상하네요. 세상 사람들이 부르는 귀신이라는 이름에는 아무래도 경멸적이거나 적대적인 어감이 섞여 있어요. 귀신보다는 영혼이라고 하는 게 좋겠어요. 그래요, 영혼이지요. 죽은 사람의 영혼일 때도 있지만 대개는 살아 있는 사람의 영혼이에요.

그들은 육신을 벗어놓고 나를 찾아올 뿐이에요. 그냥 보통 사람을 만나는 것과 똑같아요. 아니, 그건 아닌데. 조금은 다르지요. 보통 사람을 만나는 것처럼 일상적으로 대화하지는 않으니까요. 내가 똑같다고 하는 건, 그들이 육신을 가진 사람보다 더 폭력적이거나 적대적이지는 않다는 뜻이에요. 때로는 그들이 나에게 적의를 가지거나 나를 원망할 때도 있지만 그건 보통 사람들도 마찬가지잖아요. 영혼이라서 그들이 특별하게 해코지를 하는 일은 없어요."

"그러면 그들이 왜 당신을 찾아옵니까?"

"나는 그들의 영혼을 읽고 기록해요."

"……그것뿐입니까?"

"예."

이현은 싱거워서 웃었다. 폭력적이지도 않고 위협적이지도 않은 영혼들이 하소연하는 이야기를 받아쓰는 일이라면 그다지 특별할 것도 없다. 다소 특이한 형태의 대필작가 비슷한 개념에 불과하지 않은가. 그녀의 시선이 전보다 또렷해진 것에, 그리고 그 시선의 끝에 자신의 상이 맺혀 있는 것에 그는 크게 만족했다.

"내가 이상하지 않으세요?"

"영혼을 읽는다면, 내가 무슨 생각을 하는지도 알 수 있잖아요?"

이진이 손사래를 쳤다.

"아니에요. 나는 오가는 사람들의 얼굴만 척 보고 그들의 속마음을 알아맞히는 재주는 없어요. 오히려 나는 사람들이 무슨 생각을 하는지, 보통 사람들끼리는 아주 자연스럽고 직관적으로 알 수 있는 것들마저도 도무지 알지 못하는 부류의 사람이에요. 기록하는 일과 관련 없는 사람들의 영혼은 궁금하지도 않고 그 속마음을 알 수도 없어요."

"그렇다면 별로 이상하지 않은데요. 매점에서 일할 때는 아주 이상해 보였는데 지금은 하나도 이상하지 않아요."

이진이 깨끗한 손바닥으로 얼굴을 비볐다. 화장기가 전혀 없어서 거리낌없이 얼굴을 비비는 여자의 모습이 아주 신선해 보였다.

"아…… 그 매점 일…… 그건 정말 끔찍해요……"

"당신이 정말로 이세 공의 따님이라면 왜 그런 일을 하십니까? 이세 공은 시인이기도 하지만 큰 사업을 하셨는데요. 당신은 경제적으로도 어려움이 없을 것이고, 그런 일에 적성이 맞는 것 같지도 않던데요."

"그건 아버지의 악취미예요. 나는 영혼을 기록하는 사람이고, 이십일 년 동안 감금되어 살았어요. 그 정도면 경제적인 무능력에 대해 어느 정도 변명할 만한 이유가 되지 않을까요? 아버지는 나에게 세상을 배우고 자립할 수 있어야 한다고 등을 떠밀어요. 사실 그건 저에게 굴욕을 주는 일에 불과하죠. 저는 꽃장식이건 휴대폰 판매건 아무것도 못할 것이 뻔한데 말이에요. 어머니에게 품은 원한을 나에게 쏟아붓는 것 같아요."

"아버지와 사이가 별로 좋지 않다면, 정말로 자립을 하는 건 어떻습니까? 매점에서 실적도 괜찮아 보이던데요."

이현의 말에 이진이 해맑게 웃었다. 미친 여자라고는 하지만 이야기를 나누어보니 그의 농담을 알아들을 만한 지능도 충분해 보였다.

"사람들이 나를 불쌍하게 여겨서, 거스름돈을 아예 안 받아가지요. 그 덕에 밑지지는 않는가봐요. 실은 저 보험 계약도 몇 건 성사시켜본 일이 있어요. 휴대폰도 몇 대 팔았어요. 정말 우습죠? 저는 제가 파는 물건이 무엇인지도 몰라요. 그냥 사람들이 동정심으로 사주죠. 또는 어떻게 연애를 걸어볼까 하는 생각에. 하지만 그런 것들을 가지고 자립할 수는 없잖아요."

"왜 안 됩니까. 이 세상에서는 동정심이건 흑심이건 돈으로 바꿀 수만 있다면 얼마든지 수지맞는 장사를 할 수 있습니다. 지금부터라도 열심히 해보면 되지 않겠습니까?"

"그건 안 돼요. 저는 기록을 해야 하거든요."

"기록이라면, 아까 그 영혼들의 이야기?"

"예, 그 일을 해야죠."

"기록하지 않으면, 그들이 당신을 괴롭힙니까?"

특수한 영역의 일을 일반인에게 설명해야 하는 전문가의 곤혹스러움이 그녀의 얼굴에 비쳤다.

"그들이 나를 괴롭힌다고 볼 수도 있긴 하지만, 그건 그쪽에 일방적으로 억울한 이야기인 것 같아요. 상당 부분 내가 자초한 측면이 있으니까요. 일의 선후를 분명히 밝힐 필요가 있어요. 기록하는 건 나예요. 이야기하는 건 그들이고요. 어느 쪽에서 그 일을 시작하려는 의지를 가졌는가, 그 문제가 중요하죠. 어린 시절엔, 그들이 나를 찾아와서 이야기를 한다고 생각했어요. 그들이 왜 나에게 찾아와서 뜬금없는 하소연을 하는지 의아하게 여겼어요. 하지만 이제는 알아요. 그들을 불러서 이야기를 시킨 건 바로 나예요. 그들로 말하자면, 지나가다가 영문도 모르고 뒷덜미를 붙들려 끌려와서 자백을 강요당한 셈이었던 거죠.

나는 영혼들이 이야기하는 것을 받아서 적기도 하지만, 그들이 이야기하지 않는 것까지도 낱낱이 기록해요. 영감이나 직관이라고 해도 좋지만, 실제로는 내가 그 영혼의 일부로 스며들어 흡수되는 것과도 비슷하죠. 나는 그의 일부가 되어 그가 처한 모든 상황, 그가 말하지 않은 사소하고 은밀한 감정들까지도 모두 알게 되는 것이에요. 심지어 당사자인 영혼 본인이 감지하거나 인식하지 못한 일들조차도 기록하죠. 영혼 쪽에서는 그 기록에 이의를 제기하지 못해요. 내가 영혼들에게 바칠 수 있는 최고의 예우는 그들을 미화하는 것이 아니라 가장 사실 그대로, 가장 진실하게 기록하는 거예요. 영혼들도 마치 체념과도 같이 그 사실을 인정하죠.

내가 그들의 이야기를 기록하지 않으면 그들은 심하게 불평하고 내 머리를 온통 뒤죽박죽으로 만들어놓고 심술을 부리죠. 그들이 나를 괴롭힌다고 해도 좋아요. 하지만 그들의 불평에는 일리가 있거든. '왜 우리를 불러놓고, 우리가 밝히기 원치 않는 내밀한 감정과 사건까지 낱낱이 당신의 노트에 강탈하듯 적으면서, 지금은 왜 다른 일을 하는 거요? 이 불편하고 마뜩잖은 자리에 꿰다놓은 보릿자루처럼 서 있기를 얼마나 더 오랫동안 해야 한다는 말이오? 만사를 제쳐놓고 나의 이야기부터 기록하시오. 나는 이 일을 얼른 끝내놓고 돌아가고 싶은 생각뿐이오.'

그러니 요즘처럼, 아버지가 나에게 직업을 가지라고 강요할 때면 모든 것이 엉망이 되어요. 영혼들은 내가 꽃을 묶고 휴대폰을 팔고 보험을 계약하는 걸 조금도 원치 않으니까 나를 가만 놔두지 않죠. 그들은 내 눈과 정신이 온통 뒤죽박죽이 될 정도로 불평하고 방해를 해요. 내가 천원 한 장의 거스름돈도 계산하지 못하는 이유를 아시겠어요? 돈이라는 것이 나에게 아직 낯설기도 하지만, 나의 머리는 도무지 제대로 작동을 할 수 없는 상태랍니다. 나는 이 모든 일의 끝을 잘 알고 있어요. 밥도 먹지 못하고 잠도 자지 못하고, 일은 일대로 기록은 기록대로 아무것도 하지 못한 채 안팎으로 시달리기만 하다가 어느 날 발작을 일으켜요. 말 그대로 미친 여자가 되어버리는 거지요.

그대로 쓰러져 기절해버리기도 하고, 휴대폰을 몽땅 변기에 쑤셔넣기도 하고, 화원의 꽃들을 모두 씹어먹어버리기도 해요. 그러면 그날로 나는 지긋지긋한 직장생활에서 해방되죠. 친절한 의사들에게 신경안정제와 항우울제를 듬뿍 처방받아 한 며칠 푹 자고 나면 모든 것은 이전으로 돌아가요. 나는 아버지의 미움을 받으며 집 안을 하릴없이 맴돌아요. 그리고 영혼들이 원하는 대로 기록을 하죠. 그게 나의 인생이에요."

지금 이 여자가 하는 말이 사실일까? 돈 계산을 지지리도 못하는 뛰어나게 아름다운 여인을 처음 본 순간 그의 마음속에 활화산처럼 불을 뿜었던 그 욕망의 실체도 다소 모호해졌다. 그는 여러 여자들과 연애를 해봤고 결혼도 여러 번 해봤지만, 그리고 그중에는 거의 반쯤 미친 여자도 몇 명이나 있었지만 이런 식의 미친 여자를 만나보기는 처음이었다.

그는 본능적으로 망설였다. 오래된 결혼사진에 묻어두었던 어린 소년의 동경과 호기심에서 시작된 일이었다. 더이상 진행할 것인가 그만두어야 할 것인가. 마흔두 살, 이제 갓 중년의 세월에 발을 내디딘 사내의 경계심이 이제 그만, 그만을 외치는 동안 사진 속의 소년, 아직도 생생하게 사랑에 빠져 있는 여섯 살의 소년은 눈이 먼 듯 막무가내로 그녀에게 달려들었다. 살구즙 향기, 그녀의 피부에서 뚝뚝 들어날 듯한 그 아련한 살구즙 향기를 폐가 짓무르도록 오래오래 들이마시기 전까지는 소년은 멈추지 않을 작정이었다. 그녀의 귓바퀴에 오스스 일어선 솜털과 목덜미에서 가슴으로 이어지는 우아한 곡선에 눈길이 머물자 마흔두 살 사내의 경계심도 그만 툭 끊어져버렸다.

"그러면 당신이 가장 원하는 삶은 무엇입니까?"

"나는 그저, 나의 영혼들과 더불어 그들의 이야기를 기록하면서 조용히 살고 싶어요."

"그렇게 사는 것이 불가능합니까?"

"어렵죠. 아버지가 나를 가만 놔두지 않으니까요."

"이세 공은 벌써 연만하실 텐데요. 칠십이 넘지 않으셨습니까?"

"저에게 돌아올 유산은 조금도 없어요. 아버지의 재산이 어느 정도인지 모르겠지만 자선단체에 전액 기부를 약속하신 상태입니다. 저에게도 몇 번이나 강조하셨어요. 제가 직업을 가지고 자립해야 한다고 강요하시는 근거도 바로 그것입니다."

"그러면 결혼은?"

그녀가 목덜미를 빨갛게 물들이며 웃었다. 그는 그녀의 목덜미에 꽂혀 있던 자신의 염치없는 시선을 들킨 것 같아 덩달아 부끄러워졌다.

"결혼해서 누군가가 나의 생계를 책임져준다면 좋을 것 같아요. 하지만 누가 이런 별난 여자를 이해해주겠어요? 영혼들의 이야기나 적고 있는 마누라를 좋아할 남자가 세상에 어디 있을까요?"

"당신은 아름다운 사람이니까, 계약결혼 같은 것도 가능할지 모르잖아요."

"거액의 유산을 남겨주고 급히 세상을 떠날, 부유한 홀아비 말씀이세요?"

"그런 경우도 괜찮겠죠."

그럭저럭 농담을 이어가던 이진의 얼굴이 갑자기 쓸쓸한 빛으로 변했다. 오랫동안 커피잔만 내려다보던 이진이 마침내 입을 열었을 때, 그녀는 이현의 이름을 잊어버려서 잠시 망설였다. 그는 친절하게 자신의 이름을 다시 말해주었다.

"이현 씨에게 아주 솔직하게 이야기할게요. 처음 만난 분이지만 당신은 나의 어머니를 기억하는 유일한 사람이니까, 어쩐지 마음을 다 털어놓아도 괜찮을 것 같네요. 사랑하고는 전혀 별개로, 저는 결혼 말고 아무런 돌파구가 없다고 생각해요. 부끄러운 말이지만 저에게는 경제적인 능력이 없으니 누군가의 보호막 안에서 마음 편하게 살고 싶었죠. 하지만 남자들은 바보가 아니거든요. 저처럼 이상한 여자와 결혼하려는 남자는 아무도 없어요. 제 얼굴만 보았을 때는 쉽게 사랑에 빠지지만, 저를 사랑하기 위해 얼마나 큰 불편을 감수해야 하는지 알게 되면 모두들 발뺌한답니다. 어리숙한 저는 그들의 정열적인 구애를 쉽게 믿었어요. 하지만 여러 번 쓰라린 경험을 하고 나니 교훈이 생기더군요. 남자들은 저를 연인으로 삼고 싶어하지만 결혼해서 평생을 함께하고 싶어하지는 않아요. 저는 잠시 연애를 즐기기는 괜찮을지도 모르지만, 평생을 약속한 반려자로서는 결점투성이니까요."

농담과 진담 사이에서 균형을 잃지 않는 세련된 언술을 구사하며 거부할 수 없이 마음을 찢어발기는 쓸쓸한 웃음을 지어 보일 줄 아는 이 여자는 분명히 바보가 아니었다. 영혼을 기록하는 여자는 과연 어떤 사람일까? 지하매점에서 허둥거리며 엉터리로 물건을 팔던 모습을 생각하면 영혼을 기록하는 여자는 실무적으로 몹시 무능했다. 실무적으로 무능한 사람은 결혼생활에도 적합지 않은 것이 분명했다. 이현은 그 사실을 잘 알고 있었다. 하지만 저 달콤한 살구즙 향기. 여섯 살에 처음 만나, 그의 마음속에 돌이킬 수 없는 동경과 순정만을 쌓아온 오래된 사랑은 이성이 외치는 비명 같은 경고음에 단호하게 귀를 닫아버렸다.

"그러면 저하고 결혼하는 것은 어떻습니까?"

그런 농담쯤은 가볍게 받아넘길 수 있다는 투로, 이진은 쓸쓸하게 웃으며 고개를 끄덕였다. 이현은 진지함을 강조하며 말을 이었다.

"삼 년입니다. 삼 년 동안 같이 살기로 약속하는, 일종의 계약결혼입니다."

"당신과 삼 년을 같이 살고 난 뒤에는, 그 다음엔 저는 어떻게 하나요?"

"나는 그럭저럭 재산을 가진 편입니다. 선친께 물려받은 유산이 상당하니까요. 당신 아버님께 제 아버님의 이름을 대면 아마 기억하실 겁니다. 선친은 당신 아버님의 결혼식에 참석하실 만큼 친분이 있는 분이었으니까요. 그러니까 믿으셔도 좋습니다. 당신에게 위자료를 주겠습니다. 어느 정도가 좋을까요. 내가 지금 살고 있는 집을 당신 앞으로 넘겨주면 되겠습니까? 위치와 전망이 좋은 널찍한 집입니다. 우리가 헤어진 다음에 당신은 그 집을 처분해서 살면 됩니다. 영혼들과 이야기를 하기 위해서라면, 굳이 수도권에서 살아야 할 필요가 없지 않습니까? 주거비 부담이 한결 적은 지방도시로 이사 간다면 당신 수중에는 상당한 현금이 남게 됩니다. 그걸 적당히 분산투자하면 당신의 최저생활비 정도는 평생 보장될 수 있을 겁니다.

아시다시피 저는 경제관료입니다. 실물경제에 밝은 편입니다. 당신이 원한다면 좀더 많은 수익을 올릴 수 있도록 내가 적당한 투자처를 찾아줄 수도 있습니다. 헤어지는 그 순간까지 우리가 좋은 감정을 유지하고 있다면 말이지요. 물론 그 정도 재산으로 평생 호사스러운 생활을 누릴 수는 없습니다. 하지만 당신의 이야기가 사실이라면, 당신이 오로지 영혼들의 이야기를 기록하면서 조용히 살기만을 원한다면 그런 조촐한 생활은 평생 얼마든지 유지될 수 있습니다. 당신에게 이보다 더 좋은 조건은 없을 겁니다. 자, 어떻습니까? 나와 결혼하겠습니까?"

그녀가 내내 유지해온 담담한 자세를 거두어들이고 부쩍 미심쩍은 표정을 지었다. 의심도 할 줄 알다니, 귀여워! 마음속의 소년이 외쳤다. 소년은 이미 이현의 만류에 귀를 기울이지 않았다. 여섯 살에 운명의 결혼식에 초청받은 이후 정상적인 성장기를 거쳐 마흔두 살의 나이까지 살아왔지만, 그의 내면에는 여섯 살 이후로 한 번도 문이 열리지 않은 작은 방이 있었다. 이현 자신도 존재를 인식하지 못했던 그 조용하고 고집 센 문이 마침내 열리면서, 삼십오 년 동안 두 무릎 사이에 고개를 파묻고 있던 여섯 살 소년이 또박또박 걸어나왔다. 강산이 세 번이나 바뀌도록 세상과 교류하지 않고 환상 속에 고개를 파묻고 지내온 소년이었다. 그에게는 아무런 설명도 만류도 통하지 않았다. 소년은 아름다운 여인이 다시 나타난 것을 깨달았고, 그사이 자신의 팔뚝과 다리가 길쭉길쭉하게 자라나 그녀의 곁에 설 만한 크기가 된 것을 한번 확인했을 뿐이었다. 소년에게는 그것밖에 중요한 것이 없었다.

"나에게도 물론 몇 가지 문제가 있습니다. 결혼 상대로서 심각하게 고려해봐야 할 만한 점들이죠. 예를 들면, 나에게는 세 번의 이혼 경력이 있습니다. 이 경험들에 대해서는 나중에 차분히 이야기할 기회가 있을 거라고 생각합니다. 하지만 맹세컨대 나는 변태성욕자나 가학성음란증 환자가 아닙니다. 당신을 학대하거나 물리적인 폭력을 행사하는 일은 없을 것입니다. 당신이 원한다면 우리의 결혼 계약서에 이 부분을 명시해도 좋습니다. '이현이 이진에게 폭력을 행사하거나 도착적 성행위를 요구할 경우 혼인은 즉시 무효화되며 약정된 위자료는 이진에게 조건 없이 전액 지급된다.'

결혼생활이 여러 번 깨졌던 것은 내가 싫증을 잘 내는 사람이었기 때문입니다. 나는 그렇게 기나긴 결혼생활에는 적합지 않은 사람입니다. 나의 전 아내들은 (이렇게 말하니 웃깁니다만) 모두 좋은 사람들이었고 세 번 모두 진심으로 사랑에 빠져서 결혼했습니다. 그러나 삼사 년이 지나면 곧 함께 사는 일에 염증을 느꼈습니다. 그것이 내가 이혼한 이유였습니다. 이 점도 당신에게는 아무런 문제 될 일이 없을 것입니다. 왜냐하면 우리는 애초 헤어질 것을 약속하고 결혼하는 사람들이니까요.

우리나라의 통념으로는 내가 좀 이상한 사람인 것 같습니다. 하지만 나로서는 그토록 오랜 세월 동안 한 사람하고만 같이 산다는 생각이 더 이상하게 느껴집니다. 바로 이런 면에서 우리는 서로 통할 수 있을 것 같습니다. 당신은 영혼을 눈으로 볼 수 있는데, 사람들은 자신이 보지 못하는 것을 당신이 본다고 해서 당신을 미쳤다고 말하지 않습니까? 나도 마찬가지입니다. 나는 삼 년쯤 같이 살고 나면 싫증을 느끼는데, 아마 다른 사람들도 대부분 나와 비슷하게 싫증을 낼 거라고 생각합니다만, 사람들은 그들이 실행에 옮기지 못하는 일을 내가 실행에 옮긴다고 해서 나를 이상한 사람이라고 말합니다. 아무렇든지 좋습니다. 그들이 뭐라 하든지 나는 내 방식대로 사니까요. 어쨌든 우리는 서로를 이해할 수 있는 단초가 있습니다. 우리가 세상 사람들이 사는 방식과는 다르게, 별나게 산다는 점입니다.

당신의 표정을 보니 아직도 얼떨떨한 모양이군요. 우리가 결혼한다는 생각을, 아주 심각하게 비정상적인 거라고 생각하지 마십시오. 당신은 나의 아내로서, 또 영혼들의 기록자로서 당신의 인생을 살아가면 됩니다. 나의 아내가 되기 위해 해야 할 일들은 아주 많지는 않습니다. 당신은 아마 집안일에도 서툴 것 같은데, 그건 가사도우미의 힘을 빌리면 아주 많은 부분이 해결될 것입니다. 나는 아침 일곱시 삼십분에 출근합니다. 퇴근시간은 들쭉날쭉하지만 대개 저녁식사까지 밖에서 해결하는 일이 많습니다. 내가 직장에 있는 시간은 모두 당신 마음대로 사용하면 됩니다. 영혼의 이야기를 마음껏 기록하든지요. 하지만 내가 돌아오면 일상적인 아내가 되어주면 좋겠습니다. 가볍게 맥주를 한잔 하든지, 함께 TV를 보든지, 열정적인 사랑을 나누든지. 내 부모형제간의 가족관계는 결속력이 약한 편입니다. 이혼을 세 번쯤 하면 자연히 그렇게 됩니다. 며느리로서 또는 올케로서 해야 할 일이 많지는 않겠지만 그래도 아주 없다고는 할 수 없겠지요. 때로는 부부동반 모임에 나갈 일도 있습니다. 그런 유의 사교생활을 좋아하지 않을 것 같지만, 그것까지 전부 면제해줄 수는 없습니다. 그 정도는 당신이 감당해주었으면 합니다.

자, 이 정도면 우리 두 사람의 개략적인 소개는 된 것 같습니다. 자세하지는 않지만 적어도 계약을 맺기 위해 꼭 필요한 정보들은 다 교환했습니다. 어떻습니까? 나와 결혼하겠습니까? 당신이 좋다고만 하면 나는 당장 다음주라도 결혼할 수 있습니다. 나는 약간 허영심도 있는 편이라, 결혼식은 성대하게 올리고 싶습니다. 구청에서 조용히 혼인신고만 하는 것은 내 체질에 맞지 않습니다. 무려 네번째 결혼식이니까 얼굴이 화끈거리기도 하지만, 면사포를 쓰고 드레스를 입은 아름다운 당신의 모습을 보는 기쁨을 포기하고 싶지 않습니다. 다른 많은 사람들에게 당신의 아름다운 모습을 자랑하고 싶기도 합니다. 하지만 당신이 그렇게 난처한 표정을 짓는다면, 가장 가까운 친척들 정도만 참석하는 조촐한 결혼식도 괜찮습니다. 어떻습니까? 나와 결혼하겠습니까?"

보통 여자였다면 단숨에 비웃거나 분개했을 그의 장광설을, 이진은 끝까지 주의 깊게 들었다. 모욕감이나 혐오감을 느끼지도 않는 것 같았다. 그녀는 다른 혹성에서나 통할 법한 기괴한 이야기를 별다른 거부감 없이 순수하게 받아들였다. 말하자면, 이현이 예감했던 것처럼 그녀는 이현과 색다른 방향에서 뜻이 통했다.

"나에게는 경제적인 보상이 돌아온다고 하지만, 당신은 왜 나하고 결혼하려는 거지요?"

그녀는 커피에 설탕을 몇 스푼 넣을 것인지 물어보는 것처럼 심상하게 질문했다. 테이블 위에는 오래된 결혼사진이 놓여 있었다. 소년은 수줍고 억울한 표정으로 신부의 드레스 자락에 휘감겨 있었다. 풋살구 향기, 라고 대답하려다가 이현은 잠자코 말을 멈추었다. 좀 전까지 그의 혀를 달구었던 수다의 기백은 갑자기 사라졌다. 오랫동안 망각 속에 가두어져 있었던 오래된 결혼사진에 대해서, 그날의 신부에게 소년이 품었던 원망과 동경에 대해서, 마흔두 살의 사내가 어느 날 풋살구 향기에 이끌려 무엇에 홀린 듯 지하매점에 발을 들여놓았던 것에 대해서, 하나하나 언어로 설명해달라는 주문은 곤란했다. 그런 것쯤은 말하지 않아도 눈치채줘야 하는 일이 아닌가. 영혼을 읽는 여자라는 사람은, 사랑에 빠진 남자의 눈빛도 읽지 못한다는 말인 셈이었다.

그러나 그녀는, 스스로 밝혔듯이 마주 앉은 사람의 속마음을 짐작하는 데 몹시 무능한 사람이었다. 그녀의 날카로운 눈썰미와 직관력은 오로지 영혼의 기록 작업에만 발휘되는 것이었다. 그녀는 이현이 왜 침묵하는지 속내를 알지 못해서 불안해하는 기색이었다. 이현은 이 아둔한 미녀에게 어떻게든 땜질식의 설명을 해야 할 필요성을 느꼈다.

"사람들은 흔히 돈을 내고 마음에 드는 물건을 삽니다. 나는 지금 돈을 내고 삼 년간의 결혼생활을 사려 하고 있습니다."

그의 말소리가 갑자기 무겁고 어두워진 것을 그녀는 눈치채지 못했다. 그녀는 자신에게 좋은 값이 매겨진 것에 적잖이 안도하는 것 같았다. 이현은 안쓰러운 마음으로 이진을, 그리고 자기 자신을 돌아보았다. 그들은 아주 복잡하고 미묘한 모험 속으로 뛰어들려 하고 있었다. 그 모험의 정체가 무엇인지 스스로도 알지 못하면서 여섯 살 소년에게 등 떠밀려 길을 떠나려는 이현의 마음은 착잡했다.

이현은 이진을 향해 고전적이고 낭만적인 사랑에 대한 환상을 품었다. 한사코 숨기려 애쓰는 사랑의 감정을, 이진에게 낱낱이 발각당하고 싶었다. 지상에서 최악으로 파렴치하고 수치스러운 방식으로 백주에 노출당하고 싶었다. 무엇으로도 저항할 수 없는 절대적인 무력, 그대로 눈이 멀어버릴 것 같은 치욕의 쾌락을 경험하고 싶었다. 하지만 뼈까지 녹아버릴 듯이 뜨거운 눈길로 바라보고 있는 남자 앞에서도 맹하게 눈만 껌뻑거리는 이 여자가 그의 내심을 적발해낼 수 있을까? 수백 가지 단서와 증거를 줄줄이 흘려도, 그녀는 멍청하게 다른 곳만 바라보고 있지 않을까? 그는 자꾸만 암담해지려는 마음을 추슬렀다. 솜털이 오스스 일어난 귓바퀴와 우아한 목덜미, 어디선가 풍겨나오는 은은하고 새콤한 풋살구 향기. 그런 것만 생각하기로.

"삼 년이나 같이 살다가 혹시 아이가 생기면 어떻게 하지요?"

오랫동안 망설인 끝에 나온 그녀의 질문은 거의 반승낙이나 다름없이 들렸다. 이현의 마음은 다시 밝아졌다. 그의 혀도 다시 매끄럽게 돌아가기 시작했다.

"그 이야기를 안 했군요. 나는 어느 모로 보나 당신의 이상적인 남편입니다. 나는 첫번째 결혼식을 올리기도 전에 이미 불임수술을 마쳤습니다. 나는 절대로 아이를 낳고 싶지 않습니다. 두번째 아내와 이혼하게 된 것은 그녀가 아이를 낳고 싶어했기 때문이었습니다. 그녀가 아이 생각에 사로잡히지 않았더라면, 그랬더라면 어쩌면 우리는 지금까지도 함께 살고 있었을지 모르겠습니다. 그러니 당신이 나와 함께 살더라도 아이 문제로 일이 복잡해질 염려는 조금도 없습니다. 당신이 아이를 가진다면 오히려 내 쪽에서 책임을 추궁해야 하는 처지입니다. 나는 배우자의 정조 문제에 크게 괘념치 않는 사람이므로 당신이 아이를 가지더라도 그다지 크게 책망하지 않을 생각입니다만, 적어도 나와 결혼해 사는 동안은 그런 일은 없었으면 합니다. 왜냐하면 당신이 말한 당신의 인생은, 그런 유의 이성 문제를 일으키지 않아야 마땅한 것이기 때문입니다. 나는 배우자의 사생활에 최대한 간섭하지 않고 서로의 영역을 존중하는 사람입니다만, 거짓말을 하는 것만은 매우 싫어합니다. 나에게 거짓말은 하지 말아주기 바랍니다. 당신이 지금까지 나에게 말한 것 중에서도 혹시 사실에 부합하지 않는 내용이 있다면 지금이라도 정정해주십시오."

그녀는 웃음기 없이 그의 눈을 들여다보았다. 그도 웃음기를 거두고 그녀의 눈을 응시했다.

"내가 이야기한 것은 모두 진실이에요. 고칠 것은 아무것도 없어요."

"그럼 나와 결혼하겠습니까?"

이진은 잠시 망설였는데, 그것은 그녀가 그의 이름을 다시 잊어버렸기 때문이었다. 이현은 자기 이름을 다시 한번 말해주었다.

"그래요, 이현 씨. 나는 당신과 결혼하겠어요. 나는 당신을 잘 알지 못하지만, 당신의 호의를 믿을게요. 내가 결혼생활을 잘할 수 있을지 걱정이 되기는 하네요."

드디어 모험은 시작되었다. 이세 공은 빙하에서 솟아오른 아름다운 여인을 아내로 맞이했지만 그녀를 행복하게 해주지 못했고 딸인 이진에게도 좋은 아버지가 되지 못했다. 그는 실패자였다. 이제 두번째 도전자로 출발점에 선 이현은 이세 공과는 다른 길을 걸을 생각이었다. 이진을 행복하게 해주고 싶었다. 이 세상에 존재하는 모든 행복을 넘어서는 무한대의 행복을 두 손에 쥐여주고 싶었다. 약정한 삼 년의 기간을 넘어 영원에 이르도록. 잠재의식 속에 숨겨졌던 오래된 소망에 그의 마음이 뜨거워졌다. 이진의 맑은 두 눈에 기쁨과 사랑이 일렁이는 그 순간, 그의 사랑은 아름다운 완결을 맞이할 것이었다. 그는 손을 내밀어 그녀의 손을 감싸쥐었다.

"좋습니다. 이제 우리는 되도록 빨리 결혼합시다. 당신 아버님께 인사를 드려야 하겠군요. 내일쯤? 아니면 오늘도 좋습니다. 우리 부모님은 걱정할 필요 없습니다. 아버님은 칠 년 전에 돌아가셨고 어머님은 이제 내가 결혼한다고 해도 한숨 한번 쉬면 끝입니다. 당신의 영혼들에 대해서는 굳이 이야기하지 않는 것이 좋겠습니다. 우리 둘만 아는 이야기로 하지요.

걱정하지 말아요. 우리는 즐겁게 잘 지낼 겁니다. 우리는 시작부터 잘 통하는 데가 있으니까요. 결혼이란 건, 상대를 잘 만나기만 하면 퍽 즐거운 일입니다. 혹시 우리의 결혼이 서로에게 너무 고통스러운 것이라면, 좀더 일찍 계약을 해지하기로 하지요. 하지만 그런 마음이 들지 않을 것이라고 확신합니다. 나는 이 모험을 감수할 의지가 충분히 있습니다. 비록 네번째이긴 하지만, 이 결혼은 나에게 운명적이고 특별하다고 말하고 싶습니다. 당신을 고통스럽게 하지 않겠습니다. 걱정하지 말아요. 당신을 사랑합니다."

토토로의 집

허리가 묵지근하고 온몸이 땅 속으로 꺼져버릴 듯이 무거웠다. 빈혈이 심해진 이후 생리전 증후군도 덩달아 심해져, 월경을 시작하기 일주일 전부터 내내 몸을 추스르기 어려웠다. 마음 같아서는 그저 옥매트를 최대한 달구고 가장 두꺼운 이불을 덮고 땀을 흠뻑 쏟으며 이틀쯤 누워 있고 싶은데 그럴 만한 시간적 여유가 나지 않았다. 주말마다 시간외 근무를 해야 했으므로 나는 한 달째 휴일조차 없었다.

말로는 주말부부라지만 실제로는 한 달에 두세 번 만나면 다행이었다. 오랜 기다림 끝에 만나는 그리운 가족들이지만 언젠가부터 나는 늘 아프고 지친 모습만 보여주게 되었다. 나는 네 식구의 생활비를 벌어야 하는 가장이었다. 회사에서 최대한 유능하고 활기찬 모습을 유지해야만 했으므로 불규칙하게 찾아오는 휴일이면 나는 늘 녹초가 되었다. 이번 달은 회사가 유난히 바빠서, 남편과 아이들이 수도권 인근 Y읍으로 이사 가는 일도 전혀 도와주지 못했다. 새집은 괜찮은지, 가족들이 잘 지내는지 궁금하고 걱정스런 마음이 간절했지만, 그 마음조차 때로 파묻어버릴 만큼 육체적 피로는 짙었다. 기차를 타면 한숨 자리라 생각했지만, 공기가 답답하고 승차감이 좋지 않아 피곤한 육신엔 잠조차 깃들지 못한 채 이미 다섯 시간이 흘러버렸다.

아이들은 휴대폰 카메라로 사진도 찍어 보냈는데, 내 휴대폰의 액정이 고장나 형태가 분명치 않았다. 새집이 좋다고 하는데, 목소리엔 좀 기운이 없는 것 같았다. 도시에서 살던 아이들이 외딴 시골로 처음 이사 간 소회는 어른들이 기대하는 것처럼 낭만적이고 목가적이지만은 않았나보다. 어른들은 표시내지 않으려 애쓰고 있지만 민감한 살갗으로 쇠락을 감지하는 모양이다. 엄마가 빨리 오면 좋겠다고, 새집에서 같이 살면 좋겠다고 말하는 큰아이의 목소리엔 설핏 울먹임마저 섞여 있었다. 우리 가족이 처음 이산가족이 되던 그때에도 큰아이는 그렇게 보일 듯 말 듯 울먹였다. 헤어져 사는 것은 잠깐 동안이라고, 큰아이가 초등학교에 입학할 무렵이면 다시 함께 살 거니까 그때까지만 씩씩하게 아빠 말씀 잘 듣고 있으라고 했는데 큰애는 곧 삼학년이 된다. 다행히 아이들은 추궁하지 않는다. 세월과 환경이 아이들에게 눈치를 보게 만들었다. 이런 걸 그나마 다행이라고 해야 하는 걸까.

흔들리는 차창 밖으로 흐린 빗물이 번졌다. 우산을 가져오지 않았는데 빗줄기는 꽤 굵어 보였다. 가족들이 새로 이사 간 마을은 휴대폰이 시원스레 터지지 않는 것 같았다. 집으로 전화해봤지만 아무도 받지 않았다. 아마도 엄마가 찾아온다고 세 식구가 역으로 마중 나오는 길이 아닐까. 차도 팔았다던데 두 딸들과 남편은 무엇을 타고 나올까. 비 오는데 버스를 타고 올까. 우산을 주렁주렁 들고 딸들을 챙겨 버스를 타는 것은 여간 일이 아닐 텐데. 버스에 사람이 많지 않을까. 물음표들이 꼬리를 물고 이어져, 나는 플랫폼에서 열렬히 손을 흔드는 꼬마들이 내 딸들인 것조차 잠시 모른 채 멍하니 앉아 있었다.

한 달 만에 만난 아이들은 부쩍 커 있었다. 아이들은 극성스럽게 내게 매달렸다. 큰놈은 의젓하고 속 깊어서 애틋하고, 작은놈은 아직도 어리고 작아서 불쌍하다. 남편은 한 발짝 떨어진 곳에서 가만히 웃고 있었다. 더 여위었고 눈가에 어느새 잔주름이 잡혀 있었다. 그의 손이라도 잡아주고 싶지만 이미 두 아이들이 하나씩 차지해서 나누어줄 손이 없었다. 엄마에게 굶주린 아이들은 옷자락에 콧구멍을 파묻고 엄마 냄새를 맡는다고 난리였다. 자매가 서로 상대방의 콧구멍을 밀어내느라 애를 쓰고 있다. 수도권 변두리 외딴 마을의 소규모 역사라서 사람이 적기에 망정이지, 아이들의 극성은 다소 망신스러울 지경이다.

아이들은 비를 맞는 것도 아랑곳없이 내 손을 붙잡고 옷자락에 매달리는 일에만 열심이었다. 나는 아이들의 머리통만이라도 우산 밑으로 챙겨넣으려고 애를 썼다. 비 내리는 초겨울, 역 앞은 허허벌판이라서 바람이 더 거셌다. 아이들은 그런대로 따뜻하게 챙겨입었는데 정작 남편은 홑겹 점퍼 차림이었다. 짧게 깎은 뒷머리의 목 부분에 희끗희끗한 터럭이 섞여, 남편의 뒷모습은 초라한 중늙은이 같아 보였다.

낡은 버스에는 승객이 많았다. 비 오는 주말, 게다가 장날이었는지 큰 짐을 챙겨든 노인들이 이미 버스를 점령하고 있었다. 우리의 새집은 역에서 한 시간 떨어진 곳에 있고 이 버스를 놓치면 추위 속에 한 시간을 더 기다려야 했다. 다음 버스도, 택시도 우리에겐 용납되지 않았다. 창 밖에서 바라보기만 해도 기가 질리는 그 속으로 우리는 힘겹게 섞여 들어야만 했다. 남편의 어깨가 잠시 굳어진다 싶었지만 그는 선발대가 되어 씩씩하게 파고들기 시작했다. 버스 속의 인파는 쉽게 뚫리지 않았다. 버스기사는 다음 차를 타라며 짜증을 부렸다. 남편은 버스 손잡이를 놓지 않은 채, 작전을 바꾸어 우리를 먼저 밀어올렸다. 우리는 기껏 버스의 계단을 다 올라가지도 못하고 사람들의 등짝에 막혀 서버렸다. 내 등을 감싸안은 자세로 남편이 버스 입구를 두 팔로 막고 섰다.

"그렇게 버스 계단에 서 있으면 문이 안 닫히잖아요! 당신들 때문에 버스가 출발을 못 하잖아요!"

"그냥 출발하세요, 다음 정거장에서 몇 사람 내릴 때까지만 이렇게 버틸 거니까요."

"이 양반이 돌았나? 이대로 출발하라니, 당신 떨어져 죽고 싶어?"

"걱정 말고 얼른 출발이나 하세요."

이후 약 오 분 동안, 우리는 버스기사에게 조상 삼대가 들은 것보다 더 많은 욕설을 얻어먹었다. 안쪽의 사람들이 마지못해 꾸물꾸물 엉덩이를 움직여준 끝에 꿈결같이 짧은 한순간 약간의 빈틈이 생겼고, 우리는 잘 훈련된 생쥐들처럼 날렵하게 몸을 뒤틀어 간신히 문을 닫을 수 있었다. 새집에 다다를 때까지 버스에서 내리는 사람이 거의 없었으므로 우리는 그대로 버스기사의 눈총을 받으며 문간에 매달려 서 있었다. 빈혈과 생리전 증후군은 설 자리가 없었으므로 잠시 내 뇌리에서 사라져주었다. 그렇게 이를 악물고 간신히 매달리고 끼어든 곳이 겨우 이렇게 축축하고 불편하고 초라한 곳에 불과했던가, 버스 안에서 나는 그것이 내내 억울하고 서러웠다. 그래도 아이들 앞이라서 눈물은 참았다.

　머리를 짧게 깎고 장교복을 입던 시절에도 남편은 귀티가 역력했다. 군무원으로 근무하던 나는 그가 어떤 사람인 줄도 모르고 첫눈에 반했다. 좀더 사귀다가 그가 부잣집 아들인 것을 알고 깜짝 놀랐고, 내 형편과 너무 맞지 않아서 헤어질 수밖에 없겠노라고 눈물바람을 했다.
　형편만 보자면 기울어도 보통 기울어지는 것이 아니었다. 나는 조실부모하고 외삼촌 밑에서 자랐다. 외삼촌은 평범한 자작농으로, 당신 자식이 셋이나 되었다. 밥 세끼 굶기지 않은 것만 해도 감사드릴 뿐, 교육적인 뒷받침은 언감생심 기대할 수 없었다. 군대라는 공간은 내 처지에서 발버둥쳐서 도달할 수 있는 최고의 성공이었다. 더이상의 성공도 안락도 바라지 않았다. 혼자서 그만큼 이루었으면 충분하고 또 감사하다고 생각했다. 내가 안간힘을 쓰고 기어올라간 인생의 최고 정점에서, 일시적인 인생의 최저 하락점을 묵묵히 감내하고 있던 남편을 만나게 될 줄은 꿈에도 몰랐다. 서울에 살던 부유한 남편과 지방에 살던 가난한 나, 도저히 겹치기 힘든 두 세계는 국민개병제라는 국가방위 시스템의 강제력으로 일시적인 상면을 하게 되었고 짧은 사이에 사랑이 피어올랐다.
　우리는 곧 열정적인 사랑에 빠졌지만 나는 열애의 달콤함을 마음껏 누리지 못했다. 난데없이 손톱을 깨무는 습관까지 생겼다. 부잣집 아들과 사랑에 빠져버린 나는 어린 시절의 어두운 밤 속에 다시 똑 떨어진 기분이었다. 다섯 살 무렵까지, 내가 살던 산골 마을에는 전기가 들어오지 않았다. 날 궂은 그믐밤이면 눈을 뜨나 감으나 마찬가지였다. 어머니가 돌아가실 무렵에는 비위가 약해지셔서, 방 안에 있는 요강 냄새를 참지 못하셨다. 나는 그 저항할 길 없는 어둠을 헤집고 마루로 나와 더듬어 요강을 찾고 엉덩이를 내려서 소변을 보았다. 등뒤에는 신경질이 많아진 어머니가 신경을 곤두세우고 있었고, 눈을 아무리 크게 떠봐도 눈앞은 새까만 벽이나 다름없었다. 두려움은 차라리 둘째였다. 그때 느꼈던 서러운 막막함을 나는 무연히 되새겼다. 내 의지와 능력으로 할 수 있는 일은 아무것도 없었다. 무엇을 어떻게 해야 하는지 알지도 못했다.

1·4후퇴 때 단신 월남해 자수성가한 시아버지는 고급 여성의류를 생산하는 공장을 경영한다고 했다. 재벌은 아니라도 보통 이상의 부자는 분명했다. 평생 가난 이외의 것을 구경조차 하지 못한 내 입장에서는 재벌과 그냥 부자의 차이란 것이 숫자 조(兆)와 경(京)의 차이만큼 똑같이 아득하기만 했다. 시아버지 될 어른께 처음 인사드리기로 한 날, 나는 약속장소였던 카페로 들어가려다가 문간에서 쪼그리고 앉아 울었다. 황급히 화장을 고치고 들어갔지만 빨갛게 물든 눈자위는 감출 수 없었다.

"와, 울고 들왔네?"

"……"

"잡아먹는다디?"

"……"

"어렵게 살았으면 다글다글해야지, 기래 물컹해서 되가서?"

머리숱이 거의 없는데다 얼굴이 불콰하고 넓어서 달마도를 연상시키는 어른이었다. 갸름하고 선이 고운 남편의 얼굴하고는 닮은 곳이 없었다. 하지만 음성만은 탁음이 섞여 있어도 부드럽고 깊은 것이 남편의 목소리와 유사했다.

"내가 너이들 삼대는 먹고살게 다 벌어노아서. 거저 너이는 펜히 살라."

그게 끝이었다. 가난하다고 트집을 잡거나 크게 인심 써서 받아준다는 생색 따위는 군더더기로도 없었다. 반대할 때는 격렬하고도 단호했지만, 만나서 인사를 받겠다고 하신 것은 절반 승낙이나 다름없었던 모양이었다. 그것도 모르고 얼마나 혼자서 많은 소설을 쓰고 드라마를 찍었던지. 밍크코트를 입은 부인이 돈봉투를 던지고 가버리는 그런 일을 상상하느라 방금 전까지 카페 앞에 쪼그리고 앉아 울었던 나는, 시어른 될 분의 화통한 승낙에 감격해서 또 찔끔 눈물을 쏟았다.

"경식이는 돈을 못 벌가서. 자식이래두 척 보면 다 안다. 나는 소싯적에 눈빛부터 달랐대서. 동네에서 쌈질도 일등이댔구. 경식이는 천상 샌님이다. 공부해야지 벨수 있가서. 너는 공부하구, 너는 살림하구, 기리케 살라."

남편은 제대한 후 대학원 석사과정에 진학했고 나는 남편을 따라 서울로 올라왔다. 곧 큰아이가 태어났다. 아이를 키우니 생활비도 많이 드는데, 저 사람도 서른이 되었으니 부모에게 손 벌리는 일은 얼른 면해야 할 텐데 하고 조바심했으나 곧 나는 그게 빈티 못 벗은 생각임을 깨달았다. 생활비와 학비는 시아버지가 넉넉히 대주었다. 시아버지는 부자였고 남편에겐 경제적인 자립을 성취해야 할 책임이 애초 없었다. 그가 해야 할 일은 긴 공부를 마치고 교수직을 얻는 것뿐이었다. 인내와 검약이라는 나의 주특기는 시집에서 별로 빛을 발하지 못했다. 부잣

집 외며느리에게 요구되는 덕목은 안목과 품위였다. 낯선 것들을 배우느라 힘들긴 했지만 그때가 나의 인생에 가장 행복하던 시절이었다. 이제 와서 생각하니 그렇다. 그때는 내 앞에 점점 더 크고 깊은 행복들이 줄 서서 기다릴 거라고 생각했다. 어린 시절부터 불행과 불운에 그렇게 단련되었으면서 어쩌자고 덧없는 희망을 품었던 것인지, 지금은 잘 이해되지 않아 혼자 힘없이 피식 웃는다.

만원버스에서 해방된 곳은 송하리라는 작은 마을이었다. 큰아이가 학교에 가려면 이십 분씩 버스를 타야 하는 한적한 마을이었다. 그새 빗줄기는 안개처럼 흩뿌리는 정도로 줄어들어, 네 식구는 머리에 이슬을 얹고 걸어갔다. 비포장을 겨우 면한 시멘트 길을 따라 백오십 미터쯤 들어가자 나지막한 산울타리로 둘러싸인 단층집이 모습을 드러냈다. 먼 길에 지쳐 있던 아이들은 집이 보이자 돌연 힘을 얻어서 팔짝거렸다. 나는 아이들처럼 돌연히 기운이 회복되지 않았다. 그런 건 어린 시절에나 누릴 수 있는 축복인 것이다.
"엄마, 저 집이 우리집이야!"
"저 나무, 나무 보여요? 정말 크죠?"
"저기 토토로가 살아요! 토토로가 사는 나무랑 똑같은 구멍도 있어요!"
아이들이 나에게 가장 보여주고 싶었던 것은 아마 뒷산의 거목이었던 모양이었다. 우리는 안개비 속에서 잠시 멈추어 나무 앞에 섰다. 수령이 몇백 년이나 되었을까. 둥치가 어른의 네 아름쯤 될 것 같고 까치 둥우리를 여남은 개나 얹고 있는 나무였다. 잎이 한 개도 남지 않은 초겨울에도 우듬지가 빽빽한 것이, 한여름 무성한 그늘에 서면 하늘이 한 점도 보이지 않을 것 같은 위세를 짐작해볼 만했다. 집 뒤편의 완만한 야산 자락을 온통 뒤덮고도 기세가 남아 우리집까지 덮칠 것 같은 그 거목 덕분에—물론 아직 현관 문고리도 잡아보지 못한 우리집은 우리집이라기보다 남편과 아이들의 집이라 해야 할 만큼 심정적으로 데면데면했지만—납작하고 밋밋한 작은 집은 오히려 초라해 보이는 행색을 다소 감출 수 있는 이점도 있었다. 한눈에 쏙 들어오지 않아서 목을 휘휘 돌리며 그 전경을 파악해야 하는 거목을 쳐다본 뒤에는 나무 곁에 있는 외딴 집이 그냥 작은 것인지 유난히 작은 것인지 분간이 가지 않게 되니까 말이다.

아이들과 오래 떨어져 살다보니 그들의 최근 관심사에 대해서 점점 무지해진다. 아이들이 팔짝거리며 떠들어대는 토토로라는 이름이 무엇을 뜻하는지, 먹을 것인지 입을 것인지 나는 짐작하지 못했다. 요즘 두 아이들이 가장 심취해 있는 애니메이션 캐릭터라는 남편의 설명을 듣고서야 나는 고개를 끄덕였다. 한적하고 외딴 집으로 이사 온 아이들이 토토로라는 어떤 이름을 떠올리고 기뻐할 수 있었다면, 그것이 무엇이든 나는 고마워해야 마땅하다. 아이들은 숲의 요정 토토로 이야기를 들려주었다. 나무 위에서 피리를 불고 도토리를 선물로 준다고 했다.

거목 앞에 서 있자니 몸에 스미는 으슬으슬한 한기가 예사롭지 않았다. 나는 집에 들어서자마자 진통제부터 두 알 꿀꺽 삼켰다. 남편에게는 특별히 진한 커피를 타달라고 부탁했다. 약의 힘이건 카페인의 힘이건, 무엇을 빌려서라도 오늘 저녁은 꿋꿋한 모습을 보이고 싶었다. 모락모락 김이 오르는 머그컵에 두 잔의 커피와 두 잔의 핫초콜릿이 담겨

왔다. 우리는 따뜻한 이불 밑에 발을 녹이며 각자의 잔을 비웠다. 방 두 칸에 부엌 겸 마루, 욕실 겸 화장실이 달린 단순한 구조였지만 방이나 마루나 모두 밖에서 보기보다는 널찍널찍해서 다행이었다. 단독주택이라서 외풍은 심했지만 방바닥은 따끈따끈해서 제법 허리를 지질 맛이 났다. 너무 외딴 곳이라서 걱정스러운 것을 제외하면 큰 문제는 없겠다 싶었다.

집 걱정을 덜고 나자 부쩍 자란 아이들이 눈에 들어왔다. 우유에 담가놓았던 것처럼 뽀얗던 아이들이 촌에서 며칠 살았다고 그새 가무잡잡해졌다. 막바지 가을 내내 알차게 뛰놀았던 모양이었다. 삼겹살과 상추쌈으로 저녁식사를 하는 내내 아이들은 내가 함께하지 못한 그들의 생활을 최대한 자세히 전달하기 위해 줄창 떠들고 있었다. 머리가 아파서 아이들의 소리가 들리다 말다 했지만 아이들의 즐거운 음향만 들어도 내가 있어야 할 곳에 있다는 안도감이 밀려왔다. 물론 이 안도감은 최면 같은 것이다. 어쩌면 독한 약과 진한 커피와 기름진 고기가 뱃속에서 만나 빚어낸 환상일지도 모른다.

흔히 부자는 망해도 삼대를 간다고 했다. 처음 인사를 드리던 날 시아버지가 하신 말씀도 그랬다. 내가 너이들 삼대는 먹고살게 벌어노아서. 시아버지의 총 재산이 얼마쯤 되었을까? 물론 나는 대충의 규모조차 짐작하지 못했다. 몇억원을 넘어서는 큰돈 이야기는 나에게 안드로메다 은하계와 플레이아데스 성단의 존재처럼 아득하기만 하다. 가벼운 당뇨를 앓고 있던 시아버지는 내가 결혼한 이듬해 사업을 정리하고 통장들을 챙겨서 은퇴했다. 남편은 수도권의 한 대학에서 박사과정을 밝기 시작했는데 학위를 받으면 잠시 유학을 다녀온 뒤 그 대학의 교수가 될 것이라고 했다. 자격과 평가와 경쟁이 필수적일 미래의 일에 대해 시아버지는 어떻게 그렇게 확정적인 표현을 쓸 수 있었던 것일까? 그런 일에 대해서도 역시 나는 무지하다. 시아버지는 별들과 행성의 나이나 크기처럼 아득하고 모호한 직함들을 여러 개 가지고 있었는데 그중에는 대학교육과 관련된 것들도 몇 가지 있었고 아마도 그것과 관계가 있었을 것이다. 너이는 다 펜히 살게 해노아서. 걱정 말구 아이나 잘 키우라. 시아버지는 늘 이렇게 말했다. 나는 시아버지를 믿고 남편의 일은 아무 걱정도 하지 않았다. 당뇨에 좋다는 현미로 밥을 짓고 육류가 빠진 푸른 반찬을 만드는 일에만 몰두했다.

시아버지는 소일 삼아 주식투자를 시작했다. 처음엔 평생 옷 팔아서 번 것만큼 많은 돈을 일 년 안에 벌었다고 했다.

"인제 IT 세상이 왔다. 벤처가 뭔지 아는? 고거이 황금알을 낳는 거이야. 우리같이 늙은 것들은 거저 옷이나 팔아서 푼돈 벌 줄이나 알았지, 하마터면 이 돈줄을 놓칠 뻔 않았네? 진작 공장 관두고 이쪽에 눈 돌렸으면 돈 천억은 우습게 버는 거인데 참말로 아깝게 되었다."

식사할 때마다 오늘은 무슨 기업이 몇 대 몇 합병, 내일은 무슨 업체가 코스닥 상장, 그래서 하루에 벌어들인 돈이 몇억 하는 이야기를 화제로 삼았다. 우리는 돈에 대해서 잘 몰랐지만 시아버지의 기쁨에 순수하게 동참했다. 자고 나면 재산이 불어난다고 하는데 싫을 이유는 하나도 없었다. 몰락이 어떻게 시작되고 진행되었는지도 사실 우리는 잘 모른다. 언론에서 버블 붕괴를 우려할 때에도 시아버지는 큰소리를 쳤다.

"기저귀 찬 아새끼들이나 돈을 잃지. 내가 하루 이틀 돈을 다뤄보

니? 남들은 다 망하는 벤처 붙잡고 있어두 나는 블루칩만 골라개지구
이서. 진즉에 말을 갈아탔으니까네 객장에서 나더러 다 귀신이 아니냐
고 물어보디 않니? 너이는 아무 걱정 말라."

　그때 우리가 그렇게 순진하고 현실을 모르지 않았으면 어땠을까. 이
미 시아버지의 앙상한 손가락 사이로 걷잡을 수 없이 흘러나가고 있었
던 금모래 같은 재산들을 조금이라도 지킬 수 있었을까? 실물은 자취
조차 없고 오로지 객장의 초록 숫자만으로 반짝이던 그 거대한 재산들
은 신기루처럼 허황되게 사라졌다. 시아버지가 한평생 땀과 노동으로
빚어낸 알토란 같은 재산들은 분명 실체가 있는 것이었지만, 한바탕 모
래폭풍에 휩싸인 뒤에는 똑같이 신기루가 되어 자취 없이 사라졌다. 시
아버지는 이미 신기루에 넋을 빼앗긴 뒤였다. 넋을 빼앗긴 사람도 신기
하게 말은 똑바로 했다.

　"내가 벌서 큰 거는 다 부동산에 묻어노아서. 주식 그거는 푼돈 개지
구 심심파적하는 거이다. 이깟 일에 망해 나자빠지는 것들은 거저 다
머저리들이야. 때를 봐서 딱딱 땅에다 파묻어야 하디 않가서? 회사가
망하든 주식이 떨어지든, 땅이 발 달려 도망간다디? 너이는 아무 걱정
말라."

　시아버지의 피부가 점점 더 검어지고 눈에 핏발이 서는 모습으로라
도 눈치를 챘어야만 했다. 더욱이 한평생 불운과 가난에 시달려온 나라
면, 가느다란 빗줄기도 아니고 땅을 뒤흔드는 사나운 천둥 벼락으로 다
가오는 불행의 조짐이라면 단번에 알아챘어야 옳았다. 그러나 어리석
게도 나는 반신반의했다. 시아버지와 남편이 타고난 행운은 내가 타고
난 불운을 충분히 눌러 꺾을 수 있을 만큼 강할 것이라고 믿었고 그렇

게 믿고 싶어서 더 어리석게 굴었다. 시아버지가 당뇨 합병증으로 쓰러진 뒤에야 다급하게 알아본 결과 시아버지의 수중에 남은 재산은 거의 없었다. 믿기 어렵도록 깨끗이 정리해서 저 지긋지긋한 벤처 버블의 커다란 아가리에 말끔히 쑤셔넣은 뒤였다. 그 동안 시아버지가 큰소리친 이야기들이 실은 당신의 회한을 각색한 것에 불과했음을, 금전적 실패와 육체적 쇠락이 겹쳐 정신의 혼미마저 불러왔음을, 그분에게는 이미 오래 전부터 돈도 건강도 판단력도 아무것도 남지 않았음을 우리는 너무 늦게야 깨달았다. 껍데기만 남아 큰소리치던 거목은 돌연히 쓰러져 알몸뚱이의 우리를 세상에 내팽개쳤다.

"에미야, 니 고향엔 일할 자리가 없겠는? 요즘은 여자들도 일하는 세상이 아니니. 경식이는 공부가 아직 다 안 끝났으니까네."

둘째가 겨우 돌을 넘겼던 무렵, 어느 날 정신이 돌아온 시아버지가 던진 말씀이었다. 환자와 아기가 있는 집에서 주부에게 돈을 벌러 나가라는 말이 묘하게도 심금을 울렸다. 생활비가 당장 급하니 누구라도 돈을 버는 것이 옳았지만, 남편이 아닌 나에게, 이곳이 아닌 고향에서 돈을 벌어보라고 권하는 것이 어쩐지 의미심장했다. 물론 시아버지는 말을 꼬아서 하는 사람도 아니었고 그런 복잡한 정신을 쓸 수 있는 상태도 아니었다. 그러나 나는 마치 내가 하고 싶던 말을 시아버지가 대신해준 것처럼 반가웠다. 일단 내가 이 집을 떠나는 일이 가장 다급한 것 같았다. 내가 아니었다면 결코 이 집에 찾아오지 않았을 그 모든 불행들을 등짐처럼 싸짊어지고 떠나는 일만이 유일한 해결책인 것 같았다. 그러면 사랑하는 남편과 아이들에게 더이상 불행이 찾아오지 않을 것 같았다.

한번 그런 생각이 굳어지니 한시도 지체할 수 없었다. 나는 오랫동안 연락이 없었던 군무원 시절의 동료들에게 차례차례 전화를 돌렸다. 의외로 쉽게 일자리가 구해졌다. 내가 군에서 근무할 때 연대장이었던 장군이 예편하여 D시에 있는 군납업체의 사장이 되었는데 그곳에서 출납일을 맡아달라고 했다. 급여는 후한 편이며 기숙사에서 숙식을 해결할 수 있는데 군장비 현대화 바람을 타고 회사가 눈코 뜰 새 없이 바쁘게 돌아가기 때문에 시간외 근무가 매우 많을 것이라고 했다. 나로서는 더 바랄 것 없는 조건이었다. 남편이 학업을 마치고 취업할 때까지만 한시적으로 내가 생계를 책임지기로 합의했다. 그 이후엔 다시 정상적인 가족으로 돌아가리라 믿었다. 물론 나도 그렇게 되기를 간절히 소원했다. 그러나 그 일이 쉽지 않을 것이라는 예감은 떨칠 수 없었다. 이미 나의 불행 감지 레이더는 정상적으로 작동을 재개한 뒤였다.

직장을 얻어 D시로 떠난 이후 나는 버는 돈을 모두 다 가족에게 보냈다. 말로 듣던 것처럼 정식 기숙사가 있는 것은 아니었지만 제법 널찍한 다세대주택에서 직원 열일곱 명이 함께 지내고 주인아주머니가 식사를 해결해주었으므로 별도의 생활비는 들지 않았다. 내핍 생활이야말로 내가 가장 자신 있는 부분이었다. 결혼 전부터 입던 옷들을 입고 내 몫으로는 우유 한 잔 사 먹지 않았다. 빈혈이 심해지는지 자꾸만 임신한 여자처럼 구역질이 치밀고 눈앞이 혼미해지는 일이 잦았지만 병원 한 번 찾지 않았다. 나를 위해서 쓸 수 있는 여분의 돈은 한푼도 없었다. 내 월급을 고스란히 보내도 아이들 학교 다니고 환자의 병수발하기도 빠듯했다. 시아버지는 지난 봄에 세상을 떠났다. 남편은 가까스로 박사학위를 받았지만 당연히 유학은 떠나지 못했고 교수 자리를 약속했던 대학에서도 아무 말이 없었다. 그는 시간강사 자리라도 얻으려 동분서주했지만 수도권 대학의 박사학위만으로는 좋은 자리를 잡을 수 없었다. 큰아이가 열 살이 되었다고는 하지만 다섯 살배기 동생을 맡기고 자주 집을 비우기도 어려웠다. 남편은 점점 더 집 안에 매여 살았고 교수가 될 전망은 점점 더 어두워졌다.

남편이 교수의 꿈을 포기하고 일반 기업에 취직했더라면 어땠을까. 이 문제에 대해 나는 늘 양가적인 감정을 느꼈다. 나는 늘 남편과 아이들을 그리워했지만 다시 함께 사는 것은 두려워했다. 불행의 검은 고양이가 나를 보고 언제 다시 등털을 곤두세울지 모른다. 교수처럼 안정적인 직업이라면 모를까, 일반 기업에 취직하는 것으로는 나의 불안감을 잠재울 수 없었다. 정리해고를 당하거나 기업이 망할 수도 있으니까 말이다. 남편 역시 취직 문제에 소극적이었다. 그는 이미 나이가 많았고 순수학문을 지향해온 그의 전공과 경력으로는 취업할 자리도 마땅치 않았다. 그는 언제나 온실 속에서 자란 고운 꽃나무였다. 멀리 떠나 고생하는 아내에 대한 애처로움은 지극했지만 스스로 영업직이라도 나서서 세파를 떠안을 자신은 없었다. 결국 그는 '언젠가' 교수가 되어 나의 고생을 모두 보상하겠노라는 다짐만을 거듭하며 시간을 부스러뜨렸다. 우리는 서로 떠안은 커다란 자격지심과 열등감을 가면처럼 덮어쓰고 함께 만나 같이 살게 될 날을 차일피일 미루어왔다. 커가는 아이들에게만은 무어라 말할 수 없이 미안하고 또 미안하지만, 이것만은 부모가 되어서도 한사코 드러내고 싶지 않은 진물 흐르는 치부였다.

그는 서울에 있던 집을 팔고 이 집으로 이사 오면서 그 차액을 모두 모교의 어떤 통장으로 입금했다. 지도교수가 이번에는 분명한 언질을 주었다고 했다. 그 이야기를 들었을 때 나는 심장이 죄어드는 느낌이었다. 천하에 둘도 없이 샌님이던 남편이 그런 방법을 모색하고 실행에 옮긴 것이 애틋하다는 생각도 들었지만 그건 먼 하늘의 유성 꼬리처럼 순간적이고 희미한 감정에 불과했다. 윤리의 문제는 천리 밖에 있어서 눈에 들어오지도 않았다. 지도교수의 집에서 이삿짐을 나르든 김치를 담그든, 결사적으로 매달려야 한다는 생각뿐이었다. 우리 손에 남은 것이 별로 없음을 확인할 때마다 심장이 조여드는 것 같은 공포가 밀려왔다. 이번 일이 성사되지 않는다면 우리에게 더이상 기회나 희망은 없을 것이었다.

식사를 마치자 아이들은 엄마와 함께 목욕하고 싶다고 매달렸다. 추운 날씨에 비까지 맞았으니 따뜻한 물에 몸을 담그는 것이 좋을 것도 같았다. 그러나 나의 에너지 눈금은 바닥을 가리켰고, 당장이라도 월경이 시작될 듯 아래가 묵지근했다. 나는 남편에게 구원을 요청했다.

"엄마는 감기도 들었고 먼 길을 오시느라 너무 피곤하단다. 우리가 먼저 목욕 다 하고 엄마는 혼자서 가볍게 샤워하시도록 해드리자. 대신 너희들 목욕 다 하면 엄마가 로션 발라주시고 옷 입혀주실 거야."

아이들은 다소 실망한 듯했지만 착하게 아빠 말씀을 따랐다. 남편이나 아이들이나 스스럼없이 옷을 벗고 여섯 쪽의 궁둥이를 흔들며 욕탕으로 들어가는 모습이 오히려 내 눈에 낯설었다. 욕탕에서는 곧 웃음소리와 서로 간질이는 소리, 물을 첨벙거리며 장난치는 소리가 새어나왔다. 엄마가 결핍된 가정에서 세 부녀는 훨씬 더 밀착된 관계로 외로움을 이겨나가는 모양이었다. 아이들에게 살가운 관심과 스킨십을 아끼지 않는 남편이 새삼 고마웠다. 어린 시절 꿈에 그리던 따뜻하고 다정한 아빠의 모습을 나는 남편에게서 어렵지 않게 찾아낼 수 있었다. 그런 점들 때문에, 나는 그에게 결여된 부분을 탓하고 싶은 생각이 조금도 들지 않았다.

제일 먼저 둘째가 뽀얗게 부풀어 나왔고 곧 큰아이도 달려나와 이불 속으로 기어들어갔다. 나는 그들에게 로션을 발라주고 내복을 입혀주었다. 이미 그럴 때가 한참 지났지만 둘째녀석에게는 엉덩이에 베이비 파우더까지 발라주었다. 두 돌을 채우지 못하고 떼어놓은 아이였다. 추억의 갈피를 헤집어봐도 둘째의 기억은 희미하고 산만하다. 이미 가세가 기울기 시작할 때 낳고 키워서, 둘째에게는 온전하고 평온하게 관심을 기울여준 일이 없었다. 헤어져 산 지 삼 년이 넘어가자 둘째는 어쩐지 내 아이가 아닌 것처럼 낯설게 느껴지기까지 한다. 반면 엄마 손에 굶주린 둘째는 더욱 악착스럽게 나에게 매달린다. 둘째가 나에게 매달릴 때마다 나는 이물감을 느꼈다. 이 아이가 누군데 나에게 매달리지? 내가 언제 이 아이를 낳았지? 어쩌면 나의 내면 깊은 곳에는, 둘째가 태어나기 이전의 행복하고 무탈하던 시절로 되돌아가고 싶은 말도 안 되는 욕망이 감추어져 있는 것인지도 모르겠다.

그런 심란함을 감추기 위해, 어린 아기로 내 품안에 꼬물거리던 둘째의 기억을 되살리기 위해 나는 그 아이의 엉덩이에 파우더를 발라주었다. 둘째는 난데없는 아기 취급이 기분 좋은지 깔깔거리고 웃었다. 큰아이까지 샘을 내기에, 나는 큰아이의 엉덩이에도 파우더를 발라주었다. 큰아이는 훨씬 낫다. 큰아이를 낳고 키우던 시절은 내 인생의 절정기였다. 착한 남편, 든든한 시아버지, 주체할 수 없이 많은 재산, 예쁜 아기. 그 모든 것이 다 내 것이었다. 큰아이를 보면 나도 모르게 입가에 미소가 피어오르고, 행복한 추억들을 반추한다. 큰아이는 더욱이 어린 시절 내 모습을 빼닮았다. 작은아이는 시아버지의 모습을 많이 닮아서 둥글넙적하고 자신만만하다. 나는 빗으로 큰아이의 머리칼을 빗기기 시작했는데 작은놈이 예민하게 샘을 낸다.

"나도 나도!"

"아니야. 기다려. 순서대로 해."

큰아이의 짧은 머리칼은 뻣뻣하게 이리저리 뻗쳤다. 방금 머리를 감았는데도 빗이 자꾸 멈추었다.

"너는 엄마 어릴 때를 꼭 닮았어."

무심코 말하고 보니 큰아이가 내 더러운 팔자의 한 조각이라도 닮을까봐 머리털이 쭈뼛 일어섰다.

"그럼 내 머리칼도 나중에 엄마처럼 예뻐질까요?"

"물론이지. 아주 예뻐질 거야."

"엄마! 오늘은 꼭 우리랑 같이 자야 해요!"

둘째녀석은 머리통부터 들이밀고 내 품안으로 파고든다. 안되고 불쌍한 마음이 앞서야 하는데 까칠하게 알밉상스러운 마음이 든다. 물론 나는 눈치 보며 자라난 불행하고 가난한 사람들이 흔히 그러하듯 내심을 감추는 일에 매우 능하다. 큰아이는 순순히 둘째에게 엄마 곁을 양보한다. 첫째는 마음이 넓고 양보심이 있다는 말을 듣는 편이다. 나는 첫째의 말없는 속마음이 내 마음처럼 읽어질 것 같다. 유아기를 지나 아동기에 접어들면서 세상사의 모든 것을 왕성하게 받아들이기 시작할 무렵, 큰아이는 유복하고 단란하던 가정이 어이없이 붕괴되는 과정을 목격했다. 아이에게 그것은 더없는 공포였을 것이다. 절벽 위에 간당간당 흔들리듯 매달려 있게 된 가정, 부모의 무능으로 위태한 지경에 놓인 그 가정이나마 지키기 위해서라면 아이는 못 할 일이 없다. 제 몫을 모두 동생에게 양보하는 것쯤은 아무것도 아니다. 적어도 제 쪽의 욕심이나 실수로 가정이 더 큰 위험에 처하는 일은 없게 하려고 아이는 안간힘을 쓰고 있다. 아이의 그런 마음을 뻔히 알면서도 안심시켜줄 수 없는 어미의 무능함이 저주스럽다. 그 두려움과 상처가 앞으로 아이의 남은 평생 내내 함께할 것이라고 생각하면 울고 싶어진다.

둘째에게 일방적으로 유리하게 자리 배정을 끝낸 아이들은 즐겁게 재잘거리며 내 팔을 한쪽씩 붙들고 그들의 이불 속으로 나를 끌어들였다. 남편은 웃으며 불을 꺼주고 조용히 안방으로 갔다. 둘째아이는 엄마를 껴안고 자겠다며 내 가슴에 머리를 얹고 내려놓으려 하지 않는다. 누우니까 온몸에 진땀이 솟고 천장이 너울처럼 울렁거려서 나는 그냥 도로 일어나 앉아버렸다. 심한 멀미처럼 어지럽고 구토가 났다. 아이들이 금방 겁먹은 표정으로 따라 일어났다. 나는 몇 번 심호흡을 하고 아이들을 안심시키며 다시 누웠다. 아이들이 잠들 때까지만. 엄마가 찾아온 행복한 저녁의 기억을 아이들이 온전히 꿈에 담고 잠들 때까지만이라도 나는 통증과 신음을 혀 밑에 가두려 애쓴다. 진한 커피와 독한 약은 나의 두뇌를 들까불고 뒤흔들어, 몸을 짓누르는 천근 피로와는 관계없이 나는 이 밤에 한잠도 이루지 못할 것을 예감한다.

"엄마, 저 나무엔 토토로가 살아요."

"응, 그러니."

"토토로가 도와주면 소원이 다 이루어져요."

"그렇구나."

"사츠키와 메이의 엄마도 아팠는데요. 토토로가 도와주니까 병이 다 나아서 돌아왔어요."

토토로가 모든 소원을 들어줄 수 있다면, 부디 남편이 교수가 될 수 있게 해주기를. 나는 창 밖에 일렁이는 어두운 거목의 그림자를 향해 마음속으로 소원을 빌었다. 흥분한 아이들은 쉽게 잠들지 않았다. 그들은 나에게 속삭이고 싶은 이야기들이 너무 많았다. 응, 응, 그랬니, 저런, 하는 짧고 내용 없는 응답만 붙여줘도 행복해하는 착하고 불쌍한 아이들이다. 끝도 없이 이어지던 아이들의 말수가 점점 적어지고 마침내 숨결이 고르게 가라앉을 때까지, 그들의 행복을 깨뜨리지 않기 위해 나는 현기증과 구토감을 결사적으로 참았다. 밤이 되자 몸살과 피로감은 더욱 기승을 부리며 내 몸을 잡아 뒤흔들었다. 아이들이 잠든 것을 확인하고 나는 일어나서 건들거리는 머리를 문틀에 기대고 앉았다. 집에 쌍화탕이 있을까? 그걸 따뜻하게 데워 마시면 좀 나을 것 같다. 이 밤은 몸살로 지새우더라도, 내일 아침엔 멀쩡한 모습으로 일어나 환한 미소로 아이들을 깨워야 한다.

머릿속에서 짖어대는 개, 발톱을 세워 온몸을 할퀴는 고양이, 온몸을 지지는 불덩이와 돌연 등골에 쏟아지는 얼음물, 그 미친 요괴들과 얼마나 싸웠을까. 손바닥에 친친 배어난 땀을 무릎에 닦다가 나는 문득 문 밖에서 기다리는 가쁜 숨소리를 들었다. 나는 손가락 한 개를 들어 요정처럼 방문을 밀었고 그곳에서 오랫동안 헤어져 지낸 젊은 남편을 발견했다. 문틀을 사이에 두고 우리는 잠시 마주 보았다.

나는 꿈속인 듯이 그를 따라 일어섰고 그는 나를 감싸안아 안방으로 데려갔다. 내 옷자락을 풀고 가슴을 헤치는 그는 십대 소년처럼 다급하고 초조했다. 남편의 몸은 달군 쇳덩이처럼 단단하고 뜨거웠다. 아이들을 재우는 내내 불덩이처럼 열이 오르고 그렇게 많은 진땀을 흘렸는데, 오로지 질구만은 내 몸이 아닌 듯 건조하고 차가운 것이 미안했다. 남편의 체중이 실리고 그의 몸이 밀려들어오자 엉덩이가 쪼개지는 듯 날카로운 아픔이 허리께를 휘저었다. 아랫도리에 압력이 가해질 때마다 구역질이 나고 머리가 터질 것만 같았다. 나는 입술을 앙다물고 어금니를 깨물며 그의 어깨에 매달렸다. 제발 빨리 끝나주기를. 그러나 오랫동안 헤어져 지낸 젊은 남편의 욕망은 쉽게 충족되지 않았다. 이제 끝나는가 싶었으나 그는 황급히 자세를 바꾸어 다시 뒤쪽에서 밀려들어왔다. 그가 힘을 줄 때마다 등골 마디마디가 자근자근 부서져나가는 듯하고 숨이 턱턱 막혔다. 그가 귀를 핥으며 속삭이는 사랑의 말들도 알아듣지 못하겠다. 나는 치밀어오르는 구역질을 가라앉히기도 급급했다. 마침내 그가 뜨거운 정액을 뿜어냈다. 아무런 방어도 없이, 혹시 임신이라도 되면 어쩌나? 나는 배란이 불규칙한 편이고, 둘째아이도 전혀 임신 주기가 아니라고 생각했는데 덜컥 생겨버렸다. 둘째만 해도 기쁜 마음으로 낳을 수 있었지만, 다시 아이가 생긴다면 이제 우리는 죄를 지어야 할 것이다. 그러나 그것은 나중에 생각할 문제이고, 일단은 힘든 일을 끝낸 것만 다행히 여기기로 한다.

방금 사랑의 행위를 끝냈는데도 눈 속에 파묻힌 듯 오슬오슬 한기가 들어 나는 이불을 끌어당겼다. 정신이 혼미한 와중에도 잠은 오지 않았다. 깔깔한 눈꺼풀을 끌어내려 안구에 휴식을 주었다. 이제 내일 아침에 씩씩한 모습으로 일어나는 일만 남았다. 아이들과 늦은 아침을 먹고 나면 곧 버스를 타고 출발해 D시로 돌아가는 기차를 타야 할 것이다. 이번에는 몸이 고되어 아이들에게 잘해주지 못한 것이 안타깝다. 다음 엔 몸살이나 생리전 증후군 따위는 달고 오지 않을 것이고 나는 더 좋은 엄마, 더 정열적인 아내가 되어줄 수 있을 것이다. 이번엔 정말 미안하게 되었다. 겨울 시즌 납품이 마무리되면 회사일도 다소 여유가 생길 것이고 나는 가족들을 좀더 자주 만날 수 있겠지.

"뭐라고?"

여전히 천장은 물결치듯 오르내리고 현기증은 가라앉지 않는데 하염없이 상념을 따르다보니 남편이 무어라 말하는 소리를 알아듣지 못했다. 뻑뻑한 눈알을 남편 쪽으로 돌리자 그는 눈길을 피하며 내 가슴에 손을 얹었다. 나는 그의 성기가 다시 일어서 있음을 깨달았다. 그의 손이 다시 사랑의 문을 열기 위해 내 사타구니를 헤매었다. 나는 입술을 깨물며 다리를 벌렸다. 방금 사정한 물기가 분명 어디엔가 남아 있을 텐데 나는 그새 파삭파삭한 모래사막이 되어 있었다. 그가 힘겹게 밀고 들어와 다시 움직이기 시작했다. 이제는 통증조차 둔감하게, 멀리 느껴졌다.

"미안해. 당신에게 정말 미안해. 조금만 기다려줘. 다 잘될 거야."

그가 내 어깨에 얼굴을 묻고 이런 말들을 속삭였다. 어질어질한 머리로는 잘 알아들을 수 없었다. 무엇을 얼마만큼 기다려달라는 걸까. 그가 사정하기를? 그가 교수가 되기를? 내 몸은 남편의 움직임을 따라 규칙적으로 흔들렸다. 거친 파도에 몸을 맡긴 조각배처럼 나는 대책 없는 무력감에 몸을 떨며 황망하게 먼 곳으로 눈길을 돌렸다. 창문의 싸구려 커튼에는 먼 가로등 불빛에 실린 거목의 그림자가 드리워져 있었다.

도토리를 선물로 주는 숲의 요정에게 소원을 빌면 이루어질까? 무엇보다도 남편이 교수가 될 수 있기를. 집을 처분해 입금한 그 돈이 대학의 마음에 흡족하기를. 거대한 나무에 깃든 신령한 숲의 친구가 있다면, 다음주쯤에는 임용 결정을 알리는 기쁜 전화가 올 수 있게 도와주기를. 하지만 숲의 요정에게 이렇게 속물스럽고 어처구니없는 소원을 빌어선 안 되겠지. 나는 아이들에게 손수 만든 간식을 챙겨주고, 저녁이면 곁에서 숙제를 도와주는 좋은 엄마가 되고 싶다는 소원을 생각해냈다. 사랑할 땐 날치같이 싱싱하게 허리를 내두르고, 절정에 오르면 비단천을 찢는 듯이 아리따운 교성을 내지르는 정열적인 아내가 되고 싶다. 그러나 그러려면 결국 남편이 교수가 되어야 한다는 똑같은 결론으로 돌아오고 말았다. 착한 요정과 천진한 아이들이 나무 위에서 나를 내려보는 듯하여 나는 손으로 얼굴을 가렸다. 치밀어오르는 눈물만은 참으려고 이를 악물어보는데, 발가벗고 돌아누워 부끄러움을 삼키는 이 밤은 언제 끝날까? 토토로라면 혹시 알까?

영혼을 기록하는 여자

　어린 이현이 질투심에 들떠서 예의 결혼사진을 세밀히 관찰한바, 사진 속의 행복한 신랑에게는 곧 머리가 벗어질 조짐이 분명했었다. 삼십오 년의 세월이 흐른 뒤 젊은 비서의 한쪽 팔에 몸을 의지하고 나타난 이세 공은 아니나 다를까 거의 대머리가 되어 있었다. 그러나 그 점을 제외하고, 이세 공은 이현의 예측과 전혀 다른 모습으로 변해 있었다. 결혼사진 속에서 작고 뚱뚱한 몸매로 아름다운 신부를 맞이해 수줍고 행복하게 웃음짓던 나이 든 신랑은 간 곳이 없었다.

　섬세하게 근육을 발라낸 골격 표본처럼 극도로 야윈 몸으로, 이세 공은 느리고 부자연스럽게 움직였다. 심하게 주름진 얇은 피부가 골격 위를 가볍게 감싸고 있을 뿐이었다. 아주 작은 움직임만으로도 이세 공은 매순간 죽음처럼 고통스러워했다. 이건 관절염이 아니라 지옥이야, 이현은 내심 경악했다. 젊은 비서의 근력에 의존해, 신음과 한숨이 동반된 느리고 힘겨운 과정을 거쳐 이세 공은 의자에 앉았다. 둥글게 벗어진 붉은 이마에 끈끈한 진땀이 배어나와 있었다.

이현은 자신도 모르게 벌떡 일어나 이세 공의 의자를 식탁 앞으로 당기려 했다. 이 세상에 존재하는 수많은 질병과 불행을 모르는 바는 아니었지만, 그 적나라한 희생자와 식사를 함께 하는 것은 전혀 새로운 경험이었다. 병마에 시달리는 한 인간의 처참한 모습 앞에서, 이현은 자신이 젊고 건강한 것만으로도 무슨 큰 죄를 지은 느낌이었다. 불쌍한 이진을 가혹하게 대한 섭섭함 따위는 쉽게 망각되었다. 최상의 친절로써 불행의 희생자를 예우하지 않으면 그 불행에 즉시 전염이라도 되고 말 것만 같은 말초적인 공포감으로, 그는 이세 공에게 모든 친절과 그 이상의 모든 것을 다 보이고 싶었다.

그러므로 뼈만 남은 이세 공의 손이 이현의 팔을 내리쳤을 때, 이현은 벌겋게 달아오른 인두가 닿은 것처럼 기절할 듯이 놀랐다. 그 동작을 위해 혹독한 고통을 대가로 지불해야 했던 이세 공은 안면근육에 경련을 일으키고 있었다. 이현은 악몽 속에 한 발을 들여놓은 기분이었다. 시신이 벌떡 일어나 그의 어깨를 쳤다고 하더라도 이처럼 놀라지는 않았을 것 같았다. 이현의 얼굴이 창백하게 질렸다가 다시 붉게 달아오르는 동안, 젊은 비서는 익숙하게 이세 공의 의자를 식탁 앞으로 끌어당기고 조리사를 도와 부엌에서 음식을 나르기 시작했다.

젊은 비서는 어깨가 넓고 뼈대가 우람하면서도 동작이 재빠르고 싹싹한 청년이었다. 이진의 말로는 먼 친척이라고 했는데, 그는 심술궂은 늙은이의 비위를 잘 맞추는 듯했다. 그는 예의를 잃지 않으면서도 가족처럼 스스럼없이 이세 공을 돌보고 집안일을 해결했다. 온통 병들고 미친 사람들뿐인 이 독특한 가정 속에서 꼭 필요한 실무를 모두 도맡은 이 청년에게, 이세 공은 실로 전적인 신뢰를 보내는 듯했다.

"라 타슈. 오랜만에 보는군. 1989년산. 작황이 좋은 해였어."

이현이 선물로 들고 간 와인 병을 눈앞에 두고 이세 공의 해골 같은 얼굴에 미소가 떠올랐다. 움푹한 눈두덩은 술잔이 될 수도 있을 만큼 깊었다.

"한 잔쯤 마시고 싶지만 어쩔 수가 없네. 의사는 절대로 술을 마시지 말라고 했거든. 저 친구가 먹여주지 않으면 나는 먹지도 마시지도 못하는 몸이야. 저 친구가 인심을 쓴다면 모르겠지만, 어찌나 의사의 말을 철저히 지키는지 조금도 융통성이 없다네. 먹기 싫은 약은 억지로라도 먹이고, 먹고 싶은 술은 한 방울도 입에 대주지 않아. 이보게, 사위가 될 친구를 처음 만났는데, 한 잔쯤 해도 될까?"

젊은 비서는 곤혹스러우나 단호하게 안 된다는 표정을 지어 보였다.

"그것 보게. 안 될 거라고 했지? 모든 질병이 다 그렇겠지만, 관절염은 특히 사람을 비참하게 만들어. 병이 어깨에 침범한 뒤로는 음식을 입에 넣는 것조차 남의 손을 빌려야 하거든."

이현은 무슨 말을 해야 할지 몰라 고개를 숙였다. 인간의 불행을 목도해야 하는 것은 즐거운 일이 아니었다.

"너무 심하게 여위셔서 깜짝 놀랐습니다. 제가 결혼식장에서 뵈었을 때는……"

"그때만 해도 난 둥글둥글하니 보기 좋은 모습이었지?"

이세 공이 팔을 뻗어 구부러진 손가락을 이현의 눈앞에 들이밀었다.

이세 공의 눈까풀이 잔물결처럼 미세하게 떨렸다. 고통이라는 대가를 반드시 지불해야 하는 그의 모든 동작은 언제나 협박처럼 으스스했다.

"관절이 성치 않으니 체중을 줄여야만 했다네."

젊은 비서가 이세 공의 앞에 묽은 죽과 간소한 반찬을 놓았다.

"나는 거미인간이 되었어. 거미처럼 조심스럽게 움직이고 하루에 파리새끼 한 마리 정도만 먹지."

이현의 앞에는 풍성한 해산물 요리가 차려졌다. 하지만 이진의 앞에는 간소한 그린 샐러드 한 접시만 놓였다. 그는 불균형한 식탁을 낯설게 바라보았다.

"우리 가족은 소식(小食)한다네. 자네라도 성찬을 즐기게. 혹시 내가 식사하는 모습이 눈에 거슬리더라도 참게."

젊은 비서는 이세 공의 목에 넓은 냅킨을 두른 후 죽과 반찬들을 떠먹였다. 이세 공은 가끔씩 신음 소리를 내면서, 착한 아기처럼 음식들을 받아먹었다. 묽은 죽도 질긴 고기처럼 천천히, 오래오래 씹으면서 먹었다.

이현의 앞에는 가리비가 들어간 미역국과 버섯잡채, 매콤한 고추장 양념을 한 장어구이와 새우튀김이 차려졌다. 음식은 모두 훌륭했지만 이진과 이세 공의 사이에 앉으니 어쩐지 입맛이 나지 않았다.

"언젠가 이런 날이 올 거라고 생각은 했지만, 자네를 보니 뜻밖이네."

"무슨 말씀이십니까?"

"그러니까, 이진이랑 결혼하겠다고 하는 친구가 뭐랄까, 좀더 멍청한 작자일 줄 알았지. 자네는 아무리 봐도 아주 영리해 보이거든."

죽을 흘리지 않기 위해 이세 공은 턱을 높이 들고 말했다.

"제가 헛똑똑이라고 비웃으시는 것 같습니다."

"아니, 연민에 가득 차서 그런다네. 자네를 말리고 싶네. 이진과 결혼하지 말게."

"이진과 저는 충분히 훌륭한 결혼생활을 해나갈 수 있을 겁니다. 그녀를 행복하게 해주겠습니다."

이세 공은 턱을 내리고 이현을 똑바로 바라보았다. 그의 입가에 묽은 죽 한줄기가 흘러내렸다. 젊은 비서가 새하얀 냅킨으로 입가를 닦아냈다.

"이진을 행복하게 해주겠단 말이지. 그건 불가능한 일이야. 아무리 자네처럼 머리가 잘 돌아가는 사내라도 안 되는 거라네. 그러니 헛된 꿈은 버리게. 굳이 말하자면, 이진과의 결혼생활을 얼마 동안 참아낼 수는 있겠지. 자네가 얼마나 오래 참아낼 수 있을지 잘 모르겠네. 아무튼 끈기가 있어야 해. 오랫동안 의문과 싸워야 하고 모욕을 참아내야 하는 일이야. 근데 자네처럼 똑똑한 젊은이들은 말이지, 처음엔 영리하게 잘하는 것처럼 보여도 결국은 끝까지 버텨내지 못한다네. 잔머리를 가지고서는 영혼을 기록하는 여자를 감당할 수 없거든. 그래서 지금이라도 그만두라고 권하는 거라네. 자네를 이전에 만난 적은 없지만 불쌍해서 하는 말이야."

"저는 진심으로 드리는 말씀입니다. 능력이 부족하겠지만 끝까지 노력할 것입니다. 이진을 사랑합니다. 그녀를 행복하게 해주겠습니다. 그리고 저 역시 이진과 함께 행복하려 합니다."

해골 노인이 얼굴을 일그러뜨렸다. 우는 것 같기도 하고 경련을 일으키는 것 같기도 한 표정이었다.

"나를 불쌍히 여기게. 보통 사람들 사이에서는 유머 감각을 발휘해서 웃게 만들어주는 것이 유쾌한 예절이지. 나에게는 웃음이 고문과도 같네. 웃으면 폐와 복근이 반복적으로 수축되면서 척추를 자극하지. 등골을 칼로 도려내는 것 같다네. 진심으로 부탁하는데, 부디 웃기지 말아주게. 몹시 고통스럽네."

"무엇이 우습다고 그러십니까?"

"자네가 내 말을 못 알아들으니 그렇지. 나는 자네더러 이진을 행복하게 해주겠다는 생각을 버리라고 말했는데, 자네는 자꾸만 그녀를 행복하게 해주겠노라고 앵무새처럼 떠들고 있지 않은가?"

"아버님께서도 저와 같은 꿈을 꾸신 일이 있잖습니까? 결혼식 때 아버님의 그 엄숙했던 맹세는 한낱 농담이셨습니까? 사람들을 웃기려고 하신 말씀이셨습니까?"

"그땐 몰랐다네. 자네처럼 터무니없이 희망에 들떠 있었지. 영혼을 기록하는 여자는 마음이 없어. 지구상에서 가장 못돼먹은 애완동물이야. 사랑을 베풀어도 고마워할 줄도 모르고, 오히려 상대방을 괴롭히거든. 고양이라도, 영혼을 기록하는 여자보다는 은혜를 알 게야."

이세 공은 다시 턱을 높이 쳐들고 죽을 한 숟갈 받아먹었다. 지그시 감은 눈가에 진득한 눈물이 배어 있었다. 이현은 눈앞이 아득해지는 듯한 혼란의 폭풍에 휘말렸다. 한 시대의 노래를 읊었던 서정시인과의 대화가 이럴 줄은 몰랐다. 이세 공에 대해 그가 가지고 있던 적개심과 경멸 뒤에는 오래 묵은 동경과 목마른 질문들이 볕에 잘 마른 빨래처럼 차곡차곡 개켜져 있었다. 이세 공과 이진의 악연은 지난 일로 돌리고, 영혼을 기록하는 여자와 결혼했던 선배의 이야기를 듣고 싶었다. 하지만 노인은 일부러 이야기를 비틀기만 했다. 이현은 떨리는 목젖으로 마른침을 꿀꺽 넘기고 갈라진 목소리로 이야기했다.

"그러지 마시고 저를 축복해주십시오. 저에게 귀한 조언의 말씀을 들려주십시오. 이진에게 가혹하게 대하신 것은 말하지 않겠습니다. 아버님께도 말 못 할 회한이 있었을 것이라고 생각합니다. 저는 삼십오 년 전 그 운명의 결혼식을 아직도 기억합니다. 아버님과 어머님의 아름다웠던 혼배성사를요. 그날의 마음을 다시 떠올려주십시오. 저희가 사랑으로 어려움을 이겨낼 수 있도록 도와주십시오. 아버님 말고는 아무도 도와줄 사람이 없습니다."

입 안에 머금은 죽을 천천히 씹고 있던 노인이 눈을 떴다. 잠시 모든 움직임을 멈추고 두 남자는 서로를 응시했다.

"내가 이진에게 못된 아비였다는 말이지. 미루어 짐작건대 아내에게도 좋은 남편이 아니었을 테고. 그래서 자네에게 심술을 부리는 중인 것 같다는 뜻으로 들리네."

"그런 말씀이 아닙니다. 저는 아버님을 이해하려고 노력하는 중입니다. 아버님께서도 최소한의 노력을 보여주십시오."

"아무리 진실을 말해줘도 알아듣지 못하는 앵무새와 나는 식사를 하고 있구먼. 그래, 나는 미친 여자들에게 관대하지 못했다네. 자네는 나보다 잘할 수 있겠지. 자네를 믿네. 얼른 돌아가서 자네의 생각들을 계획표에 적어넣고 초등학생처럼 성실하게 실천에 옮기게. 나처럼 비참한 실패자가 되지 말고."

"아, 아버님, 이런 식으로밖에 대화할 수 없는 것입니까?"

"나도 자네랑 대화하는 게 재미없어. 똑똑한 체하지만, 아무리 이야기를 해줘도 못 알아듣거든. 훗날 자네도 내 나이가 되면 이해하게 될 거야. 지나온 세월이 자꾸 쌓이게 되면 무언가 갈피가 잡히거든. 무엇이 무엇의 전조였는지, 무엇 때문에 무엇이 어떻게 되었는지 조금씩 알게 된다네. 하지만 알게 되었을 때는 이미 늦는 거지. 그 소중한 지식들은 그저 늙은이의 넋두리에 지나지 않거든. 젊은 사람들이 참고하기엔 너무 낡고 어리석은 이야기들일 뿐이지. 그래서 젊은 사람이나 늙은 사람이나 똑같이 살아가게 된다네. 자네도 아마 나와 똑같이 살게 될 거야. 자네가 나보다 월등하게 뛰어난 사람이라면 모르겠는데, 자네가 좀 영리해 보이긴 해도 그렇게 대단한 사람 같아 보이지는 않거든. 인생을 좀더 오래 살아본 선배로서 충고하자면, 그녀의 행복 따위는 걱정하지 말고 자네 몸뚱이나 잘 챙기게. 내가 할 말은 그것뿐이네."

"마치 이진이 사마귀나 흡혈귀인 것처럼 말씀하시네요. 하지만 영혼을 기록하는 사람이라고 해서 보통 사람이 누릴 수 있는 소소한 행복들을 전혀 누릴 수 없는 것은 아닐 겁니다. 그건 서로 노력하기 나름 아니겠습니까."

"차라리 그녀가 흡혈귀나 사마귀였으면 하고 생각하게 될 날이 곧 올 걸세. 다시 한번 말하겠는데, 잘 새겨듣게. 이진은 무엇으로도 행복해지지 않아. 자네가 아무리 애교를 떨고 아량을 베풀어도 마찬가지라네. 꿈을 버리게, 잘생긴 청년. 이진을 잊고 그 동안 살아온 것처럼 약삭빠르게 살아가게. 그게 내가 자네를 축복할 수 있는 유일한 말이네. 이진을 행복하게 해주겠다는 야무진 꿈을 가진 한, 영원히 자네는 행복에서 멀어지기만 할 뿐일 걸세."

이현은 숟가락을 식탁에 내려놓았다. 무릎에 펼쳐두었던 냅킨도 곱게 접어 숟가락 옆에 놓아두었다.

"이진이 그 동안 불행했던 것은 결국 이진의 잘못이었던 거군요. 아버님은 아무것도 잘못하신 게 없는 거죠. 아버님의 말씀대로라면 그런 것입니다. 아버님이 헛되이 흘려보낸 실패의 세월을 그런 식으로 변명하시다니 실망스럽습니다. 저는 아버님과 다르게 살 것입니다. 제 앞에는 새로운 기회와 희망이 놓여 있으니까요. 제가 아버님과 똑같이 실패할 거라는 예상은 하지 마십시오."

이세 공이 희미한 미소를 지으며 다시 턱을 높이 들었다. 젊은 비서는 그릇에 마지막 남은 죽을 떠서 그의 입에 넣어주었다. 평화로운 얼굴로 우물우물 죽을 씹다가, 이세 공은 갑자기 어마어마한 기침을 했다. 입 안에 들어 있던 죽과 타액, 기관지에 숨어 있던 누런 가래까지 남김없이 뿜어져나와 이현의 앞섶과 얼굴을 뒤덮었다. 이현이 수치와 모욕을 감당하는 동안, 이세 공은 지옥의 고통이 어떤 것인지 남김없이 보여주었다. 온몸을 뒤흔드는 기침이 멈추지 않아, 이세 공은 비명을 지르고 경련을 일으켰다.

젊은 비서는 재빨리 이세 공을 어깨에 둘러메고 여윈 흉곽을 강력하게 압박했다. 단말마와도 같은 고통이 노인을 압도하고, 막대기 같은 두 다리를 감싼 바지가 오줌으로 흥건하게 젖어들었다. 주먹만한 가래를 토해낸 후, 젊은 비서의 어깨 위에 얹힌 노인의 호흡은 조금씩 정상으로 돌아왔다. 식탁과 의복이 온통 오물로 범벅이 되었으나 조금도 개의치 않는 듯, 젊은 비서는 부들부들 떨고 있는 이세 공을 다시 의자에 앉히고 그의 얼굴에 묻은 침과 눈물과 콧물을 깨끗이 닦아내었다.

탈진해 늘어져 있던 시체 같은 입이 열리고 목소리가 새어나와, 외면하고 있던 이현은 깜짝 놀랐다.

"진정 이진을 사랑하거든, 아무런 대가도 바라지 말게."

노인의 기관지에 남은 이물질이 여전히 그렁거리고 있었다. 젊은 비서는 이세 공을 부축해 일으켰다. 지옥 같은 고통을 대가로 지불하면서도, 이세 공은 자신의 두 다리로 걷는 자부심을 포기하지 않았다. 토사물과 분뇨로 뒤범벅된 해골 같은 몸뚱이에서 묘한 기품을 뿜어내면서, 이세 공은 신중하게 긴 복도의 어둠 속으로 사라졌다. 역겨운 냄새를 풍기는 식탁에 이현과 이진만이 남았다.

삼십오 년 전, 그가 참석했던 결혼식. 이현은 빛바랜 기억을 애써 더듬었다. 질투로 배알이 뒤틀렸던 소년이 고의적으로 신랑을 모욕하려 애썼으므로 그의 기억 속에서 신랑은 아름다운 신부보다 한 뼘이나 키가 작았고 혼인예복이 미어지도록 배가 튀어나와 있었다. 그러나 빛바랜 사진이 증언하는 신랑의 모습은 키가 신부와 비슷한 정도였고 그저 조금 통통하다 싶은 정도의 몸매였다. 무엇보다 분명한 것은 신랑의 얼굴에 떠 있던 홍조 어린 미소, 그리고 세상을 다 뒤덮고도 남을 만한 따뜻한 사랑이었다. 산들바람이 스칠 때마다 그윽한 살구즙 향기를 풍기던 아름다운 신부를 그가 얼마나 애지중지 떠받들고 있었던가.

젊은 비서의 한쪽 팔에 의지해 어두운 복도 속으로 사라지는 노인의 뒷모습에서 쓰라린 사랑의 잔상이나마 찾아보려는 노력은 하지 않기로 했다. 이세 공이 흩뿌려놓은 오물이 조금씩 얹혀 있는 채로, 이현은 음식을 남김없이 다 먹어치웠다. 이세 공과 멀리 앉아 오물 세례를 피할 수 있었던 이진도, 말없이 샐러드를 다 먹었다. 얼마 후면 이진은 이 음산한 집을 떠날 것이었다. 그것은 이현이 이진에게 줄 수 있는 가장 큰 결혼선물이었다.

양가 부모가 떨떠름하고 달갑잖은 표정을 지었을망정 적극적으로 반대하고 나서는 사람은 없었기에 혼인은 일사천리로 진행되었다. 그들의 결혼식은 모 호텔에서 호화롭게 열렸다. 네번째 청첩장을 돌리는 이현의 민망한 처지로 보나 친지가 전혀 없는 이진의 외로운 처지로 보나 축의금은 사절하는 것이 제격이었다. 양쪽 집안 모두 그만한 재력은 되는 형편이었다. 하객은 많지도 적지도 않고 적당했고 아름다운 신부와 키 큰 신랑은 보기 좋았다. 이현은 바보 같은 표정을 짓지 않으려고 노력했지만 무려 네 번이나 결혼식 경험을 쌓아도 신랑이 바보 같지 않기는 매우 어렵다는 결론을 내렸다.

이세 공은 건강 핑계를 대며 결혼식에도 불참했다. 검은 예복을 입은 젊은 비서 청년이 찾아와서 대리인 격으로 그들의 결혼식을 지켜보았다. 심술궂은 장인이 안 와서 섭섭할 일은 하나도 없었건만 이현은 뜻밖에도 서운한 감정을 느꼈다. 아내가 된 이진이 불쌍해서 그런 것은 아니었다. 이진과 이세 공 사이에 쌓인 감정의 골은 결혼식에서 부녀가 두 손을 마주 잡고 눈물을 보이는 것으로 메워질 수 있는 성질의 것이 아니었다.

그가 섭섭했던 것은 순백의 드레스를 입은 이진의 모습을 이세 공이 보지 못해서였다. 이현은 삼십오 년 전 이세 공의 결혼식에 출현했던 그 기적의 여인이 오늘 다시 나타난 것을 보여주고 싶었다. 그날의 결혼식을 기억하는 사람은 아무도 없었다. 아마도 이현과 이세의 기억 밖에서 그 여인을 찾을 길은 없을 터였다. 눈처럼 흰 드레스를 입은 이진은 믿어지지 않을 만큼 그 여인과 똑같은 모습이었다. 바라보던 사람이 그대로 질식해버릴 것만 같은, 이 세상 사람의 것이 아닌 듯한 아름다움도 그대로였다. 시선의 끝에 누구의 모습도 맺혀 있지 않은 듯한 그 아득한 눈길마저 그대로였다.

그녀를 바라보고 있으면 바람 부는 절벽 끝에 홀로 선 듯 막막한 기분이 들었다. 벽에 새겨진 부조를 손끝으로 따라가듯 그 아득한 기분을 잠잠히 따라가다보면 그 끄트머리가 두려움에 맞닿아 있음을 깨달을 수 있었다. 숨 막히게 아름다운 여인을 아내로 맞이하면서 왜 공포심을 느껴야 하는지 이현은 도무지 알 수 없었고 실체를 알 수 없기에 대비할 수도 없었다. 그 누구에게도 이해받을 수 없다는 무력감에 이현은 짜증스러운 기분이 되었다.

그런 불명확하고 모호한 감정을 이현과 공유할 수 있는 사람은 이 세상에 절대적으로 이세 한 사람뿐이었다. 그 심술궂고 병약한 노인네가 아니고서는 그의 이런 초조함과 불안함을 이해할 사람이 없다는 사실을 이현은 결혼식장에서 불현듯 깨달았다. 그러나 이세는 결혼식장에 오지 않았고 앞으로도 그들 부부를 가까이하지 않을 뜻을 분명히 했다. 이세가 조언을 하지 않는 이상 답을 얻기 어려운 모호한 수수께끼가 온전히 제 몫으로 남겨진 것에 이현은 적잖이 당혹감을 느꼈다. 그런 생각들을 하느라 이현은 결혼식장에서 한결같이 바보 같은 표정을 짓고 있었다.

영혼을 기록하는 여자와 함께 사는 것은 생각만큼 쉽지 않았다. 그녀가 생각 밖으로 일상에 잘 적응하고 있는데도 그랬다. 만일 그녀가 빨래나 청소나 다림질이나 요리 같은 문제에서 크고 작은 말썽들을 일으켰다면 차라리 나왔을지도 모른다. 신혼의 단꿈에 빠진 남자에게는 시 커멓게 탄 밥을 먹거나 다림질을 했다는데도 여전히 구깃구깃한 와이 셔츠를 입는 것이 퍽 달콤하게 느껴지기도 하니까 말이다.

하루 종일 업무에 시달리고 퇴근하면 육체적으로 상당히 피로해지고 휴식을 원하게 되는 것이 사실이지만 가스레인지와 세탁기를 허둥지둥 오가며 "벌써 왔어요? 세탁물도 아직 못 널었는데. 그런데 이상하게 오늘은 국이 싱겁네. 도대체 뭐가 잘못된 거지?" 하고 민망해하는 아름다운 아내를 보고 있노라면 뜻하지 않게 빨래를 탁탁 털어 빨랫줄에 걸어놓을 만한 에너지가 솟아오르기도 한다. 이현은 그런 작은 혼란이나 불안정감은 모두 신혼의 소소한 즐거움이라는 이름으로 뭉뚱그릴 수 있다고 생각하는 편이었다.

하지만 이진은 실무 면에서 의외로 탁월한 실력을 발휘했다. 이현이 선심 쓰듯이, 집안일이 어렵다면 가사도우미를 불러도 좋다고 했지만 그럴 필요는 전혀 없는 것으로 드러났다. 오히려 이진은 정기적으로 낯선 사람이 드나들게 되는 상황을 두려워한 나머지 함께 사는 사람을 다소 불편하게 할 정도로 청결에 집착했다. 이현이 아내의 옷깃 아래 손을 밀어넣고 부드러운 곡선과 오똑한 돌기를 희롱하며 열기 오른 숨결을 내뿜는 순간에조차도 이진은 방바닥에 떨어진 머리칼 한 올을 당장 스카치테이프로 찍어내고 싶은 욕망 때문에 곁눈질을 멈추지 못했다. 그녀의 관심을 오로지 침대로 돌려놓기 위해 이현은 굳은 얼굴로 스카치테이프를 들고 짝짝 소리를 내며 방바닥을 훑었다. 테이프에 붙은 머리칼들을 그녀의 눈앞에 들이밀며 이현이 화난 표정을 지으면 이진은 조금 미안해했다.

아침에 이현이 출근하면 이진은 가볍게 청소기를 돌리고 밀대걸레로 먼지를 닦아냈다. 선식으로 아침식사를 대신하고 난 단출한 식기를 설거지하는 일까지 포함해 청소에 걸리는 시간은 기껏해야 한 시간 안팎이었다. 지하매점 점원 시절에 보여주었던 압도적인 무능력을 생각하면 깜짝 놀랄 만한 일이었다. 실제로 이현의 직장동료들은 그녀가 제법 집안일을 잘한다고 아무리 강조해도 그의 말을 믿지 않았다. 이진의 설명에 따르면, 영혼을 기록하는 일에 충분히 규칙적인 시간 할당이 이루어지면 그 외의 시간에 다른 일을 하는 것은 아무 문제가 없다고 했다. 그러니 지하매점 시절의 꼴사나운 자기 모습은 잊어달라고 했다. 깔끔하게 주변을 정리한 후 이진은 본격적으로 영혼의 기록 작업을 시작했다.

이현이 퇴근하기 이전에 기록 작업을 마무리하겠노라고 이진은 결심했지만, 대개 그 결심은 실행되지 않았다. 이현이 현관문을 열 때까지 이진은 대개 기록 속에 파묻혀 있었다. 그녀는 이현의 키스가 볼에 닿은 뒤에야 연필을 놓고 피로가 완연한 얼굴로 오른쪽 어깨를 주무르며 이현을 맞이했다. 책상 위에는 방금 전까지 기록되던 대학노트가 그대로 펼쳐져 있었고 이진의 눈빛은 아직 현세로 미처 다 돌아오지 못한 듯 산만했다.

한편 식생활 면에서는 고전을 면치 못했다. 그녀는 채식주의자였다. 채식주의의 신념에는 무관심했지만 채식주의자의 체질을 타고났다. 육류를 전혀 먹지 않는 것은 물론이고 날재료를 만지거나 보는 것조차도 고역스러워했다. 해산물이나 유제품, 계란 하나조차 입에 대지 않는 순초식동물이었다. 그녀는 아삭아삭한 질감이 나지 않는 모든 음식을 느끼하다고 했고 드레싱조차 필요 없이 생채소만으로 배를 채울 수 있었다. 배가 고프다 싶으면 연한 쪽파를 찬물에 담가 매운기를 뺀 뒤 밥 위에 얹고 맑은 간장을 몇 방울 부어 아삭거리며 먹어치웠다. 기름기도 싫어해서 튀김이나 볶음요리도 먹지 않았다. 전통식으로 나물을 데쳐 참기름과 깨소금으로 조물조물 무치는 것조차 느끼하다고 했다. 이진이 준비하는 식단은 언제나 쌈밥과 샐러드였다.

이현은 이진의 식성이 그렇듯 편협해진 이유가 그녀가 일반 세상에서 격리되어 다채로운 경험을 누리지 못했기 때문이라고 생각했다. 말하자면 그와 결혼생활을 하면서 다양한 맛의 세계를 경험하다보면 꽉 닫힌 그녀의 미각도 서서히 깨어나게 될 것이라고 예상했다는 뜻이다. 그녀가 예상보다 청소를 잘하는 사람이듯이, 한번 맛의 즐거움에 빠져들게 되면 예상 밖으로 훌륭한 음식을 만들어내게 될지도 모른다고 그는 기대했다.

아름다운 그녀에게 최고의 옷을 입혀서 최상의 레스토랑에 데려가는 일은 매우 즐거웠다. 이현은 그녀의 앞에 인류가 만들어낸 최고의 미각 예술품들을 차려놓았다. 그러나 그녀는 태어날 때부터 맛에 둔감한 것 같았고 동물성 재료에 대해서는 체질적인 거부감을 가지고 있었다. 그녀에게 식사는 즐거움이 아니라 목숨의 유지를 위해 해결해야 할 귀찮은 숙제였다. 그녀는 셰프가 직접 운반하고 자상한 설명을 곁들인 그 훌륭한 정탁의 가장자리에 놓인 데커레이션 채소만 몇 개 아삭거리고는 끝이었다.

가정에서 즐기는 식도락에 대한 희망은 그만두고서라도, 혹시 배가 고프지는 않을 만한 요리를 만들어주지나 않을까 하는 기대조차 여지

없이 깨져버렸다. 그녀는 몇 번 쌀뜨물 냄새가 가시지 않은 최악의 된장찌개를 식탁에 올려보더니 아예 요리를 잘하겠다는 야심 자체를 깨끗이 접어버렸다. 그나마 남편을 위해 두부를 기름에 지지게 된 것이 그녀가 이룩한 최대의 성과였다. 이현은 새신랑 특유의 낙관주의로 이 사태를 극복했다. 어차피 집에서 식사를 하는 일은 많지 않았다. 평일에는 직장에서 저녁까지 해결하는 일이 많았으므로 주말의 몇 끼니만 참아넘기면 됐다. 이현은 이진의 기괴한 요리 실력이 향상되기를 기대하느니 차라리 전혀 요리되지 않은 생채소와 두부 부침으로 간단히 허기만 메우는 쪽을 택했다. 아무리 운동을 해도 라인이 위태롭던 아랫배가 아주 효과적으로 납작해졌으므로 보람차기도 했다. 기름 냄새를 좀 맡았다고 입덧이라도 하는 것처럼 헛구역질을 해대는 그녀를 앞에 두고 있으면 노릇노릇하게 구워진 두부를 간장에 찍어먹기만 해도 처치 곤란할 정도로 정열이 불끈불끈 넘쳐흘렀다.

겉으로 보기에는 여느 신혼부부와 크게 다르지 않은 모습이었고, 그가 예상했던 이상으로 잔잔한 재미도 부족하지 않았지만, 이현은 수시로 벽에 부딪힌 듯 막막함을 느꼈다. 이현의 결혼생활을 혼란스럽게 만드는 것은 이진이라는 사람의 색다른 개성이나 실무적인 무능력이 아니었다. 그가 사랑하고 결혼한 대상이 무엇인지 종잡을 수 없다는 의문은 시간이 흘러도 수그러들지 않았다. 매혹적인 향기와 온기를 가진 아내와 수시로 살을 부비면서도, 그는 이 아름다운 피부로 둘러싸인 생명체의 내부에 자신과 똑같은 내장과 골격이 존재할 것이라고 확신하기 어려웠다. 그녀가 그와 똑같은 인간이라고 보기에는, 그녀의 두뇌에서 일어나는 사고활동이 믿기 어렵도록 기묘했다.

이진은 세상이 돌아가는 이치를 하나도 이해하지 못했다. 강남의 부동산이 왜 매일 문제인지, 북한과 미국은 왜 늘 으르렁거리는지, 경기는 어찌하여 늘 단군 이래 최대 불황인지, 그녀는 이해하지 못했고 궁금하게 여기지도 않았다. 그녀의 관심사는 오로지 자신의 신변에 조용히 기록할 수 있는 환경이 조성되느냐 아니냐뿐이었다. 영혼을 기록하는 작업은 이진의 인생을 결정짓는 중대사였다. 이현이 어떤 남자인지도 전혀 모르면서, 그가 안락한 작업환경을 제공하겠다고 약속한 것 하나만을 믿고 후딱 결혼해버린 단순성을 봐도 그랬다.

이진에게는 영혼의 기록이 아예 인생 전체이며 그 외의 다른 활동, 밥을 먹고 몸을 씻고 남편과 잠자리를 가지는 모든 일들은 어떻게 되건 무사히 넘기기만 하면 되는 사소한 일들에 불과했다. 그러므로 이진은 음식이 맛이 없다거나 옷이 촌스럽다거나 남편이 너무 자주 또는 너무 뜸하게, 너무 나약하게 또는 너무 격렬하게 관계를 요구한다든가 그런 문제로는 한 번도 불평해본 일이 없었다. 불평은커녕, 그런 일들은 이진의 마음속에 아주 미세한 파문조차도 남기지 않았다.

돈에 대해서도 그랬다. 물론 그녀는 돈이 중요하다는 것을 알고 있었다. 그러나 그녀에게 돈의 중요함이란 기록을 잘 할 수 있는 환경을 만들기 위해 꼭 필요하기 때문에 깨달아진 것으로서, 그 밖에 돈이 가질 수 있는 다양한 기능과 가능성에 대해서는 관심도 없었다. 이진이 이현에게 유난히 친절하고 살갑게 다가오는 순간이 있다면 그것은 그녀가 돈에 대해 생각하고 있는 때였다. 앞으로 삼 년 후에 그녀의 손에 쥐어질 돈. 그리고 그 돈이 가져다줄 영원히 안정적인 작업환경. 그것을 생각하면 이진의 눈에는 심지어 애교나 교태라고 불러도 모자라지 않을 법한 기운이 일렁였다. 그리고 과감하게 그와 결혼을 해치운 자신의 결단력에 대해서도 아울러 깊은 자부심을 가지는 것이 분명했다. 그녀의 얼굴에는 이렇게 씌어 있었다. 나는 상당히 똑똑한 여자인가봐. 이 남자와 결혼한 것을 보면 말이야. 또는 다소 걱정스러운 표정이 되기도 했다. 이렇게 일방적으로 유리한 거래를 해도 되는 것일까. 이 남자가 혹시라도 중간에 이의를 제기하지나 않을까. 이럴 때면 이진은 집 안에 꼭 아내가 있어야 함을 증명하기 위해 되지도 않게 부지런을 떨면서 돌아다녔다.

계약이 자기 쪽에 유리하다고 철석같이 믿고 있기도 하지만, 혹시 계약이 그녀 쪽에 불리한 것이었다 하더라도 그녀는 최선을 다해 결혼생활을 유지했을 것이었다. 그녀는 약속을 했으면 성실하게 이행해야 한다고 믿는 사람이었고 특유의 고지식함을 발휘해 스스로 모자람 없는 아내가 되기 위해 최선을 다했다. 언제나 집 안을 깨끗이 정리하는 것도 그랬고 주말마다 칼같이 다림질한 여섯 벌의 와이셔츠를 대령하는 것도 그랬다. 스스로 흡족할 만큼 영혼의 기록 작업이 잘 풀린 날이면 이진은 투명한 요정처럼 가볍게 간들거리며 춤추듯이 집 안을 돌아다녔다. 그녀는 식생활 면에 무심했으므로 정말 맛없는 세 끼니 식사를 억지로 차려내는 것 말고는 다른 간식을 준비할 줄 몰랐는데, 이렇게 기분이 좋은 날이면 시원한 아이스커피나 과일 같은 것을 그의 턱 밑에 날렵하게 가져다바치는 놀라운 센스를 발휘하기도 했다. 그럴 때 그녀의 표정은 거의 우쭐거리는 지경에 가까웠다. 그런 저녁이면 그들은 팔짱을 끼고 산책을 나섰다.

그러나 여타 인류와 다르지 않은 그녀의 외형적 특성들을 믿고 평범한 결혼생활을 누리기에는, 이진에게는 유별난 점들이 너무 많았다. 가만 바라보고 있으면 그대로 심장이 멎어버릴 것 같은 압도적인 아름다움만 해도 그렇다. 빙하의 음영과 오로라의 광채마저 무색하게 만들어버릴 이 아름다운 여자가 다른 사람들처럼 순순히 나이를 먹고 인간의 희로애락을 모두 공유하고 마침내 늙어 죽을 것이라는 사실은 어쩐지 믿어지지 않았다. 그보다는 무언가 좀더 초현실적이고 비일상적인 그녀만의 시작과 종말이 따로 존재할 것만 같았다. 그리고 곁에 머무는 이현마저도 그녀만의 초자연적인 생애 주기에 휘말려 다른 인류가 경험하지 않는 광풍의 소용돌이를 경험하게 될 것만 같았다.

이현은 때때로 그가 단순히 어떤 아름다운 미친 여자의 말도 안 되는 망상에 감쪽같이 속아넘어가는 것이 아닌가 의심했다. 그런 의심에 휩싸일 때면 이현은 초인종을 누르지 않고 조용히 들어와 이진이 영혼을 기록하는 서재 앞에 그림자처럼 붙어섰다. 소리가 나지 않도록 조심해서 문을 열면 이 세상에서 가장 기묘한 직업을 가진 여자의 작업을 엿볼 수 있었다.

서재는 언제나 조용했다. 자줏빛 낡은 카우치가 문을 등지고 놓여 있었고 그보다 좀더 멀리 떨어진 곳에 이진의 검소한 책상과 의자가 있었다. 이진의 두 팔꿈치와 평범한 대학노트를 올려놓으면 더이상 빈 공간이 남지 않을 만큼 작은 책상이었다. 이진은 그곳에 앉아 무언가를 기록했다. 아침마다 뾰족하게 깎아낸 연필을 서너 자루 준비해서 사각사각 소리를 내며 끝없는 이야기를 적어내려갔다. 이현이 보기에 그녀의 앞에 놓인 자줏빛 카우치는 텅 비어 있을 뿐이었지만 이진은 마치 그곳에 누군가가 앉아 있기나 한 것처럼 때때로 고개를 들어 카우치를 노려보았다. 스쳐 지나가기만 해도 피부를 베고 말 것처럼 날카로운 시선이었다. 일상 속에서 이진이 늘 고수하고 있는 무관심한 눈빛과는 하늘과 땅처럼 달랐다.

사각사각, 흰 대학노트 위를 달리는 뾰족한 연필심의 마찰음을 제외하면 언제나 완벽에 가까운 적막이 서재를 메우고 있었다. 이현이 하루 종일 엿본다 하더라도 달라지는 것은 아무것도 없을 것이었다. 그녀는 똑같은 장면을 수천 번 반복 재생하는 단조로운 영상물 속의 인물처럼 늘 똑같은 모습으로 서재 안에 머물렀다. 책꽂이에 가지런히 꽂힌 수백 권의 대학노트가 조금씩 늘어나는 모습으로만 그녀의 엄청난 작업량을 짐작할 수 있었다. 좁고 길쭉한 문틈 너머, 고집스러운 적막 속에서 정물화처럼 존재하는 이진의 모습은 이현에게 도무지 현실감을 주지 않았다. 어느 날 퇴근해 돌아오면 누군가 벽에서 액자를 떼어낸 것처럼 현관에서 세 발짝 들어온 곳에 존재했던 갈색 문이 사라지고, 그 문 뒤에 존재했던 적막뿐인 서재도 그 안에서 영혼을 기록하던 여인도 한꺼번에 사라지고, 애초부터 아무것도 없었던 듯이 묵묵한 흰 벽만을 마주하게 되는 것은 아닐까. 이현은 달리의 추상화 속으로 들어선 것 같은 낯선 곤혹으로, 조용히 서재의 문을 닫았다.

다행스럽게도, 시각의 진실성을 한없이 의심스럽게 만드는 이진은 서재에서 빠져나오는 순간 어느 정도 인간적인 현실성을 회복했다. 인간의 체취로는 어울리지 않지만 향긋한 풋살구 향기를 풍겼고, 이현의 손바닥에 따뜻한 체온을 전해주었다. 그리고 그녀가 준비한 형편없는 저녁식사를 마주하면 현실감은 좀더 피부에 와 닿았다. 그런 면에서 생채소뿐인 신혼의 식탁은 그다지 불만을 사지 않고 그럭저럭 환영을 받기도 했다.

　현실계와 환상계가 맞닿은 듯한 기묘한 생활공간에서 이현은 수시로 분열을 경험했다. 가지런히 꽂혀 있는 이진의 노트들 앞에 석상같이 굳어진 이현이 말없이 서 있는 모습도 이 가정만의 독특한 풍경이었다. 손만 내밀면 영혼을 기록한 노트를 꺼내들 수 있는 위치에 이현이 서 있는 모습을 뻔히 보면서도 이진은 제지하지 않았다.

　"당신이 그 노트들을 읽기로 마음먹는다면, 나는 당신을 막을 길이 없어요."

　결혼하기 전, 이진은 딱 한 번 말했을 뿐이었다. 도발적이라고 해도 좋을 만한 이진의 무관심이 노트 앞에 보이지 않게 걸쳐진 유일한 금기선이었다. 그 완고한 무저항은 이현의 일렁이는 불안을 묘하게 가라앉혔다. 석상같이 굳어져 책꽂이 앞에 서 있던 이현은 불현듯 깊은 꿈에서 깨어난 사람처럼 소슬한 추위가 스치는 어깨를 문지르며 서재를 떠났다. 낯선 사람처럼 바라보는 남편의 눈길을, 아내는 무심하게 맞받았다.

라 캄파넬라

먹구름이 세상을 휘감아덮었다. 금방이라도 소리지르고 날뛸 것처럼 험상궂고 기세가 사납다. 서쪽 하늘 어디쯤에 그들의 난폭한 관심이 집중된 것 같다. 억누른 적개심을 나지막한 신음으로 내비치며 그들은 서쪽을 향해 몰려가고 있다. 검은 밤하늘 어딘가에는 만월이 숨어 있을 것이다. 구름들이 급류처럼 빠르게 흘러가는 모습을 분명히 볼 수 있다. 서쪽 마을에 사는 사람들은 성난 구름들을 피해 어디론가 서둘러 달아나야 하는 것이 아닐까. 그러나 내가 타고 있는 차는 구름을 따라가 기어이 화를 당해야 직성이 풀릴 듯, 정확히 서쪽을 향해 달리고 있다.

사람의 몸은 속도를 인식하지 못한다. 오로지 시각의 도움으로 짐작할 뿐이다. 눈을 감아버리면 시속 오십 킬로미터로 달리건 오백 킬로미터로 달리건 아무런 차이도 없다. 사람의 몸이 스스로 인지할 수 있는 것은 가속도다. 번지점프나 바이킹 같은 탈것들이 아찔한 흥분과 스릴을 안겨주는 것은 이 오락행위에 끊임없는 속도변화가 동반되어 몸을 자극하기 때문이다. 작은오빠가 운전하는 자동차는 그런 의미에서 그 어떤 오락용 탈것보다도 자극적이었다. 자동차 전용도로에 접어들자 오빠는 한꺼번에 다섯 개 차선을 가로지르며 빨간색 컨버터블 자동차를 시속 백육십 킬로미터까지 급가속한다. 이런 상황에 처하면 웬만한 사람들은 자신의 시야에 밀려들어오는 풍경을 감당하기 힘들어진다. 나도 별수 없이 어깨를 움츠리고 발가락을 오그라뜨리며 손잡이를 쥔 손에 힘을 준다. 고속도로 근처, 구름을 뚫을 듯이 높이 솟은 주상복합 빌딩이 무시무시한 속도로 다가왔다가 멀어진다. 그곳에서 와인 한 잔을 손에 들고 창 밖의 고속도로를 내다보던 어떤 시선이 있다면, 시커먼 먹장구름이 몰려가는 쪽으로 섬광같이 달려가는 새빨간 스포츠카를 보면서 무언가 불길한 상상을 할지도 모르겠다.

　슈베르트의 〈마왕〉을 연상시키는 으스스한 화면을 만들고 있지만, 사실 작은오빠와 나는 별로 심각하지 않다. 오빠는 데이비드 드레이먼의 샤우팅 보컬을 따라 한다고 아까부터 목이 꺾인 닭 같은 소리를 질러대고 있고, 나는 고속질주의 공포감을 극복하기 위해 『아기와 나』라는 만화책을 무릎에 얹어두고 가끔 킬킬거리고 있다. 물론 멀미가 나서 정독할 수는 없다. 컨버터블의 소프트탑 커버를 때리는 바람 소리가 오싹하고, 침침한 날씨에도 꾸준히 시속 백오십오 킬로미터를 가리키고 있는 계기판을 믿고 싶지 않아서 되도록 정신을 만화의 세계 속에 놓아두려 노력하는 중이다. 홈질하는 바늘 끝처럼 두 개의 차선을 날렵하게 들락거리며 일곱 대의 자동차를 앞지르는 빨간 스포츠카를 타고서는 사실 제정신을 유지하기 어렵다.

일단 작은오빠의 손이 운전대에 얹히면 그 어떤 팔순의 고물차라도 총알 탄 미꾸라지로 변신하는데, 오늘 그의 손에 쥐인 것은 출고한 지 만 한 달도 채 되지 않은 유럽형 소프트탑 컨버터블 스포츠카의 유선형 운전대이니 오죽한 사정은 말할 필요도 없다. 눈앞 유리창을 화면 삼아 벌어지는 현란한 차선 곡예를 보고 있으면 자동차가 유연하고 탄력 넘치는 고무질의 유기체로 변신해 〈매트릭스〉의 키아누 리브스처럼 자재롭게 몸을 비트는 것만 같은 환각에 빠지게 된다. 이차선 도로도 갓길을 포함해 십육차선처럼 폭넓게 활용하는 작은오빠의 자동차 유지비는 월 이백만원에 육박하는데 물론 그중 절반가량은 속도위반 범칙금이다.

"조금 있으면 비가 쏟아질 거다."

나는 얼른 오디오를 껐다. 서쪽으로 몰려가는 구름은 대초원의 버팔로떼처럼 거칠고 사나운데, 기다리는 비는 올 듯 말 듯 애만 태웠다. 물경 사십억원의 빚을 지고 사는 작은오빠가 어디서 긁어낸 돈인지 일억원을 들여서 이 빨간 컨버터블 자동차를 산 이유가 바로 그거였다. 달리는 차 안에서 빗소리 듣기.

우리나라에서 컨버터블 자동차란 존재가 애초 생뚱맞긴 하지만 그 와중에도 실용성을 따지자면 하드탑 컨버터블을 선택해야 옳았을 것이다. 하지만 오빠는 윗덮개가 검은 천으로 된 소프트탑을 선택했고 그건 전적으로 헝겊 덮개에 떨어지는 빗소리를 즐기기 위해서였다고 했다. 빨간 오픈카를 몰고 처음으로 집에 들어갔다가 올케언니에게 손톱 테러를 당하고 우리집으로 쫓겨와서, 오빠는 당당하게 실용성이라는 말을 입에 담았다.

"사인승이잖아. 내가 정말 내 생각만 하는 놈이면 간지 나게 이인승으로 뽑았지 총 맞았다고 사인승 하냐? 우리 가족 다 탈 수 있게, 실용성을 생각해서 사인승 사브로 결정한 거잖아. 끝까지 다 듣지도 않고 악부터 쓰고 지랄이야."

이미 오래 전부터 이혼의 무게를 저울질하고 있는 올케언니에게 빨간 오픈카는 수십억의 빚과 함께 '이혼' 접시 쪽에 육중한 추가 되어 매달린 것이 분명하다. '인내' 쪽의 접시에 남은 것은 아직 두 돌이 채 안 된 조카 태욱이뿐이다. 잘 먹고 잘 자서 뽀얗고 포동포동한 그 귀염둥이 녀석은 한 품에 쏙 안기는 자그마한 몸뚱이로 아비의 각종 신용불량행각과 빨간 스포츠카의 무게까지 모두 당해내느라 안 할 고생을 하고 있다. 다행히 태욱이가 요즘 더듬더듬 말을 하기 시작해서 귀여움이 절정에 달했기 때문에 올케언니의 '인내' 접시는 위태롭게나마 '이혼' 접시의 버거운 무게를 버텨내고 있다.

"난 지현이도 좋아할 줄 알았는데."

작은오빠는 아내에게 지워준 어마어마한 경제적 부담에 대해서는 군소리 없이 미안해하는 편이지만, 이 아름다운 자동차와 심야 드라이빙의 예술성을 인정해주지 않는 점에 대해서는 자주 섭섭함을 토로하곤 한다. 그는 언제나 예술적인 성향의 여성에게 매료되는 경향이 있다. 자그마한 체구에 벅차 보이는 화구를 안고 다니며 오빠를 매혹시킨 올케언니는 오늘날 씩씩한 미술학원 원장님이 되어서 그를 부양하고 있다. 작은오빠의 예술적 탐닉이 경제적인 의미로 결실 맺어진 유일한 성공사례다. 부디 이혼으로 물거품이 되지 않기만을 기도할밖에.

가족 모두 오붓한 드라이브를 즐기기 위해 사인승 스포츠카를 구입한 작은오빠는 불행히도 대개 혼자서 차를 몰았다. 딱 한 번, 태욱이를 뒷좌석에 실은 채 일산 찍고 분당 턴 한 시간 돌파 프로젝트에 도전했던 일이 있었다. 사람들이 알면 미친 아빠라고 욕하겠지만, 그 곁에서 약간의 불안감을 표시하는 것만으로 양심을 달래며 속으로는 다섯 개 차선을 시원스레 가로질러 달리는 심야 드라이브에 열광했던 미친 고모로서는 오빠를 욕할 구실이나 염치가 전혀 없다. 올케언니에게 외면당한 그의 빨간 오픈카 조수석 자리는 내가 타지 않으면 언제나 비어 있었다. 그에게 삼천 명의 죽마고우와 이만 명의 오빠부대가 있는 것을 감안하면 대단한 순정이 아닐 수 없다. 이렇게 말하면 올케언니가 나를 죽이려 들겠지만, 그에게는 부인할 수 없이 가족적인 면모가 있다.

우르릉우르릉. 위협적인 천둥소리가 낮게 땅에 깔린다. 감질나는 빗방울이 한두 방울 앞창을 때린다. 하지만 후드득후드득 머리 위에 떨어지는 빗방울 소리를 감상할 수 있을 정도는 아니다. 아무래도 오빠는 더 빨리 달려서 서쪽으로 몰려가는 구름들의 심장부에 진입해야겠다고 결심한 것 같다. 속도계의 눈금이 꿈결같이 시속 백육십 킬로미터를 넘어선다. 시각은 밤 열한시. 주변의 차들은 약 삼십 미터의 차간 간격을 두고 달리고 있는 자동차 전용도로다. 여섯 대의 자동차를 단숨에 제치며 빨간색 컨버터블은 올림픽대로로 접어든다. 곁에는 검은 한강이 말없이 흐르고 있다.

언제나 즉흥적으로 이루어지는 우리의 심야 드라이브는, 행선지에 대해 별다른 의논이 없는 이상 올림픽대로를 타고 달리다가 자유로로 길을 바꾸어 파주 근처까지 곧바로 내달린다. 집으로 돌아올 때는 강변북로를 따라 질주하다가 청담대교를 넘어 분당으로 돌아온다. 이렇게 달리면 한강을 가장 가까이에 둘 수 있다. 강가로 붉은 미등이 흐르는 밤의 한강은 아름답다. 우리는 빨간 스포츠카를 구입한 뒤에야 그 사실을 깨달았다. 오빠는 일억원의 돈을 주고 밤의 한강을 산 셈이다.

오빠가 빨간 스포츠카를 사고 나에게 처음으로 드라이브를 제안했던 날, 우리의 원래 목적지는 천안이었다. 고속도로를 타고 내달리면 한 시간 안에 다녀올 수 있다고 했다. 그러나 늘 그렇듯이 작은오빠는 진입로를 잘못 선택했고 얼결에 한강변을 달리게 되었다. 예정에 없던 일이었지만 우리는 한강을 따라 흐르는 길이 마음에 들었고 그뒤로는 늘 이 코스를 따라 달리곤 한다. 오빠의 부주의가 심각한 부작용 없이 오히려 더 좋은 방향으로 작용한 드문 경우다. 운전에 관한 한 신의 손이라 불러도 모자람 없을 작은오빠지만, 이런 식의 행방불명은 일상다반사다.

그는 불행히도 길눈이 어둡다. 아니, 그냥 일반적으로 말하는 길눈이 어둡다는 표현으로는 그의 상태를 표현하기 힘들다. 길에 대한 그의 감각과 판단은 끔찍하다. 한 달 이상 반복적으로 다닌 길이 아니라면 거의 언제나 길을 잃는다고 보면 된다. 그럼에도 그는 누구에게도 길을 묻지 않고, 지도를 보는 일도 없고, 옆사람의 훈수나 조언은 애초 무시하고, 자동안내 시스템의 기계음조차 불신한다. 오로지 그의 감각대로 달린다.

스스로 길눈이 어두운 것을 부정하지 않으면서도 길찾기라는 막중

과제에 정신을 집중하지 않는 것이 문제의 핵심인 듯하다. 운전중 그의 관심은 옆 차선을 달리는 자동차에 집중된다. 옆 자동차에 타고 있는 두 남녀가 무슨 사이인지, 어떤 대화를 주고받고 있는지, 반대쪽 차선에 섬광같이 지나간 그 자동차가 어느 영화에 나왔던 무슨 차종인지, 브레이크를 밟지 않고 코너링을 하면서 그는 낱낱이 파악해낸다. 도로 안내 표지판이 나와도 그것을 차근차근 살펴보기보다는 표지판 바로 아래에서 방금 빨간불로 바뀐 신호등을 극복하고 교차로를 논스톱 통과하는 것을 최우선 과제로 삼기 때문에, 도심을 벗어난 작은오빠는 실로 문맹이나 다름없다.

그 결과 그는 언제나 제멋대로 달린다. 대전을 향해 달리다 말고 포천을 발견하는 식이다. 내가 보기에 그는 속도내기와 끼어들기에 너무 집중하기 때문에 정작 자신이 어느 길, 어느 차선을 선택해야 하는지 생각할 겨를이 없는 것 같다. 또는, 원래 작정했던 곳과 전혀 다른 장소를 향해 시속 이백 킬로미터로 질주하는 일 자체를 매우 즐기는 것 같기도 하다. 그에게 중요한 것은 어디로 가고 있는지가 아니라 어떻게 운전하는지다.

오빠가 처음으로 엄마의 키를 훔쳐 자동차를 몰고 나갔던 때 그는 고등학교 이학년이었는데 ― 믿기 어렵겠지만 그날도 나는 조수석에 앉아 있었다 ― 오빠는 그날도 오늘과 비슷한 분위기로 운전을 했고, 오빠의 장구한 운전 역사를 가장 근거리에서 목격해온 내가 단언하건대 그날 이후 지금까지 접촉사고 한 번 내본 일 없다.

내가 대학에 다닐 때 오빠는 자기 수업을 밥 먹듯 빼먹어가면서까지 ― 오빠와 나는 다른 학교에 다녔다 ― 나를 학교에 태워다주곤 했는데―오빠는 자기 학업보다 나를 학교에 태워다주는 것이 더 중요한 일이라고 생각했다―동부이촌동 우리집에서 회기동 학교까지 칠 분 만에 주파한 일도 있었다. 일요일 오전이나 심야가 아닌, 평일 오후였다는 사실을 강조하고 싶다. 시험에 늦겠다고 안달하던 나는 시험 시작 시각보다 이십 분이나 일찍 도착해 여유롭게 자리를 잡고 준비할 수 있었다. 작은오빠의 운전 테크닉은, 이렇게 말하자면 오해의 소지가 많지만 실로 '성스럽다'. 그것은 연마된 기량이 아니므로 구태여 겸손하려 애쓸 필요 없는 천품이다. 왜 운전은 예술의 한 분야로 분류되지 못했을까. 나는 그것이 한탄스러울 뿐이다. 오빠가 타고난 압도적인 재능은 불행히도 이 세상에서 매우 보편적이고 실무적이며 아름다움과는 관계가 없는 '기술'에 속했다.

작은오빠가 운전대를 잡기 시작한 이후 부모님은 작은오빠가 곧 누구를 죽이거나 스스로 죽고 말 거라는 공포감에 끊임없이 시달렸다. 그 공포감을 누그러뜨린 것은 다름아닌 작은오빠 본인이었다. 대학도 졸업하기 전부터 작은오빠는 사업을 한다고 설치더니 정신없이 금융사고를 쳐대기 시작했다. 그 규모는 병원장인 아버지조차 숟가락을 떨어뜨릴 만큼 어마어마했다. 그 와중에 자동차는 쉴새없이 바뀌댔다. 너무 많아서 무슨 차들이었는지 기억조차 나지 않는다. 오빠가 난폭운전으로 죽거나 다칠까 하는 염려는 씻은 듯이 사라졌다. 부모님은 작은오빠에게 "저 염병할 자동차를 몰고 나가서 차라리 죽어버려라"고 고함을 질렀다.

휴대폰이 손 안에서 진동한다. 어둠 속의 고양이처럼 파랗게 불을 뿜는 외부 액정화면에는 엄마의 집 전화번호가 찍혀 있다. 나는 잠시 받을까 말까 고민하다가 순순히 슬라이드를 밀어올리고 전화기를 귀에 댔다. 비가 올지 안 올지 끊임없이 하늘을 살피던 작은오빠도 슬며시 귀를 기울이는 눈치다.

"너 지금 어디니?"

"작은오빠랑 드라이브하는데."

"그럼 성민이는? 집에 혼자 있구?"

"응, 게임하고 있을 거야."

엄마가 손자처럼 쉽게 이름을 부르는 성민이는 나의 남편이다. 성민과 나는 초등학교 동창이었고 오랫동안 한 동네에 살았기 때문에 콩가루 법도를 따르는 우리 집안에서는 결혼 십 년을 바라보는 오늘에도 여전히 옆집 꼬맹이 같은 대우를 받고 있다.

"김학원 이 망할 놈의 새끼, 내가 기필코 그놈의 자동차에 대못으로 난을 쳐놓고 말 테다. 왜 멀쩡하게 앉아 있는 아이를 꼬셔내?"

보수적인 사고방식을 가진 엄마가 보기에, 배우자와 동행하지 않고 밤늦게 드라이브를 나가는 일은 남자에게는 괜찮지만 여자에게는 무례한 일이 된다. 그러므로 작은오빠는 올케언니의 눈치를 볼 필요가 없지만 나는 성민의 눈치를 봐야 마땅한 일이다. 하지만 엄마가 화를 내고 있는 대상은 내가 아니라 작은오빠다. 작은오빠가 순진한 나를 꼬드겨서 무례를 행하도록 사주한 것이기 때문이다. 우리집에서는 누가 잘못하든 결국 작은오빠를 욕하는 것이 늘 자연스럽다. 가만 따지고 보면 참 미묘하고 복잡하게 꼬인 관계회로다.

엄마가 화를 내고 있지만 ─ 게다가 나는 매달 얼마씩 엄마에게 생활비 보조를 받는 처지지만—나는 별로 겁내지 않았다. 엄마는 나에게는 언제나 너그러웠다. 진심으로 화를 내는 일은 거의 없었다. 늦게 얻은 막내딸이라서 그런가보다. 아버지도 그랬다. 아버지는 나에게 화난 얼굴을 보인 일조차 없었다. 엄마에게 고래고래 고함을 지르며 요란스럽게 부부싸움을 하다가도, 내복바람의 내가 울면서 쫓아가면 얼른 등에 업고 다시 소리를 지르던 아버지였다. 그러므로 나는 한 번도 엄마나 아버지를 무서워해본 일이 없었다.

내가 무얼 잘못하더라도 혼나는 건 언제나 작은오빠였다. 우아한 병원장 사모님이었던 엄마는 핸드백에 손을 대는 작은오빠를 발가벗겨서 문 밖으로 내쫓았고, 품위 있는 병원장이었던 아빠는 가정통신문에 스스로 사인을 해가는 둘째아들에게 가차없이 테일러메이드 골프클럽을 휘둘렀다. 작은오빠는 워낙 옹호의 여지가 없는 인간이었으므로 나는 내가 저지른 사소한 잘못들을 작은오빠의 큼지막한 비행의 그늘에 숨겨버리는 것을 당연하게 여기며 자라왔다. 지금도 엄마는 내가 남편을 혼자 내버려두고 심야 드라이브를 즐기는 것이, 또는 결혼한 지 십 년이 되도록 아이를 낳지 못하는 것까지도 모두 다 작은오빠의 탓인 것처럼 흥분하고 있다.

"애, 애, 너 얼른 집에 들어가. 나도 니 큰오빠 낳고 팔 년이나 소식이 없었어. 그래서 더이상 못 낳는가보다 했는데 얼결에 학원이 낳았고, 일이 잘 되려니까 연년생으로 너도 또 나왔잖니. 사람 일은 모르는 거야. 애 안 생긴다고 속상해하지 말고 조금만 더 진득하니 기다려라. 너는 아직 젊은 나이니까 괜찮아. 요즘은 젊은 여자들이 다들 직장에 다니느라구, 마흔 되어서야 첫아이 낳는 사람도 많아. 학원이한테 얼른 차 돌려서 집에 데려다달라고 그래. 괜히 그 자식 씨불거리는 잡소리 듣고 있으면 될 일도 안 된다. 알았지? 얼른 네가 집에 돌아가야 내가 마음 놓고 잠을 자지. 학원이 그 자식이 운전은 또 얼마나 험하게 하니. 난 네가 걔 차에 타고 있으면 목이 졸리는 것 같다. 니 마음 답답한 건 엄마가 다 알겠는데, 바람 좀 쐬었으면 이제 얼른 집에 돌아가. 응?"

결혼한 지 십 년이 흐르도록 아이를 낳지 못한 것이 과연 얼마만큼 상처받고 얼마만큼 괴로워해야 하는 일인지, 나는 쉽게 가늠할 수 없었다. 상처받고 괴로워하는 일도 적정한 분수를 지켜야 한다. 실제로 가해진 외부적 자극에 너무 과도하게 반응해도, 또는 너무 무덤덤하게 반응이 없어도 우습다. 아마도 성민과 내가 좀 둔한 편인가보다. 우리 부부에게 남들처럼 쉽게 아이가 생기지 않는다는 사실을 처음 알았을 때, 그때는 분명히 충격이 있었다. 성민보다는 내 쪽에서 좀더 크게 놀란 편이었다. 하지만 몇 번의 인위적인 시도가 수포로 돌아간 뒤 우리는 깨끗이 아이를 포기했다.

우리는 두 대의 PC로 네트워크 게임을 해서 다음날 아침식사 당번을 정하는 사이좋은 부부였다. 실력껏 하기로 하면 대개 내가 졌지만 아침식사로 아주 비린 고등어조림을 먹게 될 줄 알라는 협박에 못 이겨 성민이 일부러 져주는 일도 있었다. 성민은 내가 조린 생선을 먹는 것이 인간이 겪을 수 있는 최악의 재난이라고 말했다. 내가 생각해도 나는 요리에는 재능이 없었다. 씀씀이가 헤프고 살림에 재주가 없는 점을 제외하면 나는 그럭저럭 좋은 아내였다. 하지만 어른들은 그렇게 생각하지 않았다. 아이가 없는 이상 우리는 파탄을 예정한 시한폭탄이나 다름 없었다. 이 믿음은 너무나 확고한 나머지 성민은 때때로 아내를 구타하고 증오하고 밖으로 나돌아야만 하는 사회적 책임이 지워진 것이 아닌가 의심할 지경이었다.

내가 생각하기에, 나의 불임보다는 늘그막에 기습적으로 이혼을 당하고 빈털터리가 되어버린 엄마 쪽의 문제가 더 심각하다. 하지만 엄마는 이혼 같은 것은 당신의 인생에 아무런 중요한 영향을 미치지 않았고 그 일은 필연적이었으며, 심지어 당신이 원하기까지 했던 것처럼 착각하고 싶어한다.

"내가 너를 너무 늦게 낳아서 네 몸이 약하다. 막내라서 더 위해주고 싶었지만 학원이 녀석이 어려서부터도 얼마나 극성스러웠는지 네게 신경 쓸 겨를조차 없었다. 학원이한테 시달려서 네가 더 약하고 여리다. 학원이가 줄창 사고를 쳐대는 바람에 네가 신경을 쓰느라 아이가 생기지 않는 거다. 네 마음이 편해야 얼른 아이도 생길 텐데 도무지 바람 잘 날이 없으니 이 일을 어쩐단 말이냐. 성민이한테도 면목이 없어서 어쩌면 좋냐."

엄마는 나의 불임이 자기 탓이거나 한 것처럼 노상 사위에게 용서를 빌었다. 심지어 나에게도 용서를 빌었다. 내가 아이를 낳지 못하는 것을 왜 엄마가 미안해해야 하는지 아무도 이해하지 못했다. 도무지 말도 안 되는 논리 같았지만 엄마는 정말로 진지했다. 하도 많이 듣다보니 나도 작은오빠 때문에 아이가 생기지 않는 것이려니 한다. 작은오빠는 그냥 빙글거리기만 한다. 나 때문에 억울하게 욕먹는 일쯤은 즐겁고도 기쁘기만 하다는 표정이다.

우리 삼남매는 성격도 개성도 제각각이다. 특히 운전 실력을 따로 떼어놓고 보자면 한 핏줄이라고 믿기 어렵다. 작은오빠가 바그너 풍(風) 아트 드라이빙으로 장안에 명성을 떨치는 반면, 이제 마흔다섯 된 큰오빠나 겨우 삼십대 중반에 불과한 나는 외국 영화에 나오는 칠십대 할머니들처럼 운전한다. 그나마 큰오빠와 내가 운전을 배울 수 있었던 것은 순전히 목숨을 아끼지 않는 작은오빠의 인내와 용맹 덕분이었다. 작은오빠는 탁월한 운전연수강사였다. 장롱 속에 사장되어 있다가 그의 손에 맡겨진 후 마침내 햇빛을 보게 된 면허증들이 수십 장에 이른다. 앞이마를 콘솔박스에 들이박도록 엄청나게 급정거를 하더라도 작은오빠는 도저히 제정신이라고 믿어지지 않도록 열광했다.

"자알했어! 바로 그거야! 필요할 때 브레이크만 밟을 줄 알면 돼! 다른 건 하나도 필요 없어!"

그의 독특한 운전관과 창의적인 연수교습법은 절망에 숙련된 수강자들에게 희망의 메시지를 전달했다. 그는 운전자에게 어디로 가자는 목적지를 제시하지 않았다. 전문 운전연수강사처럼 지금 차선을 바꾸세요 좌회전 깜빡이 넣으세요 그런 주문도 하나도 하지 않았다. 그저 능력 닿는 대로, 바퀴 굴러가는 대로 가면 된다고 했다.

초보운전자를 조금도 배려하지 않는 무정한 차량의 흐름에 휩쓸려 애초 생각했던 길과는 전혀 다른 길로 가게 되건만, 그에게는 그런 돌발성과 예측불능성이 생래적으로 체질에 맞았다. 아무리 멀고 낯선 곳으로 굴러가더라도 작은오빠는 아무 상관도 하지 않았다. 연수강사로서 작은오빠의 역할은 나를 지도하는 것이 아니라 주변 운전자들의 주리를 틀고 후장을 따며 초보운전자의 적개심과 공포를 대리분출시키는 것이었다. 죽음의 운전불능자로 평가받았던 내가 드디어 혼자 운전대를 잡고 차를 몰기 시작한 날, 그 동안 우리 눈치만 보고 있던 큰오빠도 마침내 작은오빠에게 열쇠를 건네었다. 큰오빠도 물론 작은오빠의 탁월한 지도에 힘입어 자가운전자의 대열에 합류할 수 있었다.

삼남매의 개성이 워낙 달라서였을까. 부모님이 세 자식들을 대하는 방식은 너무나 극단적으로 달랐다. 작은오빠보다 여덟 살이나 많고 어린 시절부터 노상 모범생이었던 큰오빠에게는 무어라 말씀을 하시는 일도 드물었다. 언제나 오빠를 존중했고, 모범생이라거나 맏이라서 그런 것치고도 심하게 자식을 어려워하시는 편이었다. 큰오빠가 하겠다는 일을 말리거나 다른 의견을 내놓는 일도 거의 없었다. 한편 나에게는 끝도 없는 사랑만이 퍼부어졌다. 아버지가 늘 무릎에 앉히고 밥을 먹여주셨기 때문에, 나는 초등학생이 되어서도 숟가락질을 잘하지 못하는 아이였다. 작은오빠와 부모님의 관계는 이미 여러 번 말했으니까 더이상 말할 필요가 없을 것 같다.

나름대로 장점이 없지 않은 작은오빠가 우리 가족 내에서 그렇게 고립된 위치를 차지하게 된 것이 무엇 때문일까, 나는 가끔 생각해보곤 한다. 작은오빠가 차곡차곡 쌓아온 각종 비행과 일탈들은 아마도 정답이 아닐 듯싶다. 그런 건 닭과 달걀의 문제처럼 선후가 분명치 않기 때문이다.

열치매 나타난 달처럼 애초 흉내낼 길 없이 뛰어나고 준수했던 큰오빠 때문이었을까? 오랜 터울 끝에 태어난 둘째가 가질 법한 특권을 단숨에 꿰차고 앉아버린 연년생 동생, 나 때문이었을까? 어린 시절부터 부산하기만 했지 속 깊고 실속 있는 구석이라고는 찾을 길 없었다는 작은오빠 본인의 별난 개성 때문이었을까? 아니면, 둘째아들에게서 예쁜

구석을 찾아보려는 노력 따위 하지 않아버린 우리 부모님의 편견 때문이었을까?

아무리 생각해보아도 그 모든 연관관계의 맨 앞줄에 세울 만한 원천 요인이 무엇인지는 쉽게 헤아릴 수 없다. 그저 우리 가족들은 우리에게 찾아오는 불명예와 위기가 모두 작은오빠 때문이라고 생각하기를 좋아하고, 나름대로 영특한 작은오빠는 어찌 된 일인지 이런 말도 안 되는 편견을 모두 합리화시킬 만큼 덜떨어진 짓을 하면서 살아갈 따름이다. 열애 끝에 결혼한 올케언니조차 작은오빠를 만악의 근원으로 보기 시작한 것이, 올케언니마저 우리 식구의 나쁜 습관에 쉽사리 물들어버린 것인지 아니면 작은오빠가 누구에게나 그런 평가를 받아 마땅한 한심한 인간임을 입증하는 상징적인 사건인지 나는 잘 모르겠다.

한때는 잘나가는 벤처 사업가로 변신에 성공해 가족들의 부정적 평가를 단숨에 만회하려나 싶더니, 아니나 다를까 작은오빠는 벤처 버블이라는 단어가 신문지상에 오르기도 전에 제일 먼저 버블 붕괴의 미끄럼틀을 타버렸다. 특히 작은오빠가 이 차를 질러서 사십억의 빚을 사십일억으로 늘려놓은 뒤로는 가족들의 작은오빠에 대한 멸시와 공분이 거의 광적인 지경으로 치닫고 있다. 내가 작은오빠에 대해 가지는 한 가닥 연민조차도 싸잡혀 비난받을 것처럼 험악한 분위기다.

성년이 되고도 한참이 지난 나이였건만, 건실한 종합병원을 운영해온 아버지의 막강한 경제력 안에 행복하게 예속되었던 삼남매는 난데없는 부모님의 이혼 소동 앞에 어쩔 줄을 몰랐다. 언제나 모범적이고 현실적이던 큰오빠는 이번에도 가장 실용적인 선택을 했다. 아버지가 새로 결혼한 젊은 여자에게 어머니라는 호칭을 선사하고, 한 달에 한 번씩 공평하게 엄마와 아버지의 집을 방문한다. 아버지의 알짜 부동산이 가장 아쉬울 작은오빠는, 엄마나 아버지나 어느 쪽에서도 자기 편이 되기를 원치 않으니 안된 일이지만, 단호하게 엄마를 지지했다.

우리 가족의 난시 습관에 따르면, 작은오빠가 서는 쪽은 대개 틀리거나 망하는 쪽이다. 작은오빠가 엄마를 옹호함으로써, 오히려 엄마는 더 풀이 죽었다. 아무리 친부모라고 해도, 사십억쯤 되는 빚을 진 사람하고는 어쩐지 멀리하고 싶은 것이 인지상정이다. 아버지가 내연관계의 여인 앞으로 전 재산을 다 돌려놓은 것은 두 가지 효과를 거두었으니, 아내에게 돌아가야 할 정당한 위자료를 대폭 절감했고, 작은아들이 지고 있는 거액의 빚으로부터 자신의 재산을 보호한 것이었다.

엄마는 아빠의 배신마저도 작은오빠 탓이라고 믿고 있다. 남들이 들으면 제정신이 아니라고 할지도 모르겠는데, 우리 가족의 사고구조로는 아주 자연스럽다.

"학원이 저 자식은 죽을 때까지 정신 못 차릴 놈이거든. 아무리 부모라도 일찌감치 발을 빼는 게 현명하지. 나야 뭐 이제 가진 것도 없으니까 빚쟁이가 달라붙어도 겁날 것도 없긴 하다. 혜원이 너 학원이 불쌍하다고 같이 따라다니고 그러지 마라. 걔는 정신 차리려면 아직 멀었다. 니가 마음이 여려서 자꾸 사람 대접을 해주니까 그 자식이 자꾸 너한테만 달라붙는데, 난 아주 못마땅하다. 잠깐, 학원이 혹시 음주운전하는 건 아니지? 너 얼른 그 차에서 내려라. 김학원, 너 지금 제정신인 거 맞지? 너 술 처먹고 운전하는 건 아니지? 니 동생 태우고 헛짓하면 내가 가만두지 않는다."

엄마의 목소리가 점점 흥분의 색조를 띤다. 휴대폰의 스피커 성능이 좋아서 운전대를 잡고 있는 작은오빠는 어렵지 않게 말소리를 다 알아들을 수 있다. 작은오빠가 피식 웃음을 흘리며 큰 소리로 말했다.

"엄마, 또 초저녁에 낮잠 자놓고 지금 잠이 안 오니까 괜히 전화 걸어서 내 욕 하는 거지? 엄마는 쓸데없는 걱정 하지 말고 얼른 잠이나 주무세요. 그리고 얘가 애를 못 낳긴 왜 못 낳아. 얘는 궁둥이가 딱 벌어져서, 완전 씨받이 체질이야. 한 번만 제대로 해주면 바로 낳을 수 있다고. 근데 성민이를 봐. 걘 비실거리게 생겼잖아? 성민이는 애를 몸으로 소화해낼 수 있는 재목이 아니야. 내가 성민이 그 자식을 데리고 한번 사우나에 가봐야겠어. 얘 나이도 벌써 서른여섯이야. 삼십대 중반 아니유? 엄마, 엄마도 같은 여자로서 이해가 가죠? 여자는 그때가 절정이 잖아. 그런데 서방놈이 밤낮 찌질거려봐. 존나 열받지. 게다가 노친네들은 왜 애 안 서냐고 들볶아대지, 얘가 무슨 살맛이 나겠어요? 내가 드라이브라도 시켜줘야지. 어휴 불쌍한 내 동생, 그냥 내가 확 이혼시키고 내 친구 한 놈 붙여줄까봐. 미끈하고 힘 잘 쓰는 놈으로."

"야, 이 미친 새끼야, 너 얼른 차 돌리지 못해? 당장 혜원이 집에 데려다놓지 못해? 내가 당장 망치를 들고 가서 그 망할 놈의 자동차 문짝부터 조져놓고……"

휴대폰 성능이 어찌나 좋은지, 따로 핸즈프리를 연결할 필요도 없이 작은오빠와 엄마 사이에 욕설이 별처럼 총총하게 박힌 직통 대화가 가능하다. 안 그래도 산만한 오빠의 정신을 조금이라도 운전 쪽으로 돌려야 할 것 같아서, 나는 그대로 휴대전화의 배터리를 뽑아버렸다.

"아이구, 우리 엄마는 정말 귀여워. 예순이 넘었는데도 저렇게 팔딱 팔딱 잘 뛴단 말이야. 우리 엄마는 아마 구십까지는 문제없이 살 것 같아. 저렇게 기운이 넘치시는데, 새시집 보내드릴까? 아버지가 돈은 잘 벌어왔지만 엄마한테 좋은 남편은 아니었잖냐? 이제부터라도 좋은 남자 만나서 알콩달콩 이십 년만 더 사시면 그보다 더 큰 행복이 어디 있겠니. 난 그래서 오다가다 영감님들 만나면 허투루 보지 않는다. 우리 엄마 생각나서."

"박사장한테 진상한다면서."

"어, 맞아. 박진석 그 새끼가 나만 보면 죽이려고 드는데, 엄마 이야기를 하면 갑자기 김이 빠지면서 느물거리거든? 아무래도 우리 엄마한테 마음이 있는 게 분명해. 엄마가 일류 여대 나오고 병원장 사모님이었으니까 가다가 제대로 섰잖아? 육십대 이상 노친네들한테는 분명히 어필한단 말이야. 엄마가 한 번만 주면 박사장 그 새끼가 우리 의붓아버지가 되는 셈인데, 그러면 아무리 받을 돈이 있더라도 의붓아들한테 그렇게 험하게 대하겠냐? 엄마가 아예 박사장이랑 한 이십 년 살아주면 나야 고맙지."

아무렇게나 내뱉는 듯한 작은오빠의 언술은 진위를 판단하기가 대단히 어렵다. "어, 나 오픈카 빨간색으로 하나 지를 거야. 요샌 싸더라, 일억밖에 안 해"라든가 "혜원아, 난 널 위해 죽을 수도 있다. 작은오빠는 너만 생각하면 눈물이 나. 이 세상에 내가 진심으로 사랑하는 사람은 너 하나뿐이다" 같은 말들이 진담일 수 있는 한편, "응, 내일 한시에 센트럴시티로 와라. 오빠가 점심 사줄게. 백화점 꼭대기에 리틀 시안 있거든? 거기 누들 괜찮더라" 같은 말은 우습게도 농담일 수 있는 작은오빠 같은 사람이 세상에는 생각 외로 많다. 그와 한날한시에 죽기로 약속한 이만삼천 명의 날건달 삐순이들이 아마도 그런 부류에 속할 것이다. 그의 말들을 들으면서 어디까지가 진짜고 어디까지가 가짜인지를 판단하려 애써서는 안 된다. 그건 정말로 무의미하고 시간 아까운 일에 불과하다. 그의 말들은 그냥 하나의 음률로, 세상에 존재하는 다양한 음향 중의 하나로 받아들여야 한다. 그래야 그를 진정으로 이해할 수 있는 것이고 그가 원하는 것도 그런 것이다. 물론, 그의 종잡을 수 없는 진정을 알아들어주는 척하면 상당히 기뻐한다.

눈앞의 하늘이 섬광으로 갈가리 찢어진다. 악착같이 먹이를 뒤따르는 맹수처럼, 번개는 하늘 이곳저곳을 가르더니 먼 땅의 어느 한 지점으로 사납게 내리꽂힌다. 굶주려 악에 받친 맹수의 포효처럼, 천둥은 날카롭고 무시무시하다. 나는 자동차 시트를 움켜쥐었다. 작은오빠의 눈에 푸른 불빛이 넘실거렸다. 그가 번개를 보고 환장하는가 하여 나는 아연 긴장했다.

"경차에 애를 태우고 다니냐. 카시트도 없이 애엄마가 그냥 안고 있잖아. 인간들이 애를 낳았으면 좀 안전한 차부터 한 대 뽑아야지."

그를 흥분시킨 것은 천둥도 번개도 빗방울도 아니었다. 우리는 '아기가 타고 있어요'라고 써붙인 황금색 경차 한 대를 부드럽게 지나쳤는데, 어느새 경차의 내부구조와 승차인원까지 다 파악한 작은오빠는 엄마 무릎 위에서 잠든 아기를 문제 삼는 중이었다. 물론 우리는 태욱이를 뒷좌석에 태우고(물론 카시트에 앉혔지만) 빛보다 빠른 속도로 한강변을 달렸던 사실을 잘 기억하고 있다. 그러나 작은오빠에게는 그 일이 '절대안전' 그 이상도 그 이하도 아니었다. 올케언니가 태욱이를 유모차에 태우고 주차장을 가로질러 공원으로 산책 나가는 것보다도 훨씬 안전한 행동이었다고, 작은오빠는 한결같이 주장하고 있다. 물론 작은오빠의 신성한 운전 솜씨를 감안하면 그렇게 생각할 수도 있다. 그러나 올케언니는 피치 못할 사정이 있지 않는 한 작은오빠의 차에 태욱이를 태우려 하지 않는다. 내가 생각하기에도 올케언니가 현명한 것 같다.

"사람들이 다 오빠 같은 줄 알아. 형편 따라 사는 거지. 누구나 애 낳았다고 경차를 중형차로 바꾸고, 수십만원 하는 카시트를 달지는 않아."

"야, 돈이 중요하냐, 애가 중요하냐. 당연히 내 핏줄이 중요하지. 빚을 땡겨서라도 당연히 차부터 바꿔야 하는 거지. 바람만 불어도 달달거리는 차에 어떻게 애를 태워."

전형적인 김학원식 사고(思考)다. 그 사고체계에서는 일반인들의 일상적인 생활방식이 늘 거부당하고 비판당하고 조롱당한다. 물론 일반인들의 사고체계로는 그의 생활방식이 놀라울 따름이다.

"너 차 안 바꿀 거야? 이제 금방 애도 생길 건데 차 얼른 바꿔야지, 그 똥차를 불안해서 어떻게 타고 다니니? 안 그래도 운전도 시원찮게 하는 애가. 그냥 내가 한 대 뽑아줄게. 너같이 어리버리한 애가 몰고 다니기는 그저 BMW가 딱이야. 큼지막하고 무식한 차거든. 어지간히 박아서는 깨지지도 않아요. 그 정도는 돼야 신생아를 태우고 다녀도 마음이 놓이지."

무슨 일을 앞두고서건, 작은오빠의 빈틈없는 준비성은 일단 차를 바꾸는 일에서 출발한다. 그는 내 몫으로 새 차를 계약하고 머리 위의 숫자를 사십일에서 사십으로 바꾸어놓아야 직성이 풀릴 모양이다. 우리

110

에게 아이가 생기지 않는 건 조금 유감이지만 지금처럼 남은 평생을 산다 해도 크게 나쁠 건 없다. 시부모님은 우리보다 더 많이 아쉬워하는 편이지만 역시 점잖은 수준이다. 홍콩에서 인공수정을 하거나 미국에서 시험관아기를 만들어보라고 오두방정을 떠는 사람은 친정엄마와 작은오빠뿐이다. 사실 엄마의 안달은 남편과 이혼한 후 이전만한 경제적 지위를 유지하지 못하게 된 한물간 상류계급 부인에게 남아 있는 언어의 관성 같은 것이다. 내가 아버지의 귀여운 막내딸로 아버지의 신혼집에 인사를 드리러 가지 않는 한, 이제 우리에게 그만한 자금동원능력이 없다는 사실은 우리 가족 누구나 잘 알고 있다.

작은오빠는 자신의 경제적 절박상태를 알고 있는지 어떤지 잘 모르겠는데, 알고 있다 한들 수시로 가족에 대한 애정이 끓어올라 그 중요한 인식을 엉망으로 흩뜨려놓는 것이 문제다. 엄마에게 전신마사지 침대를 보내고, 큰오빠 부부에게 80호 구상화 〈빛과 선과 잠시〉를 선물할 때면 그는 부모형제에 대한 사랑에 압도되어 부피가 남산에 육박하는 빚더미는 잠시 잊어버리는 것이 분명하다. 아내에게 그에 상당하는 선물을 하지 않는 것은 아내에게 애정이 없어서가 아니라, 지난번에 선물한 카르티에 손목시계를 올케언니가 방바닥에 패대기쳐서 원목마루에 엄지발가락이 들어갈 만한 구멍을 내놓았기 때문이다. 워낙 튼튼해서 까딱없더라고 기특해하면서 오빠는 시계를 나에게 넘겼다. 누누이 강조하지만, 그는 가족적인 사람이다.

오빠는 맹렬한 속도로 구름을 따라잡고 있다. 멀리서 볼 땐 하늘을 덮고 몰려가는 먹장구름이 험상궂어 보이더니 이제는 필사적으로 달아

나는 검은 양떼 같다. 새빨간 양몰이 개처럼 천방지축 날뛰는 건 우리다. 오빠의 흥분을 부채질하듯 빗방울이 검은 천장을 두드린다. 잠시 대화가 멈추었고 머리 위의 검은 헝겊에서는 이제 규칙적이고 분명하게 또닥또닥 똑똑똑똑 하고 빗방울 떨어지는 소리가 들렸다. 기대했던 것처럼, 빗소리는 듣기 좋았다. 탑커버를 두드리는 빗방울은 굵고 성글어서 오빠가 바라던 최적의 음향을 전해줄 수 있을 것 같다. 정장의 사내가 심호흡을 머금고 사장실의 문을 노크하는 것처럼 경쾌하고 단호한 소리다.

"이럴 때 〈월광〉 삼악장이 쫙 흘러줘야지."

오빠는 손수 디스크자키 노릇까지 할 모양이다. 그것은 안 될 일. 나는 신용불량자의 손에서 CD 케이스를 빼앗아들고 그가 원하는 베토벤의 소나타 CD를 찾아낸다. 곧 맑고 구르는 듯한 피아노 터치가 자동차 안을 메운다.

오빠는 운전대를 두드리며 몸을 흔들었다. 날카로운 C자 형태로 차를 꺾으며 단숨에 세 개 차선을 가로질렀다가 다시 원래 차선으로 돌아오는 걸 보니까 예술적인 영감이 증기천같이 뿜어오르기 시작한 모양이다. 나는 반대로 울기 시작했다. 이상하게 음악이 나를 울린다. 절벽으로 내달려 광풍 속으로 몸을 내던지는 것 같은 베토벤의 피아노 선율은 나를 예기치 못한 이상한 나라로 휘몰아가려는 것 같다. 폭풍이 몰려오는 날씨에 섬광처럼 달리는, 핏방울처럼 붉은 스포츠카의 내부에서 일어나는 일이다.

운전대를 손에 쥐고 있을 때 가장 예민해지는 작은오빠는 틀림없이 나의 울음을 눈치채고 있다. 똑바로 앞만 바라보며 흥얼거리고 있지만 어쩐지 부자연스러워 보이는 그의 어깨 각도만 보아도 나는 알겠다. 오빠는 모른 체할까, 위로할까 망설이고 있다. 제발, 위로처럼 촌스러운 일은 하지 말아줘. 내 마음을 읽은 것처럼 오빠는 아무 말도 하지 않는다. 하지만 그 침묵마저도 무언의 위로인 듯 여겨져 나는 몹시 마음이 불쾌하다. 위로받아야 할 일은 아무것도 없다.

나는 소매로 눈물을 쓱 닦아버리고 가상의 바이올린을 목 아래 비껴안고 〈월광〉의 선율을 연주하기 시작한다. 이래봬도 왕년에는 예술의 전당에서 모 도시를 대표하는 교향악단과 협연했던 몸이다. 그 시절의 흔적은 벽에 걸린, 결혼사진보다 더 커다란 연주회 사진 한 장으로 끝이지만. 열천(熱川)처럼 끓어오르다가 발작적으로 조여드는 바이올린의 음률이 귓전에 흐르자 알 수 없는 회한과 그리움에 엉치 끝이 저릿저릿하다. 밀려가는 검은 구름 사이로 언뜻언뜻 파리한 달그림자가 비치고 현을 긋는 활의 감촉은 손끝에 되살아나 새파랗게 푸드덕거린다. 우리 사이를 메우고 있던 모호한 어색함을 단숨에 날려버리고자, 나는 천장이 들썩거리도록 고함을 내질렀다.

"다음번엔 꼭 바이올린을 가지고 와야겠어!"

"정말 죽이는구만!!"

언제나 죽이 잘 맞는 작은오빠는 더 발악적인 고함으로 응수한다. 단순히 나의 비위를 맞추는 것이 아니라 내가 제안한 아이디어에 진심으로 매혹되어 흥분과 격정의 쓰나미를 타고 이미 먼 인도양 어딘가를 헤매는 것이 분명하다.

"내가 탑커버를 열어줄게. 우리를 따라올 수 있는 놈들만 들을 수 있는 콘서트를 여는 거야. 너는 까만 반짝이 드레스를 입고 머리칼을 휘날리면서 〈라 캄파넬라〉를 연주하라구."

검은 머리칼을 휘날리며 바이올린을 연주하는 내 모습을 상상하는 것만으로도 오빠는 절반쯤 오르가슴을 느끼는 표정이다. 빨간 스포츠카를 구입하면서 그가 꿈꾸었던 예술적 황홀경이 바로 그런 것이리라. 마침내 천장을 두드리는 빗소리가 급격히 빠른 리듬을 타기 시작한다. 그렇다, 이 빗소리를 듣기 위해 오빠는 붉은 차를 샀고 밤마다 발정난 고양이처럼 비를 품은 구름을 찾아 검은 길들을 헤맸다. 소프트탑 커버에 온몸을 던지는 굵은 빗방울의 충돌은 힘차고 단호하다. 검은 헝겊이 뚫어지는 건 아닐까, 나는 천장에 손바닥을 대보았다. 먹장구름에서 날아온 굵고 실한 물방울 하나가 검은 헝겊 너머에서 산산이 부서진다. 한 우주가 소멸되는 힘찬 박동에, 나는 전율을 감추며 손바닥을 접었다.

빗방울의 소멸은 참 쿨하기도 하지. 사람의 목숨도 투명한 셀로판테이프처럼 원하는 길로 착착 끊어져주면 얼마나 좋을까. 사라질 때 집착이나 슬픔 따위 구질구질한 찌꺼기는 남기지 않고 물방울처럼 투명하게. 빗방울처럼 유쾌하게.

나는 현란한 계기판 버튼들을 쿡쿡 눌러보았다. 두서없이 윈도워셔가 뿜어져올라오고 프론트 미러가 접힌다. 언제나 낙천적인 작은오빠는 목숨을 담보로 한 나의 장난들을 몹시 즐거워한다. 나는 늘 한결같았던 작은오빠의 관용에 힘입어 운전자의 영역을 점점 더 깊숙이 침범한다.

"뭐 하는 거야?"

작은오빠의 비명이 백 미터 밖의 소음처럼 멀리 들렸다. 검은 천으로 덮인 천장이 열리고 주먹만한 빗방울들이 한꺼번에 얼굴을 때렸다. 태어나서 한 번도 경험한 일 없는 광폭한 급제동에, 나의 몸은 하마터면 검은 우주로 날아갈 뻔했다.

"너 미쳤니? 젠장, 내 동생이라서 그런 거야? 정말로 그래서 너도 미친 거냐구?"

붉은 스포츠카는 지그재그로 격렬하게 비틀거렸으나 우리는 기적적으로 가드레일을 들이받거나 중앙선을 침범하지 않았다. 작은오빠는 갑작스런 재앙에도 침착하게 충돌을 피하고 자동차의 속도를 충분히 낮추었다. 우리는 순식간에 홈빡 젖었다. 주변의 다른 차들보다 훨씬 더 저속으로 달렸지만 얼굴에 쏟아지는 강한 맞바람과 빗방울 때문에 숨쉬기조차 힘들었다. 그런 한계적 돌발상황에서도 오빠는 탑커버를 다시 닫지 않고 곱게 달리고 있었으니 과연 그는 운전의 신이라 불리어 마땅하다.

"오빠, 괜찮아?"

"젠장, 괜찮아 보이니? 콧구멍으로 물이 들어와서 미치겠다구. 너 정말 변태구나. 이러구 얼마나 더 달려야 만족하겠어?"

"조금만 더, 아주 조금만 더."

우리는 붕어들처럼 뻐끔거리며 조금 더 달렸다. 목둘레가 넓게 파인 티셔츠를 입은 오빠는 거북이처럼 목을 움츠리고 운전했다. 찬 기운이 뼛속까지 스며들어 열정도 광기도 흔적 없이 사라졌다. 시야를 확보하기 위해 쉴새없이 우리는 얼굴의 물방울을 훑어내려야 했다. 몇 분 뒤 작은오빠가 탑커버를 다시 올릴 때 나는 말리지 않았다.

"짜릿했지?"

"이 변태야. 성민이가 불쌍하다. 아 씨발, 죽는 줄 알았네."

"그래도 별로 피해는 없었잖아."

나는 어깨를 으쓱하며 주위를 둘러보았다. 무릎 위에 놓여 있던 만화책은 물에 불어 한 덩어리가 되어 있었고 바닥엔 흙탕물이 질척거렸다.

"잠깐 미쳤다가 돌아와도 아무 일 없다구."

나는 의기양양하게 말했다. 내 안에 내재되었던 돌발적인 광기가 자못 자랑스럽다는 듯이.

"기집애야, 너 때문에 길 잘못 들었잖아."

"여기가 어딘데?"

"나도 몰라. 아무튼 분당으로 가는 길은 아니야."

폭우는 여전히 앞창을 흐렸고 번개는 하늘을 할퀴며 마왕처럼 땅으로 쏟아져내려왔다. 젖은 몸에 한기가 들어 우리는 히터를 켰다. 어디로 향하는 것인지 알 수 없는 길은 가로등이 드물어서 어두웠다. 우리는 검은 길 속으로 순순히 빨려들었다.

우리가 아까 고통 없이 죽은 거라면.

그래서 우리가 지금 영계(靈界)의 진입로를 달리고 있는 거라면.

저 앞쯤에 서 있는 희끄무레한 형체가, 우리를 마중 나온 영혼의 인도자라면.

얼마나 좋을까.

모든 영락과 수치를 면제받고 손쉽게 죽은 거라면.

자동차는 부드럽게 그 희미한 형체를 지나쳤다. 그는 지옥의 수위가

116

아니라 노란 비옷을 입은 촌로였다. 우리는 죽지 않은 것 같았다. 흐린 차창 밖으로 이정표 하나가 휙 지나갔지만 우리가 가고 있는 이 길이 어디로 향하는지 궁금하지 않았다. 어떻게 해야 집으로 돌아갈 수 있는지 알고 싶지도 않았다. 나는 두 손으로 얼굴을 비볐다.

"이제 감 잡았어. 대충 방향을 알겠거든."

집으로 돌아가는 길을 제대로 찾기 위해서는 오빠가 이 말을 서너 번쯤 반복해야 한다. 오늘은 비가 내리고 시야가 흐리니 더 오래 걸릴지도 모른다.

"너 겨우 그 정도 가지고 그렇게 넋이 나갔냐. 나중에 뚜껑 열고 연주회를 하려면 일단 몸의 균형을 잘 잡아야 해. 검은 드레스 입고 발라당 나자빠져봐라. 무슨 개쪽이냐. 우리 좀더 연습을 하자."

헐벗은 드레스를 입고 머리칼을 휘날리며 바이올린을 연주하는 내 모습을 상상하며 그는 다시 흐뭇함에 젖는다. 차창에 부연 습기가 껴서 다시 히터를 낮추고, 습기를 줄이기 위해 에어컨도 함께 켰다. 우리는 무턱대고 어디론가를 향해 달린다. 그렇다. 우리는 부단히 연습할 것이다. 소프트탑 컨버터블의 탑커버를 열고 불꽃같은 연주회를 벌일 그날까지. 그 연주를 들으려면 우리를 따라올 수 있을 만큼 담대해야 한다. 시속 이백 킬로미터로 달리는 붉은 차 위에서, 나는 등뼈에 철심을 박은 듯 꼿꼿이 서서 천상의 〈라 캄파넬라〉를 연주할 것이다. 그림을 만들려면 아무래도 머리를 더 길러야 하겠다.

여전히 우르릉거리는 하늘 밑으로, 아까보다 한결 조신해진 빨간 스포츠카가 달려간다. 그 차가 어디로 향하는지는 아무도 모른다. 방향을 알지 못하고 달리는 것이 그 차의 운명이다.

늪지의 고양이

"조원우 실장은 가능성이 꽤 높다고 하던데."

"사무장을 잘 둔 것 같습니다. 지역구에서 꽤 신뢰를 받고 있는 토박이 출신이 발 벗고 뛰니까, 선거본부 구성이 늦은 편인데도 비교적 연착륙하는 것 같습니다."

"그러기가 쉽지 않아. 사기꾼 같은 치들이 하도 많아서 말이야."

"그렇습니다. 이찬익 국장 경우에는 조직 관리를 잘못해서 완전히 재기불능으로 망가지고 말았지요. 지금까지도 정치자금법 위반 건에 대해 재판이 진행중이라고 하던데 아무래도 쉽지 않을 것 같습니다. 그쪽은 사무장이 자금 관리를 너무 잘못했습니다. 지역구에 발이 넓다고 해서 받아들였는데 원래부터도 구린 데가 많은 인물이었던데다가, 욕심이 많아서 선을 그어야 할 쪽의 자금도 무턱대고 일단 받아두었던 모양입니다. 공명심이 앞섰던 게지요. 게다가 막판이 되면 한푼이라도 아쉬우니까, 사방에서 실탄 실탄 하고 외치니까 이찬익 국장도 무어라 제지하지 못했던 모양입니다. 조원우 실장의 사무장은 고등학교 후배라고 들었습니다. 동창회 자리에서 눈여겨보았던 모양입니다. 아직까지는 선전하고 있고 이 기세로 끝까지 유지가 된다면 당선 가능성도 꽤 되는 것 같습니다."

"첫번째 도전에서 당선되기는 쉽지 않은 일인데요."

"아직 조원우 실장 나이도 젊지?"

"마흔일곱입니다."

"아주 젊은 건 아닌데."

"요즘은 빠르다고 볼 수 없습니다. 특별히 지명도가 높지 않으면 수도권에서는 특히 한 살이라도 젊은 사람에게 유리하게 돌아가는 형국입니다. 조원우 실장과 경쟁하는 무소속 후보는 삼십대라고 하던데요."

"그래도 조원우 실장은 동안(童顔)이라서 유리합니다. 삼십대로 보는 사람도 많다고 합니다."

술자리의 화제는 얼마 남지 않은 국회의원 보궐선거였다. 이현이 속한 재정경제부에서도 한 사람이 과감하게 출마를 선언했다. 얼마 전까지만 해도 무모한 선택이라는 평가가 지배적이었는데 이제는 희망적인 전망이 우세했다. 중앙행정부의 조직구성원에서 국회의원으로 변신하는 것은 매력적인 꿈이었다. 신분이나 대우, 무엇보다도 권한의 측면에서 비교할 수 없는 변화가 일어났다. 중앙행정부의 인력 중에는 종종 그런 꿈을 쫓아 떠나는 이들이 생겨났다. 절반쯤은 성공하고 절반쯤은 실패했다.

이야기를 이어가는 사람들은 주로 실국장 수준의 높은 사람들이었다. 자리의 가장 상석에는 부총리를 겸임하는 재정경제부 장관이 앉아 있었고 그 밑으로 서열대로 줄줄이 자리를 채워나갔다. 이현은 그중에서 가장 젊은 편이라 술자리의 제일 말단에 앉아 있었다. 부총리는 이야기를 세련되게 풀어나가는 사람이었다. 부하직원들이 이야기하기 쉬울 만한 주제로 운을 띄워놓고 본인은 적당히 응수하면서 고개를 끄덕이는 것이 버릇이었다. 식탁의 아래쪽으로 갈수록 분위기는 경직되어서, 가끔씩 굳어진 목관절을 풀기 위해 고개를 돌리는 것 말고는 별다른 움직임이 눈에 띄지 않았다. 이현 역시 조용하게 자기 앞의 접시만 차근차근 비워나갔다.

"이현 과장이라면 도전해볼 만하지 않습니까?"

이목이 한꺼번에 이현에게 집중되었다. 하필 질긴 미더덕을 막 입에 넣은 참이었다.

"이과장이 출마한다면 여성표는 확보했다고 보아야 합니다."

잔잔한 웃음이 술자리를 돌았다. 부총리부터 시작해 전체 실국장, 과장들의 이목이 한꺼번에 몰린 가운데 이현은 힘들게 뜨거운 미더덕을 삼켰다.

"그렇다면 한번 출마해보지 그러는가. 여성표만 확보해도 당선은 따놓은 당상인데."

"지역구만 잘 고른다면 가능성이 있습니다. 이현 과장의 선친이 닦아놓으신 기반도 상당할 것이고, 장인의 영향력도 무시할 수 없을 것이니까요."

말 퍼뜨리기 좋아하는 국제금융국장의 혓바닥 위에 오르는 바람에 이현의 내력은 잠시 곤욕을 치렀다. 부총리는 이현의 경쟁력에 대해 상당히 관심을 표시했다.

"이과장의 선친께서는 무역업으로 상당한 기업을 이룩하셨습니다. 지금도 그 누이와 매제가 기업을 이어받아 운영하고 있습니다. 그리고 이현 과장의 부인은 바로 이세 공의 무남독녀 외딸입니다."

"아하, 그랬는가. 이세 공이 오랫동안 활동을 하지 않으셨지만 여전히 영향력이 크시지. 우리나라에서 이세 공만한 인지도를 가진 문인이 또 있겠는가. 그런데 건강이 원만치 않으시다고 들었는데, 좀 어떠신가?"

"건강도 문제지만 워낙 폐쇄적인 분이라 그렇기도 합니다. 작품활동도 오래 전에 그만두셨고 바깥출입을 끊으신 지가 벌써 오래되었습니다."

"그래도 대중들이 그분의 작품에 대해 향수를 가지고 있으니까. 근황에 대해 궁금증도 있을 테고. 으흠, 이현 과장이 이세 공의 사위였구면. 무슨 일을 하든 장인어른이 밀어주신다면 큰 힘이 되긴 할 걸세. 그러고 보면 우리 부처에 예술가 인맥이 많아. 정책홍보실에 구상래 화백 아들이 있다고 들었는데."

"예, 김건창 사무관입니다. 지금 운영지원 솔루션 제작 건으로 담당 IT 업체에 파견나가 있습니다."

"그래, 맞아. 예전에 있었던…… 누구더라? 가수 고달선씨 자제분도 있었는데."

"고인무 과장입니다. 이미 퇴직했습니다."

"그래, 그 양반이 아버지를 닮아서 노래를 기막히게 잘하더구먼. 몸집은 자그마한데 목소리가 탁 틔었더라고. 끼가 있다고 하는 것도 아마

유전이 되는 모양이야."

보궐선거 출마 이야기로 시작되어 이현에게 잠시 집중되었던 화제는 곧 연예계 인맥에 대한 가벼운 잡담으로 흘러갔다. 이현의 결혼 이력이나 가족 환경과 같이 지나치게 사적인 문제가 너무 자세한 부분까지 언급되는 것이 적절하지 않겠다는 부총리의 의중이 암암리에 작용한 것 같기도 했다. 부총리는 여러모로 능숙한 사람이었다. 이현은 그저 다행스럽게 여겼다. 너무 공개적인 자리에서 개인사가 입길에 오르내리는 것은 그가 절대로 반기지 않는 바였다. 그보다는 얼른 회식이 끝나고 귀가할 수 있기를 초조하게 기다리고 있었다.

이현과 이진은 모처럼 한가한 주말에 월요일 하루 휴가를 보태, 짧은 여행을 계획해놓고 있는 참이었다. 얼른 퇴근해서 내일 여행 떠날 준비를 하고 싶은데, 다음주로 예정되었던 장관 이하 과장급 직원 회식이 하필 이주 금요일로 당겨졌다. 장관이자 부총리인 정권의 실세와 함께하는 회식 자리에 개인 여행을 핑계로 빠질 수는 없는 일이었다. 다행히 부총리는 술자리를 늦게까지 오래 끄는 악취미가 없는 사람이었다. 이현은 자정이 약간 안 된 시각에 집에 도착할 수 있었다.

이현과 이진은 이십사 시간 영업하는 대형할인점에서 서둘러 장을 보았다. 자정이 가까운 시각에도 할인점은 쇼핑객이 많았다. 이현처럼 가벼운 주말여행을 즐기려 하는 사람들이 피로와 기대가 뒤섞인 표정으로 와인 셀러를 뒤적이고 있었다. 이현과 이진도 천천히 카트를 채워나갔다.

붉은색, 오렌지색, 노란색. 세 알의 파프리카가 사이좋게 늘어선 길쭉한 봉지.

싱싱한 브로콜리와 향이 짙은 셀러리.

오븐에 구우면 속이 부슬부슬한 감자..

단단하고 알이 굵은 양파. 마늘.

양송이버섯. 느타리버섯. 팽이버섯. 새송이버섯.

늦가을이 깊어가며 단맛이 돌기 시작한 양배추와 당근.

이진이 동의한다면 훈제연어를 곁들이고 싶은, 연한 양상치.

사과. 오렌지. 배. 감. 토마토.

이박 삼일의 여행을 앞두고 나선 장보기 쇼핑에서, 이진이 쇼핑카트
에 실어놓은 품목들은 고작 이것뿐이었다. 열렬한 다이어트 광신도들
의 회합이나 토끼의 만찬석상에 어울릴 장바구니였다. 감각적인 색감
은 더할나위없이 좋았지만 이현은 겨우 이것만 먹고 체력을 유지할 수
없을 것이라고 확신했다. 이현이 카트 안에 안심과 파스타, 손질된 킹
크랩의 다리를 넣는 동안 이진은 다른 곳을 바라보며 모른 체하고 있었
다. 고기가 익을 동안 이진은 잠시 별장 밖에 나가서 바람을 쐬고 있으
면 될 일이다.

이진은 느긋하면서도 자연스러운 모습으로 쇼핑센터의 진열대를 지
나쳤다. 어깨에 살짝 닿는 풍성한 생머리를 하나로 묶고 헐렁한 스웨터
에 평범한 청바지를 입은 이진은 사람들의 눈에 띄지 않았다. 심장이
멎을 듯한 아름다움에도 불구하고, 이진은 묘하게 사람들의 시선을 끌
지 않는 독특한 특징을 가졌다. 하지만 그녀가 무심하게 과일들을 집어
향기를 맡은 후 제자리에 내려놓으면 곁에 있던 사내들이 자신도 모르

게 그 과일을 집어들었다. 그들은 아내가 눈치채지 못하도록 조심하면서 과일껍질에 남은 그녀의 숨결을 음미하려는 것이었다.

이진이 어딘가를 물끄러미 바라볼 때가 종종 있었다. 그 시선이 흘러가는 길에 서게 된 청년은 헬쑥하게 낯빛이 질려갔다. 북쪽 지방의 어두운 산 사이를 흐르는 조용하고 거대하고 마음이 없는 빙하. 그것에 넋을 빼앗긴 사내는 팔다리가 굳고 숨결이 얼어붙었다. 선 채로 얼음기둥이 되어가고 있는 애처로운 사내를, 이현은 재미있는 기분으로 구경했다. 그 불쌍한 작자는 빙하에서 솟아오른 여인이 자신을 바라보고 있는 것으로 착각하고 있었다. 숨 막힐 듯이 천국과 지옥을 오가는 그의 황홀경을 조롱하고 싶은 마음은 없었으나, 이진은 그 누구도 바라보지 않았다. 이진이 보는 것은 세상 사람들이 보는 것과 전혀 달랐다. 어쩌면 이진은 쇼핑센터의 기둥 옆에 서 있는 수줍은 작은 영혼을 응시하고 있었을지도 모른다. 영혼과 이진을 잇는 시선의 중간쯤에 그 불쌍한 사내가 서 있었을 뿐이었다. 이현은 터울 많은 오라비처럼 따뜻하게 이진의 어깨를 감싸고 머리칼에 가볍게 키스하며 그녀를 현실 세상으로 돌려세웠다. 이진은 그제서야 깨달았다는 듯이 물끄럼한 시선을 거두고 고개를 돌렸다.

이진의 시선에서 풀려나자 죽어가던 청년이 오래 막혔던 한숨을 뿜어내고 헐떡였다. 백지장 같던 얼굴에 혈색이 돌아오고 팔과 다리의 마비가 풀렸다. 잠시 쭈그리고 앉아 눈을 비비고 제정신을 차린 그는 방금 전 자신을 휩쓸고 간 어마어마한 신비와 황홀, 매혹과 냉담의 여인을 뚜렷이 기억하지 못한 채로 주변을 두리번거렸다. 그러나 헐렁한 스웨터에 낡은 청바지를 입은 이진은 사람들 속에 섞이면 도무지 없는 사람처럼 눈에 띄지 않았다.

촌각의 순간에 무의식의 세계로 스며들어간 이진의 영상은 앞으로 죽을 때까지 청년의 몽환 속에 똬리를 틀 것이었다. 유기농 과실과 채소를 쌓아둔 매대를 사이에 두고 잠시 눈길이 마주쳤을 뿐이었지만 청년의 무의식 속에서는 빙하에서 솟아오른 여인의 귓바퀴에 오스스 솟아오른 솜털의 감촉까지 생생했다. 그 귓불에 입맞추고 노릿한 피부에서 솟아나는 달큰한 살구즙 향기를 폐부 가장 깊은 곳까지 들이마시고 싶은 강렬한 욕망은 이날부터 청년이 죽게 될 그날까지 폭군처럼 그의 꿈자리를 점령할 것이었다. 아침에 깨어나면 자신의 꿈속에 어떤 여인이 나타났었다는 사실의 한 조각도 기억하지도 못하면서 알 수 없는 그리움과 안타까움에 몸서리칠 것이었다.

아내 혹은 연인에게 의심과 불만을 사고, 초라하고 목마른 심정으로 더럽혀진 속옷을 갈아입게 될 청년의 운명을 이현은 잘 알고 있었다. 청년에 대한 연민과 가슴이 터질 것 같은 우월감으로, 이현은 이진의 보드라운 귓불에 입술을 가져갔다. 이진은 어깨를 조금 움츠렸을 뿐, 시선은 여전히 야채를 진열해놓은 냉장 판매대에 꽂아두고 있었다. 파프리카의 오렌지빛 곡선이 요염했다.

이제쯤 첫눈이 올까 싶게 하늘이 흐린 계절이었다. 결혼 일 주년 기념이라는 거창한 명목에 비해서는 너무 간소한 여행이었다. 이현이 휴가를 하루밖에 내지 못했으므로 주말을 포함해 겨우 사흘간 바람을 쐬는 정도였다. 휴가지는 수도권 근교의 오래된 별장이었다. 이진이 좋아하는 흐느끼는 음색의 남성 보컬 CD를 플레이어에 넣으면서 이현이

물었다.

"기분은 어때?"

"괜찮아요."

"영혼들은?"

"뒷좌석에 열한 명쯤."

영혼을 기록하는 여자와 결혼해 살면서 이현은 보이지 않으나 존재하는 것들에 대한 감수성이 예민해졌다. 퇴근한 뒤 재킷을 벗어 옷장에 걸다가 그는 문득 옷걸이를 든 손을 멈추고 방구석의 길쭉한 빈 공간을 응시했다. 또는 수건 한 장으로 몸을 가리고 욕실에 들어가다가 문득 장승처럼 서서, 벗은 피부에 까칠하게 달려드는 소슬한 한기를 참으며 샤워부스 안쪽의 텅 빈 공간을 마주했다. 그는 수시로 보이지 않는 무언가의 존재를 감지하고 그것을 어떻게 대해야 하는지 생각에 잠겼다.

"당신이 그러기 어려우리라는 걸 알겠지만, 나의 영혼들에 대해 생각하지 말아요. 그들은 이진의 사생활에 아무런 관심이 없어요. 하루의 기록을 마치고 노트를 덮는 순간, 그들은 연기처럼 사라져요. 우리집을 배회하지 않고 우리를 엿보지도 않아요. 물론 여행을 따라 나서지도 않아요."

약 일 년의 결혼생활이 이어지는 동안 이현은 이런 비슷한 종류의 설명을 스무 번 가까이 들었다. 초반에는 좀 잦았고 최근엔 줄어든 편이었다. 단둘이 함께하는 가장 은밀하고 사적인 시간과 공간에서조차 이현은 조용하고 서늘한 눈길의 존재를 느끼거나 의심했다. 이진은 언제나 고개를 내저었다. 영혼과 이진의 관계는 이현이 참견하거나 관찰할 수 없는 세계였으므로 이진의 주장은 항상 일방적일 수밖에 없었다.

겉으로는 수긍하는 척하면서도 이현은 이진의 설명을 모두 다 믿지 않았다. 이현은 나름의 직관력을 자신했고 이진이 아무리 부인해도 서늘한 눈길의 존재를 의식했다. 그들은 이진의 눈에만 보이지만 이현의 감정에만 영향을 미치는 특이한 존재들이었다. 개운치 않은 느낌을 떨치기 어려웠지만, 둘 사이의 관계를 부드럽게 유지하기 위해서 이현은 내심을 많이 숨기는 편이었다.

이현은 차의 속도를 조금 낮추고 창문을 열었다. 꽤 쌀쌀한 바람이 들어왔지만 이렇게 하면 몸무게가 없는 영혼들은 별수 없이 차 밖으로 날려갈 터였다. 거추장스러운 모기나 날파리처럼.

하지만 창문을 크게 열고 환기를 시켜도 그들은 햇볕처럼 뒷자리에 남아 있을지도 모른다. 이진의 가시 돋친 응수에 따르자면 열한 명의 동행자들. 보이지 않는 관객들. 차창 밖으로 황금빛을 지나쳐 다소 우중충한 색깔의 산하가 끝없이 펼쳐지고 있었다. 이현은 룸미러로 자꾸만 뒷좌석을 곁눈질하다가 룸미러 속의 자신과 눈이 마주쳤다. 보이지 않는 것들에 대한 상념에서 벗어나지 못하는 자신의 모습이 썩 마음에 들지 않았다. 벗어나기 어렵다면 즐겨라. 이현이 자랑스럽게 생각하는 특기였다. 모처럼 떠난 여행길에, 보이지 않는 것에 대한 의심으로 기분을 망치고 싶지는 않았다.

보이지 않으나 존재할 것으로 의심되는 모든 것들이 다 미심쩍고 불쾌한 여운을 남기는 것은 아니었다. 어떤 것은 희망적이고 유쾌했다. 보이지 않으나 느낌으로 알 수 있는 어떤 미묘하고 희귀한 단서에 대해 생각하자 이현의 척추에 짜릿한 전율이 흘렀다. 그는 순식간에 유쾌하고 낙관적인 기분으로 복귀했다. 완벽하게. 지금과 같은 속도로 계속

달린다면 사십 분 안에 그가 임대해놓은 전원주택에 닿을 것이었다. 그곳에서 사흘을 지낼 예정이었다. 그 사흘 동안 그는 아직까지 공공연히 모습을 드러내지 않는 어떤 사랑스런 것의 실체를 잡아낼 생각이었다. 물론 그것은 눈에 보이지 않고 손으로 만져지지도 않았다. 아직 눈에 보이지도 않을 만큼 작고 미세하여 그 존재를 의심할라치면 쉽사리 꼬리를 감추는 것에 불과했다. 그러나 이현은 보이지 않는 존재들에 대한 스스로의 직관을 믿었다. 보이지 않으나, 분명히 존재한다.

사십대 초반. 사람의 감정을 배려하지 않는 경솔한 사람이라면 사십 중반이라 일컬어도 할말이 없는 나이에 이르러, 이현의 성욕은 생리적인 것이기보다는 정서적인 것으로 조금 변질되었다. 마지막으로 섹스를 한 지 얼마나 시간이 흘렀는가 하는 물리적인 요인보다는 시간적인 여유가 얼마나 주어지는가, 파트너가 얼마나 매력적인가, 이런 외부적인 요인들에 좀더 영향을 많이 받게 되었다는 뜻이다. 시간과 장소와 상황을 가리지 않고 불끈거려서 난처하고 고역스럽던 막무가내의 성욕은 이제 진정되었다.

걸핏하면 시각과 청각을 마비시키는 초현실적 미모의 아내를 맞이한 직후 한두 달 정도 사춘기 시절의 지긋지긋한 성욕이 되살아나기도 했다. 하지만 노골적으로 내색하지는 않더라도 그의 열정을 다소 귀찮아하고, 어쩌다 빨리 끝나면 조금 기뻐하고 그렇지 않더라도 예의 바르게 기다려주는 아내의 무심한 대응 앞에서 그는 다소 모욕적인 느낌을 받았다. 바쁜 직장생활 덕분에 곧 그는 아내에게 짐승같이 덤벼드는 남편 노릇을 하지 않게 되었다. 이후 그의 성욕은 충분히 예측 가능한 신사적인 주기성을 띠었다. 그가 아내의 대해 육체적인 욕망을 느끼는 것은 업무에 대한 부담에서 벗어날 수 있는 주말 무렵이었다.

장관의 해외출장에 맞추어 일 주일에 일곱 종의 보고서를 몰아서 작성하고, 모 국회의원은 자료 제출을 요청하고, 감사부에서는 해외 출장비 지출내역이 의심스럽다고 트집을 잡는 와중에 부하직원은 하필 그때 결혼한다고 일 주일간 결혼휴가를 떠나는 식으로—물론 이현이 부하직원에게 하필 이렇게 바쁠 때 결혼을 하느냐는 식의 부정적인 심사를 표출할 처지는 안 된다—모든 일이 한꺼번에 몰려 일어나는 일도 때때로 발생했다. 그러면 이현은 그대로 녹다운되었다. 이진이 망사 스타킹을 신고 허리를 비틀어준다면 모를까, 지쳐빠진 남편이 늦게 퇴근하는 것을 눈에 띄게 좋아라하며 한층 더 깊이 영혼의 기록에만 빠져드는 아내 앞에서 그의 성욕은 주말의 생기조차 누리지 못하고 보름 또는 거의 한 달 가까운 기간 동안 애초부터 없었던 듯이 숨어버렸다. 이현은 그럴 때면 다소 우울했다. 규칙적으로 운동을 하고, 아직 아랫배에 군살 하나 없는 몸매를 유지하고 있건만 어쩐지 옛날 같지 않다는 느낌이 드는 것은 아무래도 서글펐다.

그런 서글픈 자기 연민의 와중에서 요즘 들어 무언가 보이지 않는 것의 존재를 감지한 것은 유머 감각 넘치는 삶의 아이러니였다. 분명 그것은 눈에 보이지 않았다. 그러나 아주 미세하고 소리없는 작은 차이들이 거듭하여 이현의 예민한 더듬이에 감지되었다. 이진이 나른한 고양이처럼 기지개를 켤 때에도 이현은 의심에 잠겼다. 아름다운 여자가 남자의 눈앞에서 길고 날씬한 팔과 다리를 쭉쭉 뻗어 보이는 것이 얼마나 유혹적으로 보이는지, 그렇게 느끼는 거야 남자 쪽의 일방적인 과잉해석에 불과하다 치더라도, 봉긋한 가슴이 이현의 시야에 좀더 두드러지게 노출되는 각도를 취한 것조차 모두 우연에 불과한 것인가? 채널을 돌리다가 갑작스레 마주친 영화의 러브신에 이진의 볼이 보일 듯 말 듯 홍조를 띤다든지 하는 그런 작고 우연한 일들 말이다. 단 두 사람이 함께 살기엔 생활공간이 아주 넓고, 이현 쪽에서는 분명히 의도적으로 가까이 다가가려는 시도를 하지 않았는데도 두 사람의 몸이 '우연히', 가볍게 닿는 일들이 이전보다 더 자주 발생하게 되는 그런 상황들 말이다.

일상적인 굿나잇 키스를 할 때 이진의 볼이 그의 입술 앞에서 머무는 시간이 약간, 아주 약간 길어진 것도 그가 의심하는 일의 한 가지 조짐이라 볼 수 있지 않을까? 물론 아내의 볼이 남편의 입술에 얼마나 닿아 있었는가 하는 문제는 우주에서 가장 정밀한 스톱워치로도 측량하기 어려운 것이며, 굳이 측량하려 든다면 소수점 이하로도 영이 다섯 개쯤 더 늘어선 뒤에야 다른 숫자가 등장할 만큼 미세한 차이에 불과하고, 그런 정도의 차이는 얼마든지 심리적인 허상에서 연유할 수 있음을 충분히 알고 있음에도 이현은 의심을 거두지 못했다. 그런 즐거운 의심은 티끌만한 불씨로도 쉽사리 점화되어 그의 마음속에 일파만파 유쾌한 상상을 부풀려갔다. 그런 유쾌한 상상의 끄트머리는 항상 돌연한 성욕으로 귀결되는바, 이현은 드디어 극심한 과로와 피곤을 떨치고 이진에게 달려들어 불과 같이 뜨거운 밤을 보내곤 했다.

그렇게 팔다리가 짓무를 것같이 달콤한 쾌락을 나누고 나면, 보일 듯 말 듯하던 작은 징후들은 감쪽같이 자취를 감추었다. 이진은 여전히 아름다운 모습으로 기지개를 켰고, 우연히 두 사람의 몸이 닿는 일도 종종 있었지만 그가 '징후'라고 느낄 만한 작은 열기들은 찾을 수 없었다. 텔레비전 화면에서 사랑을 나누는 장면이 나타나도 이진의 시선은

130

초점 없이 먼 곳을 향해 있었다. 이현이 즐겁게 고대하는 작고 모호한 열기는 쉽사리 돌아오지 않았다.

예민하고 까다로운 작은 존재, 눈에 보이지 않으나 분명히 존재할 것으로 기대되는 그것을 이현은 작고 섬세한 흰 고양이의 모습으로 상상했다. 그것이 있을 때와 없을 때, 이진의 움직임은 미세하게 달랐다. 흰 고양이가 나타났을 때, 이진의 움직임은 분명히 고양이의 그것을 닮아갔다. 기지개를 켜거나 옷깃이 스치는 흔한 움직임에 불과해도, 작은 하얀 고양이가 찾아오면 이진의 몸짓은 좀더 유혹적이고 나른했다. 고양이는 세상에 무관심한 척 거드름을 피우며 발소리 없이 걸어다녔다. 유연하게 척추를 쭉 펴고 빨간 혀를 날름거리며 털을 핥는 흰 고양이는 분명히 이현의 시선을 의식하고 있었다. 몹시 까탈을 피우며 작은 빌미를 트집잡아 눈 깜짝할 새 사라져버릴 때가 많았지만 그것의 존재를 눈치채고 난 뒤 이현의 생활은 아연 생기를 더했다.

울타리를 넘어 갈대숲 길을 십오 분쯤 걸으면 자그마한 외딴 호수로 연결되는 한적한 가을 여행지에서도 이현은 흰 고양이를 분명히 찾을 수 있을 것이라고 확신했다. 보이지 않으나 존재하는 모든 것들이 음습하고 적대적이기만 한 것은 아니었다.

단풍철도 지나쳐 우중충하고 삭막한 빛으로 변해가는 늦가을의 여행지로, 이현과 이진과 열한 명의 영혼들과 숨어 있는 작은 흰 고양이를 태운 레저형 자동차가 날렵하게 꺾어들었다. 언덕이라고 불러도 좋을 만큼 나지막한 산비탈 아래 자리잡은 수수한 전원주택이었다. 선친의 지인이 소유한 이 별장은 이현이 몹시 좋아하는 여행지였다. 수십 년간 그의 모국을 지배해온 숲 만들기의 열정이 살짝 비켜간 이곳은, 둥글고 부드러운 대지의 곡선이 그대로 드러나 있었다. 길게 자란 억새는 땅을 온통 뒤덮었고 황금빛 강아지풀은 비옥한 땅에 뿌리를 박아 이현의 허리에 닿도록 높이 자랐다. 사람의 손을 빌려 조밀하게 심어진 것들이 아니라서 성글고 들쭉날쭉한 수풀은 가을이 되자 푸른 생기를 잃고 거칠한 질감을 띠었다. 바람이 불면 우수수 소리를 내고 어디선가 그리움을 자극하는 탄내가 섞여오는 이곳은 이현의 뇌리에 황무지의 이미지를 심어주었다.

황무지라는 곳은 과연 어떤 장소일까. 태어나서 이날까지 도시에서만 살아온 이현은 황무지를 알지 못했다. 도시를 떠나 휴식을 찾아가는 곳도 대개 잘 개발된 관광지 중의 한 곳에 불과했다. 누구보다도 도회적인 삶을 사랑하는 이현이었지만, 황무지라는 세 글자가 주는 거칠고 버려진 느낌에 대해서는 알 수 없는 호감을 품었다. 그가 간직하고 있는 황무지의 이미지에 가장 부합하는 장소가 바로 이 민둥산 기슭의 외딴 전원주택이었다. 십대 시절의 어느 날 이곳에서 방학을 보낸 이후 그는 이따금 이곳을 찾아와 거칠고 버려진 것들에 대한 환상을 키웠다.

얼마 전 이 지역은 습지보호지역으로 지정되었다. 오래 전부터 있어 왔던 주택 한 채를 제외하고 더이상 신규 건축물이 들어설 수 없도록 규제가 강화되었다. 덕분에 이곳은 수십 년의 세월이 흐르도록 이현이 기억하고 있는 옛 모습을 거의 변한 것 없이 간직하고 있었다. 이제 준재벌 규모의 사업을 이룩한 이 별장의 임자는 선친의 생존 당시 거칠 것 없이 커다랗게 자란 황금빛 강아지풀의 이삭을 말려서 풀향기가 그윽한 베갯속을 만들어 보내주곤 했다.

이현이 마당 옆에 주차하자 집 앞에 세워놓은 트럭 운전석에서 한 사람이 뛰어내렸다. 오십대 중반의 사내는 중간 정도의 키에, 오랫동안 운동을 해왔는지 어깨와 팔 근육이 다부졌다.

"어서 오십시오. 저는 이 집의 관리인입니다."

이진을 뜯어보는 눈길이 마치 짐승과도 같았다. 이현이 자리를 비킨다면 당장이라도 이진을 풀숲에 내동댕이치고 바지 지퍼를 내릴 것처럼. 이현이 불쾌한 기색을 보여도 아랑곳없이 그는 이진에게 걸쳐둔 뻔뻔한 눈꼬리를 거두지 않았다. 관리인은 자신이 오늘부터 이 집을 사흘간 사용할 사람이거나 한 것처럼 자신만만하게 앞장을 서서 현관문을 열고 집 안으로 들어섰다. 거침없는 발걸음으로 거실 한가운데까지 들어가서, 손가락에 열쇠고리를 걸고 뱅글뱅글 돌리며 이현과 이진이 들어오기를 기다렸다. 그의 뒤를 따르는 이현은 마치 그림자이기나 한 것처럼, 여전히 핥는 듯한 눈길을 이진에게 꽂아두고 있었다.

"열쇠를 주십시오."

"처음이니까, 제가 이 집에 대해 조금 설명을 드리는 게 좋겠습니다."

"저는 이 집에 대해서 잘 알고 있습니다. 제가 알아서 할 수 있습니다."

"이곳에 와본 일이 있으십니까?"

"아주 여러 번 와봤지요."

"그래도 제가 이 집을 관리한 지 사 년이 되었는데 처음 뵈었으니까, 오랜만에 오신 것이 맞겠죠. 이 집은 이 년 전에 완전히 내부구조를 바꾸었습니다. 아주 딴 집이나 다름없이 되었다는 말씀입니다. 설명을 좀 들으셔야 할 것입니다."

사내는 열쇠 뭉치를 쉽사리 넘겨주지 않고 방마다 제 맘대로 돌아다녔다. 바비큐 그릴이 어디에 있는지, 숯과 장작은 어디에 있는지, 어떻게 사용하면 되는지, 관리인의 설명은 끝도 없이 이어졌다. 실내에서 조리를 한 뒤에는 창문을 열어 환기를 해달라, 식기들은 회장님이 아끼시는 고급 물건들이니 곱게 사용해달라, 침구들은 금방 세탁해서 자연광에 말린 것이니 더럽히지 않도록 주의해달라, 집 안에 있는 모든 물건들에 대해 설명과 주의사항을 붙이면서 눈길은 여전히 이진을 훑고 있었다.

"외딴 집이지만, 저는 아주 성의껏 돌보고 있습니다. 손님이 한번 왔다 가실 때마다 대청소를 하고 집기들을 모두 볕에 널어요. 두 분은 아이를 데려오지 않으셨군요. 아이들이 있으면 집이 더 엉망이 되어버리지요. 아이를 데려오지 않은 것은 잘하신 일입니다. 회장님께서는 친구분들에게 이 집을 인심 좋게 빌려주시지만, 예의 바르고 반듯한 사람들만 오는 것은 아니거든요. 단 하루 만에 이 깨끗한 집을 얼마나 엉망으로 망쳐놓을 수 있는지, 회장님이 아시면 깜짝 놀라실 겁니다. 물론 회장님께서는 아무것도 모르시지요. 아무리 엉망이 된 집도 제가 단 하루면 요술같이 깨끗이 정리해놓으니까요. 하지만 이 아름다운 집을 함부로 다루는 사람들이 얼마나 많은지 몰라요. 저는 몹시 신경이 쓰여서 말이지요."

관리인은 이 집에 사람들이 놀러 오는 것을 몹시 싫어하는 것이 분명했다. 하지만 이 집을 깨끗하게 관리하는 것이 그의 직업이었다. 그가 그 일을 하지 않는다면 무엇 때문에 그에게 월급을 주겠는가? 이현은 얼굴에 불쾌한 내심을 감추지 않은 채 관리인이 꽉 움켜쥐고 있는 열쇠뭉치를 노려보았다.

"물론 사장님께서는 그러지 않으실 것 같습니다만. 함께 오신 분도 얌전한 분인 것 같고요. 지난번에 오신 분들은 정말 끔찍했어요. 냉장고를 뒷간처럼 더럽혀놓았지 뭡니까. 얼마나 구역질이 나는 광경이었는지 몰라요. 여름이라면 농장에서 키운 채소들을 나누어드립니다만 지금은 드릴 것이 없어요. 밤을 좋아하십니까? 산에서 딴 밤이 조금 있습니다. 그거라면 나누어드릴 수 있겠군요. 그 생각을 하지 못했어요. 알이 작지만 삶아 드시면 기가 막히죠. 여기서 나는 것들은 모두 무공해 자연산이거든요. 사흘이나 계신다고 했는데 내일이건 모레건, 전해드릴 시간이 나야 할 텐데 말이죠. 저는 내려가면 또 농장 일에 매여서 바빠지거든요. 오늘 저녁은 바비큐를 해 드실 계획이겠죠? 내일은 비가 올지도 모르니 오늘 저녁에 바비큐를 하시는 것이 좋을 것입니다. 고구마를 가져오셨습니까? 숯불에 함께 구우면 맛있거든요. 저런. 오늘 저녁에 고구마부터 가져다드려야 하겠군요. 나들이를 오시면서 고구마를 안 챙겨오시다니. 어차피 오늘 저녁에 다시 와야 한다면 버섯도 가져오겠습니다."

"고구마는 안 먹어도 됩니다. 버섯은 넉넉하게 사왔습니다."

이현이 초조하게 관리인의 말을 끊었다. 그러나 관리인은 개의치 않고 말을 이었다.

"농장에서 직접 키운 표고와 양송이버섯이 있습니다. 직접 재배한 버섯을 드셔보신 일이 있습니까? 고기보다 실은 버섯이 더 맛있죠. 몸에도 더 좋고 말입니다. 우리네 같은 시골 사람들은 고기를 자주 먹지 못하죠. 읍내에 있는 정육점까지 나가야 하니까 말입니다. 그건 귀찮은 일이거든요. 하지만 버섯이라면 매일 저녁이라도 먹을 수 있습니다. 얼마나 즙이 많고 향기로운지, 한번 드셔보십시오. 슈퍼마켓에서 사다 먹는 버섯하고는 전혀 다른 것이거든요. 도시 사람들이 버섯 맛을 한번 보면, 고기는 나 몰라라 하고 버섯만 골라 드십니다."

"아내를 도와서 짐을 정리해야 합니다. 이제 열쇠를 주시겠습니까?"

관리인이 말을 멈추고 이현의 눈을 똑바로 들여다보았다. 열쇠 뭉치를 잡은 손을 느릿느릿 내밀었지만 넘겨주기 싫은 것처럼 꽉 붙들고 있었다.

"아, 부인이셨습니까. 정말 아름다운 분입니다. 저는 아까부터 조금 궁금했답니다. 부인이 결혼을 아주 일찍 하셨군요. 아직 나이가 어린 것 같은데 말이에요. 요즘은 나이 차이가 많이 나는 사람들도 어렵지 않게 결혼을 하니까요. 부인이 젊어서 아이를 낳기 싫어합니까? 그래도 사람이 살아가려면 자식을 두는 것이 좋습니다. 부부란 뜻이 안 맞을 수도 있으니까요. 요즘 젊은 사람들은 자식을 두지 않으려고 한다지만 그래도 남편이 강권해서라도 자식을 낳아야 합니다. 그래야 가족관계가 안정이 되는 것이지요."

이현이 관리인의 손에서 열쇠 뭉치를 채뜨렸다. 관리인은 그래도 자리를 떠나지 않고 입을 묘하게 일그러뜨린 표정으로 지껄여댔다.

"얼른 자식을 낳으십시오. 저도 첫 결혼에 실패했는데, 몇 년 전에 재혼해서 지금은 아주 행복하게 잘 살고 있답니다. 제 아내는 저보다 스무 살이 어리지요. 젊은 아내와 사는 것이 쉬운 일은 아니지요. 저도 잘 알고 있습니다. 일단은 더러워도 비위를 맞춰주다가, 결정적인 순간에 화끈하게 본때를 보여주어야죠. 여러 가지로 신경을 써야 합니다. 물론 재미있기도 하지만 말입니다. 젊은 여자들은 사실 아주 귀엽거든요. 일단 자식을 낳으시면 여러모로 좋을 것입니다."

관리인은 팔뚝의 근육을 씰룩거리고 말꼬리에 은근히 힘을 넣으면서 젊은 아내와 성공적인 결혼생활의 비결을 암시했다. 여전히 이진을 추근거리는 관리인의 질긴 시선의 중간에, 이현은 자동차 리모컨을 잘라넣었다. 관리인은 눈앞에 불쑥 나타난 리모컨에 초점을 맞추느라 약간 사시가 되었다. 이현이 버튼을 누르자 마당에 주차된 자동차에서 신호음이 들렸다.

"내 차의 트렁크를 열었습니다."

이현이 느리게 말했다.

"아이스박스와 가방들을 가져오시오."

관리인이 드디어 이진에게서 질긴 시선을 거두고 이현을 바라보았다. 그의 얼굴에 은근한 미소가 번졌다. 그는 이현에게서 눈길을 떼지 않은 채로 얇은 티셔츠를 어깨까지 걷어올려 우악스런 근육들을 노출시키고는 묘하게 품위 있는 자세로 돌아서서 마당으로 나섰다. 채소와 음료수가 가득 들어 있는 커다란 아이스박스와 두 개의 옷가방을 마당에 내려놓고 잠시 빙글거리더니, 요령 있게 아이스박스를 한쪽 어깨에 얹고 두 개의 짐가방을 다른 한 손에 몰아쥐었다. 관리인은 유리 장식품처럼 조심스럽게 짐들을 현관에 내려놓고 이현의 손에 쥐어 있는 열쇠 뭉치들을 아쉽게 바라보았다.

"더 필요한 것이 있으면 휴대폰으로 전화하시면 됩니다."

이현은 돌아서서 현관문을 닫아버렸다. 관리인은 우람한 어깨를 으쓱거리며 트럭으로 돌아갔다. 트럭 바퀴 밑의 잡풀을 좀 뽑더니 오십대 중반의 나이가 믿어지지 않을 만큼 가벼운 동작으로 운전석에 올라탔다. 하지만 트럭에 시동도 걸지 않고 그냥 운전석에 앉아서 음악을 듣는지 고개를 까닥거리고만 있었다. 냉장고에 고개를 들이밀고 식품을 정리하던 이진이 고개를 들자 굳어진 얼굴이 드러났다.

"저 친구만 사라지면, 이제 이 집은 완벽해."

일부러 밝은 목소리로 말했지만 이진의 얼굴은 펴지지 않았다.

"이 집, 정말 훌륭하지 않아? 저 너머에 펼쳐진 습지는 더 굉장하지. 난 예전부터 이곳에 오고 싶어서 미칠 지경이었어."

"난 벌써 집에 가고 싶어요."

빌어먹을 트럭은 여전히 마당에 주차되어 있었다. 이현은 관리인의 목뼈를 부러뜨리고 싶었다.

"얼마 만에 떠난 여행인데 저런 자식 때문에 망쳐버릴 수는 없잖아. 잊어버려. 그사이 더 훌륭하게 집을 고쳐놓았는걸. 벽돌로 쌓은 아일랜드 식 부엌이라니. 내가 제일 좋아하는 거야."

이현은 옷가지를 옷장에 걸어놓으면서 익살스런 엉덩이춤을 선보였지만 별다른 성과를 거두지 못했다. 이진은 여전히 어두운 얼굴로 냉장고 근처에서만 주춤거렸다. 이현은 이진의 손을 붙잡고 이층 계단으로 향했다. 일층은 널찍한 주방과 거실, 이층에는 두 개의 침실과 욕실이 자리잡은 구조였다. 멀리 호수가 보이는 일층 거실과 이층 침실의 전면으로는 통유리를 배치해 전망을 최대한 즐길 수 있도록 했다.

"운전석에 오래 앉아 있었더니 허리가 삐걱거려. 나도 이제 늙은 걸까?"

요염한 람바다를 동원해봐도 이진은 웃지 않았다. 나이 든 남자가 젊은 여자를 데리고 살려면 더러워도 비위를 맞춰줘야 한다더니, 관리인

개자식의 말이 딱 맞았군. 이현은 울화가 치밀어 혼잣말을 중얼거렸다. 비위를 맞춰주고, 또 본때를 보여주라고 했던가? 저 까다로운 여자를 침대에 내동댕이쳐볼까?

이진은 시원하게 시야가 트인 이층 침실의 대형 유리 앞에 서 있었다. 어깨가 뻣뻣하게 굳어져 있었다. 예민하고 까탈스러운 흰 고양이는 거칠고 뻔뻔한 수탉에게 쫓겨 늪지 너머로 멀리멀리 사라져버린 것 같았다. 이현은 새삼 울화가 치밀어 입 안으로 욕설을 중얼거리며 버튼을 누르면 높이가 조절되는 샹들리에를 거칠게 올렸다 내렸다 했다.

"저길 봐요."

이진이 바깥을 손가락질했다. 이현이 이진의 곁으로 다가가서 함께 창 밖을 내다보았다. 가을바람에 술렁이는 누런 황무지에 버드나무가 드문드문 박혀 있었고 그 너머로 늪지가 살짝 보였다. 뻣뻣하고 땅딸막하게 생긴 특이한 버드나무들이었다. 호수라고 부르기엔 수량이 적고 물이 탁했다.

"관리인의 아내인가봐요."

이진이 가리킨 곳은 습지 쪽이 아니었다. 별장 한켠에 붙은 작은 창고 문을 열고 젊은 여자가 나오더니 열쇠로 창고 문을 잠그고 트럭 쪽으로 종종걸음쳤다. 긴 통치마를 입고 올이 굵은 검은 숄을 어깨에 두른 자그마한 여자였다. 마른 몸매였는데, 뒷머리에 끌어모은 머리숱이 풍만했다. 날씨가 꽤 추운데도 너무 얇게 입고 있는 것 같았다. 여자가 갑자기 별장 쪽으로 몸을 돌려서 이현과 이진이 서 있는 창문 쪽을 바라보았다. 둘은 흠칫 놀랐지만 꼼짝도 하지 않았다.

아주 잠시에 불과했다. 트럭에서 관리인이 내리더니 여자에게 빨리 오라는 손짓을 했다. 여자가 몸을 돌이켜 트럭 쪽으로 걸어갔다. 관리인은 과장된 동작으로 여자의 가느다란 허리를 휘감아안아서 조수석에 올려넣었다. 몇 번 헛기침을 하듯 툴툴거리며 트럭의 시동이 걸리더니 흙먼지를 일으키며 마당을 한 바퀴 돌아서 언덕길을 달려내려갔다.

"남편에 비해서 젊어 보이네요."

"스무 살이나 젊다니까 삼십대 초반쯤 되는 모양이지."

이진은 달리는 트럭이 피워올리는 먼지의 궤적을 시선으로 뒤쫓으며 아무 말도 하지 않았다. 관리인의 아내를 잠시 보았을 뿐이었는데 이유 없이 기분이 좀 나아졌다. 그들은 가벼운 농담을 주고받으며 남은 짐들을 깨끗이 정리했다.

"오후 햇살이 따뜻할 동안 늪지에 갔다 오는 게 어떨까?"

"춥지 않을까요?"

"저기 장화가 있어. 난 얼른 가보고 싶어. 오랜만에 왔거든."

이진은 마지못해 일어나서 두툼한 폴라플리스 점퍼를 입고 뜨개모자를 썼다. 현관을 나서면 마당 왼쪽에 늪지로 향하는 오솔길이 있었다. 이현은 이진의 눈길이 창고 쪽을 향해 있는 것을 발견했다. 관리인의 아내가 솟아오르듯 튀어나왔던 문이 보였다. 한번 눈길을 마주치고, 누가 먼저랄 것도 없이 그들은 창고 쪽으로 향했다. 열쇠고리에 주렁주렁 매달린 여남은 개의 열쇠들은 제각각 거실, 일층 침실, 주방 1, 주방 2 하는 식으로 이름표를 달고 있었다. 창고라는 이름표가 붙은 열쇠가 두 개나 눈에 띄었지만 둘 다 맞지 않았다. 이름표가 붙지 않은 여러 개의 열쇠들을 차례로 맞추어보았지만 창고의 자물쇠는 꼼짝도 하지 않았다.

"열쇠가 없나봐요."

"그러니까, 그들만의 비밀공간인 셈이군."

"무엇을 숨겨두었을까?"

그들은 비밀의 문과 더이상 씨름하지 않고 돌아섰다. 오솔길로 접어들자 웃자란 억새가 어석거리며 점퍼에 달라붙었다. 어디선가 낙엽을 태웠는지 알싸한 탄내가 코끝에 스몄다. 습지가 가까워질수록 억새보다는 갈대가 승하게 자라 색깔이 짙어지고 이현의 키 높이보다 더 올라갔다. 이현은 장갑 낀 손으로 갈대줄기를 걷어냈다.

"다행이야. 어두운 날이었으면 동굴 속으로 들어가는 것 같겠어."

"발밑이 젖었어요. 아직 멀었어요?"

"금방 나올 거야. 내 기억으로는 둥근 버드나무가 서너 그루 나오고 그 밑에 벤치가 있었어. 거기 앉으면 경치가 기막히지. 지금도 머리 위를 한번 봐. 정말 멋져. 도시에서는 볼 수 없는 하늘이잖아."

이진은 발을 멈추고 고개를 들어 하늘을 보았다. 철새들이 약간 기울어진 V자 형태로 날아가고 있었다. 늪지대는 규모가 크지 않았지만 드문드문 철새들이 머물기도 했다. 하지만 이진은 별다른 감흥 없는 눈빛이었다. 이진은 모든 야외활동을 고역으로 알았다. 둘은 더이상 말하지 않고 묵묵히 갈대를 헤치며 걸었다. 발밑이 꽤 질퍽질퍽해서 걷기 힘들다 싶다가 완만한 오르막이 한참 이어지더니 금세 그들은 동산처럼 둥그스름하게 솟은 양지바른 언덕에 섰다. 세 그루 나무와 낡은 벤치가 흐릿한 물안개 속에 놓여 있었다. 이현의 기억 속에 있던 모습과 거의 다르지 않은 것이 신기했다. 이진은 재빨리 벤치에 앉아 장화에 묻은 진흙을 바닥에 비볐다. 늪지의 공기는 습하고 짙은 질감이었다. 한 무리의 청둥오리가 이현과 이진을 보고 날아올랐다. 좀더 멀리 있던 새들까지 덩달아 한꺼번에 하늘로 치솟았다. 하늘이 까맣게 될 정도는 아니었지만 어림잡아 백 마리는 넘어 보이는 철새 군락이었다.

"공기가 정말 맑아. 가끔씩은 이런 신선한 공기가 그리워지거든."

이진은 건성 고개를 끄덕이며 어깨를 움츠렸다.

"일을 열심히 하는 건 좋지만 가끔씩 이렇게 휴식을 취하는 것도 필요하거든. 당신도 이런 유의 휴식을 즐거워하면 좋을 텐데. 겨울엔 스키도 타고."

"아니요, 운동 종류라면 사양할래요. 난 너무 빨리 움직이면 멀미가 나요."

광물성 조명등 아래 놓인 작은 책상 앞에만 붙어살던 이진은 자연광에 노출되자 더욱 허약해 보였다. 니트 모자 아래 드러난 작은 얼굴에 핏기가 없었다. 도대체 어떻게 해야 좀더 건강해질까? 이진은 언제나 똑같은 모습으로 영혼을 기록하고 일상생활을 꾸려나갔다. 영혼을 기록하는 여자라고 해도 몸을 돌보아야 한다. 영혼만으로는 살 수 없다. 이현은 이진의 창백한 얼굴을 볼 때마다 아이의 건강을 염려하는 과민한 엄마처럼 조바심을 냈다.

"당신도 운동을 해야 하겠어. 춥지도 않은 날씨에 벌벌 떨기나 하고. 나이 스물을 겨우 넘긴 주제에 그렇게 비실비실하면 어떡해."

"이렇게 오래 걸어서 내일은 근육통이 심할 거예요. 아아, 스포츠 로션을 챙겨올 것을."

"뭐라고? 겨우 십 분 걸었을 뿐이잖아!"

"분명히 십 분보다 훨씬 먼 길이었어요."

"십 분이건 이십 분이건, 완만한 오솔길이었다구."

"온통 질퍽질퍽한 진흙탕길이었잖아요. 벌써 종아리와 허벅지 근육이 다 뭉쳤어요. 이따 돌아갈 때는 나를 업고 가요. 당신이 오자고 했으니까."

조금만 움직이면 이진은 죽을 것처럼 엄살을 떨었다. 날씨가 아무리 좋아도 집 밖으로 나가려 하지 않는 사람이었다. 기껏 끌고 나가도 집 앞 공원의 벤치에 앉아서 해바라기나 하다가 들어오는 게 고작이었다. 격렬한 운동을 좋아하는 이현은 이런 소리를 들을 때마다 복장이 터졌다.

은빛 억새가 가득 찬 민둥산은 늦가을에 가장 독특한 정취를 풍겼다. 그녀가 하이킹을 좋아하는 사람이었다면 내일쯤 백팩을 메고 민둥산을 가로지르는 산행을 해도 좋을 터였다. 늪지의 둘레를 따라 한 바퀴 돌면서 철새들을 바라보는 코스도 훌륭했다. 이현의 걸음으로 두 시간밖에 안 걸리겠지만 이진을 데리고 떠난다면 결혼 이 주년이 되어도 돌아오지 못할 길이 된다.

"그럼 내일은 뭐 하려고? 모처럼 떠난 여행인데 집에만 있을 거야?"

"모처럼 푹 쉬는 것도 좋잖아요? 꼭 근육을 학대해야 좋은 여행이 되는 건 아니에요."

"낚시를 해볼까? 저 아래쪽에 보트가 한 대 묶여 있거든."

"낚시도구는? 미끼는?"

"아마 창고에 있겠지."

둘은 동시에 닫혀 있는 창고와 그 열쇠의 임자를 떠올렸다. 이현은 물가로 다가가서 낚싯대를 던지는 시늉을 했다. 재정경제부로 발령을 받은 이후로는 한 번도 낚시를 해본 일이 없었다.

"낚시는 그만두는 게 좋겠어. 그자를 생각하니까 밥맛이 다 떨어지네."

"날씨가 점점 더 추워져요. 비가 올 것 같아요. 얼른 집에 돌아가요. 업어주지 않아도 내 발로 갈게요. 난방이 잘 되어야 할 텐데. 난 추운 건 정말 싫어요."

엄살이 아니라 이진의 입술이 창백했다. 하늘은 아직 맑았지만 먼 하늘엔 먹구름이 보였다. 이현은 돌아가는 발길을 서둘렀다. 별스럽게 추위를 타서 초가을부터 난방을 세게 하는 이진 덕분에 이현은 겨울 내내 더워 죽을 지경이었다. 이현으로 말하자면 두툼한 스웨터만 입으면 하루 종일 스키장에서 버틸 수 있는, 유난히 추위에 강한 체질이었다. 덕분에 그들 부부는, 금실이 그리 나쁘지 않음에도 불구하고 이불을 따로 덮었다. 이진의 이불은 양 서너 마리를 포개놓은 것 같은 두꺼운 이불이었고 이현은 가장 얇은 깃털이불로 사계절을 지냈다. 산처럼 두꺼운 이불 밑에 깔려서 애벌레처럼 가냘프게 잠든 이진은 언제나 애처로워 보였다.

"우리가 결혼한 지 벌써 일 년이 되다니. 정말 대단하지? 우린 정말 잘 지냈어. 서로 괴롭히거나 기분 나빠하지 않고 유쾌하게 지냈거든. 난 그렇게 생각하는데, 당신 생각은 어때?"

이현은 돌을 골라 물수제비를 떴다. 납작한 돌은 두세 번 수면을 스치고 튀어오르다가 가라앉았다. 이진의 입가에 부드러운 미소가 떠올랐다.

"동감이에요. 아주 훌륭한 결혼생활이었어요. 아주 안락하고 평화로웠죠."

"처음엔 걱정이 많았어. 당신도 걱정을 했겠지만 나도 그랬다구. 당신 같은 사람은 한 번도 본 적이 없으니까. 당신과 함께 산다는 건 분명히 모험이었어."

"맞아요. 당신이 나의 별난 점들을 잘 참아주어서 고마워요."

"고맙긴. 당신은 그다지 이상한 사람은 아니었어. 난 당신과 함께 사는 것이 즐거워."

이진은 눈을 가늘게 뜨고 먼 지평선을 바라보았다. 어깨를 잔뜩 움츠린 모습이 고치 속의 번데기 같았다. 이현은 다시 돌을 골랐다.

"고백하건대, 나도 모든 면에서 훌륭한 남편이라고는 할 수 없거든."

"왜 그런 말을 해요? 당신은 아주 훌륭해요."

영혼을 기록하는 여자에게 이런 칭찬을 들으면 이상하게도 양면적인 기분을 느끼게 된다. 이진의 칭찬은 분명히 진심임에도 불구하고, 어쩐지 인간적인 온기가 느껴지지 않았다. 사람에게 하는 말이 아니라 마음에 드는 실내장식을 두고 하는 감탄 같았다. 그녀의 칭찬 앞에서 그는 자신이 실크로 만든 벽지가 되어 벽에 발라진 것 같은 기분이 되었다. 이현은 다시 한번 힘껏 돌을 던졌다.

"남편으로서 모두 훌륭하다고는 말할 수 없지. 나에게는 약점들이 많이 있거든."

"어떤 약점?"

"나는 일단 당신보다 나이도 훨씬 많고, 게다가 나의 복잡한 과거 같은 것 말이야. 세 번의 이혼 경력 같은 건, 아주 흔한 일은 아니거든. 당신이 보통 가정에서 자라난 평범한 사람이었다면, 장인께서 쉽게 결혼을 허락하지 않았을 거야. 말하자면 당신은 지나치게 헐값에 팔려온 거라구. 당신은 나의 전 아내들에 대해 생각해본 일도 없지?"

"아, 그거요."

이현이 던진 납작한 돌은 무려 네 번이나 물 위로 튀어올랐다. 이진이 기지개를 한 번 켜고 두 손을 점퍼 소매 안으로 집어넣었다.

"생각해본 일이 있어요."

"아, 그래? 그거 참 기특한 일이야. 난 당신이 전혀 신경 쓰지 않는 줄 알았어."

"당신한테 말은 안 했지만, 당신의 전 부인들 중에 한 사람이 나한테 전화를 한 일이 있었거든요."

말라붙은 풀 사이를 뒤져 알맞은 작은 돌을 고르던 이현의 손이 멈추었다.

"언제?"

"한참 되었어요."

"왜 나한테는 말 안 했어?"

"전화를 받고 곧 잊어버렸거든요."

"누구였는지도 모르지?"

"몰라요. 세 명 중에 한 명이겠지요."

"첫 아내는 외국인이었으니까, 분명히 아닐 거야."

이진이 혹시 연예정보지를 열심히 읽는 사람이었다면 어쩌면 이현에 대한 기사를 한두 번 접했을지도 모른다. 길거리에서 사람들이 알아보고 사인공세를 펼 만큼 유명인사는 아니었지만, 사람들은 대부분 이현이라는 이름을 알았고 그의 유별난 결혼 경력을 기억했다. 말하자면 그는 결혼으로 인해 유명세를 타게 된 종류의 사람이었다.

그의 첫번째 아내는 유명한 발레리나였다. 세계적으로 명성을 떨치는 유럽의 프리마돈나와 결혼하는 사람이라면 누구라도 덩달아 조금은 유명해지지 않을 길이 없었다. 이때 이현은 아버지의 무역업을 돕고 있는 젊은 사업가로 소개되었다. 누구나 예상했듯이 이 결혼은 만 사 년을 채우지 못하고 파경을 맞이했다.

"확실하지는 않지만, 두번째 아내도 아닐 거야. 점잖은 사람이었거든."

첫번째 결혼이 열정과 환상의 산물이었고 양쪽 모두 영속적인 관계가 되지 못할 것을 암암리에 예감하고 있었던 것과는 달리 두번째 결혼은 서로 진심으로 사랑해서 이루어진 것이었고 관계도 안정적이었다. 그의 두번째 아내는 어린 시절 신동으로 화제를 모았던 젊은 피아니스트였고 이현의 첫번째 떠들썩했던 결혼 경력과 맞물려 한동안 호사가들을 즐겁게 했다. 이때 그는 공인회계사 자격을 획득한 매력 있는 젊은 경제관료로 변신해 있었다. 이 무렵부터 사람들은 아름답고 재능 있는 여성들을 섭렵해가는 이현이라는 사내의 편력에 자못 흥미를 가지기 시작했다.

그의 두번째 아내가 아이를 낳고 싶다고 말했을 때 이현은 오랜 고민 끝에, 그의 인생에서 결혼이라는 제도의 가치를 삶의 액세서리 정도로 격하시키는 결론을 내렸다. 그는 여전히 피아니스트를 사랑하고 있었지만 아이를 낳음으로 해서 한 번뿐인 인생에 족쇄를 채우고 싶은 마음은 없었다. 피아니스트는 더이상의 씨름 없이 이혼에 동의했다.

"당신에게 전화를 할 만한 사람이라면, 아마 세번째 아내였을 거야. 성질이 대단했거든."

"나한테는 친절했어요. 하지만 당신 흉을 보던데요."

"뭐라고 했어?"

"나에게 조심하라고 했어요. 당신은 싫증을 잘 내는 사람이라서 곧 변심할 거라고요."

그의 세번째 아내는 최고의 인기를 구가하던 영화배우였다. 세번째 결혼은 애초부터 도구적 의미가 명확했다. 이현은 더이상 결혼 따위는 하고 싶지 않았지만 이현 못지않게 고단수였던 그녀는 바빠서 연애할 시간이 없으니 차라리 결혼을 하자고 주장했다. 듣고 보니 일리가 있는 말이었다. 품행 방정을 요구받는 관료의 신분으로서 저녁마다 애인의 스케줄과 기분에 신경을 쓰는 것은 쉽지 않았다. 그는 또다시 안정된 결혼의 울타리 속으로 기어들어가서 아름다운 세번째 아내와 실컷 연애를 즐기고 피차 싫증이 났다 싶을 때 홀가분하게 이혼했다.

"당신은 뭐라고 말했어?"

"나에게도 약간은 요령이 있어요."

"당신의 요령이라니, 기대되는군."

"네 네 하는 대답만 하고 가만있었죠. 그럼 사람들은 내가 바보인 줄 알고 더이상 길게 이야기하지 않아요. 그 사람도 그 이후로는 전혀 연락 없었어요."

"당신에게 전화를 할 거라고는 상상도 못 했어. 기분 좋은 일은 아니었을 텐데, 미안해."

"당신 잘못은 아니니까, 괜찮아요."

"보통 사람이었다면, 아마 나한테 화를 냈을 거야."

"나는 별로 화가 나지 않았어요."

이현은 가지가 빳빳하고 작달막한 버드나무 그늘에 주저앉았다. 가슴 안쪽 어딘가를 무딘 칼끝으로 쿡 찔린 것처럼 아팠다. 그가 무료할

때마다 꺼내서 가지고 노는 상상 속의 작은 장난감이 숨겨져 있던 부분
이었다. 아름다운 이진이 이현을 진실로 사랑하게 되는 것. 이진이 이
현에게 집착하고 그가 다른 여인에게 마음을 빼앗길까봐 불안해하는
것. 어느새 찾아든 사랑을 깨닫지 못하다가, 어느 날 미지의 여인이 걸
어온 한 통의 전화로 깨닫게 되는 것. 이진이 질투하고 울고 화내며 그
의 해명과 맹세를 요구하는 것. 그의 결혼생활에 대해, 아내에 대해 미
궁을 헤매는 것 같은 회의가 느껴질 때마다 그는 가슴 안쪽에서 그 작
은 상상 속의 장난감을 꺼내 만지작거렸다. 그 장난감을 누구에게 빼
앗긴 기분이었다. 소중한 장난감이 사라진 빈자리에 둔중한 통증만 남
았다.

"다음에 다시 그런 전화를 받거든, 화를 내도록 해."

"왜요?"

"보통 사람들은 그렇게 하니까."

이진이 백치 같은 미소를 지었다.

"난 좀 다르잖아요. 둔한 거겠죠."

"당신은 보통 사람과 똑같아. 영혼을 기록한다고 해서 인간이 아닌
것은 아니니까. 당신은 특별하게 자라났기 때문에 보통 사람의 생활방
식과 감정을 조금 늦게 배워갈 뿐이야. 당신이 냉정해 보이거나 보통
사람들과 관심사가 다른 것은 개성에 불과하고. 이제 아무도 당신을 미
워하거나 오해하지 않아. 알고 있지?"

이진은 고개를 끄덕였다. 크게 감동받거나 고마워하지 않는 것 같았
다. 이진은 그들 사이에 어떤 새로운 감정과 관계가 싹틀 수 있는지, 그
가능성에 대해서는 애초 관심조차 없었다. 늘 그러하듯이 이진은 상황

을 빨리 받아들이지 못했다. 그녀의 둔감한 상황 인식을 재촉할 생각은 없었다. 그에게는 아직 이 년의 시간이 남아 있었고, 지금까지 진행되어온 상황은 그다지 나쁘지 않았다.

"당신은 보통 사람이야. 알겠지?"

"영혼을 기록하는 보통 사람."

돌아오는 길에 세 방울 정도 빗방울이 떨어졌다. 엄지손가락만큼 굵직한 빗방울이었다. 오솔길이 끝날 무렵부터 그들은 허둥지둥 달려야 했다. 하지만 비는 본격적으로 쏟아지지 않고 위협적으로 후둑거리다가 그대로 잦아들었다.

아직 저녁식사를 준비하기엔 이른 시각이었다. 이현은 을씨년스러운 늦가을의 늪지가 아쉬웠다. 이진과 함께 살아온 일 년 동안 그를 가장 곤혹스럽게, 안타깝게 만든 것이 바로 이런 부분이었다. 이진은 일상생활을 함께하는 아내로서는 비교적 훌륭했다. 요리는 잘 못 했지만 그 외의 가사를 돌보는 일은 꽤 유능했고 잠자리에서 성의 있는 파트너가 되어주었다. 하지만 둘에게 여가가 생기면 함께 즐길 수 있는 것이 아무것도 없었다. 이진은 여가의 개념을 알지 못했다. 이진은 영혼을 기록하는 여자였고 그녀의 나머지 인생은 기록하기 위해 반드시 필요한 최소한의 생존활동으로 이루어져 있었다.

어느 현명한 작가가 갈파했듯이, 노동으로 자아를 찾는다는 것은 허구였다. 노동은 끝없이 인간을 소외시키는 일에 불과했다. 인간이 자아에 한 걸음 다가가는 문은 바로 여가에 있었다. 이현은 이 생각에 전적으로 동의했다. 이현과 이진이 좀더 가까워지기 위해서는 함께 여가를 즐길 만한 어떤 계기가 필요했다. 그러나 이진에게는 여가를 즐긴다는 개념이 존재하지 않았다. 아니 여가를 즐긴다고 말할 필요조차 없이, 그녀의 인생에는 즐거움이라는 요소가 존재하지 않거나 있더라도 매우 저급한 위치를 차지하는 것에 불과했다. 그녀에게는 즐거움을 추구하려는 성향 자체가 존재하지 않았다. 작은 방에 형광전구를 켜놓고 영혼을 기록하는 일에만 편집적으로 집중된 그녀의 관심사를 세상의 다양한 즐거움과 밝음 쪽으로 유도해보려던 이현의 의도는 한참 전부터 심각한 절벽에 부딪힌 상태였다.

　일상적으로 사람들이 즐기는 모든 일들. 맛있는 음식을 먹고, 좋은 음악을 듣고, 재미있는 놀이를 하거나 여행을 가는 것. 이진은 아무것도 관심이 없었다. 여가가 생기면 이진은 애벌레처럼 둥글게 몸을 말고 산더미 같은 이불에 눌려 잠을 청했다. 자면서는 꿈을 꾸는지 입술을 삐죽이고 애처롭게 눈까풀을 떨었다. 이현은 그 모습에 매료되어 시간이 흐르는 줄도 모르고 지켜보았다. 하지만 아름답고 외로운 아내에게 그가 해줄 수 있는 일들은 몹시 한정되어 있었다. 그녀가 이현에게 바라는 것은 숙소와 식사를 제공해주는 것뿐이었다. 그 이상의 것은 모두 귀찮아했다. 그녀를 이십일 년간 감금해두었던 이세 공과 자신 사이에 아무런 차별점이 없다는 생각에 이현은 괴로웠다. 어쩌면 이진에게는 이세 공의 집이 더 좋았을지도 모른다. 이세 공도 그녀에게 숙소와 식사를 제공했으니까. 이현이 이진에게 사랑의 이름으로 주고자 하는 모든 것들이 이진에게는 다 성가시고 부담스러운 '잔업'에 불과하다고 생각하면 그는 미칠 것 같은 기분이 되었다.

　희뿌연 하늘로 낙엽이 솟구쳤다 떨어졌다. 변덕스럽게 바람이 부는 괴상한 날씨였다. 곧 비가 오고 기온이 뚝 떨어질 것 같았다. 이현은 가만히 창 밖을 내다보았다. 모처럼 떠난 여행지에서조차 밑도 끝도 없는 패배감에 시달리고 싶지는 않았다. 이현은 근본적으로 낙천적이고 자신감이 넘치는 사람이었다. 어떻게 해서건 이진의 곁으로 한 걸음 다가갈 실마리를 찾아낼 것이었다. 어쩌면 이세 공 역시 이런 절벽에 부딪혀 좌절하고 배신당한 끝에 아름다운 아내를 증오하게 되었을지도 모른다. 하지만 이현은 이세와 다르다. 분명히 다르고, 달라야만 한다. 이세 공이 맛보아야 했던 쓰라린 실패를 똑같이 답습하지는 않으리라 이현은 마음을 굳게 먹었다. 그런 면에서, 드물게나 모습을 드러내는 빨간 입술의 흰 고양이는 이루 말할 수 없이 소중하고 고무적이었다. 이현은 당근 스틱을 들고 다니며 아삭아삭 깨물어먹고 있는 이진을 바라보았다.

"시간이 조금 이르지만, 바비큐를 준비해볼까? 날씨가 점점 궂어질 것 같은데 일찍 저녁을 먹는 것도 좋을 것 같아."

이진은 늘 그렇듯이 순순히 이현의 의견을 따랐다. 냉장고에서 채소들을 꺼내어 씻고 다듬었다. 물론 육류 쪽으로는 눈길조차 돌리지 않으려 했다. 이현은 그녀를 위한 바비큐용 채소 꼬치를 만들었다. 버섯과 파프리카, 양파와 셀러리를 꽂은 꼬치는 색감이 고왔다. 이진은 그가 만든 꼬치를 집어들고 잠시 바라보다가 날것인 채로 입에 넣었다. 그녀는 버섯을 생으로 먹는 것을 좋아했다. 이현이 꼬치를 빼앗아들었다.

"날것으로 다 먹어버리면 이따가 먹을 것이 없잖아."

"하지만 채소는 익힌다고 해서 더 맛있어지는 것도 아닌데. 더구나 당신은 고기를 구워 먹을 거잖아요? 나는 기름이 묻은 꼬치는 별로 안 좋아하거든요."

"기름을 묻히지 않도록 조심할게. 고기는 아주 멀찍이에서 따로 굽겠어. 그러니 미리 먹어치우지 마."

이진은 이현의 곁에 앉아서 함께 꼬치를 끼우기 시작했다. 이진은 본질적으로 아무 관심이 없는 일이더라도 이현의 기분을 맞추기 위해 성의껏 동참하는 장점을 가지고 있었다. 이현은 이진의 이런 협조정신을 고맙게 생각했지만 그것이 단순한 기분 맞추기의 선을 넘지 않는 것도 잘 알고 있었다. 그런 정도의 표면적이고 단순한 관심과 배려 정도에 만족하는 건 어떨까. 어린아이와도 같이 단순하고 이기적인 이진의 마음에 더이상의 사랑이나 의존이 깃들기를 바라는 것은 무리한 목표가 아닐까.

하지만 아름다운 아내가 곁에 다가와 그가 하고 있는 일을 함께 하는 것은 언제나 기분 좋았다. 그녀가 코끝을 찡긋거리거나 그의 어깨에 살짝 머리칼을 부비기만 해도 마치 사춘기 고등학생 같은 맹목적이고 단순한 열정이 아랫배에서 솟구쳤다. 그런 정도의 아주 작고 사소한 친밀감의 표현에도 가슴이 욱신거리는데, 빙하에서 막 퍼올린 수정구슬 같은 그 다갈색 눈동자에 그를 향한 열정이, 그를 향한 질투와 갈망이 일렁인다면 그건 과연 어떤 기분일까. 상상만으로도 심장이 터질 것 같았다.

"이건 아주 진심으로 하는 말인데, 육류를 조금씩이라도 먹도록 노력해보는 것이 어떨까? 당신의 취향을 존중하지만, 당신은 늘 기운이 없고 지쳐 있잖아. 영혼을 기록하는 여자로 오래오래 일하려면 몸이 건강해야 해. 그러려면 좀더 에너지가 풍부한 음식들을 먹는 것이 좋아. 지금 당신의 상태는, 어떻게 보아도 훌륭하다고 말할 수가 없잖아. 언제나 비실거리는 약골이라구."

"고기 같은 것은 생각만 해도 속이 울렁거리는데."

"해산물부터 시작해보는 것은 어때? 생선이나 작은 새우 같은 것은 질감이 아주 부드럽거든. 크게 거부감 없이 먹을 수 있을지도 몰라. 아니면 유제품이든지."

"유제품을 먹으면 속이 거북해요."

"그러면 생선?"

"냄새가 심해서."

"생선회 같은 것은 냄새도 나지 않는데."

날생선을 먹으라는 말에 이진은 치통을 참는 것 같은 표정을 지었다. 이현이 황급히 메뉴를 바꾸었다.

"올리브유와 마늘로 요리한 파스타 같은 거라면 당신도 참을 만하지 않을까?"

이진이 처량한 표정으로 산더미 같은 채소들을 바라보았다. 차마 이현에게 이것도 싫어요 저것도 싫어요, 라고 말하기 힘들어서 주저하는 이진 특유의 난감한 얼굴이었다.

"많이 먹으라고 강요하지는 않을게. 하지만 난 파스타라면 자신 있거든. 실력은 믿어도 좋다구. 아주 훌륭하게 만들어줄 수 있어."

"꼭 그래야만 한다면, 해봐요. 기름을 많이 넣지 말아줘요."

이현은 신나게 조리대로 향하다가 문득 걸음을 멈추었다. 싫어하는 음식을 억지로 먹였다가 까다로운 하얀 고양이에게 결정적인 트집을 잡힐지도 모른다는 생각이 들었다. 이진과 이현이 한층 더 가까워질 수 있는 계기를 잡기 위해서는 이진의 체력 보강도 중요했지만 비위를 맞추는 것도 필요했다. 그 자식이, 더러워도 참으랬지. 그 다음에 본때를 보여주라고 했어. 이현은 다시 아일랜드 식 부엌의 둥그스름한 조리대로 돌아와서 꼬치에 채소를 끼우기 시작했다.

"파스타는 다음에 해줄게. 모처럼 놀러 왔는데, 익숙지 않은 음식을 먹다가 탈이 나면 곤란하니까."

"내 말이 바로 그거잖아요."

한결 밝아진 얼굴로 이진이 대꾸했다.

널찍한 데크에 바비큐 그릴을 놓고 숯불을 피운 그들의 만찬은 성공적이었다. 이현은 약속대로 야채 꼬치를 먼저 구운 뒤 고기를 석쇠에 얹었다. 불에 구우니 채소의 달큰한 맛이 더욱 진했다. 늪지에서 불어오는 바람이 차고 습했으나 보랏빛 하늘을 가로질러 늪으로 날아드는 철새들의 검은 그림자를 바라보며 함께 하는 저녁식사는 즐거웠다. 그들은 와인을 곁들여 야채 꼬치와 고기를 나누어 먹으며 억새와 갈대가 우수수우수수 몸을 부비대는 소리에 이따금 귀를 기울였다. 이진은 이현에 대한 애정의 표시로, 이현이 발라놓은 게 다릿살을 조금 먹기도 했다. 약간 억지스러운 느낌이 들긴 했으나 꽤 맛이 좋다고 했다. 하지만 더 먹으라는 권유는 정중하게 사양했다.

해가 지자 기온이 급격히 떨어졌다. 날씨가 흐려서 별은 보이지 않았다. 늪지에서는 철새들이 꺽꺽, 또는 끽끽거리는 소리들을 냈고 푸드덕 첨벙 하는 물소리가 간간이 들리기도 했다. 바비큐 그릴의 남은 열기만으로도 훈훈하다고 여기는 이현과는 달리 이진은 파랗게 얼어붙어가고 있었다. 하지만 어쩐 일인지 얼른 들어가자고 채근하지도 않았다. 그저 파랗게 실색한 입술로, 무언가를 골똘히 생각하고 있었다. 무슨 생각을 할까, 이현은 몹시 궁금했다. 어깨를 잔뜩 움츠리고 언덕길 쪽을 바라보던 이진이 문득 입을 열었다.

"고구마니 버섯이니 말은 많더니, 결국 오지 않으려나봐요."

"아직도 신경이 쓰여?"

이진의 마음속에 눅눅하게 들러붙은 우울한 감상은 곧장 언어가 되어 튀어나올 듯하다가도 다음 순간이면 애초 아니었다는 듯이 어두운 풍경 속으로 흩어져 사라졌다. 영혼을 기록하는 여자와 함께 살아야 하는 운명이라면 그 남편에게도 영혼을 읽는 능력이 주어져야 하지 않을까? 그러나 이현은 영혼을 기록하는 남자가 아니었다. 그는 언어로 기호화되지 않은 생각들을 읽어낼 수 없었다. 이현은 오로지 직관의 눈으로 이진을 바라보려 애썼다. 두터운 담요 뒤에 숨겨진 사물을 읽으려하는 것처럼 무리한 시도였다.

대신 그는 서리가 내릴 듯이 차가운 마당 한구석에서 사파이어처럼 눈을 빛내는 하얀 고양이를 발견했다. 고양이는 이진과 마찬가지로 몹시 추위를 싫어하는 동물이었으나 별장에 들어가려 하지 않고 꼬리를 거칠게 휘둘렀다. 이현은 불안하고 편안치 않은 기분을 느꼈다. 고양이가 집 안으로 들어가게 할 수 있는 방법이 없을까? 무언가 떠오를 듯 떠오르지 않는 진득하고 눅눅한 기억은 무엇일까?

"당신 춥지 않아? 이제 들어갈까?"

그러나 어쩐 일인지 이진은 고개를 저었다. 온몸의 관절에서 얼음 부스러기가 떨어질 것같이 메마른 동작이었다.

"이곳은 아버지의 집이랑 비슷해요."

"이 집이?"

"네, 그곳에도 일층 마루 밖으로 넓은 데크가 있었어요. 그리고 마당은 넓은데 잘 손질되지 않아서 밤이면 스산했죠. 어쩐지 비슷한 느낌이 들어요."

이현은 새삼스런 눈으로 별장의 마당과 건물을 둘러보았다. 아까부터 머릿속을 맴도는 찜찜한 무언가가 한층 구체화된 형상으로 눈앞에 불쑥 다가왔다. 하지만 그것이 정확하게 무엇인지 꼬집어 말할 수는 없었다.

"이렇게 차가운 밤바람 속에 나와 있기도 했어?"

"가끔."

"추워서 금방 들어갔겠지?"

"아니요, 얼어 죽을 것 같은 느낌이 들 때까지 서 있었어요."

"왜?"

하늘의 달은 깨진 얼음조각같이 날카롭고 스산했다. 이현은 그녀의 어깨에 두툼한 파카를 덮어주려 했으나 이진은 고개를 저어 사양했다. 이진이 다시 입을 연 것은, 이현조차도 서서히 추위가 견디기 어렵게 느껴질 만큼 시간이 많이 흐른 뒤였다.

"온몸에 감각이 없어질 때까지 추위 속에 서 있으면 더 견디기 쉬운 일들이 있어요."

이진은 새파랗게 바랜 입술로 얼음 부스러기를 토해내듯이 힘들게 말했다.

"몸에 온기가 돌아오는 것만으로도 기쁘니까요. 온 힘을 다해 품안으로 파고들게 돼요. 만사가 순조롭죠."

차가운 얼음 칼날에 신경의 한 줄이 베인 듯, 이현의 머릿속에서 무언가 끊어지는 소리가 났다. 시신경이 마비된 것처럼 눈앞에 하얀 눈벌판만 잠잠히 펼쳐지다가 서서히 정상으로 돌아왔다. 드디어 생각났다. 관리인의 위압적인 어깨와 팔을 보는 순간 이진의 얼굴에 떠올랐던 두려움 섞인 표정의 의미. 누군가 목젖을 누르는 듯한 답답함을 느끼며 이현은 긴 한숨을 토해냈다. 입자가 고운 얼음가루가 목에 촘촘히 박힌 것처럼 호흡이 깔깔했다.

스스로를 방어할 능력이 없고 돌보는 가족도 없는 젊은 여자에게 일어날 수 있는 어떤 일들에 대해서, 이현은 이제야 비로소 생각이 미쳤다. 이현은 입고 있던 구스다운 재킷을 벗고 데크 위를 서성거렸다. 이진의 말대로, 추위에 온몸이 얼어붙으면 좀더 견디기 쉬워질지도 모른다. 이미 절반쯤 얼어 있었으므로 스웨터 한 겹만 입고 서성이자 금세 추위가 뼛속에 스몄다.

"이 별장을 보자마자 아버지의 집이 떠올랐어요. 당신의 즐거운 여행을 망쳐서 미안해요. 아무리 노력해도 기분이 좋아지지 않아요. 나는 영혼을 기록했을 뿐인데, 그 일로 세상에 해를 끼친 것도 아닌데, 모두들 나를 미워했어요. 나는 모든 것을 참아내려 노력하지만, 때로 견디기 힘들 때가 있어요. 그대로 소멸되기를 소원할 만큼요. 오늘 이곳에 오니까 그때의 그 느낌이 자꾸만 떠올라요. 현실 속에서 완벽하게 무능하고 무력한 나 자신이 싫어요. 그리고 무능한 존재를 경멸하고 희롱하는 이 세상도요."

"영혼을 기록하는 일 말고도, 당신이 원하는 것이 있어?"

자신도 모르게 까칠한 말이 입에서 튀어나왔다. 말해놓고 곧 후회했지만 멈출 수 없었다. 이진은 영혼을 기록하는 기벽 때문에 많은 고통을 겪어야만 했다. 냉혹한 아버지와 우악스러운 비서, 그리고 미치고 무력한 여자가 한 집에서 살았던 결과로 일어난 일에 대해 그녀를 추궁할 수는 없었다. 그러나 누구에겐가 화풀이를 하고 싶은 욕망이, 야만스럽게 대하고 싶은 거친 욕망이 그를 휘감고 놓지 않았다. 그 뜨거운 기운을 차가운 밤바람 속으로 발산해 흩어버리기 위해 그는 스웨터도 사납게 벗어젖혔다. 이진은 이현의 동작 하나하나에서 위협적인 함의를 감지하며 어깨를 움츠렸다. 이진의 말은 틀렸다. 추위의 힘을 빌려도 아픔은 무디어지지 않았다.

"당신은 영혼을 기록하는 일 말고는 아무 관심도 없잖아. 미친 사람 취급을 받든 강간을 당하든, 무슨 상관이야? 기록할 수만 있으면 되는 거지. 안 그래?"

"그래요. 영혼을 기록하는 일. 그건 하나의 욕구가 아니라 그대로 나 자신이에요. 그 외의 것들은 모두 희미하고 모호해요. 보통 사람들이라면 그런 조건과 환경을 거부했겠지요. 하지만 나는 대책을 세울 수도 없을 만큼 무기력해요. 사실 영혼을 기록할 수만 있다면 다른 건 아무 상관도 없어요. 나는 영혼을 기록하는 이진, 그 이상도 이하도 아니니까요."

독한 여자였다. 추위와 모멸감에 죽어가고 있으면서도 이진은 굴복하지 않았다. 이현은 희미하고 모호한 것으로 치부된 자신의 존재에 대해서도 분노했지만 지금 그것을 문제 삼지 않기로 했다. 이진은 파랗게 얼어붙어서도 꼿꼿하게 앞만 바라보고 있었다. 그녀는 굴복하지 않는다. 이진은 감금당하고 겁탈당하고 모욕당하는 일을 잘 견디는 여자였다. 이현이 지금 그녀를 핍박하고 분노를 폭발시킨다 해도 달라질 것은 없었다. 이진은 잘 참아낼 것이었다.

태어나서 이현을 만나기까지, 이진은 언제나 적대적인 환경 속에서 살아왔다. 이현은 그 자신이 적대적인 환경의 일부가 되어버리고 싶지는 않았다. 그는 스스로가 이진에게 아늑한 둥지가 되기를 원했고 그 속에서 이진이 행복이나 신뢰, 애정 같은 것에 눈떠가기를 원했다. 그러기 위해서는 불길 같은 분노에 굴복하지 않아야만 했다. 그것이 영혼을 기록하는 여자를 사랑하는 남자가 감당해야 할, 고통스러운 몫이었다.

한번 고비를 넘자 그 다음은 쉽게 이성이 돌아왔다. 일단 둘 다 얼어 죽지 않는 것이 중요했다. 이현은 이진을 일으켜서 집 안으로 들어갔다. 관절 마디마디에서 얼음 부서지는 소리가 났다. 얼어붙은 피부에 따뜻한 실내 공기가 닿자 따끔하게 아파오기 시작했다. 이현은 등을 돌리고 선 이진을 으스러지게 끌어안았다. 그녀에게 나누어줄 온기 따위는 그의 몸에도 남아 있지 않았지만, 가슴뼈 사이에 자리잡은 빈 공동에 그녀의 마른 몸을 우그러뜨려 집어넣기라도 할 것처럼 무작정 두 팔에 힘을 주었다. 그렇게 가슴에 압력을 가하면 선명하게 느껴지는 심장의 통증이 조금은 가라앉는 것 같기도 했다. 그들은 그렇게 껴안고 오랫동안 가만히 서 있었다. 젊은 심장들이 움직여 다시 몸에 온기가 괴어들었다. 파랗던 이진의 입술에도 옅은 분홍색이 돌아왔다.

"그래도, 이제는 나와 같이 살아서 좋다고 생각해?"

"가끔."

너무 정직해서 탈인 이진이 미안해하면서 말했다.

"가끔, 언젠데?"

"글쎄, 딱히 언제라고 꼬집어 말할 수는 없지만."

"나랑 같이 자는 게 좋을 때도 있어?"

이진의 시선이 갑자기 창 밖에 남겨진 바비큐 그릴에 꽂혔다. 정리되지 않은 식탁 위에는 남은 고기와 야채들이 그대로 놓여 있었다. 이현이 거칠게 벗어던진 재킷과 스웨터도 나무벤치에 아무렇게나 늘어져 있었다. 에로틱한 분위기가 조성되려 할 때 늘 그러듯이, 다시 정리벽이 발동되려는 눈치였다.

"우리 저것들을 먼저 치우고 이야기할까요?"

이현은 이진의 두 손을 다 잡았다.

"설거지는 좀 나중에 생각해. 접시 몇 개뿐이잖아. 오 분이면 다 치울 수 있어."

"하지만 이렇게 지저분한 꼴로 있다가……"

"여긴 우리 둘뿐이잖아. 좀 어지러우면 어때."

"관리인이 고구마를 들고 올지도 모르잖아요."

지구상 최악으로 눈치 없는 여자가 영혼을 기록하다니, 이것은 전 인류적 불행이 아닐까. 항의의 표시로, 이현은 빈 알루미늄 캔을 종잇장처럼 구겨서 그녀의 눈앞에 들이밀었다. 다행히 이진은 뒤늦게나마 이현의 기분이 어떤지 이해했다. 이현은 여러 겹의 옷들을 참을성 있게 헤치고 들어가서 그녀의 따뜻한 가슴 속에 손을 넣었다. 아직 차가운 이현의 손이 맨살에 닿자 이진이 부르르 떨며 몸을 움츠렸다.

"나랑 같이 자고 싶을 때도 있어?"

이진이 보일락 말락, 가만히 고개를 끄덕였다. 차가운 바깥에서 자취를 감추었던 하얀 고양이가 어느 결에 집 안으로 들어왔는지, 커튼 뒤로 몸을 감추는 하얀 꼬리 끝이 잠시 보였다. 이현은 순순히 이진의 가슴에서 손을 뺐다. 그녀의 바지 안에 조급하게 손을 넣어 뜨겁고 촉촉한 정열의 흔적이 있는지 확인하고 싶었지만, 하얀 고양이는 그런 식으로 다루어지는 것을 싫어했다. 이현은 묵묵히 일어서서 바비큐 그릴의 남은 불씨를 처리하고 그릴을 데크 한구석에 옮겨세워놓았다. 샐러드만 먹고 사는 채식주의자의 식탁에 좋은 점이 있다면 설거지가 간단하다는 점이었다. 이현의 접시에 육즙이 조금 묻은 것을 제외하면 그릇들은 거의 헹궈낼 필요조차 없이 깨끗했다.

이진이 몇 개 되지 않는 식기를 설거지하는 동안 이현은 남은 야채를 냉장고에 넣어두고 통나무를 잘라 만든 식탁을 페이퍼 타월로 깨끗이 닦았다. 이현이 말한 대로 채 오 분도 걸리지 않았다. 식사를 하기 전과 마찬가지로 말끔하게 정리된 주방과 데크를 바라보고 이진이 더이상 미진한 것이 없다고 결론지을 때까지 이현은 조급해지는 마음을 가라앉히며 말없이 기다렸다.

그들은 허리를 끌어안고 이층으로 올라갔다. 늪지를 향한 넓은 유리창 앞에 섰지만 캄캄한 바깥은 암흑인 듯 아무것도 보이지 않았고 심술궂은 거울처럼 이현과 이진의 모습을 반사했다. 창문에 비친 그들의 모습은 부부라기보다는 오누이처럼 닮아 보인다. 마르고 길쭉길쭉한 생김새들이 그렇다.

"나랑 자는 것을 좋아해?"

이현이 집요하게 다시 물었다. 이진은 선선히 고개를 끄덕였다. 가녀린 어깨 너머로 넓은 침대가 놓여 있었고, 그 위에 귀를 접은 한 마리 하얀 고양이가, 빨간 혀를 날름거리며 제 발을 핥고 있었다. 곧 시작될 숨바꼭질이 기대된다는 듯이 천연덕스럽게 그들을 곁눈질하고 있었다.

좋은 징조였다. 그는 이진의 얼굴을 똑바로 바라보았다. 침대 위에 길게 누워 있던 하얀 고양이가 몸을 튕기듯 날렵하게 일어났다. 고양이가 몸을 비킨 바로 그 자리에, 이현과 이진이 꽃잎처럼 내려앉았다.

이현은 이진의 성적인 취향과 성감대에 대해 적절한 지식들을 확보하고 있었다. 이진은 긴 애무나 전희를 즐기지 않았다. 그녀는 격렬하고 빠른 섹스도, 다양하게 자세를 바꾸는 화려한 섹스도 좋아하지 않았다. 그녀가 좋아하는 것은 단순하고 부드러운 동작들이었다. 귀에 키스하는 것을 좋아했고 그녀가 쾌감을 느낄 수 있도록 최대한 몸을 밀착시키는 것을 좋아했다.

섹스를 할 때 이진은 자신의 몸이 천 겹의 꽃잎을 가진 커다란 작약꽃과도 같다고 상상했다. 수없이 겹쳐지고 포개어진 그 화려한 꽃잎 사이의 어느 갈피에 까다로운 하얀 고양이가 숨어 있었다. 하얀 고양이가 어느 꽃잎 사이에 숨어 있을까, 가장 부드럽고 가장 섬세한 몸짓으로 한 장 한 장 꽃잎을 들추어가는 것이 그들의 섹스였다. 고양이는 한 곳에만 숨어 있는 것이 아니라 교묘하게 이곳저곳으로 옮겨다녔다. 아주 조심스럽게 달래고 안심시키면서 접근하지 않으면 고양이는 등 털을 곤두세우며 성깔을 부리고 자취도 없이 사라져버렸다. 그러면 천 겹의 꽃잎을 가진 작약은 갑자기 조명이 꺼진 듯 풀이 죽고 꽃잎을 내려버렸다. 그러지 않으려면 몹시 조심스러워야 했다.

고양이가 숨어 있는 곳을 눈치채더라도 서두르거나 조급하게 움직여선 안 되었다. 고양이는 아직 허리를 최대한 낮추면서도 배가 바닥에 닿지 않게, 바짝 경계하는 자세로 움직이고 있으니까 말이다. 더욱더 섬세하고 주의 깊게 고양이를 안심시키며 천천히 한 걸음 한 걸음 조심스럽게 다가가야 했다. 여기 숨어 있으리라 기대하며 꽃잎을 열었는데, 어느새 돌아선 하얀 고양이의 얄미운 꼬리 끝만 보이기도 했다. 그럴 때면 약이 오르고 실망스러웠다. 화를 내거나 짜증을 부리고 싶어지기도 했다. 사라진 고양이가 천 겹이나 되는 하늘하늘한 꽃잎의 어느 갈피로 몸을 숨겼는지 짐작조차 할 수 없이, 풍성하게 피어오른 작약꽃은 천연덕스럽게 붉고 요염하기만 하다. 하지만 그래도 실망하거나 서둘러서는 안 된다. 고양이는 워낙 돌아다니기를 좋아하는 짐승이니까 말이다.

그렇게 한 겹 한 겹 꽃잎을 들추어나가다보면 날렵하게 꼬리 끝을 감추며 숨어다니던 고양이의 발걸음이 조금씩 느려지고, 꽃잎 사이로 언뜻언뜻 고양이의 모습이 보이기 시작한다. 고양이는 몸통이 바닥에 닿을 것처럼 바짝 낮추던 자세를 조금씩 높이 하고, 어느 순간부터는 장난기가 완연하게 풀쩍풀쩍 뛰어다니기까지 하는 것이다. 그러면 고양이를 뒤따르는 벌거벗은 두 사냥꾼들은 조용히, 만족스러운 미소와 신음을 깨물었다. 그때부터는 이현도 좀더 과감하게 움직일 수 있다.

그렇게 장난치듯 몸을 숨겼다 다시 나타나기를 반복하다가, 어느 결에 깊은 꽃잎 아래에서 모습을 드러낸 고양이가 더이상 피하지 않고 길게 몸을 뻗고 누워 조용히 발바닥을 핥고 있다면 마침내 그들은 목적지에 도달한 것이었다. 이진의 입술 사이로 무르익은 살구 향기와 함께 달콤하기 그지없는 신음 소리가 새어나오며, 그 신음의 간격이 점점 더 좁고 바듯하게 이어질 때, 이현은 드디어 자부심으로 고양된 쾌감의 절정을 향해 달리기 시작했다. 마침내 하얀 고양이가 팔다리를 쭉 뻗고 만족스럽게 몸을 뒤틀고, 천 겹의 새빨간 꽃잎이 활짝 피어오르고, 그들의 눈앞에서 새하얀 허공을 배경으로 붉은 꽃잎들이 한 잎 한 잎 흩어지고, 누구의 것인지 알 수 없는 뜨거운 한숨 소리가 네 개의 다리처럼 얽히고 뒤섞여 허공으로 사라져갈 때, 만족스러운 고양이의 나직한 웅얼거림 말고는 아무것도 보이지 않고 들리지 않게 되는, 낙원의 오후와도 같은 사냥꾼들의 휴식.

천지가 회색으로 물든 새벽, 이현은 늪지를 바라보는 넓은 유리창 앞에 벗은 몸으로 섰다. 이진은 언제나처럼 이불을 돌돌 말고 애벌레처럼 가련하게 잠들어 있다. 밤새 내린 찬비에 젖은 철새들은 나지막하게 구룩구룩 소리를 내며 깃을 부풀려 조금이라도 더운 공기를 더 붙잡아두려 애쓰고 있으리라. 이현은 아무 말도 하지 않고 아내의 곁에 앉았다. 이진은 꿈도 없이 깊은 잠에 빠져, 회색 여명 속에서 그녀를 바라보는 남편의 눈길도 전혀 알아차리지 못한다. 이진, 당신은 나와 같이 사는 것이 좋아? 그는 마음속으로 물어보지만, 이 세상에서 가장 둔감한 여자, 영혼을 기록하는 이진은 그의 질문을 눈치채지 못한다. 이진, 당신은 언제까지 내 곁에 함께 있을 거야? 이렇게 물어본다면 이진은 맹한 표정으로 삼 년이잖아요? 라고 대답할 것이 틀림없다. 그런 김빠지는 대답을 듣느니 차라리 묻지 않는 편이 낫겠다. 언젠가는 조금 다른 대답을 들을 날이 오겠지. 어젯밤처럼 사랑스런 하얀 고양이가 자주 찾아와준다면.

결혼 일 주년이 되었는데, 꽃다발조차 준비하지 않았다. 이진은 이 세상의 부부들이 어떤 선물을 주고받는지 모르기 때문에 그의 무심함을 탓하지 않을 것이 분명하다. 어젯밤 피어올랐던 붉은 작약꽃, 그것보다 훌륭한 선물은 없을 것이다. 보이지 않는 동반자 하얀 고양이에게 감사하는 마음으로, 그는 크게 기지개를 켰다. 사랑스런 이진은 오후 늦게까지 푹 자도록 내버려두고, 그는 등산화를 죄어신고 늪지를 가로질러 민둥산을 오를 계획이다. 이만하면 괜찮은 결혼기념여행이 되겠다고, 그는 슬그머니 입가에 미소를 머금었다.

창세기

　새벽이었다. 갑자기 폭우가 쏟아졌다. 창 밖이 온통 회색으로 물들어, 젊은 부목사는 쏟아지는 빗물이 잿물인가 싶었다. 잠시 창문 앞에 서서 그는 젖어드는 세상을 바라보았다. 빗물에 휘감겨 희끄무레해진 예닐곱 개의 빨간 십자가가 드문드문 눈에 띄었다. 인적 없는 잿빛 초원에 여기저기 피어오른 붉은 민들레 같았다.

　지대가 높은 산동네에 사는 사람은 크게 두 부류로 나눌 수 있다. 크게 부유하여 아파트의 재산가치 따위에는 관심을 두지 않고 오로지 숲과 탁 트인 전망을 사랑할 수 있는 사람. 그들은 아름다운 정원이 딸린 넓은 개인주택에 살며 근처에 편의시설이 없어서 감수해야 하는 소소한 생활의 불편을 한적한 평화 속에 묻어둔다. 대부분 식구 수대로 자가용을 보유하고 있기 때문에 장바구니를 들고 언덕길을 오르면서 흘러내리는 찝찔하고 끈적끈적한 땀방울의 불쾌함은 거의 경험하지 않는 편이다.

또는 몹시 가난하여 평지에 집 한 칸을 장만할 수 없는 사람들도 있다. 꼭 재산상의 이유라고는 할 수 없겠으나, 굳이 분류하자면 젊은 부목사는 명백히 후자에 속했다. 그가 살고 있는 동네는 비탈길을 오를 때 등산하는 것만큼이나 무릎에 힘을 주어야 하는 가파른 산동네였다. 집집마다 가난이 비켜가지 않은 이 마을의 장점이라면 어느 집이나 평등하게 나누어가진 시원한 조망권이었다. 이 동네에서 그나마 형편이 괜찮아 삼사층 다세대 주택을 짓는 경우 그 뒷집은 그나마 손바닥만한 해방감조차도 누리지 못하게 되는 경우가 종종 있지만, 또 그 때문에 이웃간에 사이가 틀어지는 일도 드물지 않게 일어나지만 적어도 이 마을 사람들이 가장 자부심을 가지는 부분이 시원한 전망임은 두말할 필요가 없었다.

현관과 창고에는 벽지를 바르지 않아 그대로 시멘트가 노출된 이 작은 집의 손바닥만한 창문으로도 거칠 것 없이 탁 트인 시내의 전경이 한눈에 들어왔다. 창문으로 내다보면 밤새도록 조명을 끄지 않는 붉은 십자가들이 늘 눈에 띄었는데, 점점 더 짙어지는 빗줄기 속에서는 그 불빛도 어쩐지 애잔하고 그리움에 겨운 느낌을 안겨주었다. 얄팍한 슬레이트로 지붕을 인 앞집의 빗소리는 유난히 시끄럽고 야박하게 들렸지만, 그 위에 얹힌 몇 줌 흙무더기에 피어난 초록색 풀잎들이 굵직한 빗방울에 흔들리면서 아연 생기를 되찾는 모습은 새벽 어스름 속에서 그의 가슴에 부드러운 감흥을 안겨주었다. 빗줄기가 점점 더 굵어지면서 눈 아래 보이는 지붕마다 곱고 보안 물안개를 후광처럼 둘러쓰고 있

168

었다.

　배수가 좋지 않은 산마을의 좁은 길은 벌써 실개천 비슷한 모양이 되어버렸다. 부목사는 무릎까지 닿는 장화에 비옷을 뒤집어쓰고 희끄무레한 어둠 속으로 발을 내디뎠다. 그래도 금세 장화 위로 물이 차넘어 그의 발에서는 절벅절벅 소리가 났다. 아랫마을에 있는 어느 어느 집쯤에서는 지금쯤 안방에 물이 드느니 가게에 둔 물건들이 젖어서 못 쓰게 되었느니 아우성을 하고 있을 성싶었다. 새벽 예배를 마치는 대로 이집 저 집 돌아보며 일손을 보탤 생각이었다.

　비탈길을 다 내려와서 모퉁이를 세 개쯤 돌아서자 큰길이 나왔다. 큰길가에 면해 있고 제법 널찍하게 터를 잡은데다가 겉면에 화강암 판석을 입혀서 교회는 장중한 느낌이었고 눈길을 끌었다. 붉은 십자가는 비를 거스르며 높이 솟아 있었다. 그는 십자가에 눈길을 주지 않고 열쇠를 꺼내 교회의 출입구를 열었다. 새벽 예배가 시작되려면 아직 사십 분이나 더 남은 시각이었다. 그가 이 교회의 부목사로 부임한 이후 육 년의 세월이 흐르도록, 그는 언제나 이 교회의 아침을 여는 사람이었다. 부목사가 부임한 초기에는 교회 건물에서 숙식을 하는 관리인이 지나치게 부지런을 떠는 젊은 부목사를 못마땅하게 여겼던 것이 사실이었다. 그러나 그런 불편한 감정은 서로에게 익숙해지는 적응기간을 거치면서 자연스럽게 없어졌다. 젊은 부목사는 스스로의 신앙에 충실하고 싶을 뿐이지 관리인을 불편하게 만들 생각은 조금도 없는 것이 분명했고 관리인은 약간의 오해와 의심 끝에나마 그의 진심을 이해한 상태였다.

　새벽 예배는 보통 신앙심으로는 하지 못하는 일이었다. 특히 젊은 사람들에게 아침잠은 꿀처럼 달았다. 대개는 새벽잠이 없어지는 장년층에 이르러서야 새벽 기도가 꾸준하게 이어지는 것이 보통이었다. 제법 신실하게 새벽 기도를 지속해왔노라는 사람들도 어떤 날은 늦어서 허덕거리며 달려오거나 아예 못 오는 날이 있게 마련이었다. 그러나 서른 중반의 부목사가 부임한 뒤 육 년이 흐르도록, 단 하루의 지각이나 결석도 없이, 그것도 남들보다 근 한 시간이나 빠른 시각에 교회의 새벽 아침을 열어왔다는 사실은 누구에게나 대단한 일로 인정받았다. 처음에는 의심하고 시기하느라 말이 많던 신자들이나 교회 관계자들이나, 어느 결에 자발적인 존경의 자세로 변해가고 있는 분위기였다. 몇몇 호기심 많은 신자들은 그가 도대체 몇시에 교회에 도착하는지 궁금한 나머지, 또는 그보다 단 몇 분이라도 빨리 와보겠노라는 얄팍한 경쟁심이 동한 나머지 너도나도 터무니없이 이른 시각에 교회를 찾기도 했다.

그의 마음속에 다른 신자들과 경쟁을 한다는 생각은 애초 스며든 일조차 없었으므로, 그는 사람들이 그러거나 말거나 자신이 정한 시각에 꾸준히 교회에 도착했다. 새벽이라기보다는 한밤중에 가까운 시각부터 교회 앞에서 어슬렁거리던 사람들은 그를 보고 다소 어색한, 또는 이겼다는, 또는 친해보자는 뜻의 미소를 얼굴에 지어 보였다. 그는 일상적인 친절한 아침인사를 나누는 이외의 다른 반응을 보이지 않았다. 그렇게 한동안 그와 새벽 경쟁을 벌이던 신자들은 곧 일상으로 돌아갔다. 제시간에 오거나 또는 약간 늦은 시간에 헐레벌떡, 약간 미안한 웃음을 지으며 예배 도중에 살짝 스며들어 예배당의 제일 뒷줄 의자에 조용히 앉게 되었다는 뜻이다. 그렇게 육 년 세월이 흐르더니 이제는 바란 일도 없는데 젊은 부목사가 선지자라는 입소문이 신자들의 입술을 타고 흘렀다.

그는 겸손했고 조용했고 좀처럼 감정을 드러내지 않았다. 누구에게나 칭송을 받고 높은 지위를 노려볼 수 있을 만한 자리에는 욕심을 부리지 않았다. 아픈 자와 가난한 자와 죽어가는 자 앞에서는 진실한 눈물을 감추지 않았다. 그의 눈물 어린 기도가 함께하면 임종하는 자에게 평화가 깃든다는 이야기가 신자들에게 널리 퍼졌다. 그 계기가 된 일은 오래된 중풍으로 오 년 동안이나 거동도 못 하고 말도 못 하고 가족들을 괴롭히던 노인이 그의 기도와 함께 평화롭게 숨을 거두면서 "목사님, 고맙습니다. 나는 하나님 나라로 갑니다. 아멘"이라고 말했던 사건이었다.

이 일이 여남은 명의 신자들에게 목격되면서 부목사의 신화에는 불이 붙었다. 호기심과 놀람에 가득 찬 사람들이 너도나도 소문의 진위를 캐물으면서 부목사의 주변으로 몰려들었다. 수많은 환자들의 쾌유와 평안한 임종을 위해 기도해달라는 주문이 밀물처럼 밀려들었으나 정작 부목사는 하얗게 질색한 얼굴로 손을 내저으며 그런 일은 있지도 않고 그날 함께했던 사람들이 임종의 거친 숨소리를 잘못 들은 것에 불과하다고 발뺌했다.

거의 식물의 형상이 되었던 노인이 사람의 소리를 낸 것도 오 년 만이었고 그 마지막 말들이 한 글자 한 글자 분명해서 사람들이 잘못 들을 만한 여지가 없었건만 부목사는 못 들을 말이라도 들은 듯이 고개를 내저으며 자리를 피하기에만 급급했다. 부목사가 그런 종류의 명성을 적극적으로 사양하면 할수록, 신자들은 그에게서 더욱 강렬한 후광을 찾아내고 그를 추종하고 의지하고 사랑했다.

그러거나 말거나 젊은 부목사는 말수가 적었고 신실했다. 그가 묵상 기도를 드릴 때면 사람들은 살그머니 눈을 뜨고 젊은 부목사의 모습을 지켜보았다. 나쁜 뜻이 있다고는 절대로 말할 수 없다. 신자들은 그를 경이롭게 여겼을 뿐이었다. 그가 기도를 드리는 모습은 단정하면서도 온몸을 바치는 모습이었다. 마치 신과 그가 하나가 된 듯, 간절하고도 평온한 양면이 하나로 어우러졌다. 기도를 마치고 눈을 뜰 때면 그를 지켜보던 은밀한 눈길들을 하나도 모르는 것처럼 순진하고도 감동에 젖은 얼굴이었다.

그러나 그에게는 심각한 약점이 있었다. 개신교 환경에서는 적극적 이고 외형적인 신앙고백을 권장하는 풍토가 일반적이었다. 기도를 할 때에도 몸을 앞뒤로 흔들며 큰 소리로 통성기도를 했고 설교로써 무리 를 이끌 때에는 그 누구보다도 절절한 웅변가가 되어야 했다. 신과 인 간을 하나로 잇기 위한 노력이었다. 신과 인간의 거리가 멀어진 만큼 목회자들의 몸짓은 황새의 날갯짓처럼 점점 더 커다래졌고 목소리는 사자의 포효처럼 웅장해졌다. 부흥회라도 한번 하려면 제단은 가히 무 대에 가까운 모습으로 대변신을 꾀했다. 신도들이 웃다 자지러지고 울 다 쓰러지도록 사람의 마음을 휘어잡는 말솜씨와 몸짓이 제단을 휘저 었다.

부흥 목사만큼은 아니더라도 어느 정도의 카리스마와 쇼맨십을 갖추 고 있어야 훌륭한 목회자로서 역량을 발휘할 수 있었다. 그러나 부목사 는 눌변에다가 어조에 강약이 없었다. 언제나 물 흐르듯 조용하고 수줍 은 모습이었다. 통성기도는 몹시 곤혹스러워했다. 피할 수 없는 경우가 아니라면 거의 묵상기도로 대신했다. 평신도라면 별 문제가 없겠지만 신도를 이끌어야 하는 목회자의 신분으로서는 결격사유가 되었다.

심방길에 오르면 신도들은 누구나 축복을 받고 싶어했다. 심방이나 특수한 경조사를 제외하고는 목회자가 신도의 집을 방문하는 일이 거의 없는 만큼, 신도들은 특별한 기대를 가지고 보다 구체적이고 풍성한 축복의 기도를 받고자 원했다. 이 고지식한 부목사는 그런 특별한 경우에조차도 별난 고집을 꺾지 않았다.

"목사님, 제 자식이 이번에 대입수능시험을 치릅니다. 축복기도를 해주십시오."

"목사님, 제 남편이 이번에 새로운 사업을 시작하였습니다. 처음이라 불안정하고 실패 위험이 높습니다. 성공을 빌어주십시오."

"목사님, 제 아내가 쉽사리 병을 떨치지 못하고 오랫동안 자리를 지키고 있습니다. 환자의 건강과 쾌유를 빌어주십시오."

"목사님, 뜻하지 않게 큰 소송에 휘말려들었습니다. 상대편에서는 훌륭한 변호사를 고용해 저를 압박해들어오고 있습니다. 제가 평생 피땀 흘려 일군 재산을 잃지 않게 기도해주십시오."

"목사님, 이번에 새로 집을 샀습니다. 이 집에 사는 동안 온 가족에게 탈이 없고 각자 하는 일이 모두 잘되기를 빌어주십시오."

신자들은 구체적인 기도의 제목을 밝히며 젊은 부목사가 그들의 고민과 소망을 신에게 직접 전달해주기를 종용했다. 떡 세 덩어리를 달라고 말하는 정도로 구체적인 기도를 하라고 가르친 사람은 다름아닌 선지자 루크였다. 그들 자신도 물론 열심히 기도를 하고 있거니와, 세간에서 성인이라는 평판까지 얻고 있는 이 신실한 청년 목사의 구체적인 기도가 더해지면 그를 사랑하시는 신의 자애가 더욱 급박히, 더욱 풍성히 임할 것으로 믿었다. 그러나 이 정도로 조목조목 따져가며 기도의 제목을 들이대어도 젊은 부목사의 무거운 입술은 좀체 열리지 않았다. 떼쓰듯 매달려서 겨우 듣는 기도라고 해도 기껏해야

"온 가족이 주 안에서 신실한 이 가정에 주님의 사랑과 은총이 강물 같이 넘치기를 기도하옵나이다. 이 가족이 진실로 바라옵는 기도의 제목을 주님께서 들으사 그것이 주님의 뜻 안에 온전히 합당하매 우리의 뜻대로 이루어짐이 아니라 오로지 주님의 거룩하신 뜻이 공의로서 이루어질 것을 우리가 믿사옵나이다. 주 예수 그리스도의 이름으로 기도 드리옵나이다. 아멘."

하는 정도에서 벗어나지 않았다. 기도를 청했던 사람이 구체적으로 적시했던 대입 합격이니 사업 성공이니 하는 말들은 결국 목사의 입술에 오르지 않았다. 신도들은 실망스러워했고 때로 불평하기도 했다. 그들이 구체적으로 간원했던 소망, 대입 합격이나 사업 성공 같은 일들이 이루어지지 않으면 그 불만과 좌절의 화살이 애꿎게 젊은 부목사를 향하는 일도 드물지 않았다.

"그렇게 자린고비처럼 기도의 말씀을 아끼더니 결국 이렇게 되고 말았네."

"처음 이사 온 집에서 시원스런 축복 말씀 한마디 안 하실 때부터 조짐이 좋지 않았어."

"기도가 무슨 특권인가. 축복은 퍼낼수록 풍성해지는 것이 아닌가. 신도들에게 기도를 아껴서 어디에 쓰려고 저러시는가."

이런 식으로 원망의 마음을 품은 이들이 때로는 비아냥거리는 뜻을 담은 기도를 청하기도 했다.

"목사님, 저희처럼 하찮은 인생의 구질구질한 사연이야 하나님께 하소연해보았자 하나님 귀만 성가시지 않겠습니까. 차라리 남북통일을 빌어주십시오."

"지난번에 아이의 대입 합격을 발원하여 금식기도를 백 일이나 하였건만 응답받지 못했습니다. 제가 너무 이기적인 소원을 빌어서 목사님의 심기도 불편하고 하나님께도 은총을 받지 못한 것 같습니다. 이번에는 아프리카의 기아를 해결해주십사고 빌겠습니다."

그러나 젊은 부목사의 기도에는 이라크 난민 구호도, 종족간 대량학살 종식도, 북한 핵 문제의 평화적 해결도 오르지 않았다. 그는 오로지 고통에 겨운 듯이 간절한 표정으로 묵상기도만을 드렸다. 부목사는 신께 기복(祈福)하는 행위를 죄악시했다. 기복하는 신도들을 말리지는 않았지만, 스스로 신께 소망을 아뢰는 말씀을 입에 담지는 않았다. 신도를 거느리고 교세를 확장해야 하는 목회자로서는 치명적인 결벽증이었다.

"우리는 모두 신의 자식들입니다. 우리 자식들이 우리에게 밥을 달라 옷을 달라 청하듯이, 우리도 신께 재산과 안전을 구할 수 있습니다. 그것은 자식 된 자로서 당연한 일이기도 합니다. 어째서 우리의 간절한 소원을 한결같이 외면하십니까?"

노골적인 신도들의 불만이 터져나와도, 부목사의 입에서는 속 시원한 희원(希願)이 터져나오지 않았다. 부목사 스스로도 답답하리만큼 대책 없이 완강한 거부였다. 누구나 신께 올리는 평범한 간구의 말들이 자신에게는 왜 그토록 혐오스럽고 기만적으로 여겨지는지 스스로도 자세히 알 수 없었다. 그저 눈에 보이지 않는 양심의 저 먼 곳에서, 그래서는 절대로 안 된다는 거역할 수 없는 목소리만 명료하게 들릴 뿐이었다. 보수적인 장로들과 담임목사는 교세 확장에 시원스레 몸을 내던지지 않는 젊은 부목사를 드러내놓고 못마땅하게 여겼다. 신도들의 평가는 극과 극으로 나뉘었다. 그를 성인으로 추앙하는 쪽이나 그의 완고함을 못마땅하게 여기는 쪽이나, 젊은 목사에게 괴롭기는 마찬가지였다. 이러다가는 평생의 사역으로 여겼던 목회자의 신분을 더이상 유지하지 못할 수도 있겠다는 절망 속에 수시로 빠져들 만큼, 젊은 부목사의 고뇌와 갈등은 깊었다.

얼마 전 불의의 사고로 그의 배우자와 두 아이들이 한꺼번에 세상을 등진 뒤, 신도들의 사소한 불만이나 원망 같은 것은 일거에 쓸어낸 듯이 사라졌다. 끔찍한 사고 소식을 듣고 넋이 빠져서 그 자리에 털썩 주저앉아버리던 젊은 부목사의 모습은 사람들에게 거역할 수 없는 측은한 마음을 불러일으켰다. 처참한 세 구의 시신 앞에서 젊은 부목사는 허물어지듯 몸을 던져 오열했다. 모든 것은 주님의 섭리 안에서 이루어지는 것이니 죄 없는 깨끗한 영혼들은 이제 주님의 우편에서 영원한 안식과 평화를 얻을 것이요, 남겨진 사람은 이생에서 맡겨진 주님의 사역을 완수한 후 기쁘게 그들과 재회할 날만을 기다리면 된다는 말이야 부목사인 그가 더 잘 알고 있을 터인즉 아무도 차마 그에게 위로의 말을 건넬 엄두조차 내지 못했다.

"평소 그리도 침착하고 자제를 잘하더니, 일신에 닥쳐오는 참담한 비극 앞에서는 사람의 감정을 굴복하지 못하는구먼."

"그것이 어찌 참고 넘길 만한 일인가. 온 가족을 한꺼번에 잃었는데. 울부짖다가 실신하고 쓰러지는 것이 당연한 일이 아닌가."

"하지만 목사라면 슬픔을 제어하는 모습을 보여야 하지요. 죽음이라 하는 것이 이 세상에서는 슬픔이라지만 길게 보면 우리 주님께 누구나 가야 할 길일 뿐인데, 그 시기가 다소 이르고 갑작스러웠다고 해서 저렇게 보통 사람처럼 슬픔에 굴복하는 모습을 보여서야 되겠습니까?"

"이런 때에 할 말은 아니오만 저 부목사님이 성질이 좀 깐깐하시었소. 분명히 가족들의 안위와 건강을 구하는 기도 따위는 일평생 한마디도 입에 올리지 않으셨을 게요. 무언가 우리는 알 수 없는 더 고아하고 중요한 기도의 말씀만을, 입 밖에 꺼내는 일 없이 마음으로만 주님과 주고받았겠지요. 주님이 돌보셔야 할 사람이 한둘이 아니거늘, 그렇게 무얼 바라는지 모르게 웅얼거리고 있기만 해서야 우리 주님인들 알아들으실 재간이 있으셨겠소. 부목사도 분명히 지금은 자기가 평생 해왔던 두루뭉술한 기도를 후회하고 있을 게요. 이젠 가족들도 아무도 남지 않았으니, 그들의 건강과 안녕을 빌어주고 싶어도 빌어줄 수 없게 되지 않았소."

마지막 말을 했던 사람은 다른 신도들의 비난에 휩쓸려 황급히 제 말들을 주워담아야만 했다. 젊은 부목사가 겪은 일은 그가 가진 모든 약점들을 다 덮고도 남을 만큼 참담한 일이었다. 지금은 어느 누구라도 그를 비판하거나 그의 방식이 잘못되었다고 시정을 요구해서는 안 되었다. 더구나 부목사가 가진 결점이란 것이 인간적으로 크게 책망받을 만큼 도덕적인 문제가 있는 것도 아니었다. 그저 조금 더 순진하고 조금 더 고지식한 천품 때문에 그랬던 것이었다고, 신도들은 한마음을 모두어 생각했다. 더구나 그 끔찍한 사고가 발생한 다음날에도 거르지 않고 새벽 제단에 꿇어앉은 모습을 보고는 그의 영혼에서 진정한 신성

(神性)을 발견한 사람들도 여럿 있었다. 이전까지 부목사에게 섭섭한 마음을 품은 일이 있었던 사람일수록 더욱더 그의 비극을 가슴 아파했고, 혹시라도 자신이 품었던 가벼운 원망의 마음이 하나님의 의중에 잘못 전달되어 그런 비극을 초래하게 된 것은 결코 아니기를 간절히 소망했다.

끔찍한 사고를 겪은 지 한 계절 정도가 흐르자 젊은 부목사는 그럭저럭 안정을 되찾았고 걱정과 위로를 건네는 사람들에게 희미한 미소나마 보일 수 있게 되었다. 물론 그의 가슴 속에 시시때때로 소용돌이치는 격렬한 통증과 회한이 수그러든 것은 아니었다. 그러나 그는 한평생 진실한 신앙인이었고 이와 같이 인간의 한계를 시험하는 극한의 고통에서도 간절히 신앙에 의지했다.

그는 어린 시절부터 주님이 거하시는 장막을 사랑했고 그곳에 있을 때 가장 진정한 그 자신으로 돌아갔다. 그는 날 때부터 신에 속한 사람이었고 그의 존재에서 신과의 관계를 발라내면 남는 것이 없었다. 그가 목회자 이외의 다른 직업을 선택한다는 것은 상상할 수 없는 일이었다. 그러나 알 수 없는 무언가가 그와 세상의 소통을 가로막고 있었다.

오히려 신학대학을 졸업하고 목회자의 사역을 맡게 된 이후 그는 본연의 신앙을 누릴 수 없어서 괴로웠다. 목회자의 신앙이란 근본적으로 굳건하고 흔들림 없어야 하는 것이었지만, 여러 사람과 함께함을 전제로 해야 하는 것이기도 했다. 한마디로 그가 가진 신앙의 섬세함이나 독특함, 고집스러움은 목회자의 자질로서 그다지 환영받을 만한 점이 아니었다. 그는 좀더 대중적이고 보편적인 신앙의 형태를 따를 것을 암암리에 강요받았고, 이 때문에 그는 목회자의 신분이 신앙의 목줄기를 조르고 있다는 느낌을 받곤 했다. 그가 진정으로 신과 단둘이 마주하는 순간은 새벽의 또 새벽, 여남은 명의 신자들이 오기 전에 홀로 신전의 문을 열고 들어가 컴컴한 예배당의 불을 켤 때였다. 그곳에는 비틀린 참나무의 옹이만 깎아서 만든 십자가가 걸려 있었다. 다른 성전의 매끈하고 아름다운 십자가보다 훨씬 비감이 어린 듯하여, 그는 이 예배당을 특히 사랑했다.

가족들을 잃은 후 그는 진저리나는 고통 속에서나마 희미하게 고개를 쳐들기 시작한, 이해하기 어려운 자부심의 실마리를 찾았다. 작고 평범한 것이라도 무언가 행복의 근원이 될 만한 것을 가진 사람들은 그것이 사라지지나 않을까, 훼손되지나 않을까 시시각각 고개를 쳐드는 불안감을 경험하게 된다. 그것이 대단하고 귀한 것이라서가 아니라, 가족과 함께 하는 짧은 여행이나 한 끼의 즐거운 식사처럼 일상적이고 평범한 것에 불과한 것일지라도, 오히려 작고 기본적인 것이라 여겨질수록 그것을 훼손당했을 때 닥쳐올 고통의 부피는 상상하기 어렵도록 커지기 마련이다. 보통 사람들은 그것들을 빼앗기는 고통을 겪지 않게 해달라고 신께 기원한다. 제가 바라는 것은 큰 것이 아닙니다. 한줌도 안 되는 가족의 안전, 그저 먹고사는 일을 걱정하지 않을 만큼의 경제적 안정, 신을 원망하는 죄를 짓지 않을 만큼의 건강, 오로지 그 정도를 위하여 당신께 기도하옵나니, 청컨대 외면하지 마시옵소서. 우리의 소박하고 간절한 기도를 들어주시옵소서.

그들이 소원하는 것이 작고 평범한 것에 불과할수록, 신이라면 이 정도는 지켜주어야 한다는 배짱에 가까운 신념도 강렬해진다. 그리고 그 믿음이 배신당하면 마음껏 신을 부정하고 저주하며 패악을 부린다. 내가 큰 것을 바란 것도 아니었는데, 겨우 나와 가족의 안전과 건강 정도만을 기도했건만 그것마저도 외면하다니, 당신은 신도 아니야. 당신은 악마야. 평소 신단 위에 모셔두고 지극한 존엄의 외경을 바치며 숭배하던 신을, 단숨에 너와 나, 나와 당신으로 동격화하며 그들은 자신이 어깃장을 부리고 있다는 사실마저 인식하지 못한다. 그들이 바라는 것이 아주 작고 평범한 것에 불과하다는 신념 때문이다. 그들 하나하나가 소망하는 작고 평범한 것들이 수만 개 수억 개로 부풀다보면 그것은 조금도 단순하거나 평범한 것이 아님을, 조금만 생각해보면 아주 쉽게 알수 있다. 그러나 그들은 그 사실을 생각하지 못하고, 누군가 곁에서 그것을 알려주는 것도 원치 않는다. 그들은 두려워서 신을 믿기 시작했고 신을 믿으면 두려움이 사라질 것이라고 믿었으며 교회에서는 그 생각의 논리적 허점을 짐짓 외면했다. 한쪽의 동의를 얻지 않은 불완전한 약속이 필연적으로 깨어졌을 때, 아무도 책임지려 하지 않았다.

닭장에서 평화롭게 모이를 쪼아 먹다가 갑자기 목줄기를 틀어잡힌 한 마리 닭처럼, 누구나 한평생 겪지 않고 싶은 그런 불행을 겪어야만 하도록 선택된 그 불운한 사람은 처음엔 신을 욕하고 저주하며 고통의 세월을 보낸다. 그 시기에는 신조차도 조용히 그를 내버려두는 것이 상책이다. 그 어떤 위로도 그의 상실을 보상할 것은 없다.

오로지 이빨과 손톱만으로 신을 상대하는 그 지옥 같은 시간이 흐르고 나면 차츰 평화가 스며든다. 그 느낌을 언어로서 명확히 표현한다는 것은 불가능하지만, 부정확한 대로나마 설명을 시도해보자면 내 몫의 아픔은 이제 겪어냈다는 안도의 심정과 비슷한 것이라고 할 수 있겠다. 끔찍한 일이었지만 나는 살아남았고, 그 아픔을 겪어냈고, 이제 상처의 선혈은 어느 정도 멎은 상태다. 매도 먼저 맞는 편이 낫다고 할까? 이제 한번 겪어냈으니 내 인생에 이보다 더 심한 아픔은 찾아오지 않을 것이라는, 신이 정말 정의롭다면 마땅히 그래야만 한다는 그런 모종의 자신감과 비슷한 감정이다. 신이여, 당신에게 사람만큼이라도 양심이 있다면 나에게 이 이상을 요구하지는 못할 것이오.

이것도 역시 따지고 보면 어깃장에 가까운 것이지만 견디기 힘든 아픔을 이미 한번 겪어낸 사람에게 차분한 이성을 요구하는 것은 잔인한 일이므로 더이상 깊이 파고들지는 않아야 옳을 것이다. 그러나 신은 마치 눈치나 양심 따위는 애초 모르는 양, 아니면 가학 성향이 다분한 인격파탄자에 불과한 양, 한번 아픔을 겪은 사람에게 또 한번 끔찍한 재앙을 쏟아붓기도 한다. 부모를 잃은 아이들에게서 할머니마저 빼앗아간다든지, 파산의 구렁텅이에서 허우적거리는 가정에서 건강마저 빼앗아간다든지 하는 식으로 말이다. 이들 앞에서 욥의 고사를 들먹이는 일은 아무리 목회자라 한들 쉬운 일이 아니다. 두 번 이상 신의 무관심에 희생되는 사람들은 더이상 신을 원망할 기운도 없을 만큼 탈진되어, 스스로도 무안한 말을 지껄이고 있는 젊은 부목사에게 대놓고 대거리를 하지는 않는 편이다.

직업상 재앙과 신앙의 길항적 상관관계를 많이 목격해야 했던 젊은 부목사가 폭우 쏟아지는 새벽의 고요한 제단 앞에서 느끼고 있는 일말의 안도감이 내 몫의 불운은 이제 겪어내었다는 정도의 수준 낮은 것이라고 예단해서는 안 된다. 그가 느끼고 있는 안도감은 인생사의 맨 밑바닥에 해당하는 일이 실제로 그에게 발생했을 때조차도 그가 배덕의 유혹을 느끼지 않을 수 있었던 것에 대한 감사의 감정이다. 젊은 부목사는 스스로 신앙의 굳기에 대해 자부심을 가지는 편이었지만, 자신에게 직접적인 재앙이 닥쳤을 때 과연 정말로 신을 원망하지 않을 수 있을 것인지에 대해 십분 확신할 수는 없었다. 사람의 마음이란 미묘하고도 까탈스런 것이라서, 아무리 백번 천번 다짐하고 준비를 하더라도 막상 일이 닥치면 철면피를 열 겹이나 뒤집어쓴 듯 생각지도 않았던 방향으로 회까닥 방향전환을 해버리는 일이 비일비재하기 때문이다. 젊은 부목사에게 가족을 한꺼번에 잃은 비통은 생살을 얇게 저며내듯 고통스러운 것이었던 한편, 그가 한평생 의지하고 사랑했던 신앙의 본질은 조금도 흔들리지 않는 것을 확인할 수 있었다. 그것을 확인하지 않을 수 있는 인생이 흔히 말하는 행복의 정의에는 훨씬 더 부합하지만, 적어도 닥친 이상은 그것을 확인할 수 있는 것이 중요했고 그것을 확인할 수 있었던 것은 거대한 불행을 극복할 수 있는 투명한 기쁨이 되었다. 물론 그 기쁨은 태산 같은 슬픔의 부피에 압도되어 수개월이 지난 다음에야 형태를 감지할 수 있을 정도로 가느다란 것에 불과했지만, 그러나 아무리 미약하고 가느다란 것이라도 있음과 없음의 차이는 삶과 죽음의 차이만큼이나 확고하고도 중요했다.

가족을 모두 잃는 고통의 극한 속에서도 그의 외면적 신앙이나 내면적 신앙이 흔들리지 않을 수 있었던 것은 그가 평소 이 문제에 대해 고민과 사유를 수없이 거듭해왔던 것에 힘입은 바 크다. 그는 한번 의문을 가지면 일말의 미진함도 남기지 않도록 끊임없이 해답을 찾아 헤매는 집요함이 남달랐다. 신이 전지전능하다면 세상에는 왜 악이 존재하는가? 인간이 악행을 저지르는 것마저 신의 의지에 예정되어 있는 것이라면, 인간은 왜 그의 악행으로 징벌받아야 하는가? 인간은 죄의 하수인에 불과하고, 그 죄악을 행하도록 명한 것은 결국 신의 의지 아니었던가? 신이 전지전능하다면 세상에는 왜 불운이 존재하는가? 죄 없는 주의 백성들이 날마다 고통과 재난에 무방비하게 노출되건만, 신은 왜 그들을 구원하지 않는가? 이 세상의 돌아가는 모습은 전지전능한 신의 능력과 의지에 대해 충분한 의구심을 품게 하지 않는가? 그리고 이 수많은 질문들에 대해 모든 믿음과 지혜의 원천인 성서는 숱하게 모순되고 그때그때 사도들의 기분에 따라 말이 달라지도록, 제멋대로 지껄이도록 내버려두고 있지 않은가? 이 모든 질문에 교회와 목회자는 논리적인 대답을 회피하고, 오로지 믿으라 믿음 속에서 대답을 얻으라고 말도 안 되게 무책임한 대답으로 일관하는 것이 아닌가?

말하자면 젊은 부목사는 일찍이 4세기에 일어났던 교부 아우구스티누스와 에보디우스의 논박에서 일관되게 에보디우스의 입장을 취하고 있는 셈이었다. 아우구스티누스는 물론 최선을 다해, 그리스와 페르시아의 철학을 자유자재로 넘나드는 해박한 지식에 힘입어 양적으로 풍부한 대답을 남겼다. 아우구스티누스의 『자유의지론』이라는 세 권의 저술이 그것이다. 그러나 그 대답들은 해박하되 정곡을 꿰뚫지 아니하는 경우가 많았고 아우구스티누스도 그 사실에 대해 모종의 미진한 감정을 가지고 있었던 것으로 보인다. 그러지 않았더라면 어찌하여 대저작의 최종부에 "내가 답변을 하매 주님의 뜻의 일부라도 빠뜨리지 않으려 노력했다. 그러다보니 그대의 질의에 흡족하지 못했으리라. 그대에게 아직도 무슨 생각이 떠오를지라도 책의 두께로 보아서 우리로서는 끝맺음을 해야 하겠고, 드디어 이 논의에서 풀려나 휴식을 취해야 하리라"는 다소 궁색한 맺음말을 남겼겠는가?

젊은 부목사는 오랜 세월 아우구스티누스가 교묘하게 회피한 에보디우스의 질문들에서 벗어나지 못했다. 그의 주변에는 신앙심이 깊은 동반자들이 많았지만 그의 집요하고 끝없는 질문들에 대답이 되어주지는 못했다. 그의 동반자나 스승이라고 할 만한 사람들이 실제로는 그와 비슷한 의문들을 품어본 일도 없거나 잠시 고민하다가 무턱대고 믿음의 그늘막 아래로 도피해버렸다는 사실을 확인할 때마다 젊은 부목사는 좌절했다. 인간의 주석에 의지하기보다는 성서에서 답을 찾아보기로 결심하고 성서의 태초에서 아멘에 이르기까지 샅샅이 뒤졌지만 그의 정직하고 단순한 질문에 답할 수 있는 말씀은 없었다. 기독교의 신과 인간 사이에 존재하는 거대한 신앙의 잃어버린 고리는 그저 믿음 속에서 찾아야 한다는 궁색한 말막음이 고작이었다.

집요한 청년 목사도 그 질문에 대한 해답을 얻는 것을 포기하고 싶은 심정이 들기도 했다. 가장 단순한 질문에조차 답하지 못하는 불완전한 종교지만, 어쨌든 많은 사람들이 그 안에서 위안과 진실을 찾고 있지 않은가? 부목사 역시 질문의 미궁에서 벗어나 맹목적인 믿음의 휴식처 아래로 들어가는 것이 체력적으로나 정신적으로 편할지 모른다. 가족의 몰살이라는 끔찍한 비극을 겪은 사람이라면, 누구보다도 휴식이 필요한 법이다.

하지만 젊은 부목사는 자신이 신의 소명을 감당할 역량을 타고났음을 언제나 믿어왔다. 눌변과 비관습적인 신앙으로 교회 안에서 보이지 않는 왕따를 당하는 처지에 불과하지만, 그에게는 범인(凡人)을 넘어서는 집념과 순정성이 있었다. 사랑하는 가족들의 피에 젖은 시신조차도 신을 향한 그의 궁구(窮究)를 멈추게 할 수는 없었다. 오히려 그 비극적인 사고는 장차 세계의 신앙을 바꿀 그의 잠재력을 두려워한 사탄의 책동이 분명하다. 이만큼 큰 고난을 가하면 그가 탈진하고 포기할 것이라고 사탄은 믿었을 것이다. 그러나 그렇지 않다. 그는 포기하지 않는다. 목회의 제단에서 그의 혀를 굳게 한 것은 그의 아집이 아니라 불완전한 신앙의 잃어버린 고리였다. 인간을 신에게 닿게 할 신앙의 빠진 고리, 전 인류를 설득할 빈틈없는 믿음의 논리를 찾아 그는 일평생을 헤매고 있었다.

교회당의 길쭉한 창문 밖으로, 사나운 벼락이 하늘을 찢고 땅으로 내리꽂혔다. 온 땅이 뒤집히고 물과 불이 뒤섞이는 것 같다. 그는 전기가 도래한 것을 직감했다. 사랑하는 아내와 두 아이들의 모습이 떠올랐다. 그들은 비틀린 참나무 옹이의 제단에 바쳐진 가련한 제물들이었다. 젊은 부목사의 두 눈에서 뜨거운 눈물이 흘러넘쳤다. 그는 비틀린 참나무 십자가를 향해 큰 소리로 외쳤다. 주여, 제가 그들의 희생을 헛되이 하지 않게 하소서! 순진하고 선량했던 그들의 사랑과 죽음을 연료로 삼아, 제 몸뚱이가 영원히 불타오르는 신의 횃불이 되게 하소서! 창 밖의 하늘이 다시 한번 갈가리 찢어졌다. 마침내 그의 눈앞에 낙원의 환상이, 가족들의 피의 대가로 명료해진 의식에 힘입어 펼쳐졌다. 드디어 모습을 드러낸 낙원의 모습을 그는 똑바로 응시했다.

태초에 하나님이 낙원을 창조하셨다. 그리고 그 안에 인간을 거하게 하셨다.

"내 자식들아, 너희들이 이곳에서 만족하고 행복하기를 바란다."

인간들은 그곳에서 행복했다.

"그러나 혹시 너희들이 삶에 만족하지 못하게 된다면, 그때는 저 붉은 열매를 따 먹으라. 내 그것으로 너희 뜻을 삼으리라."

인간들은 붉은 열매를 따 먹지 않았다. 그들은 신을 사랑했고 낙원의 삶에 만족했다. 그러나 어느 날 그들이 이런 대화를 나누게 된 것은, 아마도 그들이 신을 닮아 총명하고 의지가 굳건했기 때문이었을 것이다.

"우리가 이곳에서 이 사자와 다른 것이 무엇입니까?"

그때 사자는 유순하고 평화롭게 인간들의 무릎을 베고 누워 있었다. 그들은 한동안 말없이 사자의 모습을 내려다보았다.

"우리는 주님의 형상을 닮았습니다. 그것이 사자와 다른 점입니다."

"부끄럽게도 우리는 겉모습만 닮았습니다. 신께서는 밤낮없이 일하시는데 우리는 날마다 낙원을 노닐기만 합니다. 주님을 뵙기 부끄럽지 않습니까? 우리는 겉모습뿐 아니라 그 삶에 있어서도 이 사자와 달라야 합니다."

신이 창조한 한 사람은 그의 배우자의 말을 몹시 지당하게 여겼다. 그들은 또다시 사자의 푹신한 갈기털을 쓰다듬으며 말없이 생각에 잠겼다. 붉은 열매가 저녁 햇살에 노르스름한 빛으로 물들어갈 때까지, 그들은 아무 말도 하지 않았다.

낙원에 존재하는 많은 피조물 중에서 유일하게 신의 형상을 따라 지음받은 자신들의 모습을, 그들은 언제나 형언할 수 없이 자랑스러이 여겼다. 그것은 신이 그들을 특별히 사랑하셨다는 뜻이며 그들이 다른 모든 피조물과는 다르게 스스로를 신의 자식이라 일컬을 수 있는 신분임을 뜻했다. 그러나 신께서 허락하신 자랑스러운 신분을 누림에 있어 그에 합당한 행동을 해야 한다는 생각을 한 것은 처음이었다. 신께서는 그들에게 아무것도 요구하지 않으셨다. 신의 사랑을 누리기만 해도 아무 상관이 없을 것이었다. 하지만 스스로 신의 자식이라 자부하려면 다른 피조물과는 다른 삶을 살아야 한다는 새로운 생각이 그들의 의식 속에 일단 스며들자, 그것은 너무나 당연한 일인 것처럼 여겨졌고 지금까지 그런 생각을 하지 못했던 것이 부끄럽게 느껴졌다. 왜 그런 생각을 좀더 일찍 하지 못했던가! 그들은 마침내 두 손을 마주 잡았고, 붉은 열매가 있는 나무 밑으로 함께 걸어갔다. 나무를 칭칭 감고 있던 뱀이 노란 눈알을 빛내며 말했다.

"그것을 먹지 마라. 지금 사는 게 제일 좋은데 왜 바꾸어달라고 청하려 하느냐."

"이곳에서 행복하게 살기만 하면 신의 형상을 닮은 우리가 너희와 다를 바가 없구나."

"그것을 먹으면 죽고 사는 일이 생긴단다."

"주님이 계신데 무슨 걱정이냐. 살아서건 죽어서건 주님의 말씀은 우리 곁에 늘 함께하시리니."

"모든 것이 바뀌겠구나. 나 또한 너희에게 행악하게 되겠구나."

"괜찮다. 우리는 이곳에서 너와 나눈 정리를 잊지 않을 것이다."

인간들은 뱀에게 손을 내밀었다. 뱀은 그 손에 얼굴을 한 번 부비고 스르르 수풀 속으로 자취를 감추었다. 근육이 좀더 강건한 남자 인간이 밑에 서고, 몸이 자그마한 여자 인간이 그의 어깨에 올라서는 것이 당연했다. 여자 인간은 붉은 열매를 따서 한 입 베어물고 남자 인간에게 넘겨주었다. 붉은 과실의 시큼한 향기가 저녁 무렵의 낙원에 퍼져나가, 신께서 인간의 뜻을 아시었다.

"그래, 마음이 달라졌느냐."

"주여, 우리가 당신께 선하게 지음받았으매 선한 자들 사이에서 거하고 선하게 영생함이 무슨 영광이 되리이까? 주여 우리에게 다른 삶을 살게 하옵소서."

"낙원을 마다하고 다른 삶을 청하다니 당돌하도다. 낙원이 아닌 삶이라면 너희는 무엇을 원하느냐?"

"청하옵건대 주여, 우리가 악을 접하게 하소서. 우리는 당신의 모습을 닮았으니 악과 싸워 이기는 영광을 알고자 하나이다."

"너희가 정녕 악과 겨루기를 청하느냐. 악은 교활하고 능란하니 너희의 눈을 어둡게 하고 너희의 기억을 흐리게 함이라. 너희는 내 모습을 잊고 거짓 우상을 나인 듯 숭배할 것이며 행악함과 행선함을 분별치 못하리라."

"주께서 만류하시나 우리의 결심은 굳고 마음은 순진하나니, 주여 우리를 사지(死地)에 처하게 하소서. 주께 진심으로 청하옵건대 험난함에 부딪히게 하소서. 우리는 당신의 모습을 닮았으니 험난함을 극복해 다스리는 기쁨을 알고자 하나이다."

"너희가 험난을 당하기를 청하느냐. 너희는 정녕 부모에게 독을 달라 청하는 자식들이라. 너희는 험난함을 만나면 겁먹고 두려워 나를 부인할 것이고 우상에게 절하며 눈앞의 어려움을 피하게 해달라고 기구할 것이다. 낙원 밖에서는 사자가 네 자식을 먹고 뱀이 네 발꿈치를 물 것이니 두려움 앞에서 너희는 죄에 빠질 것이라. 그리해도 낙원을 나가려 하느냐?"

"우리가 한때 험난함에 무릎 꿇고 당신을 욕되게 할지라도, 우리가 결국 어려움을 이기고 좁은 문으로 당신께 되돌아올 영광을 생각하면 가슴이 뛰고 노래가 입술에 넘치나이다. 오로지 쉽고 즐거운 일을 행하는 것은 거룩한 주께 영광이 되지 아니함을 우리가 아나이다."

"그렇지 아니하다. 나는 너희가 영원토록 내 무릎 아래 노닐기만 하여도 변함없이 사랑하고 아낄 것이라."

"우리가 영원히 어리석고 나태하여도 주님께서 우리를 목숨같이 사랑하실 것을 우리가 믿나이다. 그러나 주여, 우리 스스로 우리의 의지로서 당신께 찬양이 되는 일을 하고 싶어하오니 주께서 우리 뜻을 막지 마소서."

"다시 한번 말하노라. 낙원에서 너희는 나를 볼 수 있고 부를 수 있으며 만질 수 있다. 그러나 낙원을 나가면 너희는 나를 보지 못하고 내 음성을 듣지 못하고 내 손길을 느낄 수 없음이라. 낙원의 기억은 흐려지고 왜곡될 것이니 이는 악이 너희에게 행사함이라. 너희는 거짓 우상을 만들고 그것에 내 이름을 붙이며 나를 믿듯이 우상을 숭배하리니 이는 두려움이 너희에게 권세를 얻음이라. 너희는 내 도움을 바라지 않아야 하고 모든 것을 너희 힘과 믿음으로 해내야 하나니 이는 그곳이 너희가 너희 뜻으로 선택한 임지이기 때문이라."

"주여, 주의 말씀을 들으니 실로 두렵나이다. 우리가 악을 만나고 험난을 당하매 두려움에 떨고 죄악에 빠질 것을 우리가 알겠나이다. 그러나 우리가 실로 거대한 고난을 헤치고 주님께 돌아올 때 그때 진정으로 우리는 주님의 영광을 빛나게 하리이다."

"너희는 너희 뜻으로 낙원을 나갈 것을 선택하였으니, 사랑하는 내 자식들아, 나는 우주를 만들 수 있고 우주를 없앨 수 있는 전지전능한 신이라. 나의 힘은 무한하며 나의 뜻은 끝이 없도다. 그러나 나의 강력하고 끝없는 힘과 뜻으로서 내가 하지 아니할 단 하나의 일이 있으니 그것은 너희 뜻을 꺾는 것이라. 너희는 내 자식이니 너희의 뜻은 곧 나의 뜻처럼 중함이라.

너희는 나의 모습대로 지음받았으나 낙원을 나선 뒤에는 악이 너희 세상을 지배함이며 두려움이 세상의 권세를 얻음이라. 너희에게 위험이, 협박이, 불운이, 죽음이 닥칠 때에도 나는 우주를 만들고 없앨 수 있는 나의 능력을 행사치 아니할 것이라. 너희가 거짓과 죽음 앞에 처하면 두려워 나를 부를지나 나는 손을 들어 너희를 구원하지 아니하리라. 나의 권세로서 너희를 구함은 너희가 오늘 결심한 고귀한 뜻을 훼손하는 것이니, 나는 나의 지팡이를 장막 뒤에 감추며 나의 권능을 영원히 잠재우리라. 내가 너희에게 다시 다가갈 날은 너희가 모두 악과 두려움을 물리치고 한목소리로 나를 부르는 날이라. 너희가 악과 싸워 이기고 모두 한목소리가 되어 나를 부르라.

주여 오소서 우리가 낙원을 나온 뒤에도 당신을 잊지 않았나이다
거짓과 고난을 맞이해서도 당신을 부인하지 아니하였나이다
이제는 낙원 밖의 이 세상도 낙원과 다르지 아니하니 주여 오소서 당신을 영접하나이다
이것이 우리가 당신께 바치는 창조의 기쁨이리이다

너희 모두가 악의 권세를 이기고 한목소리로 나를 부르기 이전까지는 나는 너희에게 다가가지 아니하리라. 너희 누구 한 사람의 뜻조차

꺾지 아니하리라. 내 가장 사랑하는 너희가 불의에 죽으면 나는 네 어미이니 비탄에 눈물 흘리리라. 가장 불의한 네 적이라 할지라도 그 또한 나의 자식이니 그의 뜻도 내가 임의로 꺾지 아니하리라. 내 가장 약한 손가락만으로도 너희와 네 가족들을 구할 수 있을 것이나 나는 나의 힘을 행사치 아니하리라. 내가 손을 들어 너희를 구함은 너희의 빛나는 의지를 욕되게 함이라. 나는 어미요 아비로서 자식을 욕되게 하지 아니하리니 너희는 이제 낙원을 나서라. 무섭고 사납고 험난한 세상으로 굳건하게 떠나라. 그곳의 물은 집을 덮치고 바람은 잠자리를 무너뜨리며 짐승은 너희 어린 것을 사냥할 것이라. 너희는 지혜와 용기로서 그것과 싸우라.

너희에게 닥치는 불의와 불운에 내가 눈물 흘림을 잊지 말라. 너희는 그곳의 고통과 슬픔에 무디어질지 모르나 너희가 겪는 아픔은 나에게 결코 무디어지지 아니하리라. 나는 이제부터 나의 무한한 힘을 무한한 인내로 덮음이라. 아아, 나의 아이들아 몸을 돌이키라, 내 너희를 마지막으로 안아주리라. 울면서 웃는 내 얼굴을 기억하라. 너희는 나에게 진정한 창조의 기쁨을 주었으니, 너희야말로 사자와 다르며 뱀과 다르고 영원히 나의 형상을 닮은 가장 자랑스런 피조물이라. 너희가 한마음이 되어 나를 영접하면 오늘로서 시작된 나의 창조의 기쁨은 영원토록 완성되리라."

폭우가 쏟아지는 새벽, 젊은 부목사는 울고 웃고 찬송하고 통성기도하면서 영원한 무력(無力)의 신에게 경배했다. 불의의 사고로 가족들을 한꺼번에 잃음으로써, 그는 신이 감내해온 아픔의 만 분의 일이나마 경험할 수 있었다. 그에게 신과 같은 능력이 있었다면, 아니 신의 만분의 일에 해당하는 능력이라도 있었다면, 그는 가족에게 닥쳐오는 불운을 미리 알아냈을 것이고 그것을 피해가도록 할 수 있었을 것이다. 신의 능력을 가진 자에게 그런 일쯤이야 새끼손가락을 까닥하는 일보다도 쉬운 일에 불과하다. 그러나 그것을 하지 아니하는 것은 어렵다. 전지전능한 권능을 보유하고 있음에도 그것을 사용하지 않는 것은, 그것을 가장 사랑하는 이의 구명(救命)을 위해서조차 사용하지 않기로 결심하고 실천에 옮기는 것은, 그 어려움은 차마 말로 다 표현할 수 없도록 거대하다.

수천 년 동안 수억 번의 불의와 불운이 지구를 휩쓸어 신에게 인류의 수만큼 참척의 아픔을 강요했는데, 신은 그것을 피해가지도 않았거니와 그가 가진 근본적인 신성(神性)으로 말미암아 그 고통에 둔감해질 수조차 없었다. 수천 년이 흐르도록 한결같이 참아내고 있는 신의 어마어마한 인내야말로 신격과 인격이 근본적으로 다르다는 분명한 격조의 차이를 보여주었다.

무력한 신의 영원한 침묵이야말로 인간이 믿음으로 뛰어넘어야 할 가장 큰 시험대였다. 그러나, 세상은 너무나 어리석었다. 새로 산 집에 재앙이 깃들지 않게, 오늘 태어난 아이에게 불운이 찾아오지 않게, 형제에게 재산을 빼앗기지 않게, 사업이 번창하여 부를 누릴 수 있게 기도해달라는 아우성들은 그가 사랑하는 신에게 돌아갈 수 있는 날을 끝없이 멀게 할 뿐이었다. 무력한 신에게 무엇을 내놓으라고 매달린단 말인가? 당당하게 낙원을 떠나던 태초의 인간은 어디로 사라지고 오로지 왕성한 번식력만 남아서 개체수만 감당할 수 없이 불어나고 있으니 이 모든 어리석은 입들이 하나로 모여 "주여 우리가 악을 이기고 당신을 영접하나이다 이제 이 땅에 임하소서"라고 말할 날은 영원토록 오지 않을 것만 같았다.

언제나 주님을 찬송하고 그의 권능을 경배한다는 교회 신도들이라 하더라도, 그들의 눈앞에 벌거벗은 신의 무력함을 낱낱이 깨쳐 보여주면 그들은 과연 그때에도 신앙을 지속할 만한 무언가를 찾을 수 있을 것인가? 그들이 믿는 신에게 복을 나눠줄 능력도 고통을 피하게 해줄 의지도 아무것도 없으며, 오로지 고집스럽게 부여잡은 것은 인간의 자랑스러운 자유의지만을 무한히 보장해주려는 고귀한 신념뿐인 것을 깨달았을 때, 그들은 그때에도 계속 신도로 남기를 선택할 것인가?

자신이 걸어가야 할 험난한 앞길을 예상하자 젊은 목사는 그만 눈앞이 어지럽고 무릎이 꺾일 것만 같았다. 그러나 그래서는 안 될 것이었다. 그의 굳고 수줍은 입술은 이제야 전도의 소명 앞에 크게 열렸다. 지칠 줄 모르고 고집스럽게 기복과 안전보장의 복음을 전달해달라고 요구하는 신도들을 향해, 그는 차라리 다른 종교를 찾아가라고 권장할 것이었다. 다른 신을 찾아가시오. 차라리 드러내놓고 주님의 반대편에 서시오. 주님에게서 빠져나올 단물은 없소. 우리의 신은 가난하고 무력하기를 약속한 신이오. 당신의 자식이 위험에 처할 때, 당신의 재물이 촌음에 사라질 때, 당신의 육신이 병마에 굴복할 때 우리의 신이 우리에게 줄 것은 온 마음을 다한 슬픔과 눈물뿐이오. 당신에게 안전과 재물과 건강을 안겨줄 다른 신을 찾아서, 지금부터 열 켤레의 짚신을 삼아 먼 길을 떠나시오.

극한의 불운과 고통 속에서 흔들리지 않는 신앙을 확인하고, 지금까지 그의 입에 고집스러운 자물쇠를 강요했던 신화의 잃어버린 고리를 찾음으로써, 젊은 부목사는 이전보다 훨씬 더 강력하고 흔들리지 않는 전도의 원동력을 얻은 셈이었다. 보편적이고 일반적인 신앙의 관습이 이전까지 그에게 일반적인 신앙의 외형을 강요했듯이, 그는 이제 강력한 자신감을 가지고 신도들에게 자신만의 특수하고 유별난 신앙세계를 강요할 생각이었다.

보편적 신앙과 특이적 신앙이 충돌할 때 발생할 갈등과 비난의 목소리가 그의 귓전에 쟁쟁했다. 사탄은 사람들에게, 그가 이단(異端)의 신앙에 물들었다고 속삭일 것이다. 사람들은 그를 신의 이름으로 불태우려 할지도 모른다. 그러나 그는 이제 조금도 두렵지 않다. 신을 향해 가는 길이 어찌 매끄럽고 순탄할 수 있겠는가. 이단이라는 오명이 두려워 신께로 향하는 거대한 발걸음을 망설일 수는 없는 일이다. 그가 대적해야 할 것은 세상을 지배하는 악(惡)의 권세이니, 설령 그것이 신의 목소리를 빌려 성경으로 다가올지라도 간파하고 쳐부술 따름이다.

창 밖에는 무시무시한 번개가 하늘에서 끓어넘치고 벼락은 땅을 뒤흔들며 젊은 부목사의 회심을 저주했다. 거대한 사역이 이제야 비로소 시작되고 있음을 사탄이 감지하고 발악함이라. 젊은 부목사는 신열에 들떠 번들거리는 눈알로 비틀린 참나무 십자가로 상징된 그의 신을 응시했다. 그에게 더이상의 두려움은 없었다. 나의 시작은 미약할지나 주께 돌아가는 그 마지막은 무한히 창대하리라. 밖에는 여전히 폭우가 쏟아지고 있었다.

은둔자

  사무실에서 이현은 종종 작은 열정에 휩싸인다. 누구의 책상에나 똑같이 놓여 있는 멋없고 단단한, 여러 개의 단축버튼이 달려 있는 전화기를 집어들고 싶은 충동이다. 물론 그가 업무용 통화를 하고 싶어서 정열을 불태우는 사나이는 아니다. 이현은 집에, 아내에게 전화를 하고 싶어서 손가락이 근질거린다.

  하지만 그것은 명백히 규칙 위반이다. 이현이 출근한 뒤 집에 남은 이진은 낡은 자줏빛 카우치를 노려보며 사각사각 기록을 하고 있을 것이 분명하고 고도의 정신집중이 요구되는 그 작업중에는 외부의 방해를 받고 싶어하지 않기 때문이다. 이현은 그녀의 작업을 방해하지 않겠다고 엄숙하게 약속했다. 물론 그 약속은 그녀와 한 것이 아니라 이현 자신과 한 것이다. 대부분 그 명예로운 약속을 존중하지만, 때때로 견디기 힘들도록 유혹이 강렬할 때도 있다. 이현은 결국 유혹을 이기지 못하고 수화기를 집어든다.

"여보세요."

몇 번의 신호음이 지나간 후 이진의 미심쩍은 목소리가 들린다. 수화기를 통해 듣는 이진의 목소리는 직접 듣는 목소리와는 또다른 매력이 있다. 그의 사무실은 발신자 번호가 표시되지 않도록 되어 있다. 그렇다고 해도 이진이 조금만 주의를 기울인다면 상대방이 남편인 것쯤은 쉽게 눈치챌 수 있다. 대부분의 경우에 상대방의 전화번호가 표시되니까, 00000처럼 이상한 번호가 표시되는 전화라면 남편이려니 짐작해도 좋을 것이다. 하지만 이현의 전화를 받는 이진의 목소리는 언제나 한결같이 미심쩍다. 수화기를 들기 전에 상대방의 전화번호를 먼저 확인하는 기술을 아직 터득하지 못했기 때문이다. 전화벨이야 울려대든 말든 기록 작업을 계속할 만큼 이진은 뻔뻔하지도 못하다. 영혼을 기록하는 작업에 아무리 깊숙이 넋이 빠져 있더라도 전화벨 소리가 울리면 최대한 빨리 달려가서 전화를 받아야 하는 것이 이진 특유의 고지식함이다. 이진은 언제나 그렇게 미심쩍은 목소리로 전화를 받는다.

그 독특한 어조와 음색은 언제나 이현을 매혹시킨다. 이진이 미심쩍게 "여보세요"라고 말하는 소리만 들어도 이현이 전화를 걸었던 목적은 거의 구십 퍼센트 이상 달성된 것이다. 그 목소리를 들으면 이현은 별난 도취감을 느낀다. 이 세상에서 가장 고귀하고 연약한 보물을 따뜻하고 안전하게 보호하고 있다는 자부심. 아무도 모르게 자신이 수행하고 있는 희귀하고 가치 있는 임무에 이현은 언제나 향기롭게 도취된다. 이진이 저렇게 따뜻하고 안전하게 보호되고 있지 않다면 이 행성에 존재하는 영혼들은 누구에 의해 그 존재를 인정받겠는가. 이진의 기록이 어떤 의미와 중요성을 가지는지 알 수 없지만 이진이라는 독특한 여인이 이 세상에 존재하는 이상 영혼의 기록도 함께 존재할 수밖에 없는 것이며, 그것의 존재와 보존에 자신이 매우 중요한 역할을 분담하고 있다는 자부는 이 세상 누구와도 공유할 수 없는 것이었다.

그러나 유감스럽게도 이 달콤한 자만의 순간을 마음껏 누릴 수 있는 자유는 주어지지 않았다. 이진의 목소리가 듣고 싶을 때마다 전화를 걸어댄다면 이진은 불만을 품게 될 것이다. 그리고 이현이 그토록 안달나게 좋아하는 그 독특한 미심쩍은 음색도 변질되고 말 것이었다. 그러므로 이현은 매우 신중하게, 몹시 아껴서 이 즐거움을 누려야만 했다. 아쉽기도 했지만 희귀하기에 더욱 즐거움이 진하기도 했다.

"나야. 기록하는 데 방해가 되었지?"

이진의 숨결이 여전히 미심쩍은 채로, 약간의 안도감이 섞여드는 것을 이현은 낱낱이 즐기고 있다. 적어도 낯선 사람과 통화하는 두려움은 이제 지나간 것이다. 이현은 아무 일 없이 전화하지는 않는다. 분명히 전할 만한 용건이 있을 때만 전화를 한다. 이진은 그렇게 믿고 있었다.

이진의 믿음은 절반 정도 사실이었다. 이현은 일없이 전화를 걸지는 않는다. 하지만 이현이 차나 알코올 음료 한 잔을 앞에 두고 편안하게 마주 앉은 저녁시간의 대화를 대략 우스개와 잡담으로 채우고, 정작 말해야 할 중요한 용건들은 전화통화를 만들기 위한 요긴한 핑곗거리로 따로 간직해두는 정도의 귀여운 테크닉을 동원하는 것까지는 눈치채지 못한 것 같다. 그 정도의 악의 없는 교활함이라면 아무리 엄격한 도덕성의 잣대를 들이대더라도 충분히 용서받을 수 있을 것이라고 이현은 확신하고 있다.

"아니에요, 괜찮아요. 무슨 일이 있나요?"

"다음 주말에 부부동반 모임이 있어. 당신 괜찮겠어?"

수화기 너머 이진의 얼굴이 어금니 뽑힌 것 같은 표정으로 변하는 것을, 이현은 즐겁게 상상한다.

"무슨 모임인데요?"

"그냥, 단순한 연말모임이야. 과장급 이상 직원들이 모두 부부동반으로 모인대. 간소한 스탠딩 뷔페 같은 거라고나 할까."

공무원 사회에서 이런 대규모 부부동반 송년회는 매우 이례적이다. 십수 년 전에는, 호경기에다가 중앙공무원의 자부심도 한층 높던 시절이라서 종종 이런 모임이 있었다고 한다. 하지만 최근에는 거의 없었던 일이다. 올해 초 재정경제부 장관이 부총리를 겸직하도록 위상이 높아진 것에 대한 축하의 의미를 가지는 것 같다. 외부의 비난 여론이 일지 않도록, 행사는 최대한 검소하게 치러질 것이다.

"내가…… 잘할 수 있을까요?"

"자연스럽게 해. 걱정할 것은 하나도 없어. 다들 경험이 없기는 마찬가지니까."

이진은 땅이 꺼질 듯 한숨을 쉰다. 그녀의 긴 한숨 소리까지, 이진에게서 유래된 것이라면 무엇이나 달콤하고 사랑스럽다. 특히 세상과 마주쳐서 당황하고 어쩔 줄 몰라하는 이진을 보호하고 돕는 일은 이현이 가장 가슴 떨리게 좋아하는 일이었다. 낯선 사람과 마주쳤을 때 본능적으로 굳어지는 이진의 어린아이 같은 얼굴을, 이현은 무척 사랑한다.

금속성 광택이 감도는 그레이톤 정장 수트를 입은 이진은 뷔페식 식사가 차려진 테이블 앞에서 고심을 거듭하고 있다. 해산물이 주조를 이루는 뷔페 테이블에서 그녀가 반길 만한 메뉴를 찾기는 쉽지 않다. 추위를 타는 그녀는 실내가 따뜻한데도 올이 굵은 검은 폴라 티셔츠를 받쳐입었다. 슬랙스 밑으로 살짝 드러난 날씬한 종아리는 검은 스타킹으로 감쌌다. 무채색의 옷을 입어서일까, 이진은 사람들 속에 섞여 있으면 도무지 눈에 띄지 않았다. 기묘한 은신의 장막 뒤에 숨어서, 이진은 눈길이 마주치는 사람들에게 자연스럽고 호의에 넘치는 미소를 지어 보였다. 충분히 여유로운 모습이었다. 국장 부부와 악수를 나눌 때, 부하직원 부부가 마땅히 표시해야 할 공손한 존경의 몸짓을 보이지 않은 것이 유일한 흠이었다. 이진은 타고난 왕족의 기품을 감출 수 없었다. 오히려 국장 부부 쪽에서 고귀한 여인 앞에 서게 된 것을 황송해하며 마치 아랫사람같이 깊숙이 몸을 숙였다.

이진은 뷔페 테이블을 여러 바퀴 돌아서, 쓴맛이 나는 엉겅퀴 샐러드와 파프리카 링을 몇 조각 담았다. 이현이 치즈를 얹어 구운 감자를 권했지만 고개를 저었다. 이현이 부단히 노력한 끝에 이진의 순채식 식단에 치즈 종류가 추가되는 개가를 올렸지만, 이진이 조금이나마 먹을 수 있는 것은 극소수 연성치즈 종류에 불과했다. 그것도 아주 차가운 상태로만. 흔히 햄버거에 들어가는 슬라이스 체다 치즈 같은 것은 고귀한 그녀에게 사랑받지 못했다. 그나마 치즈를 먹기 시작하면서 이진은 부쩍 혈색이 좋아져서 이현을 열광하게 했다. 이현은 마치 갓난아이의 대변과 체중을 꼼꼼히 체크하는 젊은 어머니처럼 이진의 건강상태와 체력에 일희일비한다. 이진은 베이컨이 섞인 시금치 샐러드를 슬픈 눈으로 바라보다가 거의 텅 빈 접시를 들고 테이블로 돌아왔다.

겨우 삼 주일간 지하매점에 있었을 뿐이었고 특유의 겸손한 미덕으로 사람들의 기억에서 거의 대부분 잊혀졌지만, 다시 사람들의 눈앞에 나타난 그녀의 전설적인 아름다움은 재정경제부의 모든 직원에게 강렬한 충격으로 다가왔다. 물론 이진은 아무도 기억하지 못했다. 이진은 이현이 주문한 대로 자연스럽게 행동하려 노력하는 중이었다. 남들처럼 음식에 관심을 가지고, 남들과 눈길이 마주치면 다정하고 친절하게 인사를 나누었다.

하지만 그녀가 아무리 보통 사람들과 같이 행동한다 해도 그녀는 달랐다. 근본부터, 기원부터 다른 것이 분명했다. 사람들은 그녀가 지나간 뒤에 남은 향긋한 살구 향기를 들이마시며 행복해했다. 그녀의 향기에는 아련한 그리움을 자극하는 무언가가 섞여 있었다. 그녀의 향기에서는 사람들의 인생에서 가장 행복했던 때, 가장 부끄럽지 않고 진실했던 때, 그 무엇과도 비교할 수 없이 천진하고 순수했던 어느 한때의 기억이 피어올랐다. 사람들은 그녀의 향기를 맡으며 자신들에게 그런 때가 있었는지조차 잊고 있었던 황금빛 시절, 그들이 완벽했던 시절로 돌아간 듯이 정화되고 들떴다.

하지만 이진의 향기가 주는 환상은 불행히도 쉽게 변질되었다. 이진의 아름다운 모습이 눈앞에서 움직이고 그 향기가 코끝을 자극할 때에는 행복감에 도취되었지만, 그녀의 모습과 향기가 사라지면 그들은 갑자기 비천하고 남루한 자기 자신을 발견했다. 방금 전 그들의 영혼을 고양시켰던 그 지고한 순수와 자신감이 사라지고 난 텅 빈 자리는 감당하기 어렵도록 쓸쓸하고 가슴 아팠다. 그들에게는 한때 두려움 없는 열정으로 세상을 사랑했던 아름다운 시절이 있었지만, 그것은 너무나 짧지 아니하였던가? 그들은 그런 시기가 있었음조차 까마득히 잊고 지내지 않았던가? 차라리 잊고 살았으면 좋았을 것을, 왜 다시 그런 것을 생각나게 하였는가? 사람들은 한 어린아이의 외침에 그제야 벌거벗은 몸을 깨달은 어느 어리석은 임금님처럼 얼굴이 달아오르고 어쩔 줄 몰라 허둥거렸다. 이진이 떠난 뒤에 사람들은 이유 없이 배우자에게 짜증을 부렸고 고통스러운 자기 비하에 시달렸다.

그러나 그것은 파티가 끝난 뒤, 이진의 모습과 향기가 완전히 사라지고 난 뒤에야 일어날 일이었고, 적어도 파티장에서 사람들은 모두 행복하고 기분이 좋았다. 그들은 몇 년 전 병든 아기새처럼 허둥거리던 지하매점의 이진이 이렇듯 건강하고 밝은 모습으로 다시 나타난 것을 진심으로 축하하고 기뻐해주었다. 이진은 수줍고 행복한 모습으로, 그녀가 하나도 기억하지 못하는 사람들의 덕담과 축복에 파묻혔다.

사람들은 이토록 보기 좋은 이현 부부에게 아직도 아이가 없음을 몹시 안타까워했고 자식을 낳음으로 해서 얻을 수 있는 엄청난 기쁨과 보람에 대해 열정적으로 설명했다. 이현은 흔히 무자녀 부부에게 쏟아지는 비난과 동정을 감수하고 아이를 낳을 생각이 없음을 분명히 밝히는 편이었지만, 이날 볼에 홍조를 띠고 사람들의 수많은 관심과 참견에 일일이 상냥하게 대답하는 이진을 보자 불현듯, 이진이 동의하기만 한다면 어쩌면 아이를 낳아도 좋지 않을까 싶은 생각이 들었다. 그들의 관계는 겨우 삼 년의 시한을 예정하고 시작된 일이었지만 지금처럼 서로의 약점을 보완하며 호흡이 척척 맞게 지낼 수 있다면 당초의 계약을 조금 수정한들 큰 문제가 없을지도 모른다. 그리고 아이를 낳는다는 것은 사람들이 입을 모아 말하듯이, 생각보다 행복하고 즐거운 일일지도 모른다. 이현은 언젠가 이 문제에 대해 이진과 의논해보리라 마음먹었지만, 계약의 시한 연장에 이진이 동의할지 불행하게도 아직 자신이 없었다. 이제 일 년이 채 남지 않은 계약기한을 생각할 때마다 이현은 목이 졸리는 것 같은 초조한 느낌을 받았다.

다소 우스꽝스럽지만 공무원 조직 특유의 예의와 평등감각을 발휘하여, 파티에 참석한 모든 부부들은 파티의 주빈인 부총리 부부와 차례로 간소한 인사를 나누었다. 부총리 부부는 파티 홀의 앞부분에 서 있고 참석자들은 각자 직급을 고려한 자발적인 대열을 이루어 돌아가며 부총리 부부와 악수를 나누었다. 이현은 직급과 연령상 이날의 파티에 초대받은 사람들 중 거의 꼴찌에 가까웠으므로 길고 구불구불한 줄의 거의 끄트머리쯤에 섰다.

멀리서 바라보는 부총리 부부는 그 거창한 직함에 걸맞은 무게감과 품위를 고루 갖추고 있었다. 환갑을 넘긴 부총리는 군살 없이 날씬하고 키가 컸다. 얼굴이 희고 학처럼 맑은 느낌을 주는 노인이었다. 부총리의 부인도 키가 크고 골격이 굵었다. 몸에 잘 맞는 옷처럼 익숙하게 권위를 지닌, 그러면서도 상대방을 위압하지 않는 자상함과 품위를 갖춘 훌륭한 노부부였다. 부총리의 업무 스타일도 부하직원들에게 존경받을 만했다. 그는 잠재적으로 대통령 후보로까지 거론되는 사람이었는데, 겉으로 보기에는 그다지 권력욕이 강해 보이지 않았다. 그보다는 오히려 침착하고 욕심이 없어 보이는 스타일이었다. 하지만 예스와 노가 분명하고 추진력이 강하다는 평판을 들었다. 부하직원을 심하게 다그치지 않았지만 부하직원의 마음을 얻어내 진심을 다한 자발적인 충성을 유도하는 능력이 뛰어나다고 했다. 멀리서 부총리를 보면 투명한 한 마리 학을 바라보는 것과 비슷한 느낌이었다. 반듯한 골격에서 꿋꿋한 의지가 연상되지만, 어쩌면 청초하다고 표현해도 좋을 만큼 맑고 깨끗한 인상이었다. 내면적인 카리스마가 강한 사람이라고 이현은 생각했다.

아주 오래 기다린 끝에, 이진과 이현은 부총리 부부 앞에 섰다. 부총리 부인은 이진보다 손가락 한 마디만큼 키가 더 컸다. 노인치고는 아주 키가 큰 여인이었다.

"오늘 이곳에서 가장 눈에 띄는 부부였어요. 정말 보기 좋은 한 쌍이군요."

부총리 부인이 정중하면서도 따뜻한 인사의 말을 건넸다.

"이현 과장, 이렇게 만나서 반갑습니다. 우리 앞으로 더 열심히 일합시다."

부총리의 인사는 좀더 덤덤하고 형식적이었다. 아마 모든 참석자에게 비슷한 인사말을 했을 터였다. 가까이에서 보니 인자해 보이는 인상 속에서도 눈매가 날카로웠다.

그게 끝이었다. 건조하고 형식뿐인 인사였다. 이현의 뒤로도 몇몇 사람이 차례를 기다리고 서 있었으므로 이현과 이진은 부총리 부부의 곁을 금방 떠났다.

"이제 다 끝난 건가요?"

"응, 거의 다 마무리되었어."

"오늘 내 모습이 괜찮았어요?"

"아주 훌륭했어. 더이상 바랄 것이 없을 만큼."

이현은 진심으로 이진을 칭찬했다. 이진은 오늘 정말로 훌륭했다. 이현이 바랐던 것보다 훨씬 더 기품 있고 아름다운 숙녀의 모습이었다. 특유의 수줍고 어리둥절한 모습은 그녀의 초현실적인 아름다움에 살아 숨쉬는 인간미를 불어넣었다. 이현과 이진 단둘이 살아가는 조용한 아파트 속에서라면, 이진은 이미 오래 전부터 기능적으로나 정서적으로 완벽하게 안정되고 평화로운 상태를 유지하고 있었다. 그러나 그런 바람직한 상태가 아파트 밖에서, 여러 사람이 모인 자리에서도 유지될 수 있는지 확인할 만한 기회는 거의 없었다. 오늘 같은 대규모 모임, 아주 마음 편한 자리도 아닌 곳에서 이진이 저만큼 자연스럽게 행동할 수 있었던 것은 매우 고무적인 일이었다. 어쩌면 이진은, 완벽하게 보통 사람의 생활에 적응한 영혼을 기록하는 여자의 첫번째 사례로 역사에 기록될 수 있을지 모른다.

이현의 유쾌한 기분에 찬물을 끼얹은 것은 한 통의 전화였다. 파티가 끝물에 이르러 주최자의 폐회 인사가 임박한 듯한데다가 낯선 전화번호라서 웬만하면 받지 않으려 했지만 이현의 상의 안주머니에 든 휴대폰은 끈질기게 진동했다. 목소리를 낮추어 받아든 휴대폰 저편에서 낯선 음성이 들려왔다. 이현은 그 목소리가 이세 공의 젊은 비서의 것임을 알아듣고 긴장했다.

"이세 공께서 폐렴으로 입원하셨습니다. 상태가 좋지 않습니다. 이진 씨와 이현 과장님이 병원으로 오셔야 하겠습니다."

이현은 휴대폰을 접었다. 이진은 늘 그렇듯이 아무 궁금증 없는 표정으로, 파티의 폐막만을 기다리고 있었다.

"우린 좀 일찍 나가봐야겠는데."

"아직 파티가 끝나지 않았는데, 그래도 되나요?"

"사정이 생겼어. 병원에 가봐야 해."

이진은 왜 병원에 가냐고 묻지도 않았다. 그저 이현이 가야 한다면 가려니 생각하는 모양이었다.

"정비서의 전화였어. 아버님이 위독하신가봐."

이진의 얼굴은 차가워지지도 뜨거워지지도 않았다. 그녀와는 아무 상관도 없는 사람의 소식인 양 무덤덤하고 차분했다.

"당신도 함께 가야 해. 알고 있겠지? 당신 아버님이 돌아가실 것 같다고."

이진은 무슨 대수냐는 듯이 수월하게 고개를 다시 끄덕여 보였다. 이진의 반응을 지켜보며 이현의 가슴속엔 다시 소슬바람이 지나갔다. 보통 사람이라면 무언가 격렬한 반응을 보여야 마땅했다. 놀람과 안타까움이라면 가장 적절할 것이고, 아니면 하다못해 분노와 배척의 감정이라도. 세상에 발을 디디고 완전히 사람의 생활에 적응한 것처럼 보이다가도, 어느 순간 이렇게 마음이 없는 존재인 것처럼 알 수 없이 행동하는 이진의 모습을 마주하면 이현은 벽에 부딪힌 듯 막막한 심정이 되었다.

이현은 가까이 있던 동료 과장에게 간략하게 형편을 설명하고 연회장을 조금 일찍 빠져나왔다. 이진의 표정이 너무나 평온하고 무심하여 그녀의 아버지인 장인어른이 위독한 상황이라고 말하기가 몹시 민망했다. 그러나 다르게 둘러댈 길도 없었다.

이진과 이현이 연락을 받은 그 저녁 이후, 이세 공은 만 닷새 세상에 더 머물다가 숨을 거두었다. 임종의 고통이 누구에게 가벼우랴마는, 반

평생을 괴롭힌 관절염에 폐렴이 더해지자 고통은 더욱 끔찍하게 확대
되었다. 호흡곤란이 찾아올 때마다 병자는 몸을 뒤틀며 숨을 쉬려고 애
를 썼지만, 그 노력은 마디마디 병든 관절에 어마어마한 통증을 안겨주
었다. 매순간 고통에 갉아먹히는 이세 공에게 이미 삶의 의지 따위는
남아 있지 않았다.

병들고 고통받는 육신 속에서, 이세 공의 정신만은 놀랍도록 맑았다.
거의 말을 할 수 없는 상태였지만 이진이 병상 곁을 지키려 하자 눈빛
으로 거절의 뜻을 밝혔다. 이진에게 쏟아부었던 끝없는 저주와 증오는
코앞으로 다가온 죽음 앞에서 조용히 사그라진 듯, 쿠키 한 조각을 사
양하듯이 단순하고 감정 없는 거절이었다.

"저희가 아버님의 곁을 지키게 해주십시오. 마지막 인사가 될 것입
니다."

이현을 바라보는 이세 공의 눈길 속에는 몹시 복잡한 심사가 섞여 있
었다. 애정과 분노, 신뢰와 불신, 고마움과 미움. 죽음에 이르러서까지
이진과 이현을 완전히 받아들이지 못하는 고집 센 노인을 이현은 측은
하게 여겼다. 그리고 자식의 당연한 권리를 행사하듯, 그의 곁을 지켰
다. 이세 공은 굳이 그들을 만류하지 않고 이 세상에 부려두었던 몸뚱
이를 거두어가기 위한 힘겨운 마지막 정리 작업에 몰두했다.

이현은 정상적으로 출근한 뒤 저녁 무렵 병원으로 퇴근했지만 이진
은 마땅히 환자를 돌본다고 할 만한 일이 없는 상태로 무료하게 병원에
머물러야만 했다. 단둘이 하루 종일 멀뚱하게 마주 앉아 있다보면 한평
생 쌓인 감정의 옹이들도 더러는 회한에 더러는 연민에 씻겨나가지 않
을까 기대했지만 부녀는 변변한 대화조차 나누지 않는 것 같았다. 경악

스럽게 데면데면한 부녀였다.

이진이 불편하지 않게 필요한 옷가지나 물건들을 꼼꼼히 챙겨다주었지만 간병생활을 시작한 이틀째 날, 이진은 이현에게 짜증을 부렸다. 그녀의 이맛살에 못마땅한 세로 주름이 생기고 눈매가 새치름해진 것을 보고 이현은 깜짝 놀랐다. 결혼생활을 시작한 이래 이진이 그렇게 불만을 드러낸 일은 한 번도 없었다. 언제나 바보스러우리만큼 잘 참던 이진이었다. 아버지에 대한 원망이 그렇게 깊었던가 잠시 의심하다가 이현은 비로소 깨달았다. 이세 공의 간병에 묶이느라 영혼을 기록하는 여자의 일상이 깨어진 것을.

"노트를 가져다줄까? 병실에서 기록하는 건 어때?"

"카우치도 필요해요."

그래서 우스꽝스러운 낡은 카우치는 이세 공의 병실에 떡하니 자리를 잡았다. 진통제의 도움으로 하루 종일 가수면상태를 오락가락하는 이세 공의 곁에서 이진은 영혼을 기록했다. 공간적으로 옹색하나마 영혼의 기록 작업이 이루어지면서 이진은 평소의 모습으로 돌아갔다. 이현은 아내의 투철한 직업정신에 혀를 내둘렀다. 이진은 집에서와 마찬가지로 아침해가 뜨면 사각사각 영혼을 기록하다가 저녁때 이현이 퇴근하면 기록 작업을 마쳤다. 좁은 병실을 비집고 들어선 붉은 카우치는 어울리지 않았지만 아무도 거기에 엉덩이를 붙이려 하지 않아서 늘 비어 있었다. 이현 역시 거기서 잠을 청하고 싶지 않았다. 이진이 보조침대를 차지하고 이현은 보호자용 의자를 여러 개 붙인 불편한 침상에서 자는 둥 마는 둥 눈을 붙인 뒤 새벽이면 집에 가서 옷을 갈아입고 샤워를 한 뒤 다시 출근했다.

이세 공은 신생아처럼 잠만 잤다. 진통제가 선사하는 고마운 수면의 길을 군소리 없이 따르다보면 어느덧 생과 사를 가르는 작은 문이 나타났고, 그 문을 지나면 이생의 통증과는 영원히 작별을 고하게 되는 것이었다. 고통에 지친 환자들은 기쁨으로, 주저 없이 문을 열었다. 그것이 병원의 모든 중환자들에게 똑같이 정해진 길이었다. 정해진 수순을 순순히 따르던 이세 공이 딱 한 번, 발걸음을 멈춘 일이 있었다. 그는 불현듯 눈을 뜨고 주변을 둘러보았다. 팔과 다리의 통증은 아득히 먼 곳의 일처럼 둔하고 모호했으며, 이승의 시간이 마지막 인심을 쓰듯 갑자기 가래들도 모두 사라져 모처럼 호흡이 맑았다. 곁에서 이진은 이맛살을 약간 찌푸린 얼굴로 자줏빛 낡은 카우치를 응시하며 사각사각 영혼을 기록하고 있었다.

무섭도록 정신이 맑은 이세 공이었지만 이 순간만은 잠시 현실을 착각했다. 그는 삼십 년 전의 어느 날로 돌아간 것이라고 생각하고 아내를 향해 반가운 미소를 지었다. 아내는 늘 그렇듯이, 그가 잠에서 깬 것을 알아차리지 못하고 여전히 기록에만 열중했다. 그는 크게 기지개를 켜고 침대에 일어나 앉아 아내가 기록하는 모습을 좀더 지켜볼 생각이었다. 그가 아무리 크게 하품을 해도 알아차리지 못하고 기록에 빠져 있던 아내는 그렇게 조금 더 시간이 흐르고 나면 그가 일어난 것을 뒤늦게 깨달을 것이었고, 미안해하고 당황해하는 모습으로 기록을 멈출 것이었다. 그녀는 그에게 다가와 손을 내밀 것이고, 그는 그 손을 잡아당겨 아내를 무릎에 앉힐 것이었다. 그들은 키스할 것이었고, 몇 마디 사랑의 말을 나눌 것이었고, 그는 아내의 가슴 떨리는 살구 향기를 가슴 가득히, 허파가 부풀 수 있는 데까지 가득히 들이마실 것이었다. 그런 다음 아내는 신선한 채소로 간단한 아침식사를 차리기 위해 부엌으로 나갈 것이었다.

그러나 그의 생각대로 일은 진행되지 않았다. 일어나 앉으려고 노력했지만 어찌 된 일인지 팔다리가 말을 듣지 않았다. 어찌 된 일일까, 왜 이렇게 몸이 묶인 듯이 답답하고 숨이 가쁜 것일까 그가 의아해하는 사이 병실 문이 열리고 한 사람이 들어섰다. 키가 크고 멀쑥한 사내의 얼굴을 보자 모든 것이 제대로 이해되었다. 그가 아내라고 착각했던 이진은 연필을 놓고 자줏빛 카우치에서 눈길을 떼었다. 이현과 이진은 가벼운 키스로 인사를 나누었다. 이진을 끌어안은 이현의 팔이 다정스러웠다. 이현은 이세 공의 눈길이 그들을 향한 것을 알아차리고 얼른 침대 곁으로 다가왔다.

"아버님, 정신을 차리셨습니까? 필요한 것이 있으면 말씀하십시오."

재빠르고 엽렵한 사내였다. 젊은 날의 이세 공과는 여러 가지로 달랐다. 이세 공은 이현의 그런 점들이 마음에 들지 않았다. 젊은 날 이세 공은 순정하고 우직한 사내였다. 이현처럼 나부대고 눈치 빠르게 행동하지 않았지만, 그녀를 위해 심장이라도 꺼내놓을 수 있었던 순수한 마음만은 이현보다 천 배나 앞길이었던 것을 확신했다. 아니, 그녀의 앞에서 가슴 떨려하고 그녀를 위해서라면 무엇이라도 아깝지 않았던, 세상이 그녀에게 위해를 가하지 못하도록 세심하게 보호하고 감싸안으려던 젊은 날의 그의 모습은 오늘날 이현만큼이나 낯간지럽고 우스꽝스러웠을까? 마약성 진통제의 영향인지 생각이 명료하지 않았다.

이세 공은 자신이 가야 할 길을 잘 알고 있었다. 이제 생과 사의 문이 저만큼 가깝게 보였다. 서둘러 그 길을 걸어가야 했다. 그다지 마음에 들지도 않는 이진과 이현의 모습을 구경하느라 바쁜 걸음을 늦출 필요는 조금도 없었다. 그는 이현을 처음 보자마자 그가 가볍고 깊이가 없는 인간인 것을 간파했고 그가 자신보다 나은 인생을 살지 못할 것이라고 확신했다. 그 확신은 지금도 변함이 없었지만 생과 사의 문을 건너기 일보직전에 다다른 자의 남다른 감회라고나 할까, 이현에 대해 그는 연민과 동정을 느꼈다. 가능하다면, 그가 자신보다 나은 결과를 얻기를 진심으로 축원하고 싶은 마음이었다. 실패가 확정된 자를 향한 연민과 축원이 무슨 의미가 있을까? 이진을 사랑하노라고 나선 작자가 좀더 믿음직하고 가능성이 있어 보이는 자였다면 그의 말년에 조금이나마 평화가 깃들 수 있었을까? 핏속에 다시 진통제가 돌면서, 그의 눈꺼풀이 무거워졌다. 잠시 동안 맑아졌던 호흡에도 다시 가래가 껴들어, 그는 얼른 저 문을 지나가버리고 싶은 마음뿐이었다.

그는 미련 없이 눈길을 돌리려다가, 문득 이현의 간절한 눈빛에 마음이 쓰였다. 그렇다. 저자는, 지금 제 앞에 놓인 가혹한 시험과 고통을 예감하지 못하겠지. 지금 고통스럽게 소멸해가는 내 모습을 보면서도, 그것이 제 일이 되리라고는 손톱만치도 생각하지 못하는 게야. 제 쪽에서는 죽어가는 나를 불쌍하게 여기겠지만, 내 입장에서는 앞으로 모든 수치의 파란만장을 겪어내야 할 네놈이 한없이 불쌍해 눈물이 날 지경인데 말이야. 가쁜 숨결을 비집어 긴 말을 해줄 수 없으니 모처럼 떠오른 소회는 늘 그렇듯이 침묵 아래 눌러두기로 한다. 그러니 작별인사 삼아 길지 않은 한마디를 남겨두는 정도로, 이생에 우스꽝스러운 사위와 장인으로 만났던 정분은 가볍게 정리하는 게 좋겠지.

"잘해보게."

이세 공이 눈을 허옇게 까뒤집으면서 탁한 숨결에 섞어 내뱉은 마지막 말은 그것이었다. 이진에게는 눈길조차 주지 않고, 이세 공은 그렇게 숨을 거두었다.

머리칼이 시커멓고 기력이 펄펄했던, 아무도 이해하지 못하는 고집스러운 은둔을 처음 시작한 그 무렵에 미리 작성해둔 유언장에서 이세 공은 남은 재산을 복지재단에 기부할 것과, 빈소를 차리지 말고 의사의 사망진단이 떨어지는 즉시 화장할 것을 당부했다. 그러나 이 파격적인 유언은 남은 사람 모두를 당혹스럽게 만들었다. 수십 년간 은둔했던 대시인의 죽음에, 빈소조차 없이 마지막 인사를 나눌 기회조차 주지 않고 한줌 재로 스러지겠노라는 그의 의지는 너무 이기적인 것이었다. 사람들은 그의 아름다운 시를 다시 듣기를 간절히 소원했건만, 그는 유별난 이기심으로 모든 이들의 소망을 간단히 무시하지 않았던가? 죽어서까지 그의 이기심을 오냐오냐 받아줄 필요는 없는 것이라고, 거의 모든 사람들이 완전하게 의견의 일치를 보았다.

이세 공의 유언이 글자 하나 틀리지 않게 모두 수행되어야 한다고 주장한 사람은 오로지 이진뿐이었다. 이현은 이진과 세상 사람들의 의지 사이에서 잠시 고민했으나 아주 쉽게 상식의 요구 쪽으로 기울었다. 남들 모르게 세속적인 야망 한자락을 가슴속에 감춘 이현으로서는, 은둔한 대시인의 하나뿐인 사위로서, 사회의 거의 모든 유력인사들이 예의를 갖추러 찾아올 그 실속 있는 파티의 호스트 자리를 마다하고 싶은 생각이 조금도 없었다. 이진이야 원래 별나고 판단력이 올바르지 않은 사람으로 치부되었으므로 그녀의 주장은 간단히 다수의 주장에 묻혔다. 그리하여 이세 공의 장례는 보기 드물게 성대하게, 오랜 시간 동안 많은 사람들을 접대하는 거대한 잔치와도 같이 풍성하게 베풀어졌다. 사람들은 예의바르고 효성스러운 이현을 모두 칭찬했다. 오로지 생과 사의 문을 열고 저쪽으로 넘어가려던 이세 공의 영혼만은, 남들에게 보이지 않게 입가에 비웃음 한 자락을 머금었다. 저래가지고는 어림도 없지. 물론 이세 공의 목소리는 아무에게도 들리지 않았다. 이진을 제외하고는.

외알 안경을 낀 사나이

"형님께서 오셨습니다. 접견실에서 기다리고 계신다고 합니다."

비서가 전해주는 한마디에 팽팽히 긴장되어 당겨져 있던 나의 신경
줄은 귀에 들리는 팅 소리를 내며 튕겨져나갔다. 형님다운 일이었다.
하루하루 살아 있는 것 같지 않은 나날들, 인간이 가지는 인내의 극한
을 시험대에 올리는 기간, 무례한 국회의원들의 적대적인 질문들에 악
물어댄 어금니의 특별 치료를 위해 치과 진료를 예약해야 하는 국정감
사 기간중에 나를 찾아오다니, 형님이 아니라면 감히 누가 이런 적절한
타이밍을 골라낼 수 있을 것이란 말인가. 나는 손에 들고 있던 보고서
를 무릎에 내려놓고 자동차 뒷좌석의 등받이에 등을 깊이 기대었다. 손
바닥으로 눈을 부비다보니 문득 멀어진 앞이마 선에 신경이 쓰였다.

"시간이 별로 없을 텐데."

"그렇게 말씀드렸습니다만, 아주 잠깐 인사만 하고 가신다고 합니다."

국정감사 따위는 형님에게 그다지 설득력 있는 핑계가 되지 못하는 것이다. 나는 순순히 포기하고 약 이십 분만, 딱 이십 분만 형님에게 할애하기로 마음먹었다. 더이상은 시간을 비집어낼 수 없었다.

접견실에서 신문을 읽으며 커피를 마시고 있던 형님은 나를 보고 가볍게 한 손을 들어 보였다. 여전히 풍채가 좋고 머리숱도 많았다. 형님의 실제 나이를 알면 사람들이 누구나 깜짝 놀라는 것이 보통이었다. 형님은 사람들의 그런 놀람을 가볍게 즐기곤 했다. 그러나 동생인 내 입장에서는 언제나 어린 시절, 청년 시절의 형님의 모습을 먼저 떠올리게 된다. 아무리 나이보다 젊어 보인다 한들 칠십대의 노구였다. 그렇게 대단하고 어마어마하던 형님 역시 세월의 채찍질을 피해 달리지는 못했다.

"어쩐 일이십니까, 형님."

"부총리 각하, 바쁘실 텐데 미안허이."

"요즘은 각하라는 말을 쓰지 않습니다."

"그래도 옛 시절엔 각하가 최고였지. 우리 집안에서도 자네가 최고니까 각하라고 불러도 되지."

나는 짐짓 거울에 눈길을 주었다. 똑같이 닮은 두 남자가 거울 안에 앉아 있었다. 분명히 형님이 태어나고 사 년의 시간이 흐른 뒤에야 내가 태어났지만, 성장기를 넘기고 나니 우리는 구분하기 어렵도록 똑같은 외모가 되었다. 비슷한 키, 비슷한 용모, 비슷한 목소리. 우리를 구분짓는 것은 대개 옷차림이었다. 오랫동안 공직에 있어온 나는 대개 정장을 입었고 형님은 당장 등산이라도 떠날 것처럼 가벼운 차림이었다.

나이가 들더니 내 머리숱이 조금 적어져서 오히려 내가 더 나이 들어 보였다.

"바쁜 것을 알지만 인사하러 들렀네. 오늘 저녁에 떠날 거거든. 이제 우리도 나이가 많이 들어서 한번 헤어지면 다시 만난다고 장담할 수가 없지. 그래서 성가시더라도 얼굴을 보자고 그런 거야."

"어디로 가십니까?"

"유럽을 갈까 하다가 티베트로 마음을 정했어. 노인네한테는 동양이 아무래도 더 어울리지?"

나는 내 앞에 놓인 감잎차를 한 모금 마셨다. 언제쯤 돌아오냐는 질문은 하지 않았다. 그가 언제 떠날지, 언제 돌아올지는 아무도 알 수 없었다. 그저 한참 동안 사람들의 기억 속에서 사라질 것이었다. 그러다가 뜬금없이, 여전히 활기차고 나이보다 젊어 보이는 모습으로, 어느 날 갑자기 나타날 것이었다. 하지만 아무리 나이보다 젊어 보인다고 해도, 이제는 형님도 어쩔 수 없이 노인이었다. 다시 나타날 무렵이면 그때는 허리 고부라진 할아버지가 되어 있을지도 모를 일이었다.

"너를 보면 참 대단하다. 한평생 늘 똑같은 모습이거든. 언제나 단정하고, 언제나 최선을 다하지. 이성을 잃고 화를 내는 일도 없고, 정열에 들떠 일을 망치는 일도 없어. 늘 차분하고, 늘 계획을 세우고, 늘 임무를 완수하는 사람이야. 그런 동생을 두어서 내가 덕을 많이 봤지. 나는 그저 뜬구름처럼 떠돌기만 하는 사람이니까. 집안에 해야 할 일, 가족에게 해야 할 일, 세상에 해야 할 일들, 모두 너에게 미루고 나는 참 편하게 살았다."

여기까지만 듣고 작별인사를 마무리할 수 있으면 좋겠다고 생각하면서 나는 짐짓 시계에 눈길을 주었다. 형님은 자리에서 일어나 커피잔을 들고 접견실의 창가로 걸어갔다. 행정단지 왼쪽에 조성된 푸른 숲이 한눈에 들어오는 훌륭한 전경이 펼쳐져 있었다. 곧 골프를 치러 필드로 나설 사람처럼 가벼운 복장으로 차려입은 형님은 여전히 기골이 장대하고 근육이 단단했다.

"내가 져야 할 인생의 짐까지 네게 지워준 것 같아서 늘 미안하다. 하지만 너도 잘 알겠지. 나는 원래 이런 놈이야. 이렇게 살다가 죽는 수밖에 없어."

"형님께 원망하는 마음 없습니다. 편하게 여행을 즐기십시오."

"근데 말이다, 너에게 미안한 마음이 들긴 하지만 말이다, 그 짐은 실은 그저 네가 떠맡은 거야. 아무도 네게 떠맡긴 일이 없는데 말이야. 네가 떠맡지 않았으면 어떻게 되었을까? 그 짐들은 아마 아무도 돌보는 사람 없이 길거리에 버려져 있다가 바람에 구르고 짐승에 뜯겼겠지. 그렇게 한 조각씩 한 조각씩 부서지고 사라졌을 거야. 그래서 지금쯤은 아무것도 아닌 것이 되었을 거거든. 그런데 굳이 네가, 어리고 책임도 없는 네가 그 짐을 다 떠맡겠다고 나선 거야. 그러는 바람에 그 짐은 오늘날까지 생생하게 살아남아서, 네 뒤로 누군가가 떠맡아주기를 뻔뻔하게 기다리고 있구나.

나는 태어날 때 그 짐을 떠안고 태어났어. 장남인 내가 그 짐을 내려놓는 일은 정말 힘들고 어려운 일이었지. 욕도 많이 먹었고. 그래도 난 내 고집대로 했어. 일단 내려놓았으니 그 짐은 저절로 사라질 운명이 되었던 거야. 그런데 네가, 아무도 네게 시키지도 않았건만 네가 자청해서 길바닥에 놓인 그 짐을 네 허리에 얹어놓은 거지. 무엇 하러 그렇게 했니? 너는 정말 훌륭하게 그 짐을 한평생 등에 지고 살아왔구나. 그래, 그건 분명히 훌륭한 일이야. 하지만 그렇게 해서 더 좋아진 사람이 누가 있니? 너에게 고마워하는 사람은 또 누구고? 한평생 네 허리가 고달팠을 뿐이지, 네가 그 짐을 낑낑 지고 가는 모습을 보면서 잘한다고 칭찬하던 사람들은 벌써 다 죽어서 가루가 되어버렸어.

나는 너에게 미안한 마음을 가지다가도, 생각하면 어이가 없구나. 너는 내 어린 동생이었다. 네가 무거운 짐을 지고 가는 모습을 보면서 형인 나는 미안하고 불쌍했어. 그건 육친으로서 당연히 드는 안쓰러운 마음이었지. 하지만 곧바로 이런 생각이 들었어. 아무도 내 동생에게 짐을 지라고 요구하지 않았다. 오로지 너 스스로 네가 좋아서 자청하고 나선 일에 불과하다. 내가 동생에게 미안한 마음을 가지는 것이 무슨 의미가 있는가? 내가 좋아서 유랑하며 사는 것처럼, 동생은 제 좋은 대로 그 많은 짐들을 모두 떠안았을 뿐이다. 나의 방랑과 동생의 짐들은 결국 똑같은 것에 불과하다."

"맞습니다, 형님. 형님은 저에게 미안한 마음을 가지실 필요가 없습니다. 저는 불쌍하지도 않습니다."

"그래, 한 나라의 부총리를 불쌍하게 여긴다면, 한낱 방랑자 주제에, 정말 우스운 일이겠지. 그런데 내가 보기에 너는 정말로 너무나 불쌍할 따름이구나. 너는 어떻게 이렇게 살아. 저 푸른 숲이랑 좋은 풍광을 유리창 너머로만 보면서 사는 거, 답답해서 어떻게 참지? 나는 하루도 못참아. 저 바깥을 봐. 훌륭한 아가씨가 지나가네. 여기서 일하고 있으면 다들 고시를 패스한 사람들인가? 아니면 일반 사무직도 있긴 하겠지? 아무튼 훌륭한 아가씨야. 멀어서 얼굴은 잘 안 보이지만 다리도 예쁘고 머리칼도 훌륭해. 유행에 뒤떨어지지 않으면서도 품위 있는 차림새란 말이야. 저렇게 훌륭한 아가씨가 보이면 당장 달려가서 말을 걸어보고 싶어. 그래, 나 칠십이 넘었는데 아직도 주책이 심하다. 하지만 아가씨들은 아직도 나를 좋아해. 내가 늙은이같이 굴지 않으니까. 젊어선 더 했지만 나도 여전히 아가씨들이 좋거든. 난 이번에 중국에 가서도 연애를 많이 할 생각이야. 중국 아가씨들은 나를 보면 아주 미쳐. 거기서는 라오(老)라는 말이 칭찬이야. 멋지다는 뜻이거든. 어쩌면 자식을 한둘쯤 더 둘지도 모르지. 나는 마냥 떠돌아다니고 싶으니까 자식을 두는 건 별로 내키지 않지만 여자들은 곧잘 배를 부풀려가지고 나를 붙잡으려고 하거든. 그러면 뭐, 못 이기는 척하고 한 군데 눌러앉아서 조금 사는 거지. 그러다가 답답하면 또 떠나고."

"형님께는 형님의 삶이 있는 거죠. 제게는 제 삶이 있습니다."

"얘, 나 이제 곧 갈 건데, 떠나기 전에 조금만 이야기해봐라. 너는 연애해본 일 있니? 제수씨하고는 중매로 결혼했던 거 내가 다 알고. 너 살면서 바람피운 일도 없니? 정말로 한 번도 없는 거냐? 제수씨한테 들키지 않았다뿐이지 사실은 있을 것 같은데? 어떻게 사람이 살면서 한 번도 사랑에 빠지지 않을 수가 있겠느냐구. 나는 너를 보면 정말 궁금해서 죽을 것 같다. 너는 내 동생이야. 너는 어린 시절부터 나와 똑같이 닮았어. 너도 나처럼 바이올린을 좋아했고 외국의 문물을 담은 이야기를 좋아했고 뒷산에 올라가서 공상에 빠지기를 좋아했어. 그러면 여자를 생각하는 마음도 닮지 않았을까? 너는 점잖은 사람이라서 한 번도 표현한 일은 없었지만 네 핏줄기 속에도 연애감정이 들끓을 거고 정욕이 솟구칠 거 아니겠니? 그걸 어떻게 억눌렀니? 나를 봐라. 나는 지

218

금도 연애가 즐겁다. 너도 나를 닮았으니까 분명히 그럴 건데, 너는 한 평생 한 아내하고 사는 게 지겹지도 않아? 아니 지겹다는 건 너무 천박한 말이지. 네 핏속의 정열이 그렇게 너를 내버려두느냐고. 사랑에 빠져서 눈도 귀도 다 멀어버리고, 네가 해야 할 많은 일들도 다 지긋지긋해지고, 아내도 자식도 괴물같이 싫어 보이고, 오로지 네 정열이 꽂힌 그 여자만 눈앞에 어른거리고, 그 여자와 함께 있기 위해서, 그 여자를 차지하기 위해서 그 궁리만으로 머릿속이 터질 것같이 가득 찬 일이 있냐고. 내 동생아, 그런 일이 없다고 말하지 마라. 그럼 그건 사람이 사는 게 아니잖아. 마땅히 사람이라면 그런 정열에 휩쓸리고 깨지고 박살나서 죽을 것 같은, 그런 일들이 있어야 하는 거잖아. 그런 일들이 정말로 없었단 말이냐?"

"형님과 저는 워낙 다르지 않습니까. 저는 그저 사는 것이 바빴을 따름입니다. 사랑 같은 것은, 솔직히 말해서, 생각할 겨를이 없었습니다."

나는 얼굴에 노골적으로 성가신 기색을 드러내며 초조하게 시계를 바라보았다. 피가 마르는 시간이었다. 형님의 꼴같잖은 사랑 이야기에 귀를 기울일 때가 아니었다.

"사람들은 너를 두고 대통령감이라고 하더구나. 차기 대통령은 경제에 능통해야 한다면서. 그래, 너야말로 대통령감이지. 한평생 성실했고 옳지 않은 일이라고는 해본 적이 없어. 능력마저 출중해서 부총리까지 되었으니 너라면 대통령이 되더라도 훌륭히 제 역할을 다할 것이라고 나는 믿는다. 하지만 말이다, 네가 그렇게 한사코 사랑 따윈 나 몰라라 하면서 한평생을 살아온 것이 과연 무엇을 위한 것이었느냔 말이야. 설마, 먼 훗날 대통령이 되어보려는 야망으로 사랑을 억누르면서 살아온

건 아니겠지? 아닐 거야. 아니어야만 해. 사랑이나 정열은 그렇게 필요에 따라서 억누를 수 있는 것이 아니거든. 너에게는 정말로 인생이 박살나버릴 만한 엄청난 사랑이 찾아온 일이 없었던 것이겠지. 차기 대통령이라는 소리를 듣는 나의 훌륭한 동생아, 난 네가 정말로 존경스럽다. 내가 형이지만 동생을 존경한다고 해서 우스운 일은 아니겠지. 하지만 말이야, 내 하나뿐인 동생의 인생이 모두 당이나 경제나, 대통령이나 부총리 그런 것만으로 가득 차 있는 것은 몹시 안타깝구나. 난 네가 나이만 먹었지 아직도 세상을 하나도 모르는 것 같아서 그게 안타까워서 그런다. 그렇게 일만 하고 재미없이 살다가 죽을까봐서."

　이만하면 되었다. 나는 하는 수 없다는 듯이 시계를 보면서 자리에서 일어났다.

　"형님, 저는 이제 가봐야 합니다. 오늘은 정말 바쁜 날입니다."

　"그래, 가거라. 다음에 또 만날 기약을 하기가 어렵구나. 그래도 이게 죽기 전에 마지막은 아니겠지. 너는 나의 분신과도 같은 동생이다. 늘 건강하여라. 너는 벌써 성공한 사람이니까 더이상 성공하라는 말은 의미가 없겠구나. 그저 너 자신을 찾을 수 있기를, 멀리서라도 내가 기원하겠다. 너의 정열과 사랑을, 그것들을 쏟아부을 대상을 찾도록 해라. 매일같이 국민이니 국가니 하는 것만 생각하지 말구."

　형님을 접견실에 내버려두고 사무실로 향하면서 문득 내 눈앞엔 젊은 시절의 어느 날이 떠올랐다. 내 아내가 첫아들을 낳던 날이었다. 그때 형님은 우연찮게도 떠돌이 생활을 잠시 멈추고 가족들의 곁에 머물고 있었다. 병원에 찾아온 형님은 갓 태어난 아이를 보면서 말했다.

　"너, 고자 아니었구나."

다음해, 다시 임신했다는 아내의 말을 듣는 순간 나의 뇌리에는 제일 먼저 형님의 그 말이 떠올랐다. 아내는 둘째아들을 낳았지만 형님은 이미 떠돌이 생활로 돌아간 뒤였으므로 둘째조카가 생긴 것을 알지 못했다. 이후로도 이삼 년 간격으로 우리 부부 사이에는 아이가 늘어갔다. 나는 그때마다 형님이 곁에 없는 것에 이를 갈았다. 형님은 물론 조카들이 늘어나는 것에 대해 아무 관심도 없었다.

대중매체의 말단 시신경에 해당하는 카메라가 가까이 있을 경우 야당 국회의원들은 한층 더 고압적이고 적대적인 자세를 취했다. 여당의 유력 인사로서, 국민적인 인지도가 높고 흠 잡힐 만한 오점도 없는 나에게는 한층 가시 돋친 질문들이 쏟아졌다. 그들은 선출직이고 나는 임명직이었으므로 그들은 보다 직접적으로 국민의 의사를 대변하는 것으로 간주되었다. 그다지 동의하고 싶지 않은 형식논리에 불과했지만 나는 고분고분히 순응했다. 나는 그들 앞에서 어떤 경우에도 이성을 잃지 않기 위해 무한대의 노력을 기울여야 했다.

"국민연금기금의 강제예탁제도가 폐지된 것이 2001년입니다. 맞습니까?"

"예, 그렇습니다."

"그런데 아직도 재정경제부가 국민연금기금에서 강제예탁한 돈이 다 상환되지 않았지요?"

"연중으로 전액 상환될 예정입니다. 재원 마련 계획도 확정되었습니다."

"하지만 문제는, 강제예탁한 자금에 대해 재경부가 정당한 이자를 지급하지 않고 있다는 사실입니다. 이는 곧바로 국민의 보험료로 모아진 국민연금기금의 부당한 손해로 이어지며 국민들에게 기금이 부실화되고 있다는 불신의 씨앗을 심어주었습니다. 이런 문제의 심각성에 대해서 어떻게 생각하십니까?"

"자금이 재경부로 유입된 동기는 강제적이었지만 그 이자 지급에 있어서도 불이익을 강요했던 것은 아닙니다. 재경부는 꾸준히 원리금을 지급했습니다."

"하지만 이자율이 매우 낮았던 것이 사실 아닙니까? 시중금리와 대비했을 때 지난 삼 년간 기금측이 입은 이자차액 손실이 무려 이조 칠천억원에 달하고 있습니다."

"금리 손실 문제에 대해서는 다른 시각이 있을 수 있습니다. 재경부가 기금측에 지급한 이자는 국고채 기준 구십 퍼센트 수준입니다. 시중금리와 비교해서는 안 됩니다. 의원님이 제시하신 이조 칠천억원이라는 금액은 시중금리를 기준으로 하신 금액인 것 같은데요, 재정경제부 내부적으로 이자 지급은 국고채를 기준으로 하도록 되어 있습니다. 그럴 경우 이자차액 손실은 약 육천억원 규모로 줄어들게 됩니다."

의원의 얼굴이 일그러졌다. 그럴수록 더 겸손하고 낮은 자세를 취해야 한다는 사실을 나는 잘 알고 있다. 한 방 먹였다는 쾌감을 얼굴에 드러냈다가는 더욱 적대적인 질문 공세를 맞게 될 것이었다. 야당 의원들은 카메라 앞에서 가장 사납고 위험했다.

"지금 부총리께서는 육천억원 정도면 그다지 큰 손실이 아니라고 말씀하시는 것입니까? 일반 서민들에게는 천문학적인 숫자입니다. 더구나 국민연금은 국가에서 국민에게 돈을 주는 것이 아니라 국민들이 돈을 모아서 자기 노후를 대비하는 것입니다. 거기서 육천억원이나 손실이 발생한 것을 그렇게 아무렇지 않다는 식으로 말씀하신다면 정부의 대응자세가 안이하다고밖에는 말할 수가 없겠습니다."

나는 수긋이 머리를 조아렸다. 의원은 위원장에게 마이크를 넘겼다.

국정감사는 거대한 쇼였다. 의원들은 관료들을 추궁하고 질타했다. 실국장들도 모두 불려나와 곤욕을 치렀다. 관료들은 의원들을 모욕하지 않는 범위 내에서 소극적으로 방어하고 개선을 약속했다. 해마다 똑같은 쇼를 연출하기 위해 한 도시가 열병을 앓았다. 내 앞에 수북이 쌓여 있는 답변자료들을 작성하기 위해 수많은 청년 공무원들이 밤을 지새웠을 것을 나는 잘 알고 있다.

나 역시 국회의원의 신분으로 이십여 년의 세월을 살아왔다. 그러므로 나는 나와 마주 앉아서 자신만만하게 이편을 몰아붙이는 그들을 충분히 이해할 수 있다. 그때는 내가 세상을 바꾼다고 생각했다. 하지만 국회의원에서 재무관료로 변신한 지금, 그들의 모습은 매우 하찮아 보인다. 그들은 관념의 사람들이다. 언어의 사람들이며 문자의 사람들이다. 그들이 내놓는 정책, 법안, 토론, 정쟁, 모두 다 언어화될 수 있는 성질의 것들이다. 하지만 이 나라는 언어로 이루어져 있지 않다. 이 나라를 구성하고 있는 것은 사람들이고 흙이고 물이고 공기다. 언어라는 것은 그 자체로 부차적이며 파생적인 것에 속한다. 언어가 없는 인간은 존재하지만 인간이 없는 언어란 세상에 없지 아니한가? 그들은 토론하고 심의하는 그들 자신을 실체로 느끼겠지만 내가 보기에 그들은 실체가 아니다.

이 나라의 실체이며 살아 움직이는 것은 바로 행정부다. 행정부와 국회, 사법부의 관계는 쉽게 말하자면 소와 코뚜레와 고삐의 관계와 같다. 이 세 가지 중에서 가장 중요하고 핵심적인 것이 무엇인지 골라내지 못할 바보천치는 세상에 없을 것이다. 국회와 사법부는 살아 움직이는 행정부를 견제하고 인도하기 위한 부수적 장치에 불과하다. 허와 실이 이토록 분명함을 깨닫고 나면 삼권분립이라는 말은 공허하게 들리지 않는가? 코뚜레와 고삐에 불과한 주제에 소보다 더 중요하고 위대한 실체인 양 우쭐거리고 군림하려 드는 모습은 우습다. 가능한 한 행정부에 오래 머물고 싶은 것이 내 바람이다. 그리고 입법부와 행정부를 오가며 쌓아온 내 특출한 경력의 가장 마지막 부분은 행정부의 수반으로서 마무리되기를 소망하고 있다.

맞은편 탁상 뒤에는 국회의원들이 여전히 질문 공세를 펼치고 있었다. 한때는 나 자신도 저쪽 편에 앉아서 이쪽 편을 닦달해대면서 가학적인 쾌감을 느꼈다. 그들 중에는 지금까지도 친분관계가 돈독한 자들도 있었다. 하지만 그런 것은 지금 여기서 무의미하다. 나는 나와 같은 편에 앉아서 온갖 수모와 고역을 감내하고 있는 실국장들에게 진한 동지애를 느꼈다. 그들이 쌓아놓은 산더미 같은 자료와 보고서들의 두께만큼. 그들이 희생한 많은 주말과 불만에 싸인 아내들의 투정만큼. 그들에게서 멀어져가는 아이들의 낯설어하는 눈길만큼.

오후 세션의 포화는 국고국장에게 집중되었다. 그는 똑똑한 사람이지만 언변이 어눌하여 이런 자리에서는 불쌍하게도 만만한 희생자로 몰리곤 했다. 그가 짓밟히는 동안 동료 실국장들은 한숨을 돌릴 수 있었다. 위원장이 휴회를 선언하자 모두들 우르르 회의실 밖으로 몰려나갔다. 노트북과 너풀대는 보고서들을 끌어안은 서기관과 사무관 들이

회의실 밖 복도에서 초조하게 기다리고 있다가 실국장들을 반겼다. 어떤 실국장들은 무슨 자료가 미진하여 답변이 궁했노라고 짜증을 부리고, 어떤 실국장들은 말없이 부하직원의 어깨를 두드렸다. 이어지는 세션에서 답변을 해야 할 것으로 예상되는 실국장들은 짧은 틈에도 숨 돌릴 새 없이 머리를 맞대고 작전회의에 몰입했다. 그 동안 쥐어짜일 대로 쥐어짜여 초췌하게 빛바랜 부하직원들은 또 새로이 자료를 준비하고 질문에 대한 예상답안을 만드느라 분주했다.

그들을 볼 때마다 나는 항상 그들 사이에 가족 같은 애정이 흐른다고 느꼈다. 가족이라는 표현이 이상한가? 이 세상의 가족이 모두 화목하고 스킨십을 나눈다는 환상에서 벗어난다면, 위계질서가 분명한 직장의 상하관계 속에서도 분명히 가족적인 모습을 찾을 수 있었다. 부하에게 신경질을 부리고 채근하고 질책하는 상관의 모습은 짜증 많은 남편이 아내를 대하는 모습과 닮았다. 호된 책망에 입술을 깨물면서도 상관의 요구에 닿기 위해 동분서주하는 부하의 모습은 인내심 많은 아내의 모습을 닮았다. 말없이 부하직원의 어깨를 두드리는 상관은 너그럽고 자상한 남편의 모습처럼 보이기도 한다. 상관의 칭찬에 크게 한시름을 놓고 기뻐하는 부하는 사랑받는 아내의 모습처럼 상기되어 있다. 모두들 한 배를 타고 격랑을 헤쳐나가기 위해 똘똘 뭉친 사람들이었다. 가족이라 불러서 이상할 것이 무엇이 있겠는가? 나이가 들어서 그런지 내 눈에는 그 어떤 가족들의 모습보다 더욱 뿌듯하고 대견해 보였다. 실로 아름답기까지 하다. 나는 국정감사기간의 이 어수선한 복도 풍경을 매우 사랑했다. 이 모습에 비하면, 실제 세상에 존재하는 진짜 가족 관계는 훨씬 성가시고 권태롭다.

형님의 말처럼, 분명히 나에게는 형님을 닮은 부분이 있었다. 형님처럼 팔난봉 노릇을 하면서 살지는 않았지만 그래도 나는 정력가였다. 하지만 분명 내 안에 존재하는 뜨거운 정열은 묘하게도 아내와의 사이에서는 거의 불타오르는 일이 없었다. 우리는 개성이 뚜렷했고 정서적 공감을 느끼지 못했다. 여섯 명의 아이를 만들었지만, 잠자리에서도 나는 그다지 정열적인 남편은 아니었다. 정확하게 설명하기는 어렵지만, 어느 고요한 밤, 갑자기 형님의 목소리가 귓전에 울리면 나는 그제야 생각난 듯이 아내의 늘어진 젖가슴에 손을 얹었다. 여섯 명의 아이들을 함께 키우기 위해 우리는 도구적 가정을 유지했다. 우리가 살아온 시절엔 그런 일이 하나도 이상하지 않았다. 부부간이라고 하여 요즘 사람들처럼 한시도 손을 놓지 않고 부비적대는 사이는 아니었다. 그렇다고 해서 다른 여인을 생각한 일도 없었다.

나의 아내를 포함하여, 세상의 여인들은 그 남편들을 이해하지 못했다. 그들은 사소한 일들로 문제를 삼았고 그것을 빌미 삼아 남편에게 불만을 품었다. 그들은 자신의 감정과 상태에 남편이 세심한 관심을 기울여야 한다고 요구하지만, 그들에게 가장 성의 있는 눈길을 돌려본들 무엇 하나 중요하다고 할 만한 것은 없었다. 아이들에게 필요한 교육여건, 호르몬의 균형과 불균형, 그들이 쇼핑한 물건들, 시가와 친정의 각종 인간관계에서 비롯된 사소한 말실수와 감정 다툼들. 주말에 무엇을 해야 하는지 또는 하지 않아야 하는지에 대한 한없이 잘고 모호하고 자의적인 기준들. 나는 젊은 날부터 아내에게 양해를 구했다. 그녀의 복잡하고 미묘하고 왔다갔다하는 기분들을 내가 모두 이해할 수 없음에 대하여 누차 이해를 구했다. 아내는 내가 감정이 무딘 사람이라고 비난

했다. 나는 아내에게 굳이 반박하지 않았다.

하지만 나는 나 자신이 둔감한 사람이라고는 믿지 않았다. 나에게도 세심한 정서와 뜨거운 울림이 있다. 그 정열과 감수성이 불행히도 집 안에서는 한줄기도 울리지 않을 뿐이다. 집에 발을 들여놓는 순간 나는 아내가 묘사하는 것과 똑같이 몸뚱이는 고목같이 무뚝뚝하고 혈관에는 톱밥가루가 버석거리며 굴러다니는 그런 인간이 되어버리고 말았다. 하지만 나의 일터에서는, 열정과 생기로 가득한 저 젊은이들이 피로와 고뇌를 누르며 동분서주하는 일터에서는 나는 누구보다도 다정다감하고 정열적인 사람으로 거듭 태어났다.

나의 세심한 감수성을 이해할 수 있겠는가? 내가 젊은이라 부르는 사람들이 실은 사십대 중반의 피로한 가장들이며, 정열과 총명으로 넘친다고 여기는 사람들이 실은 이 나라에서 가장 둔감하고 게으르다고 매도되는 공무원들임을 고려해보라. 어쩌면 그들은 젊지도 정열적이지도 총명하지도 않은 어떤 우둔하고 뻔뻔한 집단의 구성원일지도 모른다. 하지만 나는 그들을 낱낱이 개별화할 수 있으며 그들의 가슴속에 피어오르는 미묘한 갈등과 애착과 고뇌까지 섬세하게 포착할 수 있었다. 그들의 눈빛만 보아도 그들의 전모를 파악할 수 있으며 그들의 인간적인 약점과 아픔들을 모두 감수하고도 그들에게 애정을 느낄 수 있을 만큼 나는 예민한 사람이었다. 직장에서 나를 만난 모든 사람들은 내가 우둔하고 무뚝뚝한 사람이라는 아내의 판단에 동의하지 않을 것이다.

키가 남들보다 머리 반개만큼 더 커서 어딜 가나 눈에 잘 띄는 이현이 나에게 목례를 했다. 이현은 귀골이었다. 옛 사람으로 친다면 한량

일 것이었다. 언제 보아도 사람이 유쾌하고 느긋해 보였다. 어쩌면 아름답게 잘 자리잡은 그의 골격과 근육에서 그런 여유로움의 기운이 흘러나오는지도 몰랐다. 아무리 바빠도 그는 농담을 잊지 않았다. 지치고 성마른 공무원들이 모두들 서로에게 짜증을 부려대는 밤샘근무의 와중에도 그는 툭툭 농담을 던져댔다. 그에게는 농담이 삶의 본질에 속하는 것 같았다. 그래서 이현이 속해 있는 무리에서는 종종 웃음이 새어나오곤 했다. 그 웃음들은 물론 버석버석하게 메마른 공기 속에서 열없이 부스러져 사라져갔다. 아무런 보상도 없을 것을 뻔히 알면서 그는 농담을 궁리하고 툭하니 던지는 일들을 멈추지 않았다. 격식에 죽고 사는 공무원 조직에서는 정말로 어울리지 않는 일이었다.

사람들은 그가 젊은 시절을 외국에서 보낸 탓에 서구인들의 실없는 농담 습관을 배워온 모양이라고 생각했다. 이혼을 밥 먹듯 하는 그의 남다른 생활 패턴과 함께, 그의 농담들은 그를 이질적인 존재로 만드는 역할을 톡톡히 해냈다. 사람들은 그를 함께 있으면 기분이 좋아지긴 하지만 큰일을 믿고 맡기기에는 다소 미덥지 않은, 어딘지 실없는 사람으로 평가했다. 나의 세대에 속하는 보수적인 사람들이라면 더욱 그러했다. 하지만 내가 느끼기에는 그가 업무에 태만한 사람은 아니었다. 오히려 열정적이고 총명한데다 일 마무리가 깔끔한 편이었다. 그가 열심히 일하지 않는다는 평판은 그가 부잣집 아들이기 때문에 생긴 편견일 것이다. 오랜 세월 외국에서 생활했기 때문에 개인적인 성향이 강해서 그런지도 모른다. 나는 이현이라는 눈에 띄는 인물에 대해 결정적인 판단을 유보하고 좀더 관찰을 계속하는 편이었다.

우리의 옥골선풍 귀공자에게도 국정감사의 고갯마루는 넘기가 고단

했는지 눈가에 피로와 긴장이 눅진하게 눌어붙어 있었다. 뒤통수에 머리칼도 한 가닥 뻗쳐 있고 눈알엔 불그레하게 핏기가 돌았다. 나에게 허겁지겁 목례를 한 뒤에는 곧바로 뒤돌아서서 다급히 메모를 작성했다. 의자도 없이 테이블 한 모퉁이에 고개를 쑤셔박고 노트북을 두들기느라 큰 키를 구부정하게 굽히고 있는 모습이 정겨웠다. 이현을 보면, 그의 길쭉길쭉 시원하면서도 섬세한 골격을 보면, 부드러운 미소를 머금은 이현의 잘생긴 얼굴을 보면 마치 박하잎을 깨문 듯이 입 안에 서늘한 기운이 감돌았다.

국정감사가 끝나는 날은 중앙행정부의 거의 모든 인원이 거한 뒤풀이 술자리에 뛰어드는 것이 상례였다. 국회의원들의 날카로운, 때로는 악의적인 질문에 대답하기 위해 오랜 시간 피 마르게 준비를 했던 공무원들은 다시는 세상 빛을 보지 않을 것처럼 악에 받쳐 술을 마셔대고 이튿날이면 온 도시 전체가 술병을 앓았다. 아무리 이해심이 적은 아내라 하더라도 이날의 회식에 대해서는 무어라 말하지 않는 것이 관례였다. 물론 나처럼 나이 지긋한 사람들은 저 광란의 술자리에 끼어들지 않는 예의를 지켰다. 텅 빈 양주병 두 개를 상의 속에 집어넣어 여인처럼 육감적인 융기를 만드는 자리에 장관이자 부총리인 내가 불쑥 나타나면 그들은 몹시 당황스러워할 테니까 말이다.

젊은 사람들이 체력과 무모함을 앞세운 지옥의 술자리를 벌이는 동안, 우리는 생선회를 앞에 놓고 술잔을 기울였다. 여기서 우리라 함은 내 연배의 사람들, 나와 비슷한 사회적 위치에 있는 사람들을 말한다. 인원이 정해진 것은 아니나 대략 장관과 비서관, 각국 국장과 부국장 정도가 자리를 함께하는데 때로 인연의 화살이 어지럽게 난무하다보면 다른 부처 장관이나 오늘 저녁까지 인상을 굳히며 우리를 공박해댔던 국회의원들이 자리를 함께하게 되는 일도 드물지 않다. 굳이 당파가 같아야 한다는 법은 없다. 나와는 전혀 다른 정치색을 가진 사람들도 어렵지 않게 한 자리에 앉아서 아른아른한 생선 지느러미가 담긴 일본식 술잔을 함께 나누었다. 여기서 말하는 '우리'의 개념은 좀더 정서적이고 자기 연민에 충만해 있었다. 우리는 모두 어린 시절 일본식 교육의 추억을 가지고 있고, 한일협정이 체결될 당시 거셌던 가두시위를 벌이는 쪽이기도 했고 막는 쪽이기도 했다.

우리가 그 일들을 화제로 삼을 때 서로의 정치색이 문제가 되는 일은 거의 없다. 그것은 시대의 이야기가 아니라 추억의 이야기이기 때문이다. 우리는 한일협정의 문제점이나 한계성을 이야기하는 것이 아니라 그때 우리의 강건했던 근육과 젊으셨던 부모님들의 모습을 이야기한다. 언제나 머릿수건을 두르고 밭을 매시던 어머님, 엄지손톱으로 꽉 누르면 코를 자극하는 알싸한 냄새를 풍기며 톡 터져버리던 빈대의 추억을 이야기하는데 싸울 일이 무엇이 있겠는가. 술잔 앞에서 우리는 정치적 입지와 관련 없이 모두 허허롭고 그리움에 가득 차 있는 중노인네들에 불과하다.

여름의 초입으로 들어서던 어느 날, 할머님의 기력이 눈에 띄게 쇠해지는 듯했다. 유학중이던 형님은 급히 서울에서 내려왔다. 그러나 할머님은 거짓말같이 기운을 차리시고 곡기를 다시 이으셨다. 식구들은 모두 한숨을 돌렸지만 형님은 심드렁한 표정을 감추지 않았다. 바이올린 케이스를 들고 뒷산 언덕으로 향하는 형님의 등짝에 아버님의 못마땅한 시선이 꽂혔으나 형님은 아랑곳하지 않았다. 나는 강아지처럼 형님의 뒤를 따랐다. 형님은 바이올린을 기막히게 연주했다. 훤칠한 키에 용모 준수한 형님이 서울의 명문 고등학교 배지를 옷깃에 달고 뒷동산에 올라가서 집시들의 민요를 연주하면 삼동네의 젊은 처자들이 다같이 가슴을 앓았다. 듣는 이의 애간장을 다 녹일 것같이 흐드러지게 연주를 마치고, 나에게 불쑥 바이올린을 내밀었다.

"네가 해라. 오랜만에 했더니 손가락이 영 뻣뻣하다."

"할머님께서 누워 계신데 어떻게 깽깽이를 연주해요."

"모두 내가 켰다고 할 테니 한 소절만 들려다오. 네 바이올린 소리가 듣고 싶다."

나는 몇 번 음을 고른 다음에 바흐의 샤콘 몇 소절을 연주했다.

"네 연주를 들으면 마음이 애잔해."

조금 떨어진 곳에 벌렁 누운 형님이 중얼거렸다.

"참 이상하단 말이지. 같은 악기로 연주하는데 너와 나는 음색이 달라. 너의 색깔은 흐리고 애조를 띠고, 나의 색깔은 분방하고 들떠 있단 말이야. 혹시 네 마음속에 슬픈 감정이 들어 있어서 그런 거니?"

형님이 아직 본격적인 방랑을 시작하기 전이었다. 나는 네 살 손위형님을 하늘같이 숭배했다. 형님이 서울로 유학을 떠난 후 나는 형님이 쓰던 넓은 방을 물려받았다. 서울에 얻은 작은 자취방에 많은 짐을 둘 수 없어 형님의 책들이나 계절에 맞지 않는 옷가지는 그대로 방에 남아 있었다. 그것들에는 형님만의 독특한 체취가 진하게 남아 있었다. 고향에 돌아오면 형님은 자신이 쓰던 방, 지금은 내 방이 된 그 방에 이부자리를 폈다. 다른 방도 많았지만 낯설어서 잠이 오지 않는다고 했다. 우리는 나란히 잠자리에 들었다.

"시골에 내려오니 답답해서 미칠 것 같구나. 도대체 할 일이라곤 뒷산에서 바이올린 켜는 것밖에 없으니까 말이야. 서울에선 재미있는 일들이 수도 없이 많단다. 얼른 올라가고 싶은 마음뿐이야. 할머니가 그만하신 것 같으면 내일쯤 올라가보려고 한다."

"어떤 일들이 그렇게 재미있어요, 형님은?"

형님이 서울로 유학을 떠난 뒤 나는 형님에게 공대를 하게 되었다. 누가 시킨 일도 아니었건만 그리 되었고, 누가 보아도 자연스러웠다. 변성기를 지나 목소리도 나지막하게 가라앉고 팔과 다리에 남성적인 근육이 자리잡은 형님은 이제 누가 보아도 어른이었다. 나는 변성기가 찾아와 목소리가 들쑥날쑥했다. 뜻하지 않게 비틀어지고 꺾여서 웃음을 자아내는 망할 놈의 목소리 때문에 나는 그 무렵 특히나 말수가 적었다.

"우리 학교에서 네거리를 건너기만 하면 여학교가 하나 있거든. 다들 좋은 집안의 얌전한 여식들이지. 길거리에선 얼마나 새침을 떠는지 모른다. 하지만 말이야, 내가 가방 속에 쪽지를 접어서 넣어놓으면 말이다, 내가 말한 그 장소로 꼭 나오거든. 한 번도 거절당해본 일이 없어, 나는."

"겨우 그거였수."

나는 맥이 빠져서 대답했다. 집안의 기대와 지원을 한 몸에 받으며 떠난 유학길에, 한층 어지러워지는 나라 정세를 걱정함도 아니요, 시골에서는 접할 길 없는 신학문을 배우매 밤잠을 아낌도 아니요, 고작 이웃 여학교의 여학생들과 수작을 벌이는 일이 그리워서 서울에 돌아가고 싶다는 형님이 실망스러웠다. 한 집안의 대표선수를 서울에 파견하고 나면, 남은 사람들은 떠난 사람에 대해 선망 어린 동경들을 키워갈 따름이다. 나 역시 형님에 대해 다르지 않은 기대들을 품고 있었다.

"이 자식, 아직 어린애구나. 넌 아직 여학생들이랑 말도 해보지 않았니?"

"안 해보긴. 학교에 여학생들이 득실거리는데."

내 말은 사실이 아니었다. 읍내에 있던 여자중학교가 인원 미달로 문을 닫은 후 우리 학교에 여학생 학급이 신설되었지만 남녀공학이 된 뒤에는 여학생이 더욱 줄어 꾸준히 나오는 여학생들은 다 해야 열 명 이쪽저쪽에 불과했다. 그들에게 은근히 말을 걸어보려고 노력하는 치들이 없지는 않았지만 나는 그들 무리에 속하지 않았다. 나는 남녀가 유별한 예의를 생각해서 여학생들과는 의도적으로 거리를 유지했다.

"기껏해야 꼭 필요한 말이나 했겠지. 여학생들은 새침해 보이지만 실은 그 속에 용광로가 끓고 있단다. 그 마음을 적당히 휘저어놓으면 말이야, 기가 막히거든. 활화산처럼 폭발한단다. 얼굴은 얼마나 아름다운지 아니? 시골에 오랜만에 내려와보니, 왜 다들 그렇게 안색이 시커먼 것이냐? 젊은 여자라고 해도 보얗고 말쑥한 멋을 찾을 길이 없으니. 서울 사람들이 왜 촌사람을 경멸하는지 금방 알겠구나."

"그새 서울 사람이 다 되었구려."

"그래, 나는 태생부터 서울 사람인가보다. 친구들은 고향이 그립네 가족이 그립네 하는데 나는 한 번도 그런 일이 없었거든. 방학이 되어서 집에 돌아올 생각을 하면 왜 그렇게 싫은 게냐. 나는 그저 서울에 내내 있으면 딱 좋겠다만."

"할머님도 계신데 형님이 방학을 해도 안 내려오면 어떻게 해요."

"그래서 하는 수 없이 오지 않니. 그런데 심심해서 주리가 틀릴 지경이다."

그러더니 형님은 튕기듯 발딱 몸을 일으켰다. 음험한 미소를 지으며 고양잇과 동물처럼 몸을 낮추어 나에게 바짝 다가들었다. 검은 학생복 밑으로 보기 좋게 자리잡은 탄탄한 근육들이 아연 긴장된 것이 느껴졌다. 형님의 떡 벌어진 어깨, 잘록한 허리가 어쩐지 위협적으로 느껴져서 나는 흠칫 놀랐다. 형님의 턱에 드리운 파란 면도자국이 서늘해 보였다.

"애, 너 나랑 재미있는 일 해보지 않을래?"

"시골엔 재미있는 일이 없다면서요."

형님은 들뜬 웃음을 지으며 품속에서 묵직한 회중시계를 꺼내들었다. 형님이 유학을 떠날 때 당숙어른이 선물한 것이었다.

"방금 좋은 생각이 났어. 지금 오후 네시가 되어가거든? 그럼 저 신작로 모퉁이에 버스가 선단다."

"지금 어딜 가자고요?"

"아니, 가긴 어딜 가. 읍내에 갔던 사람들이 돌아오잖니. 분명히 여학생들도 있을 게야. 그애들이랑 같이 놀자."

"미쳤수, 형님? 그애들이랑 무얼 하고 놀아요?"

"뭘 하고 노는 건지 내가 오늘 가르쳐준다니까."

"난 싫수. 형님이나 실컷 놀아요."

"이런 숙맥 같으니라고. 아직도 어린애 티가 벗어지지 않았구나."

형님은 짓궂게 손가락으로 내 볼을 튕겼다. 나는 얼굴을 붉히며 형님의 손을 떨쳐냈다.

"아직은 네 얼굴도 계집애처럼 곱살하지만, 이제 곧 여드름이 나고 거웃이 올라올 게야. 미리미리 배워두는 것도 좋다. 따라오지 않을래?"

나는 외면하고 대답하지 않았다. 형님은 지체하지 않고 바이올린을 케이스에 챙겨넣더니 날아갈 듯한 걸음걸이로 언덕을 내려갔다. 한 번도 뒤를 돌아보지 않았다. 고양잇과 동물처럼 유연한 발걸음으로 논두렁길을 지나 우마차가 겨우 다니는 좁다란 황톳길에 올라선 형님의 뒷모습을 나는 어처구니없는 기분으로 바라보았다. 완전히 성인의 골격을 갖춘 형님의 뒷모습은 멋있었다. 유난히 키가 컸고, 엉덩이가 바짝 올라붙어 다리가 더 길어 보였다. 나는 마르고 볼품없는 나의 팔다리를 보며 형님의 굳건한 근육들과 자기 비하적인 비교를 했다. 수풀이 얕아 마을에서도 내 모습이 다 보이는 자리를 피해, 나는 나무그늘이 좀더 무성한 곳으로 자리를 옮겼다.

형님이 급할 것 없는 걸음걸이로 신작로를 향해 흔들흔들 걸어가는 동안, 먼 산모퉁이로 보이는 신작로에 뽀얀 먼지가 뭉게뭉게 일어나더니 버스가 멈추고 여남은 명의 승객들을 내려놓았다. 검은 통치마에 책보따리를 가슴에 안은 여학생들도 두 명 섞여 있었다. 버스에서 내린 사람들은 신작로를 따라 조금 내려와서 마을로 이어지는 납작한 황톳길로 줄줄이 들어섰다. 검은 학생복을 입은 남학생들이 제일 앞섰고, 무거운 짐보따리들을 몇 개씩 들고 있어도 갈 길이 바쁜 어른들이 그 뒤를 따라 발걸음을 재촉했다. 회색 책보따리 하나 달랑 가슴에 안은 여학생들은 자기들끼리 새살거리며 점점 뒤처져서 마을로 들어오는 사람들은 드문드문한 줄처럼 길게 늘어졌다.

형님은 마주치는 사람들마다 때로는 정중하게, 때로는 건들거리며 인사를 건네었다. 그리고 마침내 여학생들에게 가까워지자 우뚝 발걸음을 멈추었다. 서울의 유명 고등학교 모자를 폼 나게 머리에 얹고 바이올린 케이스를 어깨에 멘 형님이 길 한가운데 서자 여학생들은 어쩔 줄 몰라하며 발걸음을 늦추고 저희들끼리 바싹 달라붙어 더욱 열띠게 새살거렸다. 그들의 볼 위에 떠오른 홍조가 멀리 산언덕에 앉은 내 눈에까지 보일 듯했다.

백주대낮에, 사방이 탁 트인 대로에서 청춘남녀들이 드러내놓고 수작을 주고받는 풍속이 드디어 우리 마을에도 전파된 것이었다. 형님은 천연덕스럽게 가던 발길을 돌이켜 여학생들의 꼬리를 뒤따르며 마을 쪽으로 돌아왔다. 그들이 무슨 이야기를 나눈 것인지, 물론 내 귀에는 들리지 않았다. 여학생들은 앞만 보는 체했으나 형님의 질문에 답을 하는지 고개를 돌리기도 했고, 한 번쯤 킥킥 웃기도 했다. 그들의 발걸음은 오뉴월 쇠불알처럼 점점 더 축축 늘어지다가 마을 어귀에 다다르자 아예 잠시 멈추어 서서 몇 마디 이야기를 나누기까지 했다. 그러더니 시간이 이렇게 된 줄 몰랐다는 듯이 황망하게 놀란 체를 하고 발걸음을 재촉하여 제각기 갈 방향으로 뿔뿔이 흩어졌다.

형님은 느긋한 자세로 정자나무 아래에 서서 휘파람을 조금 불었다. 나는 계속 고갯마루에 앉아 마을을 내려다보고 있었다. 형님은 햇빛을 정면으로 받고 있어서 눈이 부신지 모자를 벗어 이마에 대고 이쪽을 바라보았다. 내가 어디 있는지 수풀에 가려 잘 보이지 않는 모양이었지만 대략적인 위치를 가늠하고, 손짓발짓을 해대기 시작했다. 형님은 내가 있는 곳을 정확히 알지 못하고 약간 어긋난 곳을 향해 통신을 하고 있었으므로 조금 우스꽝스럽게 보였다. 아무튼 형님이 몸으로 말하는 것이 무슨 뜻인지 나는 짐작할 수 있었다. 보수적이고 음전한 우리 마을의 사고방식으로는 '히야까시' 이상의 평가를 받기 어려울 그 짧은 동행을 통해 아마도 형님은 그들 중 한 사람을 다시 만나기로 뜻을 통한 모양이었고, 수풀 어디엔가 몸을 숨긴 소심한 동생을 향해 사랑의 전과를 자랑하는 것이었다.

저녁상 앞에서 다시 만난 형님은 물론 그 일에 대해 일언반구도 언급하지 않았다. 아버님은 할머님께서 병환중이신데 뒷산에 올라가 바이올린을 켜댄 경망한 행동거지를 꾸짖으셨다.

"할머님께서는 제가 켜는 바이올린 가락을 좋아하셨습니다. 기력을 차리시는 데 도움이 될까 하여 그랬는데 제 생각이 짧았습니다."

형님의 뻔뻔하고도 트집 잡을 곳 없는 대답에 아버님은 더이상 무어라 말씀하지 못하셨다. 아마 그 무렵부터도 아버님은 장남의 돌출적이고 반항적인 기질을 조금씩 눈치채고 우려하셨던 것이 아닌가 싶지만, 그때 그 저녁상 앞에서 뵈었던 아버님의 잿빛 이마에는 적어도 노모의 병환을 걱정하는 근심스런 기색 말고 다른 것이 더 보이지는 않았다. 형님은 깨끗이 저녁상을 비우고 몹시 서두르며 집을 나설 기색이었다. 해가 점점 길어지는 때라서 저녁상을 물렸어도 아직 하늘이 훤했다. 눈치를 살피는 나에게 형님이 스치듯 귓속말을 남겼다.

"오동리 숯막 가는 길에 낡은 암자 하나 있지? 그리로 와라."

생뚱맞은 초대에 나는 기가 질렸다. 그러나 싫다 좋다 들을 것도 없이 형님은 자취를 감추었다. 형님이 떠난 뒤 나는 내 방에 멀거니 앉아 있었다. 방에는 형님이 남겨놓은 체취가 가득했다. 오동리는 옆마을이었다. 우리 마을과 오동리를 나누는 꽤 깊은 산자락에 숯막이 하나 있었다. 마을에서 숯막으로 가는 길로 접어들어 조금만 가다보면 오른편에 좁은 오솔길이 나타났다. 이 길을 따라 조금 더 들어가면 오래 전에 버려진 낡은 암자가 하나 있었다. 마을과 가까우면서도 깊은 산속같이 울창하고 인적이 드문 곳이었다.

형님은 서울에 간 뒤 사람이 달라졌다. 여학생을 히야까시하는 것은 서울의 신풍속이라 치자. 자유연애라고 해두자. 인적 드문 숲속에서 여학생을 만나 어쩌겠다는 것인가? 그리고 그 자리에 왜 나를 불러들이는가? 나는 신열로 몸을 덜덜 떨며 앉아 있었다. 서울이 사람을 버려놓았다. 신문물이 형님을 망쳐놓았다. 입 속으로 뇌까리며 입 안의 쓴물을 삼키다가, 나는 꿈에서 깨어난 듯이 벌떡 일어났다. 대문을 열고 나와 되도록 사람들의 눈길을 피하며 형님이 말한 버려진 암자를 향해 달음질쳤다.

하늘은 훤하게 밝았지만 산길에 접어들자 소쩍새가 벌써부터 퉁퉁거렸다. 오랫동안 가본 일 없던 낡은 암자가 가까워지자 나는 발소리를 죽였다. 암자는 문짝이 다 떨어져나간 흉물스런 꼴로, 금방이라도 무너질 것같이 위태로웠다. 뒷벽은 이미 절반쯤 허물어져 산비탈이 다 내다보였다. 도대체 형님은 어디에서 무엇을 하고 있는 것일까? 나는 아예 신발을 벗어들고 가쁜 숨소리를 낮추며 사방을 두리번거렸다. 한껏 짓눌린 여자 목소리가 들려서 나는 아연 긴장했다.

"누가 온 것 같아요."

"누가 와. 여긴 아무도 안 와. 지나가는 들짐승이겠지."

속삭이는 소리는 암자 뒤의 풀숲에서 들려왔다. 나는 형님의 뜻을 이해했다. 암자 뒤편 숲 속에서 그들이 나누는 사랑의 유희를, 다 허물어진 암자에 몸을 숨기고 관람하는 것이 바로 나의 역할이었다. 나는 살금살금 암자 속으로 들어갔다. 암자 뒤편 수풀에 포개어진 네 개의 다리, 두 개는 검은 학생복에 둘러싸인, 두 개는 귀여운 다듬잇방망이처럼 맨살이 노출된, 열기에 들떠 얽히고 부비대는 다리들이 조금씩 보이기 시작했다. 나는 살금살금 뒷벽 쪽으로 다가가 낡은 벽에 숭숭 뚫린 바람구멍 중에 하나를 골라 얼굴을 가까이 했다. 형님과 어떤 여학생의 모습이 드디어 분명히 보였다. 여자는 저고리가 거의 다 벗겨진 상태였다.

천둥이 울리는 것처럼, 썩은 마룻장이 우지끈 소리를 냈다. 여자는 비명을 지르며 고개를 번쩍 들었다. 나는 그녀가 포목점집 딸인 것을 알아차렸다. 그러나 형님은 키스로 여자의 입술을 덮었다.

"누, 누가 있어요."

"아무도 없어. 걱정하지 마. 나를 믿으라니까. 나를 믿지 못하는 거야?"

여자는 공포에 질려 있었다. 암자 속에서 그들을 주시하는 두 개의 눈동자를 눈치챈 것 같기도 했다. 하지만 이미 그녀에게는 어찌할 도리가 없었다. 그녀는 하는 수 없이 형님의 어깨에 얼굴을 감추었다. 형님은 득의만만하게 여자를 다독이며 상체를 들어 그녀의 젖가슴이 저녁햇살에 노출되도록 했다. 싱싱하지 않은 오징어처럼 비현실적으로 새하얀 젖가슴이었다. 그리고 대추알 같은 젖꼭지가 그 정점에 꼭꼭 박혀있었다. 형님은 명백히 나를 위해, 그 가슴이 최대한 밖으로 노출되도록 노력하면서 혀를 날름거려 애무했다. 형님은 까만 무명치마 아래 숨은 새하얀 허벅지와 그 사이에 있는 붉은 계곡도 나에게 보여주려고 노력했지만 그녀가 한사코 무릎을 붙이고 치맛자락을 끌어내려 그것은 잘 보이지 않았다.

한참 동안 여자의 치마 밑에 손을 넣고 희롱하던 형님이 드디어 바지 앞섶을 풀기 시작했다. 새카만 학생복 바지의 앞자락을 헤치자 붉고 길쭉한 형님의 연장이 모습을 드러냈다. 나는 형님의 납작한 배와 탄탄한 가슴팍과, 어른의 그것처럼 무성한 숲을 모두 보았다. 내 눈에서 펑펑, 폭죽 같은 것이 터지기 시작한 것이 이때부터였다. 형님은 여자의 하얀 손을 끌어다 그것을 쓰다듬게 했다. 나의 손에 끈끈한 땀이 배어나왔다.

형님이 바지를 끌어내리자 밥그릇 두 개를 엎어놓은 것같이 탄탄하게 바짝 올라붙은 두 쪽의 궁둥이가 드러났다. 설익은 나의 물건도 터질 듯이 부풀었고, 눈알은 숯불을 집어넣은 것처럼 맵고 깔깔했다. 형님의 물건이 여자의 가랑이 사이로 사라지고, 형님의 궁둥이가 탄력 있게 들썩거리기 시작했다. 정사의 염기를 견디기 어려웠는지 형님은 검은 학생복 윗도리를 휙 벗어던졌다. 가무스름한 형님의 등판에서 매끈한 허리와 동그란 엉덩이까지, 아무것도 가릴 것 없이 다 드러났다. 저녁 햇살을 받은 형님의 나신이 눈부신 광채를 발했다. 여자의 하얀 다리가 형님의 엉덩이와 허벅지를 휘감았다. 나는 벽구멍에서 눈을 떼고 털썩 주저앉아 수음을 했다. 나의 물건은 천리 밖에 있는 남의 몸처럼 멀고 낯설었다. 맵시 있게 들썩거리던 형님의 가무잡잡하고 탄탄한 엉덩이가 눈앞에서 사라지지 않았다. 형님과 나는 거의 동시에 사정했다. 초라한 거품으로 윗도리 앞자락을 더럽히고 나는 소리죽여 울었다. 포목점집 딸도 울고 있었다.

그날 밤, 아무 일 없었다는 듯이 잠자리를 찾아드는 형님을, 나는 원수처럼 냉랭하게 맞이했다.

"너 왜 계속 숨어 있었냐. 너도 한번 하게 해줄 생각이었는데."

형님은 다 안다는 듯이 웃음을 흘리며 내 어깨를 툭툭 쳤다.

"너 혹시 고자 아니냐? 그렇게 좋은 기회를 주어도 인사불성 달려들지 않는다면, 네 물건에 무슨 문제가 있는 것은 아니냐? 어디, 네 물건이 잘 여물었는지 한번 보아야 하겠다."

형님이 어린 시절부터 종종 치던 짓궂은 장난이었으나, 나는 몸서리를 치며 형님의 손을 떼밀었다. 내 눈에 새파란 심지가 선 것을 보고 형님은 코웃음치며 이부자리에 벌렁 대자로 누워 금방 잠들어버렸다. 나는 형님 쪽으로 등을 돌리고 모로 누웠다. 그날부터 나는 형님을 증오했다.

"젊은 사람들은 지금 어디에 있지? 한번 가보고 싶네."

기사는 여기저기 전화를 돌려 수소문하는 눈치더니 곧 모임 장소를 알아냈다. 규모가 제법 커다란 주점이었다. 널찍한 방들이 여러 개 있었는데 모두 만원이었다. 중앙행정부의 거의 모든 공무원들이 술집을 찾아들었으니 오늘은 어디나 빈자리를 찾기 어려울 만한 날이었다. 나는 기사에게 신용카드를 내주고 금일봉을 만들어오도록 시켰다. 내 부하직원들은 주점의 삼층, 널찍한 홀에 노래방 시설이 잘 되어 있는 한 층을 모두 차지하고 놀고 있었다. 자정이 넘지 않은 시각이었으나 이미 모두들 곤드레가 되어 마이크를 붙들고 악을 써대고 있었다. 내가 들어서도 한동안 반응이 없었다. 누군가가 화들짝 놀라서 인사를 차리자 그제서야 마이크를 내려놓고 의관을 정제하느라 호들갑을 떨었다. 나는 젊은 사람들의 귀여운 당황이 흡족스러웠다. 개중 직급이 높은 축들이 허둥지둥 양복 상의를 찾아입고 달려나와 내 앞에 허리를 구십 도로 굽혔다. 나는 그중 하나에게 금일봉 봉투를 전달하고 국정감사를 무사히 마치기까지 그들의 지난했던 노고를 치하했다.

가장 재빠르게 양복 상의를 찾아입고 달려나온 사람들의 약간 뒷줄에, 키가 커서 언제나 멀쑥해 보이는 이현도 서 있었다. 넥타이는 어디로 갔는지 와이셔츠 윗단추가 두 개 풀린 차림이었는데 마흔을 넘긴 나이에도 풋풋해 보였다. 저 한량은 도대체 나이를 어디로 먹는 것일까. 웃음 띤 눈가에 제법 깊은 주름이 잡힌 것을 보면 이현도 분명히 나이가 들었건만, 그의 몸 전체를 훑어보면 세월의 풍상 따위는 찾을 길이 없었다. 아랫배도 장딴지도 두둑하지 않고 탄탄했다. 그가 부유한 집안 출신이라는 이야기는 나도 들었다. 아무리 보아도 그는 근면하고 야심만만한 청년 공무원의 전형이 아니었다. 그는 은수저를 물고 태어났으며 세 명의 보모에게 둘러싸여 옥구슬을 가지고 놀았을 것이다. 유학 시절에도 다른 학생처럼 스스로 청소와 빨래를 해결하지는 않았을 것 같다. 그는 놀이하듯 인생을 즐기는 유형의 사람이었다.

물질적으로 부족함을 모르는 이 매력적인 한량이 수수하고 고독한 행정도시에서 격무와 박봉을 감수하는 이유에 대해서 모두들 궁금증을 느꼈다. 나는 직관적으로, 그에게 정치적인 야심이 있다고 생각했다. 후리후리하게 큰 키와 잘생긴 얼굴, 명석한 머리와 감각적인 화술, 그에게는 정치적인 자원으로 활용할 수 있는 요소들이 충분했다. 우스꽝스럽지만 요즘은 정치인에게 요구되는 자질과 연예인에게 요구되는 자질이 크게 다르지 않다. 물론 그런 야심을 가진 자라면 저렇듯 인생을 즐기는 일에 시간을 흘려보내서는 안 될 것이었다. 큰 것을 노리는 자라면 크게 한번 몸을 던져야 했다. 세 번씩 네 번씩 아내를 갈아치우면서 한가한 저녁에는 호텔 라운지에서 진토닉을 즐기는 생활은 큰 야심과 절대로 양립할 수 없었다. 이현 역시 머리가 둔하지는 않은바, 그런 점들을 잘 알고 있을 터였다. 그는 과연 어떤 미래상을 꿈꾸며 어떤 대책을 세우고 있는 것일까?

어쩐지 나는 그의 내면에 숨어 있는 무언가 단단한 알맹이의 존재를 느낄 수 있을 것 같았다. 다른 사람들이라면 그의 가볍고 지나치게 화려해 보이는 겉모습 때문에 간과하기 쉬운 어떤 중요한 것이, 나에게는 그의 눈시울에 담긴 눈웃음을 통해 강렬하게 전달되는 것 같았다. 이현은 어쩐지 처음 만났을 때부터 남처럼 느껴지지 않았다. 우리 사이에는 전생 이전부터 연결되어온 보이지 않는 가느다란 끈이 이어져 있는 것일지도 모른다. 다른 직원들과 의례적인 악수와 인사를 나누면서도 나는 내내 이현에 대해 생각했다. 문득 고개를 돌렸을 때 나의 시선이 향한 곳은 정확하게 이현이 있는 쪽이었다. 이현은 조금도 취기가 느껴지지 않는 반듯한 시선으로 나를 바라보고 있었다. 그와 눈이 다시 마주치자 나는 내심 소스라치게 놀라며 고개를 돌렸다.

나는 가벼운 방문을 마무리하고 돌아섰다. 직원들이 우르르 쫓아나와 배웅하려 했지만 나는 굳이 들어가라고 손짓을 했다.

"내가 와서 괜히 분위기가 깨지겠네. 더이상 따라나오지 말게. 아무도 이 엘리베이터에 타지 말게."

나는 기사만 대동하고 홀로 엘리베이터에 올랐다. 닫히는 엘리베이터 문 밖으로 가르마가 흐트러진 대여섯 개의 머리통이 보이다가 사라졌다. 일층으로 내려선 엘리베이터의 문이 열리자 현관에 단정히 서 있는 이현의 모습이 눈에 들어왔다. 다른 사람들이 엘리베이터 앞에서 허리를 굽히고 있을 동안 가벼운 걸음으로 계단을 달려내려온 그는 소년처럼 싱긋이 웃으며 현관에서 나를 기다리고 있었다. 뜻밖에 그를 다시 만나서 나는 조금 놀랐는데, 그 놀라움이 생각 밖으로 미약하여 더욱 놀랐다. 나는 그가 일층에서 나를 기다리는 것이 어느 정도 당연한 듯 여겨졌고 그가 그렇게 행동하지 않았으면, 또는 이현이 아닌 다른 사람이 그렇게 행동했으면 울분을 느꼈을 것 같았다. 나는 자연스럽게 그의 어깨를 두드렸다. 얇은 고급 양복 속에 자리잡은 탄탄한 팔 근육의 곡선이 그대로 느껴졌다. 그는 여울이 깊은 눈시울에 눈웃음을 담을 줄 아는 사내였다. 약간의 술기운 때문인가, 아까부터 그의 눈시울에서 눈길을 돌리기 어려웠다.

"무엇 하러 여기까지 내려왔는가. 사람 참 싱겁긴."

그는 나를 배웅하는 자세로 말없이 서 있었다. 보기 좋은 젊음의 끝자락을 간직한 그의 모습이 어딘지 애틋했다. 나는 그의 떠들썩한 세 번의 이혼 이야기도, 네번째 맞이한 아름다운 아내 이야기도 잘 알고 있었다. 혹시라도 그가 정치적인 야심을 가지고 있다면 그에게는 공격받을 만한 일면들이 너무나 많았다. 이 나라에서 정치적인 입지를 차지하려는 야심을 가진 사람이라면 신변 관리를 그런 식으로 해서는 안 될 것이다. 그는 과연 그런 문제들에 대해 어떤 복안과 대책을 가지고 있을 것인가? 피차 적절히 술기운이 보태진 오늘밤은 그런 문제들에 대해서 마음을 터놓고 이야기할 수 있는 좋은 기회가 될지도 모른다. 이현이라는 인물이 속 빈 강정에 불과한지 의외로 꽉 찬 속내를 가진 숨은 인재일지 알아볼 필요가 있었다. 나는 오래 전부터 나의 시야에서 쉽게 미끄러져나가지 않는 이 키다리 청년에 대해 좀더 구체적인 정보를 확인하고 나의 태도를 결정할 시기가 되었다고 생각했다.

"내가 오늘은 왠지 바람을 더 쐬고 싶은데, 동행하겠는가? 가볍게 한 잔만 더 하지."

차가운 밤바람이 어깨를 스쳐서 나는 얼른 차 안으로 들어섰다. 그가 조수석에 앉으려는 것을 내가 손짓하여 옆자리에 앉게 했다. 나는 잘 알고 있는 위스키 바로 방향을 정했다.

나는 그를 사랑했다

　이현의 귀가가 유난히 늦는 저녁이었다. 시곗바늘은 이미 한참 전에 오전으로 접어들었다. 이현이 현관문을 여는 그 순간이 바로 이진이 퇴근하는 시각이었으므로, 이진은 새벽이 되도록 꼼짝 않고 기록에 열중하고 있었다. 하루 종일 불쌍한 영혼들을 닦달해놓고도, 자줏빛 카우치를 노려보는 날카로운 눈빛은 조금도 수그러들지 않았다.

　재정경제부의 지하매점에 처음 나타났을 때 그녀는 병든 서시(西施)와도 같이 파리하고 서릿발처럼 투명했다. 그러나 이현과 결혼생활을 하면서 그녀는 요술같이 건강을 회복했다. 안색은 건강한 분홍빛을 띠었고 피부에도 온기와 탄력이 넘쳤다. 걸핏하면 과로로 쓰러지던 약골 체질도 이겨냈다. 안정과 체력이 뒷받침되면서, 그녀의 영혼 기록 노트는 엄청난 양적 성장을 이룩했다. 그래도 이진은 만족을 모르는 것처럼 일 분 일 초를 아끼면서 기록에 매달렸다.

체중이 늘어나면서 어린아이처럼 빈약하던 몸매에 굴곡이 도드라지자 그녀의 아름다움은 전혀 다른 색깔로 변모했다. 육감적이라고 표현해도 될 만큼 풍성하고 감각적이었다. 겉모습뿐 아니라 그 내면에서도, 이진은 많이 달라졌다. 신혼의 잠자리에서 이진은 마치 순교자와도 같았다. 남편이 사정하면 안도의 한숨을 내쉬는 아내 앞에서 이현은 당황스러웠다. 기계적인 배설을 위해 이진의 몸을 빌려야 하는 것 같은 불쾌감에, 잠자리는 데면데면하고 드문드문했다. 하지만 이현이 까다로운 하얀 고양이의 비위를 맞추는 데 성공하면서 이진은 눈에 띄게 변해갔다. 이진은 이제 이현과의 잠자리를 조금도 어려워하지 않았다.

어려워하기는커녕, 실은 아주 좋아했다. 그것은 사실 이진이 하는 유일한 운동이기도 했다. 하루 종일 영혼을 기록하는 작업에 정신을 집중하는 것은 혹독한 피로를 몰고 왔다. 눈이 깔깔하고 손목이 아픈 것은 물론이고, 뒷목이나 등, 팔과 다리의 근육도 모두 뻣뻣하게 굳어졌다. 이진은 영혼을 기록하면서 쌓이는 정신적, 육체적인 긴장과 피로를 난치성 직업병이라고 여기며 살아왔다. 하지만 한두 번, 이현과 잠자리에서 재미를 보다보니 누적된 긴장과 피로를 해소하는 데에 섹스만큼 좋은 것이 없다는 것을 깨닫게 되었다.

영혼을 기록하는 것은 결코 쉬운 작업이 아니었다. 유난히 까다롭게 구는 영혼을 만날 때면 고단함은 배가 되었다. 특별히 힘든 기록 작업을 하게 되면 이진은 이현이 퇴근하기를 열렬히 기다렸다. 언제쯤 퇴근하냐고 전화를 걸어 묻기까지 하게 된 것은 정말이지 엄청난 변화였다. 그가 들어와서 샤워를 하는 동안 이진은 손톱을 깨물며 약물중독자처럼 초조하게 기다렸다. 잠자리에서 그들은 아주 오래, 아주 진하게 섹스를 나누었다. 팔과 다리가 다 녹아 없어질 것같이 뜨겁게 섹스를 하고 나면 요술같이 피로가 깨끗이 풀리고 아주 상쾌한 아침을 맞이할 수 있었다. 너무 과격하게 사랑을 나누면 관절이 조금 욱신거리기도 했지만, 온몸의 근육은 맺힌 데 없이 부드러웠다. 그렇게 얻어진 새로운 활력과 집중력으로, 이진은 매일매일 점점 더 유능한 영혼의 기록자가 되어갈 수 있었다. 이진은 이현의 몸을 매우 소중한 피로회복제로 여겼다.

시곗바늘은 새벽 두시를 가리키고 있었다. 이진은 시계를 한 번 바라보고는 입술을 깨물었다. 이날의 기록 작업은 몹시 길고 힘들었다. 사실은 자정이 되기 한참 전부터 이진은 이현을 기다렸다. 국정감사의 마지막 날, 이현이 도저히 일찍 들어올 수 없는 날인 것을 아침부터 알고 있었지만, 그래도 그녀는 자꾸만 이현을 기다렸다. 이현과 뜨거운 정사를 나누고 꿈도 없는 깊은 잠에 빠지고 싶었다. 그녀가 간절하게 기다리는데도 이현은 들어오지 않았다. 저녁 무렵 택배회사 직원이 초인종을 눌렀을 때, 이진은 자신도 모르게 그 남자의 탄탄해 보이는 근육과 뼈대를 유심히 바라보았다. 유혹의 매뉴얼을 그녀가 알기만 했다면, 그녀는 실행에 옮겼을 것이다. 불행인지 다행인지, 그녀는 남편이 아닌 남자에게 정사를 청하는 방법을 알지 못했다. 그래서 그 아쉬운 근육덩어리가 집을 나가는 모습을 그냥 바라보기만 했다.

아무래도 이현은 이른 아침이 되어야 귀가할 것 같으니 이제는 노트를 덮고 잠을 청해야 하겠다고 이진이 마음을 정하는 순간 현관문이 열리고 이현이 들어왔다. 생각보다 취하지도 않고 말쑥한 모습이었다. 눈빛만은 사춘기 소년처럼 흥분으로 번쩍이고 있었다. 이진은 이현의 말짱한 모습을 보고 기뻤다.

"생각보다 술을 많이 마시지 않았네요."

"전체가 모인 자리에서는 중간쯤에 빠져나왔거든."

"그럼 이 시각까지 무얼 했나요?"

"내가 오늘 누구를 만났는지 알아?"

"누군데 이렇게 흥분했어요?"

"우리나라의 부총리야. 어마어마한 권력을 쥔 사람."

"그 사람이라면, 평소에도 자주 보는 사람이 아닌가요? 지난번에 송년모임 할 때 나도 본 적이 있는데."

"하지만 오늘 만난 건 그렇게 얼굴을 보았다는 소리가 아니야. 단둘이 술잔을 기울이면서 이야기를 나누었다고."

"인간적으로 친한 사이가 되었다는 뜻인가요?"

"그렇지. 그 양반이 나를 아주 좋게 보았다는 뜻이야."

"당신이 그 사람과 친해지면 뭐가 좋은데요?"

"그분은 나의 가치를 알아보더라고. 우린 오늘 아주 중요한 이야기를 했어. 내가 차근차근 이야기를 해줄게."

이현은 기세 좋게 버버리 코트와 재킷을 벗어던졌다. 바닥에 아무렇게나 나뒹구는 옷가지에 이진의 시선이 잠시 묶이는 것을 알면서도 그는 성급하게 이진의 스웨터를 밀어올렸다. 상큼한 살구 향기와 함께, 풍만하고 부드러운 젖가슴이 심해에서 꺼내올린 보물처럼 세상의 빛 아래 드러났다.

새벽 늦은 시각에 약간의 술냄새를 풍기며 달려들어와서 허겁지겁

옷을 벗자고 서둘러대는 이현을, 이진은 조금도 불쾌하게 여기지 않았다. 그녀는 방바닥에 아무렇게나 흐트러진 옷가지에서 눈을 떼고 편안하게 소파에 몸을 뉘었다. 이현이 스툴을 끌어당겨 이진의 다리 밑을 받쳐주었다. 이진 역시 미소를 띄우며 이현의 옷을 벗겨냈다. 꾸준한 운동으로 보기 좋게 가꾸어온 이현의 상체도 곧 불빛 아래 모습을 드러냈다.

"참 신기한 일이지. 나는 비서실에 근무하는 것도 아니고 그분한테 직접 보고를 올린 일도 없거든. 한마디로 그저 많고 많은 부하직원의 한 사람일 뿐인데, 부총리가 이미 나의 신상에 대해서도 퍽 자세히 알고 있더라고. 정말 생각할수록 놀라운 일이야."

이진은 보드라운 손길로 이현의 등과 허리와 엉덩이를 애무하면서, 듣는 듯, 듣지 않는 듯, 열기와 신음을 섞어 그의 말에 장단을 맞추었다.

"그래서, 무슨 좋은 일이 생긴 건데요?"

"부총리는 나의 상품가치를 꽤 높이 평가하더라구. 적당한 시기에 나를 여당에 픽업할 계획이야."

"당신이 여당에 가서 무얼 하죠?"

"정치계에 투신하는 거지. 나의 오랜 꿈이야. 재정경제부에서 경력을 쌓은 뒤 조만간 실행에 옮길 생각이었는데 뜻밖에 든든한 후원자를 얻었으니 날개를 단 셈이야. 보통 후원자가 아니야. 정권의 실세 부총리라구. 나이가 조금 많아서 대통령까지는 어려울지도 모르지만 어쩌면 가능할지도 몰라. 그가 밀어주면 마치 순풍에 돛을 단 듯이 일이 수월하게 풀려나갈 거야."

이현이 바지를 벗어던졌다. 바짝 올라붙은 엉덩이, 탄력 있고 가무잡잡한 두 쪽의 엉덩이가 모습을 드러냈다. 이진은 다리를 넓게 벌려 이현이 들어올 수 있도록 해주었다. 그들이 몸을 합치고 잠시 대화가 끊겼다. 이진의 상아 같은 손이 리드미컬하게 물결치는 이현의 등허리를 부드럽게 쓰다듬었다.

나는 거대한 바다 위에 홀로 떠있는 한 조각 돛단배처럼 막막하게, 그들의 소파 곁에 서 있었다. 하루의 기록이 끝난 뒤에도 나는 그들의 집을 떠나지 못했다. 문을 열고 들어서는 이현을 보는 순간 나의 영혼은 그대로 이 집에 묶였다. 이현과 이진의 잠자리를 지켜보는 것은 외롭고 침통했다. 세상의 남자와 여자들은 이렇게 달콤하고 뜨거운 열정으로 육신을 합치는가. 여섯 아이들을 만들어낸 나의 사십 년 잠자리는 왜 늘 그렇게 건조하고 삭막하였는가. 반세기 전 무너진 암자의 담벼락 뒤에서 울면서 훔쳐보았던 형님의 정사가 떠올랐다. 여인의 벌려진 가랑이 앞에 서면 언제나 곰처럼 우악스럽고 돼지처럼 뻔뻔하게 달려드는 그들 속에서, 나는 언제나 그렇게 외롭고 침통했다.

"부총리는 당신도 기억하고 있더라."

허리의 움직임을 한층 재촉하면서, 이현이 가쁜 숨소리로 말했다.

"당신은 어딜 가나 눈에 띄는 사람이니까."

이진은 대답하지 않았다. 그제서야 생각난 듯이, 물 밖으로 모습을 드러낸 인어처럼 싱싱하게 몸을 뒤틀어, 이현을 누이고 자신이 그의 몸 위에 올라앉았을 뿐이었다. 이현은 몹시 황홀한 눈길로 이진의 벗은 몸을 바라보았다. 이진의 벗은 가슴은 복숭아처럼 분홍빛으로 달아올랐다. 그녀는 늘씬한 두 다리로 이현의 허리를 죄어들었다.

나는 이현의 얼굴을 바라보고 있었다. 그는 아름다운 아내에게 몸을

맡기고 도취된 눈으로 이진의 몸 구석구석을 훑었다. 온 방 안이 녹아
내릴 듯이 흐드러진 살구 향기로 가득 찼다. 이 세상에서 가장 거대하
고 농밀한 살구밭에 온 것 같았다. 이현은 그녀의 잘룩한 허리를 붙들
고 매달렸다.

좁은 소파에서 사랑을 나누기가 불편했는지, 그들은 가쁜 숨을 몰아
쉬며 침실로 자리를 옮겼다. 나는 그들이 소파에 남기고 간 사랑의 흔
적을 손으로 더듬어보았다.

"부총리는 예리한 사람이야. 나의 장점과 단점을 정확하게 파악하고
있더라구. 물론 정치적 재목으로서 말이야. 나는 시각적 이미지가 좋고
학력이나 경력도 나무랄 데 없지. 토론 문화에도 익숙하니까 미디어 정
치에 여러모로 적합해. 하지만 문제가 되는 건 나의 사생활 부분이야.
당신도 알다시피 나에게는 세 명의 전처가 있으니까. 우리나라에서 네
번의 결혼 경력은 흔한 일이 아니거든. 정치적으로 분명히 공격의 대상
이 될 수밖에 없을 거야."

나는 열려 있는 문을 통해 그들의 침실로 따라들어갔다. 이진은 다시
이현의 몸 밑으로 들어가, 몸에 전해지는 사랑의 감각을 음미하는 데에
만 정신을 집중하고 있었다. 이현은 자세를 바꾸어 쾌락의 속도를 조절
했다.

"물론 그건 개인적인 사생활의 영역이지만 정치판에서는 무엇이든
일단 물어뜯고 보는 법이니까. 그래서 내가 정치적으로 성공하려면 당
신의 동의와 조력이 절대적으로 필요해. 알고 있어?"

"나더러 뭘 하라고요?"

"간단해. 우리의 결혼생활이 아주 안정적이고 행복한 것을 보여주기

만 하면 되는 거야. 지난 결혼 경력을 지울 수는 없는 거니까 젊은 날의 방황 정도로 생각한다 쳐도, 지금 우리는 이렇게 서로 사랑하잖아. 누구에게 내놓아도 부끄러울 것이 없는 정상적이고 건전한 결혼생활을 계속하기만 하면 나의 정치적인 약점은 많이 상쇄될 수 있을 거야. 당신의 아름다운 얼굴이 TV 화면을 탄다면 물론 엄청난 도움이 될 것이 분명하고."

그는 지금 나와 했던 대화의 정확하게 절반만을 전달하고 있었다. 이현이 정치인으로 살아남기 위해서는 이진과 정상적인 결혼생활을 계속해나가는 정도로는 어림없다. 이진이 아름다운 얼굴을 카메라 앞에 드러내는 것으로도 부족하다. 그녀는 스스로 국민의 시녀임을 선언하고 온갖 궂은일을 도맡고 각종 귀찮은 행사에 나서야 한다. 동네 유지의 환갑잔치라면 앞치마를 두르고 설거지도 마다하지 않아야 한다. 남성 유권자 앞에서 교태를, 여성 유권자 앞에서는 굴종을 보여줘야 한다. 그래야 유권자의 표를 모을 수 있다. 그러나 이현은 그 사실을 언급하지 않았다.

"애초에 우리는 삼 년을 함께 살 생각이었지. 나는 당신이 어떤 사람인지 몰랐고, 당신도 나를 잘 몰랐으니까. 우리 결혼은 엄청난 모험이었어. 그러니 삼 년의 시한이라는 안전장치가 필요했지. 하지만 이제 삼 년이 다 되어가고 있어. 예상했던 것보다 훨씬 더 성공적인 결혼생활이었잖아? 삼 년이라는 숫자에 더이상 얽매일 필요는 없지 않을까?"

이진은 얼른 대답하지 않았다. 언제나 단순한 그녀는, 사랑의 행위 중간에 중대한 결단이나 고백을 요구하는 이현의 습관을 별로 좋아하지 않았다.

"우리는 떨어져 사는 것보다 함께 사는 것이 더 행복한 사람들이야. 서로에게 도움을 주는 이 관계를 의미 없이 깨뜨리지는 않았으면 해. 당신은 내 뜻을 이해하겠어?"

이진은 대답하지 않았으나 편안한 자세를 잡고 본격적인 쾌락을 맞이할 준비를 했다. 나는 그들의 곁으로 가까이 다가갔다. 물결치는 그의 등을 보자 또다시 와락 눈물이 났다. 한참 동안 망설이다가 나는 그의 등에 손을 얹었다. 아무 감촉도 느껴지지 않았다. 나는 내가 현실 속의 존재라면 느낄 수 있었을 감촉들을 상상했다. 그의 열기, 매끄러운 피부, 탄력 있는 움직임, 촉촉하게 젖어드는 땀방울. 매끈한 그의 등 위에 얹힌 주름진 내 손에는 푸른 핏줄이 툭툭 불거져 있었다.

나는 이진의 어깨에 깊이 묻힌 이현의 얼굴에 콧등이 닿을 정도로 가까이 다가갔다. 가까운 곳에서 바라보는 이현의 얼굴은 더욱 아름다웠다. 그의 긴 눈시울이 달콤한 눈웃음을 담고 나를 바라볼 때 나의 심장은 저 깊은 땅 속 어디까지 가라앉았던가. 그가 이진을 보듯이 나를 본다면, 집어삼키고 싶은 욕망과 열정을 담아 나를 바라보기라도 한다면 나의 심장은 그대로 지구의 중심, 지옥불이 아직까지 타오르고 있는 그 죽음의 마그마에까지 가라앉지 않을까.

그가 나의 존재를 조금도 느끼지 못하는 것을 확인하고 나는 좀더 마음놓고 울었다. 그의 물결치는 허리에 내 볼을 대고, 한 손은 그의 어깨에, 한 손은 깊이 쪼개진 그의 엉덩이 사이 골짜기에 얹었다. 그렇게 그의 몸을 껴안고, 나는 현실 속에서 결코 일어날 수 없는 일들을 모두 상상했다. 보기 좋게 바짝 올라붙은 그의 엉덩이에 현실의 내 손을 얹게되는 것, 그의 젊고 매끄러운 피부가 나의 것에 마찰되는 것, 그의 무시

무시하게 강한 팔과 다리가 나의 몸통을 죄어드는 것, 그리고 내가 붉은 가랑이를 벌려 그의 육신을 받아들이는 것.

상상만으로도 죽음에 이르도록 고통스럽고 징그러웠다. 온몸이 녹아내릴 듯이 쓰라렸다. 나는 갑자기 비명을 질렀다. 내 소리에 놀랐지만 멈출 수 없었다. 온몸에 차오른 울음이 통곡이 되어 입 밖으로 쏟아져 나왔다. 나는 이현의 어깨에 매달렸다. 그의 등허리를 손톱으로 긁고 이빨로 물어뜯었다. 그의 엉덩이에 얼굴을 부비고 그의 머리칼에 입맞추었다. 이현은 나의 통곡과 몸부림 따위는 조금도 알지 못했다. 아름다운 아내의 몸 위에서, 늙은 부총리의 애원 따위가 들릴 리 없었다. 오로지 이진만은 나의 광기와 정념에 신경이 쓰이기라도 하는 것처럼, 절정에 오르기 직전에 아름다운 콧잔등을 잠시 찡긋거렸다.

이현은 재정경제부로 출근하고, 나의 영혼은 이현의 집으로 출근했다. 나는 그들이 아침에도 음탕한 장난을 치는 것을 침울한 눈으로 지켜보았다. 이진은 뻔뻔하게 나의 눈앞에서 이현의 바지 안에 손을 넣고 그 속에 있는 것을 조몰락거렸다. 나는 무어라 항의하지 못하고 외면했다.

이현이 현관문을 열고 나서면 이진은 아침을 먹은 간소한 식기를 설거지했다. 가볍게 진공청소기를 돌리고 나면 블라인드를 모두 내려 창밖의 햇살이 집 안으로 들어오지 못하도록 했다. 영혼들은 빛을 반기지 않는 속성이 있으니까, 그 정도의 배려나마 고맙게 여겨야 했다. 이진은 손을 씻고 어두컴컴해진 서재에 들어가 연필을 점검하고 노트를 펴고 자리에 앉았다. 나는 사각사각 소리를 내는 그녀의 연필 끝에서 나의 샅샅한 내면이 모두 발가벗겨지는 수치심을 참으며 작은 일인용 카우치에 기대어 앉아 있었다. 다리를 올려놓을 수 있을 만큼 쿠션이 길었지만 나는 늘 꼿꼿이 앉는 자세를 고수했다. 아무런 온정도 베풀어지지 않는 이 가혹한 심문대에 마음 편히 누울 수 있는 영혼은 아무도 없을 것이라고 생각한다. 이진 역시 굳이 누우라고 말하지 않았다. 나는 내 곁에 한두 사람이 더 앉을 수 있을 만한 여분의 공간을 남겨놓고 불편하게 두 무릎을 붙인 자세로 꼿꼿이 앉아서 기록되었다.

나의 영혼이 기록되는 작업에 실제로 내가 기여하는 부분은 아무것도 없었다. 그저 나의 전 인생을 내맡기고 무력하게 앉아 있을 따름이었다. 이진은 가차없이 나의 영혼을 기록했고 그 기록에 대해 내가 모욕감을 느끼건 비명을 지르건 상관하지 않았다. 거짓말이라고 고래고래 소리를 질러본들 아무 소용 없었다. 그녀의 연필 끝이 무디어질 때를 제외하고는, 그녀를 멈출 수 있는 것은 아무것도 없었다. 그녀는 무자비한 폭군처럼, 피도 눈물도 모르는 냉혈한처럼 무표정하게 기록을 계속했다. 나는 그녀의 앞에서 발광하는 일에도 지쳤다. 처음으로 지쳐서 탈진하던 날, 나는 비로소 카우치에 다리를 올리고 누워서 눈물을 흘렸다. 이 우스꽝스러운 일인용 카우치에 앉은 거의 모든 영혼들이 거쳐야 했던 똑같은 과정이 아니었을까 싶다.

현실의 나는 여전히 부총리였다. 그러나 현실의 나와 영혼의 나는 같은 인간이라고 할 수 없을 만큼 크게 달랐다. 나라고 부르기조차 어색한, '그'라고 호칭해야 어울릴 듯한 부총리는 집무실에서 그가 꼭 해야 할 일들을, 언제나처럼 침착하고 위엄 있는 모습으로 차근차근 해나가고 있었다. 그는 자신의 영혼이 이쪽 세계에서 겪고 있는 수난에 대해서는 아무것도 알지 못했다. 그저 평소보다 좀더 말수가 적고 기분이 가라앉아 보이는 정도였다.

나는 처음에 양복을 입고 집무실에 있거나 각료회의에 참석하는 부총리로 돌아가고 싶어서 안달을 했다. 영혼의 기록 작업이 끝난 뒤에도 영원히 이 끔찍한 영혼의 세계를 보게 될까봐, 영혼을 기록당하기 이전으로 완벽하게 돌아갈 수 없을까봐 두려워했다. 그러나 초기의 불안정기가 지나자 모든 것이 조금씩 달라졌다. 나는 차츰 내가 처해 있는 기묘한 상황이 어느 정도 재미있게 느껴지기 시작했을 뿐 아니라 이현의 흔적으로 가득 찬 이 공간이 무척 마음에 들었다. 따분하고 꽉 막힌 일상에 갇혀 있는 집무실의 부총리에게 연민을 느끼기까지 했다.

나는 차츰 대담해져서 이진이 나의 영혼을 기록하는 동안—그 얄미운 펜 끝에서 어떤 터무니없는 소리가 쏟아져나오든 개의치 않고—이현과 이진이 함께 사는 집 안을 여기저기 돌아다니기 시작했다. 기록당하는 영혼은 카우치를 벗어나지 않는 것이 규칙이었지만 막상 내가 서재 문을 열고 밖으로 나가려 하자 이진은 뜻밖에 제지하지 않았다. 나는 이현의 흔적이 구석구석 남아 있는 이 쾌적한 아파트를 빠짐없이 돌아다녔다. 나는 특히 그의 의류와 침구에 탐닉했다. 세탁물이 담긴 햄퍼에 코를 묻고 그의 향기를 들이마시기도 했다. 그와 이진이 지난밤 열정적인 사랑을 나누었던 침대에, 이진이 누워 있던 바로 그 자리에 내 몸을 누이는 일은 짜릿했다. 엉덩이에서 발원한 뜨거운 열기가 척추를 타고 끓어올라 입 안에서 진하고 달콤한 꽃내음을 풍기는 정기로 증류되었다.

내가 그들의 침대에서 개구리처럼 행복하게 유영하는 모습을 보고도 이진은 눈 하나 깜짝하지 않았다. 그저 사각사각 기록할 뿐이었다. 저렇게 독하고 삭막한 여자에게 매료되다니, 이현은 얼마나 어리석고 얄미운가. 나는 이진이 적어내려가고 있는 그 터무니없고 악의에 찬 기록에 대해서도 분노했지만 그보다 천 배나 강렬한 적의를 담아 그녀를 질투했다. 아름다운 젊은 남자들은 어찌하여 여인들에게 매료되는가. 여인들의 출렁거리는 지방층에서 무슨 매력을 찾을 수 있다는 것인지 나는 조금도 이해할 수 없었다.

이 세상에서 진정 신에 가까운 것은 젊은 남성들의 아름다움이었다. 피하지방이 거의 없이 근육과 맞붙어 있는 얇은 피부의 매끄러운 탄력, 활달하고 강한 골격, 듣기 좋은 부드러운 저음의 목소리, 침착하고 절도 있는 몸가짐. 세상의 아름다운 젊은 남성이야말로 신이 창조한 아름다움을 알아보는 안목을 가진 자가 사랑할 수 있을 만한 유일한 대상이었다. 지고의 아름다움에 도달한 가치 있는 존재들이 허여멀겋고 물렁물렁한 여인의 육체에 매혹당하는 생의 아이러니를 나는 견디기 힘들었다. 여인들은 오로지 육체에 있어서만 혐오스러운 것이 아니었다. 높고 가느다란 목소리, 갈피를 잡을 수 없는 불안정한 심리, 이기적이고 게으른 성품. 나는 지구상에서 가장 아름다운 여인을 눈앞에 두고서도 마음의 현(絃)이 단 한 줄도 당겨지지 않는 것을 인정했다.

이현의 깊고 우아한 눈시울, 지구상에서 가장 달콤한 눈웃음을 담은 그 아름다운 눈시울이 이진의 앞에서 애태우고 목말라하는 것을 생각하면 가슴뼈 안쪽의 몹시 깊숙하고 예민한 부분에서 격렬한 통증이 느껴졌다. 그 통증은 금세 온몸의 뼈마디로 퍼져나가 나의 온몸을 지지고 달구고 부수었다. 그가 나에게 보여주었던 조심스럽고 호의에 가득 찬 미소는, 그것만으로도 나는 팔열지옥에 이르도록 저주받았건만, 이진에게 향하는 그 풍성하고 열정적인 사랑의 몸짓과는 비교조차 하기 어렵도록 범박하고 간결한 것이었다.

나는 눈알에 굵은 핏발을 세우고 나 자신을 돌아보았다. 나는 부총리, 학처럼 맑게 늙은 노인이었다. 한 인간으로서는 인자하고 단아했으며, 부총리로서는 과감하고 총명했다. 한 아내와 해로해온 결혼생활이 어언 사십 년을 넘겼고 여섯 명의 자식들은 모두 훌륭하게 자랐다. 그런 내가 한 청년의 긴 눈시울에 담긴 눈웃음 하나에 이토록 온몸이 녹아내리다니, 말이 되는가.

돌이켜보면 이전에도 여러 번, 부총리는 아름다운 젊은 남자들에게 매료되었다. 그들의 아름다움에 매혹당하고 그들에게 연애감정을 품었다. 그 감정들은 의식의 수면 위로 떠오르지 못하고 형태조차 알 수 없이 난자되어 어두컴컴한 무의식의 심연으로 암장되었다. 하지만, 저 완고한 부총리마저도 육십대 후반에 접어든 이제는 모든 욕망에 둔감해졌으리라 예단하고 방심한 것일까. 부총리는 여러 가지 자질구레한 핑계를 대며 자꾸만 이현을 불러냈다. 총명하고 활달한 이현을 가까이 두고 자식같이 사랑하기가 여러 날이었다. 그건 위험한 불장난이었다.

나는 여러 번, 이현을 만나기 이전의 부총리로 돌아가려 노력했다. 그 노력들은 제법 성과를 거둘 뻔하기도 했다. 그러나 이현의 긴 눈매를 다시 보게 되는 순간 모든 노력들은 물거품이 되었다. 그 우아한 눈매에 담긴 달콤한 눈웃음이 맑은 물방울처럼 날아와 내 가슴에 떨어지는 순간 나는 광풍이 휘몰아치는 바다가 되었고 지옥의 불을 내뿜는 화산이 되었다. 나는 그 눈웃음에 맷돌질당해 미풍에도 날아가는 부연 송

횟가루가 되었고 그 눈웃음에 매몰되어 가장 빛나는 다이아몬드가 되었다.

나는 여인의 몸을 입어 그와 육체관계를 나누고 싶지는 않았다. 나는 명백히 세상의 여자들을 싫어했으므로 아무리 이현의 사랑을 얻기 위해서라도 나 자신이 그런 혐오스러운 존재가 되고 싶은 생각은 추호도 들지 않았다. 그렇다고 남자의 몸 그대로인 채로 그와 사랑을 나누고 싶지도 않았다. 나는 이 세상에 분명히 그런 방식의 사랑을 추구하는 사람들이 존재한다는 것을 알고 있었지만 그들이 사랑을 나누는 방식을 흉내내고 싶지도 않았다. 나는 가장 보수적인 사회에서 한평생을 살아온 가장 보수적인 육십대 노인이었다. 내 나이가 조금 더 젊었더라면 어쩌면 그런 기묘한 방식의 육체관계에 이르기까지 욕망이 확장되었을지도 모르겠지만 다행히 나는 이미 늙었고 직접적인 성기의 마찰을 추구하는 욕구는 그다지 강렬하지 않았다. 좀더 솔직하게 말하자면, 나 자신이 이현을 지옥처럼 사랑한다는 사실을 이미 인정했으면서도, 나 이외의, 남자끼리 사랑하는 사람들에 대해서는 변함없이 이루 형언할 수 없는 혐오감을 느꼈다.

내가 원하는 것은 그의 시선이었다. 깜짝 놀라도록 아름답고 깊숙한 그의 눈시울, 그 눈시울에 담긴 호의와 애정을 나의 것으로 소유하고 싶었다. 그의 눈웃음에 대한 나의 갈망은 거의 병적으로 쓰라리고 집요한 것이라서 저쪽 세상에서 평화롭게 지내고 있는, 영혼의 일 따위는 아무것도 알지 못하는 저 멍청한 부총리마저도 문득 창 밖을 내다보며 길고 두서없는 상념에 잠기곤 하는 것이었다.

불행한 나의 욕망이 좀더 멀리까지 허용될 수 있다면, 이현의 육신을 쓰다듬어보고 싶었다. 그를 아주 가까운 곳에 두고 그의 온몸에 나의 피부를 접촉시켜보고 싶었다. 그의 머리끝에서 발끝까지, 신이 얄궂은 의도로 그렇게 아름답게 설계하신 그의 달콤한 육신을 아프도록 거세게 안아보고 싶었다. 이현과 이진의 가장 은밀한 사생활까지도 뻔뻔하게 침해하고 돌아다니며 세상에 존재할 수 있는 가장 음탕하고 비윤리적인 상상을 모두 다 해본 내가 도달한 결론적인 소망은 겨우 이렇게 검소하고 가련한 것에 불과했다. 그의 눈웃음. 그리고 사타구니를 제외한 다른 부위의 다정한 피부 접촉.

"자네의 능력이나 자질에 대해서는 나 나름대로 확신을 가지고 있네. 나는 오랜 세월을 정치계에서 보냈고 별별 사람을 다 보았어. 사람을 보는 눈이 있다고 여기네."

"장관님께서 그렇게 좋게 보아주셨다면 감사드릴 따름입니다. 부족한 점이 너무나 많습니다."

"하지만 내가 자네를 픽업한다고 하면 주변에서 만류하는 사람이 많을 걸세. 자네는 무어랄까, 무난한 선택은 아니거든. 여러모로 너무나 튀는 사람이야. 스타성이 있는 한편 단숨에 무너질 수 있는 약점도 있거든. 구미에서라면 쉽게 어필했을지도 모르지만 우리나라에서는 아직 모험적이야. 아직 국민은 정치가에 대해 지극히 보수적인 잣대를 가지고 있다네."

"무슨 말씀을 하시는지 알아듣겠습니다."

"나는 자네라는 사람이 훌륭한 정치적 재목이 될 수 있음을 믿고 있지만, 자네가 성공할 확률이 얼마만큼 되는지에 대해서는 사실 확신을 가질 수 없네."

"부끄럽습니다. 제가 처신을 잘못한 부분이 많습니다."

"사실 개인의 사생활에 대해, 더구나 범죄가 아닌 합법적인 선택에 대해 왈가왈부할 권리는 누구에게도 없네. 하지만 정치인이 된다는 것은 기업가가 되거나 예술가로 사는 것과는 전혀 달라. 일거수일투족이 도마 위에 올라 있다고 보면 되네. 어쩌면 자네라는 존재를 계기로 삼아 우리나라의 국민의식이 좀더 개인의 영역을 존중하는 방향으로 바람직하게 바뀌어갈 가능성도 있는 것이지. 하지만 그 반대로, 자네 개인과 내가 소속된 정당이 한꺼번에 치명적인 상처를 받을 수도 있네. 그런 사실을 잘 알고 있겠지?"

"예."

"그럼에도 불구하고 자네에게는 도전해볼 의지가 뚜렷한 것인가?"

"예. 부족하지만, 한번 세상을 향해 뜻을 펴보고 싶습니다. 장관님께서 부디 저를 수족으로 부려주시기를 부탁드립니다."

나는, 아니 저 먼 곳의 침착한 부총리는, 부하직원 이현과 생선회를 앞에 두고 이야기를 나누고 있었다. 차기 총선에서 노쇠하고 진부한 소속 정당의 이미지를 쇄신하고 국민에게 신선한 충격을 안겨줄 방안을 궁리하던 부총리는 야심만만하고 잘생긴 이현이 종합비타민 제제의 역할을 훌륭하게 해낼 수 있으리라 기대하는 참이었다. 카메라 앞에 세워놓았을 때 이현보다 훌륭한 그림을 만들어낼 수 있는 사내는 나라 전체를 뒤져도 흔하지 않았다. 중요한 것은 그가 마이크를 잡아도 여전히 훌륭하다는 점이었다. 그는 멍청한 미남이 아니었다. 그는 실물경제에 밝았고 국제경험이 풍부했다. 상대를 설득하고 요리하는 화술도 수준급이었다. 한마디로 이현은 사람들에게 환상을 심어줄 만한 인물이었다. 물론 현실은 그런 환상과는 안드로메다 성운만큼이나 멀리 떨어져 있지만 그래도 중요한 건 사람들이 환상을 현실인 것으로 착각하도록 하는 일이었다.

그는—물론 부총리를 말한다—이현이 그런 용도로 안성맞춤의 적임자라고 생각했다. 이현 쪽에서는 머리칼을 뽑아 부총리의 짚신이라도 삼을 만큼 몸이 달아 있었다. 정치적으로 의기투합한 두 사람은 개인적으로도 어느 정도 친밀한 사이가 되어, 부총리의 바쁜 일과가 끝나면 사람들의 눈길이 미치지 않는 곳을 신중하게 선택하여 술잔을 기울이며 정치 이야기를 나누곤 했다.

"그렇다면 내가 하는 말을 섭섭하게 듣지 말게."

"어떤 말씀이든 귀담아듣고 있습니다. 쓴 말씀도 아끼지 말아주십시오."

"자네의 과거에 대해서는 어느 정도 나도 들은 바가 있네. 화려하더구먼."

"송구합니다."

"얼굴이 붉어질 것까지는 없네. 이것은 사적인 이야기가 아니라네. 내가 세운 목표에 자네가 적합한 역할을 해주기 위해서는 이 문제에 대해 꼭 논의를 거쳐야만 하기 때문에 언급하는 것뿐이네."

부총리는 물론, 자신이 붉어진 이현의 얼굴 때문에 숨이 가빠오는 것을 알아차리지 못했다. 그의 사고체계 안에서는 그런 일은 일어날 수 없는 것이다. 오로지 영혼계에 머무는, 이진의 사각거리는 연필 소리를 들으며 카우치에 늘어져 있는 나만이 느낄 수 있었다. 부총리는 솔직한 인물이었다. 그는 진심을 숨기지 않았다. 그러나 그는 자신의 진심이 무엇인지 알지 못했다. 잘생긴 부이사관을 입당시키고 장차 적절한 때를 보아 당 대변인으로 밀어줄 계획을 세우고 있긴 했지만 그것이 왜 그토록 시급하고 중요한 일인지에 대해서는 잘못 알고 있었다. 그것은 정치적인 전략이 아니라 그의 내면적인 욕구에 기인한 것이었다. 그 계획이 성공할지 파멸할지에 대한 판단력도 몹시 흐렸다. 그 문제를 의논하기 위해 틈날 때마다 젊은 부이사관과 술잔을 기울일 필요는 전혀 없다는 사실도 인정하지 않았다.

그는 요즘 자주 허허로워했고, 자신의 사십 년 정치 역정이 왠지 막다른 골목에 이른 것 같은 위기감으로 스트레스를 받곤 했는데 싹싹하고 잘생긴 젊은 부이사관과 나누는 술잔이 그의 가슴에 큰 위안이 된다는 정도만을 인식하고 있었다. 젊은 이현의 눈웃음과 골격 때문에 그의 심장이 뛰다 말다 하거나 혈액이 역류하는 일 따위는 부총리의 의식세계 속에서 조금도 인지되지 않았다.

"전 부인들과 왕래는 전혀 없는 것이 분명한가."

"물론입니다."

"혼외관계가 있는 것도 아니고."

"저는 이혼과 재혼을 반복하는 고질병이 있기는 합니다만 적어도 결혼생활을 해나가는 동안은 배우자에게 절대적으로 충실합니다."

"그 문제는 매우 중요하네. 내가 따로 뒷조사를 해볼 수도 있네."

"그 점은 저를 믿으셔도 좋습니다."

"부인과의 관계는 어떤가. 다시 이혼하고 다섯번째로 결혼한다면 치명적이네."

"말씀드리기 부끄럽습니다만 저희는 사이가 매우 좋은 부부입니다."

"가화만사성이라고 했네. 옛사람들도 집안의 화목을 중요하게 여기었네. 자네도 밖에서 큰일을 하려면 집안에 잡음이 있어서는 안 되네."

"집사람은 매우 조용하고 내성적인 성품입니다. 문제를 일으키지 않을 것입니다."

"문제를 일으키지 않는 정도로는 부족하네. 정치인의 아내는 그 자신 또한 정치인이나 마찬가지야. 자네와 마찬가지로 철저하게 검증되어야 하네. 부인은 무슨 일을 하시는가?"

"특별히 하는 일은 없습니다. 전업주부입니다."

"그렇다면 잘되었네. 정치인에게는 적극적이고 열성적인 반려자가 필요하다네."

이현의 얼굴이 굳어졌다. 부총리는 늘 그렇듯이 온화하면서도 엄격한 얼굴이었다. 나는 고개를 들지 않고 사각사각 적어내려가는 영혼을 기록하는 여자를 쏘아보았다. 이진은 재정경제부 부이사관 이현의 아내 역할은 어찌어찌 해나갈 수 있을지 모르나 정치인 이현의 아내 역할을 다하기에는 역부족이었다. 그녀는 재정경제부 지하매점 점원 시절보다 더 절망적이고 공개적인 수모를 감수해야 할 것이었다.

"실은 아내의 조력을 기대하기는 조금 어려운 형편입니다."

"무슨 소리인가?"

"말씀드리기 송구합니다. 아내는…… 몹시 폐쇄적인 성품입니다."

"그것은 변명이 될 수 없네. 부인께서 싫다고 해도 견뎌야 하는 일이네. 선택의 여지가 없네."

"그것이 간단한 문제가 아닙니다. 설명드리기가 몹시 어렵습니다만, 하여튼 제 형편은 그렇습니다."

"자네의 부인을 본 일이 있네. 보기 드문 미인이었지. 몸이 아파 보이지도 않던걸. 기분 나쁘게 듣지 말게. 부인이 카메라 앞을 스쳐 지나가기만 해도 당 지지율이 앞자릿수부터 바뀔걸세. 하하, 기분 나쁘게 듣지 말게, 웃자고 하는 소리네."

"장관님의 말씀이 맞습니다. 집사람은 미인이고 그녀가 대중에 노출된다면 분명히 화제가 될 것입니다. 하지만 그녀는 대중 앞에 서기 어려운 사람입니다."

"왜, 무슨 문제가 있는가?"

"굳이 말씀드리자면…… 내면적인 문제라고 말씀드릴 수 있겠습니다."

"곤란하네. 요즘 정치인의 가족은 정치인만큼이나 심하게 검증절차를 밟는 추세라네. 정신적으로나 도덕적으로 건전하지 않다면 적대적인 검증절차를 견뎌낼 수 없네. 그리고 검증절차에서 문제가 발생한다면 그것은 당에게나 자네에게나 파멸적인 결과를 가져올 것이네. 자네의 진로를 결정짓기 이전에 자네의 부인 문제에 대해 분명히 매듭을 지어두어야 하네. 도대체 무슨 문제가 있는 것인가?"

이현은 곤혹스러워했다. 무슨 일이 닥치건 미꾸라지처럼 요리조리 잘 빠져나가는 이현의 여유는 이 문제에서 잘 통하지 않았다. 부총리는 근엄하게 이현의 대답을 기다렸다. 영혼의 세계에서 내 몫에 해당되는 절대적인 무력과, 부총리가 이현 부부에게 행사하는 절대적인 권력의 대비는 짜릿하게 통쾌했다. 이현은 이진을 옹호할 수 있는 표현을 생각해내기 위해 안간힘을 썼으나 세상에 존재하는 그 어떤 언어로도 이진은 정상적이지 않았다. 이현이 한숨과 진땀 속에서 허우적거리는 동안 부총리는 녹차를 마셨다.

"개인적인 일이라 몹시 조심스럽네만 캐묻지 않을 수가 없네. 부인께 무슨 문제가 있는 것인가?"

"문제…… 정신적인 쪽으로 문제가 있다고 할 수 있을지도 모르겠습니다."

"똑똑한 사람인 줄 알았는데 무슨 말을 그렇게 하는가. 있으면 있는 거고 없으면 없는 거네."

"예, 그렇습니다. 문제가 있습니다."

"이런 표현을 써서 미안하네만, 정신병이 있는 것인가?"

"무어라고 해도 그녀의 상태를 온전하게 표현하기 어렵습니다. 장관님께 무엇을 숨기려고 하는 것이 아닙니다. 그저 장관님께 어떻게 말씀드려야 할지 모르겠습니다."

"있는 그대로를 말하게. 숨기거나 거짓을 말하지 말고 있는 그대로를 말하게. 진실을 말한다면 하나도 복잡할 것이 없을 것이네."

"제 아내는 영혼을 기록하는 사람입니다."

하하하. 부총리가 웃었다. 카우치에 기대어앉은 나도 똑같이 웃었다. 이현은 손수건으로 이마를 훔쳤다. 이진은 표정 없이 사각사각 기록했다. 부총리는 어이없어서 웃었고 나는 통쾌해서 웃었다. 내가 처해 있는 어이없는 상황, 이 여자가 휘두르는 무소불위의 권력, 무엇으로도 피해갈 수 없는 이 처절한 수모의 경험이 현실 속에서는 얼마나 말도 안 되고 우스꽝스러운 것인지, 나의 분신이자 나 자신인 부총리의 웃음에서 확인할 수 있어서 기뻤다. 통쾌해서 눈물이 쏟아졌다.

"이보게, 취했는가."
"아닙니다 장관님. 그럴 리가 있겠습니까. 장관님께서 웃으실 줄 알았습니다. 바로 그래서 제가 말씀 올리기 힘들어했던 것입니다. 집사람은 너무나 특이한 사람이고 저의 상황은 언어로 표현하여 이해받기 어려운 것입니다. 저의 고충을 이해해주십사고 감히 부탁드립니다."
"이거야 원 참, 난감하구먼. 자네가 말하는 모습을 보니 빈말이 아닌 것 같네. 나는 처음에 농담인 줄 알았네."
"농담이 아닙니다. 그녀는 영혼을 기록하는 여자입니다."
"웃지 않도록 노력하겠네. 그럼 그 영혼을 기록한다는 것이 도대체 무언가?"
"저는 잘 모릅니다. 저희 부부는 서로의 일에 대해서는 간섭하지 않습니다. 웃지 마십시오, 장관님. 실제로 그렇습니다. 제가 재정경제부에서 하는 일을 그녀가 모르듯이, 저는 그녀가 하는 일을 모릅니다."

이현은 내가 가장 좋아하는 특유의 눈웃음을 지으며 부총리에게 이진이 영혼을 기록하는 풍경을 간략하게 들려주었다. 연필과 노트와 그녀의 팔꿈치를 제외하면 아무것도 놓을 공간이 없는 작은 책상, 쿠션조차 없으나 앉아보면 상당히 안정감이 느껴지는 의자, 그리고 보이지 않는 고객을 위한 낡은 자줏빛 카우치. 그 검소한 서재에서 이진은 때때로 카우치를 응시하고 이맛살을 찌푸리면서 인류의 보이지 않는 이면들을 진지하게 기록했다. 곁에서 지켜보는 이에게 그것이 얼마나 우스꽝스러운 장면인지 조금도 개의치 않는 이진을 이야기하면서 이현과 부총리는 큰 소리로 웃었다. 한바탕 큰 웃음이 지나간 뒤 부총리는 진지한 표정으로 돌아왔다. 내가 가장 좋아하는 부총리 특유의 표정이었다. 맑고 단정한, 근엄하고 진지한, 인간을 이해하고 권력을 이해하는 노인의 얼굴이었다. 그 얼굴의 노인이 바로 부총리였다. 지금 우스꽝스러운 자줏빛 카우치에 기대어서 울다가 웃다가 하는 노인은 절대로 내가 아니었다. 나는 이진이 그 사실을 인식해주기 바랐다. 그러나 이진은 고개를 들지 않고 사각사각 기록만 했다.

"자네의 말을 믿겠네. 이해하기 어렵지만 자네가 진지한 사람인 것을 믿으니 자네의 말도 믿겠네. 혹시 부인께서 영혼을 본다면 흔히 말하는 신들린 사람, 점쟁이나 무당과 비슷한 의미인가?"

"그것과는 전혀 다릅니다. 그녀는 미래를 내다보는 능력이나 돈을 버는 것과는 아무 관련이 없습니다. 그녀는 그 누구도 만나지 않고 혼자 작은 방에 앉아서 무언가를 적습니다. 그것이 영혼을 기록하는 작업입니다."

"점쟁이나 무당과는 다른 일이란 말이지. 조금은 다행스럽기도 하
네. 아무래도 그런 직업은 정치가의 아내에게 어울리지 않거든. 하지만
그렇다 해도 여전히 문제가 있네. 부인은 영혼을 기록하는 사람이라는
말이지? 그렇다면 그녀는, 그녀가 하는 일은, 사회적으로 윤리적으로
문제가 없는 것인가? 나는 영혼을 기록하는 직업에 대해서는 오늘 처
음으로 들었네만, 그 일은 어쩐지 섬뜩하게 들리네. 누구의 영혼을 기
록하는 것인가? 어떻게 기록하는 것인가?"

"그건 아무도 모릅니다. 아내는 평범한 대학노트에 끝없이 많은 이
야기를 적어내지만 그것을 읽어본 사람은 아무도 없습니다. 저 역시 그
것을 궁금하게 여기지 않았습니다."

"그것을 알아야 하네. 반드시 알아야 하네."

"그것을 왜 꼭 알아야 합니까? 폐쇄적인 한 여자의 조용하고 유별난
취미생활 정도로 생각하면 아무 문제가 없는 일입니다."

"절대로 그렇지 않네. 자네가 정치인이 되었다고 생각해보게. 자네
는 대외비를 유지해야 할 많은 국가기밀들을 접하게 될 것이네. 보통
사람들은 머릿속에 있는 일들을 노출하지 않지. 말조심만 하면 되네.
하지만 자네의 곁에는 영혼을 기록하는 여자가 늘 함께 있다고 자네의
입으로 이야기하지 않았는가. 자네의 영혼 속에 들어 있는 위험하고 비
밀스러운 일들을 자네의 부인이 대학노트에 사각사각 기록해놓는다고
생각해보게. 그리고 자네가 정치인으로서 유명세를 탄 끝에, 부인의 별
난 취미가 우리의 정적들에게 알려진다고 생각해보게. 어떤 일들이 벌
어지겠는가? 그들은 부인의 노트를 손에 넣기 위해 수단과 방법을 가

리지 않을 것이네. 상대방이 단순히 정적이기만 하면 우리의 몰락이나 망신으로 끝나겠지만, 적대적 외국의 정보원이기라도 해보게. 그것은 국가의 안위와 존망에까지 영향을 미칠 수 있는 심각한 문제가 될 것이네. 어디, 말해보게. 그런 문제에 대해서 생각해보았는가?"

"그렇지 않습니다. 그녀는 곁에 있는 사람의 영혼을 들여다보지 못합니다. 솔직히 말씀드리자면 아주 둔감하기도 합니다. 제 머릿속에 어떤 일급 국가비밀이 들어 있어도 그녀가 그것을 누설하는 일은 절대로 없을 것입니다."

"그러면 누구의 영혼을 기록한다는 말인가?"

"불특정한 다수입니다. 특별한 기준 없이 임의로 기록할 영혼을 선택한다고 합니다."

"그렇다면 때때로 그 기록의 레이더망에 대통령이나 부총리도 걸려들 수가 있겠다는 생각이 드는구먼."

"그건 잘 모르겠습니다. 그녀가 어떤 방법으로 기록의 대상을 선택하는지, 저는 잘 모릅니다."

"곤란하네. 기록되어선 절대로 안 될 일들을 기록하고 있을지도 모르지 않는가. 국가적인 기밀일 수도 있고 악의적으로 날조된 루머들일 수도 있네. 정치가의 아내가 가져서는 절대로 안 될 취미인 것 같다는 생각이 드네만."

"솔직히 말씀드려서, 당혹스럽습니다. 아내는 유별난 면이 있기는 하지만 조용한 사람이고 큰 문제를 일으킨 일이 없습니다. 물론 장관님께서 그런 면들을 이해하기는 어려우실 것입니다만……"

"내가 정치계에서 보낸 사십 년의 세월을 가벼이 여기지 말아주기 바라네. 자네처럼 순진하게 생각하다가 뼈도 못 추리고 사라져간 애송이들을 나는 수없이 보아왔다네. 이미 자네에게는 공격받을 만한 측면이 많은 것을 잊지 말도록 하게. 부인의 일까지 짐이 된다면 자네의 정치적 성공은 기대하기 힘들 것이네."

이현의 얼굴은 숨길 수 없는 곤혹으로 어두워졌다. 나는 몹시 가슴 아팠다. 동시에 그를 향한 나의 사랑이 어떤 한계를 가지고 있는지도 분명히 깨달을 수 있었다.

나는 긴 눈시울에 미소를 담은 이현을 사랑했다. 사람의 마음을 쇠망치로 가격하듯 충격적인 눈웃음을 짓는 이현만이 내 사랑의 대상이었다. 그의 정신이나 갈등은 내 사랑의 범위 바깥에 위치했다. 그가 지금 처해 있는 상황이 그에게 격렬한 갈등을 강요하는 것이며 그것을 어떻게 뛰어넘는지에 따라 그의 인격적인 성숙도가 오래된 사찰의 우물만큼이나 깊어질 수 있다 하더라도, 그가 인격적으로 성숙함에 따라 이전보다 더욱 심오하고 세상에 유익을 줄 수 있는 인물이 된다 하더라도, 심지어 그가 신의 위치로까지 높아질 수 있는 기회가 된다 하더라도, 그의 눈시울에서 미소가 사라지는 결과를 초래하는 것이라면 나는 그 일을 원하지 않았다.

결과적으로, 나의 사랑은 그의 성숙을 반가워하지 않았다. 나의 사랑이 지속되기 위해서는 그는 언제나 눈가에 매력적인 눈웃음을 담아야만 했다. 나는 그의 손에 세상의 모든 권력과 부를 쥐여주어 그가 나를 향해 영원히 보석 같은 눈웃음을 보내게 만들고 싶었다. 그 눈웃음이 사라지고 고뇌와 성찰이 깃들게 되는 것은 나의 사랑이 한사코 바라지 않는 일이었다. 그러므로 나는 그가 한시바삐 고뇌를 털어버리고 달콤한 권력의 유혹에 미소 짓기를 바라 마지않았다.

"자네가 부인의 문제를 해결할 수 있는 방법은 한 가지뿐이네. 부인의 기록들을 읽어보고 문제가 되는 부분이 있다면 소각하게. 비정한 일이라고 여기지 말게. 그것은 그리 어려운 일이 아니라네. 부인은 취미삼아 기록을 하고 있을 뿐이지 그것을 공개하거나 그것을 자료로 삼아 무슨 일에 이용할 생각은 전혀 없는 것이 아닌가. 부인이 기록하고자 하는 욕망은 얼마든지 존중해드리게. 하지만 그 일이 자네의 행보에 치명적인 장애가 되는 것을 막아야 하네."

"그럴 수는 없습니다. 저는 아내와 결혼할 때 분명히 약속했습니다. 아내는 영혼을 기록하는 사람이고 저는 그녀의 일을 존중해야 합니다."

"그렇다면 자네에게 정치적인 미래는 없네. 적어도 나는 그렇게 판단하고 자네에 대한 지원을 포기하겠네. 부인의 기록을 존중하고 정치적인 야심을 접어두든지, 아니면 나의 조언을 따르든지 그것은 자네가 선택할 몫이네."

현실 속에서 부총리는 그 무게감이나 영향력 면에서 이현과 비교조차 할 수 없는 상대였다. 이현은 일방적으로 진땀을 흘리는 애송이였고 부총리는 표정의 변화조차 없이 이현을 요리했다. 비록 부총리의 영혼은 자주색 카우치에 앉아서 이현의 눈웃음을 구걸하며 황홀해하고 있지만 말이다. 부총리는 자신의 영혼이 이런 한심한 짓을 하고 있다는 사실을 알지 못한다. 그저 잘생긴 부하직원 이현을 마주할 때 왜 자신의 가슴속에 소슬한 찬바람이 지나가는지 가끔씩 가볍게 의문스러워할 뿐이었다. 부총리여, 무지한 그대는 얼마나 행복한가. 나도 이 고문 같은 기록 작업이 얼른 마무리되고 한시바삐 부총리의 고적한 집무실로 돌아가고 싶은 마음뿐이다.

이현이 결론을 내리지 못하고 갈팡질팡하는 동안, 부총리는 갑자기 이현을 멀리하는 듯했다. 일과가 끝난 뒤 부총리가 좋아하는 바에 가서 가볍게 한잔을 나누던, 이미 두 사람이 일상적인 것으로 여기게 되어버린 개인적인 만남이 부쩍 줄어들었다. 표면적으로는 부총리의 일정이 갑자기 바빠진 때문이었지만, 그것은 사실 사랑에 빠진 연인들이 흔히 벌이는 달콤쌉쌀한 줄다리기의 일종이었다. 현실적으로 압도적인 권력을 차지하고 있는 부총리 쪽은 줄다리기에 훨씬 능란했다. 내로라하는 연애 경력을 쌓은 이현이었지만 이 일이 연애사의 일종이라고는 꿈에도 눈치채지 못했으므로 이 세상에서 가장 순진한 애송이처럼 전전긍긍했다. 모처럼 얻게 된 부총리의 관심이 흐지부지 사라지지 않을까 안절부절못한 탓에, 이현의 눈가에서는 특유의 아름다운 미소가 사라지고, 초조한 빛으로 안색이 흐려졌다. 그럴수록 부총리는 냉정하고 다망했다.

감질나게 애태우는 유혹에 저항하기 위해서, 머릿속을 갈마드는 실패와 버림받음의 두려움을 잊기 위해서 이현은 이진의 육체에 집착적으로 매달렸다. 요즘 들어 부쩍 중독증세를 보이는 이진은 언제나 그의 유혹에 반색했다. 나는 이제 혐오스러운 느낌 없이 이진의 벗은 몸을 바라볼 수 있었고, 질투심은 순수한 경외의 마음으로 정화되었다. 사랑하는 사람과 쾌락을 주고받을 수 있는 몸이란 얼마나 축복받은 것인가.

고뇌로 내내 어둡던 이현의 얼굴에 거침없이 폭발하는 희열의 미소가 깃들면, 나는 수도사처럼 경건한 마음으로 그에게 조용히 입맞추었다. 그들의 침실에서는 내내 조심성 없는 하얀 고양이 한 마리가 경중거리며 뛰어다녔다. 나는 달빛이 희미해질 때까지 그들의 곁에 머물며 이현의 흐트러진 머리칼을 손가락으로 쓰다듬었다.

먼동도 트지 않은 어느 이른 새벽, 죽음같이 깊은 잠에 빠져든 것 같았던 이현이 몹쓸 꿈에 쫓기기라도 한 것처럼 몸서리를 치면서 갑자기 눈을 떴다. 그는 아직도 자신의 몸에 얽혀 있는 이진의 팔과 다리를 조심스럽게 풀어내고 서늘한 어둠 속에 일어나 앉았다. 새벽의 푸르스름한 냉기 속에 드러난 그의 벗은 몸은 군더더기 없이 아름다웠다. 밤마다 흐드러지게 누리는 육신의 포만으로는 대신 채울 수 없었던 정신의 야망 때문에 그의 육감적인 입술은 불만스럽게 굳어져 있었다. 아직 깊이 잠든 이진에게 가볍게 키스한 후 이현은 얇은 가운을 걸치고 거실로 나왔다. 그는 잘 정돈된 주방과 어둠에 싸인 거실을 몹시 새삼스러운 것인 양 바라보았다.

잠시 망설이던 이현이 이진의 서재로 들어섰다. 아무것도 놓여 있지 않은 나무 책걸상과 우스꽝스러운 자줏빛 카우치가 희끄무레하게 모습을 드러냈다. 그는 작은 책상에서 이진의 온기를 찾으려고 하는 듯이 상판을 손으로 잠시 쓰다듬다가 책꽂이에 가지런히 꽂혀 있는 이진의 노트 쪽으로 곧 관심을 돌렸다.

그는 결혼한 후 처음으로 이진의 노트를 펼쳐보았다. 그곳에 적혀 있는 많은 이야기들, 때로는 동정적이고 때로는 모욕적이고 때로는 광기에 번들거리는 인간사의 이면들, 반듯하고 흔들림 없는 글씨로 적어내려간 그 괴상망측한 이야기들을 건성 훑어내려갔다. 꼼꼼하지 않게 대충대충 읽어가면서 그의 수려한 눈썹은 자못 심각하게 찌푸려지기도 하고 방심한 듯 실실거리는 웃음을 머금기도 했다. 이현과 함께 이진의 노트를 훔쳐보면서 나는 그 자줏빛 카우치에 앉았던 영혼들이 몹시 다양한 이력들을 지녔음을 알 수 있었다. 그들은 건달이기도 했고 노숙하는 신용불량자이기도 했으며 평범한 가정주부이기도 했고 표독한 고리대금업자이기도 했다. 악마적인 마수성을 드러낸 연쇄살인범의 기록도 있었다. 그러나 대체로 겉으로 보기에 평범한 사람들의 기록이 대부분이었다. 물론 이진의 기록 작업을 거치면 그들의 평범함은 남아나지 않았다. 이진의 기록 속에서 그들은 모두 별나고 이상했다.

아들을 저주하는 군장성의 이야기에 이르자 이현은 이 기록이 과연 국가안보에 위협이 될지 안 될지를 생각하느라 좀더 깊이 고민하는 모습이었다. 그렇게 여러 권의 노트를 신둥건둥 지나가, 나의 이야기, 형의 정사 현장을 숨어서 지켜보는 어린 시절의 부총리, 그리고 생선회를 앞에 두고 이현의 정치적 대부가 될 의중을 밝히는 오늘의 부총리에 대한 기록에 다다르자 이현의 어깨는 석상같이 굳어졌다. 그의 눈에는 핏발이 섰고 입가의 근육이 부들부들 떨렸다. 나는 슬픈 마음으로 그의 어깨에 기대어 섰다. 영혼이 된 나에게 그의 근육이나 체온은 실제적으로 느껴지지 않았다. 나는 모든 것을 다 상상해야만 했다. 그의 골격, 그의 피부, 그의 경악, 그의 당혹. 그리고 그의 선택.

이현은 몹시 당황하며 노트의 마지막 부분들을 여러 번 되풀이해서 읽었다. 그의 눈길이 글자의 의미를 거듭 해독할 때마다 그의 정신 속에서 부총리는 혐오스러운 미치광이 변태성욕자로 변모되어갔다. 그가 거친 호흡을 가라앉히며 무너지듯 자줏빛 카우치에 주저앉았을 때 나는 그의 곁에 쭈그리고 앉아 또 울었다. 도대체 이 빌어먹을 영혼의 세계에 들어온 뒤로는, 내가 유아기를 지난 이후 밖으로 쏟았던 모든 눈물을 다 합한 것보다 더 많이 울게 되는 것이다.

나는 그의 귓전에 입술을 가까이 대고 속삭였다. 부총리와 이현의 사이에 존재하는 것은 오로지 가장 정상적이고 호의적인 업무관계에 불과하며 그것에 어떤 불순하고 모욕적인 함의가 있으리라는 추론은 악의적이라고. 늙은 부총리는 이현에게 잠자리를 요구한 일도 없고 가장 가벼운 피부 접촉조차 시도한 일이 없다고. 이진이 적은 것들은 미친 진보주의자들의 욕망을 투사한 추악한 환상에 불과하며 부총리의 가장 깊은 무의식에서조차 구체화된 일이 없다고. 이진의 근거 없는 기록을 믿고 부총리의 인격을 모욕하거나 이현 자신에게 찾아온 행운을 물거품으로 만들지 말아달라고.

확실히 어둠은 영혼의 편이며 태양은 육체의 편이다. 창 밖의 어둠이 서서히 물러나며 희끄무레한 회색빛으로 대지가 밝아오자 이현의 얼굴에도 조금씩 혈색이 돌아왔다. 최초에 그의 정신과 육체를 강타했던 공포스런 충격은 새벽의 어둠이 옅어짐과 함께 서서히 물러나, 이제 그는 좀더 맑은 정신으로 사태를 대면하게 된 것 같았다. 오랜 시간 기록의 앞뒤를 뒤적이며 꼼꼼하게 분석한 이현은 마침내 결단을 내린 듯 반듯한 이마에 힘을 주었다. 그의 눈매는 이전처럼 달콤하고 부드럽지는 않았지만, 이 일을 겪으면서 모종의 내면적인 성숙이 있었는지 좀더 남성적이고 강인한 모습으로 보일 듯 말 듯 변해 있었다. 이렇게 변한 그의 모습은 이전과는 달랐지만 또한 보기 좋았다.

이현보다 한참 늦게 일어난 이진은 우유에 꿀과 선식을 섞은 가벼운 아침식사를 준비했다. 선식 세 큰술, 꿀 한 큰술, 우유를 조금 넣고 가루를 곱게 갠 다음 나머지 우유를 넉넉하게, 큰 컵이 찰랑찰랑하도록 붓는다. 서두르지 않는 익숙한 동작이었다. 보통 선 채로 아침식사를 해결하는 이현이지만 이날은 아무렇지도 않은 척, 의자를 당겨 앉았다. 이진은 가벼운 몸짓으로 욕실을 정리했다. 날씬한 뒷모습에서 이현이 왜 서둘러 출근하지 않는지 의아해하는 느낌이 묻어났다. 이현은 컵에 담긴 걸쭉한 선식을 여러 번에 걸쳐 나누어 삼켰다. 결혼 삼 년을 채워가는 지금, 일상생활 속에서 만나는 이진은 컵 속에 담긴 선식처럼 간결하고 익숙했다. 군더더기 없고 변함없는, 늘 같은 농도, 같은 분량의 선식 한 컵.

이진은 평범한 전업주부였다. 둘 사이에 아이가 없다는 것을 제외하면, 둘의 결혼생활은 완벽하게 평범했다. 영혼을 기록하는 여자와의 결혼생활이 이렇게 지극히 평범해질 수 있기를, 이현은 얼마나 간절히 소망했던가. 적어도 외면적으로는 그들은 완벽하게 목표를 달성했다. 이진은 가사를 돌보고 일상적인 대화를 나누고 잠자리를 함께하는, 보통 아내였다. 욕실을 정리한 뒤 가전제품 위에 살짝 얹힌 먼지를 닦아내는 그녀의 뒷모습에서 남다르고 유별난 면모를 찾아내기는 쉽지 않다.

그러나, 그들이 완벽하게 달성한 평범한 부부의 겉모습 아래, 영혼을 기록하는 여자의 숨길 수 없는 야성은 차분한 글씨로 또박또박 적어내려간 수십 권의 대학노트 속에 조금도 손상되지 않고 숨어 있지 아니한가. 이진이 기록한 부총리는 이현의 상사다. 이현은 이진의 남편이다. 노트에 담긴 내용이 사실인지 아닌지를 떠나서, 이진의 손끝에서 담담하게 그 기록이 이루어졌다는 사실을, 이현은 감당하기 어렵다. 나는 이현, 당신은 이진, 나는 당신의 남편이다. 당신의 남편과 직접적으로 얽혀 있는 그 뜨겁고 이반적인 숨은 욕망을 기록할 때, 이진 당신의 가슴속에는 아무런 떨림이나 고통의 파장이 느껴지지 않았는가? 부총리의 영혼을 기록할 때, 영혼을 기록하는 여자, 당신의 직업적 윤리와 개인적 감수성은 정녕코 갈등과 모순으로 충돌하지 않았단 말인가?

"당신, 무슨 일 있어요?"

거실의 TV 세트와 티테이블을 더이상 깨끗할 수 없도록 닦아낸 이진이 결국 참지 못하고 먼저 입을 연다. 이현은 여유 있게 웃으려고 했는데, 그만 입술이 묘하게 비틀린 것 같다.

"당신이야말로, 혹시 나에게 할말이 없어?"

이진은 고개를 갸우뚱하고 생각에 잠긴다. 도대체 이현이 무엇 때문에 갑작스러이 지옥에 빠져들어갔는지, 도무지 짐작조차 할 수 없다는 듯이 천진하고 숨김없는 표정이다. 이건 보통 아내와 남편이 아니야. 이현의 가슴속에, 고통스러운 인식이 화상을 남긴다.

"글쎄요…… 오늘 아침에 당신은…… 좀 다른 것 같아요."

"왜, 내가 일찍 출근하지 않으니까 불편해? 당신의 작업시간이 침범받을까봐 불안해?"

영혼을 기록하는 여자는, 모순적이게도, 사람의 마음을 읽는 일에 몹시 무능하다. 이현의 얼굴이 왜 그렇게 심하게 일그러져 있는지, 다 마셔버려 뿌연 우유와 선식 가루의 흔적만 남은 빈 유리컵을 왜 그렇게 깨어지도록 힘껏 움켜잡고 있는지, 그 위험스런 분노가 혹시 자신을 향한 것인지 아닌지조차 가늠하지 못해 곤혹스러워하는 모습이다.

"내가 혹시 당신에게 무엇을 잘못했나요?"

"무엇을 잘못했냐고?"

이현은 참지 못하고 거칠게 일어나 이진에게 다가들었다. 유연하면서도 돌발적인 그의 동작은, 털빛이 어두운 큰 고양잇과 동물의 그것처럼 매혹적인 공포감을 안겨준다. 분노를 가까스로 억누른 격렬한 눈빛도, 평소 여유롭고 부드럽던 이현의 눈빛과는 사뭇 다르다. 그는 지금 이현이 아니라 맹수에 가깝다.

"당신은 나의 아내고, 나는 당신의 남편인 것이 분명한가? 우리 사이에 생활의 편리를 나누는 동거인 이상의 어떤 의미가 있지? 당신에게 도대체 나는 무어야?"

이현이 언제나 사랑이라고 착각하고 싶어했던, 이진의 순종적이고 친화적인 일면들. 이진은 지금도 이현의 갑작스런 분노에 어찌 대응해야 할지 모르면서, 어설픈 미소로써 어떻게건 평화롭게 감정의 골을 봉합해보려는 의지를 보일 뿐이다.

"똑바로 말해. 빙빙 돌리지 말고 똑바로 말해. 당신은 영혼을 기록하는 여자, 이진이지. 이진에게 나, 이현은 무어야?"

"왜 그래요? 난 당신이 왜 화를 내는지 모르겠어요."

"나는 지금 몹시 혼란스러워. 당신에겐 마음이 없어? 사람이라면 감정이 있어야 하잖아. 당신의 노트를 보았어. 그래, 이건 규칙 위반이지만, 당신에게 정말 미안하지만, 이미 보았어. 정말 끔찍하더군. 그곳에는 부총리의 이야기, 나와 직접 관련된 이야기도 있더군. 그걸 보았을 때 내 심정이 어땠는지 알아? 당신의 일과 개인생활은 구분되어 마땅하겠지. 하지만 사람이라면 일과 감정이 완벽하게 분리될 수는 없는 법이야. 적어도 내 생각으로는 그래. 만일 내가 경찰이라고 생각해보자구. 그런데 일을 하다가 피의자가 나의 아내, 바로 당신인 것을 알게 되었다고 생각해봐. 당신이라면 일은 일, 감정은 감정, 그렇게 되나? 간단하게 당신의 손목에 수갑을 채우면 그만인가? 당신이라면 그럴 수 있을 것 같아? 당신은 어떻게 그렇게 어처구니없는 일을 기록하면서 나에게는 단 한마디도 하지 않을 수가 있지? 한마디 말은커녕, 나에 대해 생각하기는 한 거야? 당신이 기록한 그 빌어먹을 영혼의 이야기 속에서 남창처럼 부총리에게 꼬리쳐대고 있는 그 사내를, 도대체 어떻게 생각했냐고?"

이진은 떼쓰는 아이를 바라보는 것처럼 곤혹스럽게 이맛살을 찡그렸다. 어설픈 미소는 입가에서 사라졌다. 그 모습 속에 인간적인 관용이나 배려의 흔적은 보이지 않았다. 마침내 이진은 입을 열었다. 한마디 한마디 신중했으나 다른 해석의 여지가 없을 만큼 단호했다.

"그래요, 나는 부총리의 영혼을 기록했어요. 그리고 그의 삶 속에 등장한 인물이 바로 당신인 것을 알았어요. 당신은 나의 남편이 맞아요. 하지만 그렇다고 해서 내가 다르게 행동할 여지는 없어요. 그렇게 행동해서도 안 되고요. 내가 영혼을 기록하면서 알아낸 사실을 당신에게 귀띔한다면 당신과 부총리의 관계는 어떤 식으로든 변질될 것이고, 그러면 공정한 기록이 이루어졌다고 볼 수 없으니까요."

"공정한 기록이라고?"

이현의 목소리는 비명에 가까웠다.

"공정하게 기록하기 위해서 남편에게 동성애자가 추파를 던지는 것도 모른 척했단 말이야?"

"당신은 금지된 기록을 들춰보았고, 공정한 기록은 이미 깨어졌어요. 당신에게는 아무런 의미도 없겠지만, 나에게는 아주 중요한 일이에요. 나는 당신이 왜 나에게 화를 내는지 모르겠군요. 내가 당신에게 화를 내야 할 것 같은데요."

"나는 당신을 사랑했어!"

이현의 눈엔 핏발이 섰고, 함부로 고함을 질러댄 목에서는 쇳소리가 났다.

"나는 당신을 사랑했다구! 이렇게 껍데기뿐인 남편으로 살고 싶진 않았어! 당신이 나에게 그러하듯이 당신에게 소중한 사람이고 싶었어! 나는 당신에게 최선을 다했고, 나도 당신에게 인간적인 존중을 받을 권리가 충분히 있다고 생각해!"

이진은 말이 통하지 않는 무뢰한을 마주한 듯이 피곤한 표정을 지었다. 눈 밑에 짙은 다크서클이 드리운 창백한 얼굴이었다. 그녀는 마루에 그대로 주저앉아 엄지손가락이 하얗게 실색하도록 힘껏 양쪽 관자놀이를 누르며 나지막한 목소리로 중얼거렸다.

"머리가 아파요."

늘 그러하듯이, 이현은 이진의 모습에 쉽사리 매혹되었다. 그녀는 숭고하고 존엄했다. 한편 무력하고 세상물정을 모르는 여인이었다. 다그치고 야단칠 하찮은 대상이 아니었다. 갓 태어난 어린아이를 돌보듯이 세상의 풍파에서 보호해주고 인간의 감정들을 하나하나 가르쳐야 할 책임이 그에겐 있었다. 이현은 그녀에게 난폭하게 소리지른 것을 후회했다. 어두운 눈빛으로 그를 바라보는 이진은, 그가 일생을 다해 가장 사랑한 유일한 보물이었다. 목울대로 치밀고 올라오는 뜨거운 것을 꿀

껵 삼키고, 이현은 이진을 꽉 끌어안았다.

"지금이라도 말해줘. 나를 소중하게 여긴다고. 미리 말하지 않아서 미안하다고. 어떻게 말해야 할지 몰라서 그랬다고 말해줘. 우리는 그동안 많이 행복했잖아? 미안해, 허락 없이 당신의 노트를 들춰보아서 미안해. 하지만 나를 이해해줘. 이진, 당신을 사랑해. 영원히 사랑할 거야. 당신도 나를 사랑한다고 말해줘. 그 한마디 말에 기대어 나는 평생을 살아갈 수 있어. 기다리기만 하는 삶이라도 좋아. 나를 사랑한다고 말해줘. 이 세상 그 누구보다도 나를 사랑한다고 말해줘. 그러면 나는 또 기다릴게."

그 운명의 결혼식날 그랬던 것처럼, 바람이 우우 몰려가 마침내 사라지는 세상의 저 끝을 바라보는 것처럼 그녀는 한없이 눈길만 멀었다. 그리고 그 눈길의 끝에는 이현의 모습이 맺혀 있지 않았다. 이현이 그녀의 침묵에 숨이 막힐 것만 같은 기분이 되었을 때, 마침내 이진은 자신의 몸을 휘감은 이현의 팔을 풀어내고 입을 열었다.

"미안해요. 당신의 질문에 대해 곰곰 생각해보았어요. 나에게는 마음이 없는 것 같아요. 마음이 없어서, 당신을 사랑하지 않는 것 같아요. 나는 당신을 소중하게 생각하지만, 당신을 위해 내가 기록하는 영혼의 진실을 손상시킬 수는 없으니까요. 당신에게도 나를 사랑하지 말라고 하고 싶어요. 당신의 사랑이 나를 변화시키리라는 믿음은 틀렸으니까요. 무엇으로도 나는 변하지 않아요. 당신의 사랑으로도, 헌신으로도, 기다림으로도. 나는 영혼을 기록하는 여자, 이진이에요."

갑자기 모든 일이 몹시 한심하게 여겨졌다. 처음 약정한 삼 년의 세월은 무정한 벌레가 나뭇잎을 먹어치우듯 한 입 한 입 갉아먹혀들어가

이제는 그 끝자락밖에 남지 않았다. 누가 누구를 배신한 것인지 판단의
경계도 모호해졌다. 그는 그 동안 그가 바친 모든 것, 사랑과 헌신과 인
내를 파렴치하게 부인당했다. 이 냉혈동물 같은 여자의 뻔뻔함과 비교
하면 차라리 부총리의 연정은 사춘기 청소년의 그것처럼 인간적이고
사랑스럽지 아니한가.

"나를 사랑하지 않는다고?"

"나는 아무도 사랑하지 않아요."

"앞으로도 영원히?"

"앞으로도 영원히."

이현은 세상에 처음 나타난 진귀하고 혐오스러운 동물을 바라보듯
이진을 바라보았다.

"가증스럽고 뻔뻔해."

이진은 대답하지 않았다.

"내가 당신을 돌보지 않았다면, 당신은 아무것도 할 수 없었어. 그 잘
난 영혼의 기록도, 아무것도."

이현은 서재로 가서 이진의 노트를 가지고 거실로 돌아왔다. 이진이
보는 앞에서, 그는 부총리의 일을 기록한 부분을 신중하게 찢어냈다.
이진은 이현의 행동을 막지 않았다. 백지장같이 하얀 얼굴로 바라보고
있을 뿐이었다. 이현은 손에 들린 한 뭉치의 종이다발을 힘주어 찢기
시작했다. 반으로 찢고, 다시 겹쳐 반으로 찢었다. 두꺼운 종이뭉치는
가죽처럼 질겼지만, 그는 분노의 힘을 빌어 잘디잘게, 원형을 찾을 수
없을 만큼 잘게 찢어버릴 수 있었다. 이진의 눈앞에 이집트의 피라미드
처럼 종잇조각들을 수북하게 쌓아놓고, 이현은 돌아서서 현관을 나섰

다. 늦은 출근이었다.

이현이 출근하자 이진은 이마를 소파에 기대었다. 이마에 깊은 주름이 새겨졌고 몇 번이나 힘주어 관자놀이를 눌렀다. 아주 오랜 시간이 흐른 뒤에야 이진은 두통을 이기고 무거운 몸을 일으켰다. 이현이 식탁 위에 놓아둔 노트를 챙겨들고 그녀는 아무 일도 없었다는 듯이 서재로 들어섰다. 그리고 자줏빛 카우치에 앉아 있는 나를 보고 늦어서 미안하다는 듯이 미소를 지어 보였다.

마지막 부분이 뜯겨나간 노트를 펴고, 이진은 잠시 망설였다. 아무 일 없었던 듯이 나의 이야기를 새로 기록할까, 아니면 이현이 벌인 일까지 포함하여 다시 기록할까 생각하는 듯이, 뚫어져라 노트를 들여다보았다. 커다란 눈물방울이 백지 위로 툭툭 떨어졌다. 마침내 그녀가 고개를 들어 나를 바라보았을 때, 꼼짝 못 하게 나를 제압하고 내 영혼의 가장 어두운 밑바닥부터 차근차근 기록해나가던 날카로운 눈빛은 간데없었다. 그녀는 고객에 대한 재무서류를 잃어버린 회계사처럼 난감하고 고역스런 표정만을 지어 보이다가 결국 노트를 덮고 연필을 놓았다.

더이상 두통에 저항할 수 없어진 이진은 새하얀 손으로 이마를 짚고 비틀비틀 일어섰다. 서재에서 침실로 향하는 단 몇 발짝조차도 몹시 힘겨운 것 같았다. 내가 이진에게 기록되기 시작한 이래로 이런 일은 처음이었다. 보통 작업자의 개인 사정으로 기록 작업이 미루어진다면 고객은 화를 내거나 심하게 불평을 할 자격이 있는 것이겠지만 이번에는 아무래도 이진의 몸살이 여간 아니게 심한 것 같아서 나는 입을 다물기로 했다. 이진은 산더미 같은 이불을 힘겹게 끌어덮고 곧 잠들었다.

나는 그녀의 곁에 우두커니 앉아서 무료하게 기다렸다. 이따금 전화 벨 소리가 정적을 뒤흔들었지만 이진은 잠에서 깨지 않았다. 얕고 불규칙한 호흡이 이어졌고 아름다운 이마에 진땀이 배어나왔다. 꿈자리도 편안치 않은지 가녀린 신음 소리도 종종 새어나왔다. 채 마무리되지 못한 채 사라진 나의 기록과, 그 기록이 이현에게 안겨준 충격과, 앞으로 이현이 내리게 될 어떤 결정들에 대해서 나는 남의 일처럼 멀리 생각했다. 아무튼 이렇게 아무 일 없이 잠든 여자의 곁을 지켜야 한다는 것이 가장 불만스러웠다.

그러다가 문득, 나는 이제 돌아가도 되겠다는 생각이 들었다. 그립고 또 그립던 부총리의 집무실, 근엄하고 단정한 나의 본래 얼굴이 있는 그곳으로. 영혼의 기록 작업이 최종적으로 마무리되었음을 기록자에게서 공식적으로 확인받지 못했으나 왠지 그래도 될 것 같은 생각이 들었다. 영혼의 세계에서는 보통 세계에 있을 때보다 영감이 훨씬 더 강렬하게 작용하기 마련인 것이다.

한번 그런 생각이 들자 모든 것이 점점 더 분명해졌다. 보이지 않게 나를 묶고 있던 이진의 어떤 강력한 힘이 사라졌음을 분명히 느낄 수 있었다. 나는 산더미 같은 이불 밑에서 떨면서 잠든 가련한 이진에게 조용히 작별인사를 고했다. 내가 막 현관문을 나서려 할 때, 뒤숭숭한 마음으로 오전 근무를 마친 이현이 벌컥 들어와서 나는 깜짝 놀랐다. 그가 이진의 이름을 부르며 서둘러 침실로 가는 뒷모습을 말없이 지켜보다가 나는 조용히 그 집을 나섰다.

나는 이현입니다

내 이름은 이현. 영혼을 기록하는 여자의 남편이었습니다. 기록은 중요한 것입니다. 기록이 남지 않은 것은 어쩌면 존재하지 않은 것이라고 할 수도 있습니다. 이진은 분명히 존재했습니다. 그러나 생시에도 곧 사라질 듯이 그 존재감이 희미했던 이진은 떠나간 뒤에는 어떤 흔적조차 남기지 않았습니다. 저쪽 방에 잠든 한 아기를 잉태했던 자궁은 애초부터 지구상에 존재하지 않았다는 것처럼 말이지요. 그래서 나는 기록합니다. 이진이 존재했던 것을 증언하기 위해서입니다. 내가 기록하지 않으면 사람들은 이진이라는 여자가 이 세상에 살았던 것조차 쉽사리 잊어버릴 테니까요. 기록은 중요한 것입니다.

내가 빠듯한 점심시간을 비집어 다시 집으로 돌아왔던 그날로 돌아가보겠습니다. 그날 아침 이진의 얼굴은 부숭하게 부어올라 있었고 눈

밑에는 짙은 다크서클이 드리워져 있었습니다. 사무실에 도착하여 내 손을 한번 들여다본 뒤에야 나는 내가 무슨 일을 저질렀는지 깨달았습니다. 나는 사무실에 도착한 다음에야 제정신이 돌아왔고 뒤늦은 후회를 하기 시작했습니다. 집으로 전화를 했지만 이진은 받지 않았습니다. 나는 점심시간을 틈타 집으로 돌아왔습니다. 집으로 돌아왔을 때 모든 것은 똑같았습니다. 아침에 내가 발기발기 찢어버린 산더미 같은 종잇조각들까지도.

나는 침대에서 잠든 이진을 찾아냈습니다. 두꺼운 이불을 파헤쳐 발굴해낸 이진의 손과 발은 얼음장같이 차가웠고 아무리 그 이름을 불러도 눈을 뜨지 않았습니다. 나는 정신없이 이진을 안고 병원으로 달렸습니다. 모든 붉은 신호등을 무시하고 모든 건널목을 멈추지 않고 통과하여 최대한 빨리 가까운 종합병원에 도착했습니다. 이진의 돌연한 실신에 안 그래도 혼비백산해 있던 내가 들은 말은 충격 그 이상이었습니다.

"안타깝지만 부인의 생명을 구하기에는 이미 늦었습니다. 부인은 이미 의학적으로 사망했습니다."

나는 의사가 무언가 착각했다고 생각했습니다. 누군가 생명이 위독한 중환자와 이진을 혼동했을 것입니다.

"선생님께서 무언가 착각하신 것 같습니다. 제 아내는 저쪽 침대에 누워 있는 젊은 여자입니다. 오늘 아침에 조금 다투었고 머리가 아프다고 했지만 그건 충분한 영양을 섭취하지 않고 늘 과로했기 때문이었습니다. 제 생각에는 아마도 빈혈로 잠시 의식을 잃은 것 같습니다만."

의사는 과로와 빈혈 운운하는 나를 미친놈 취급했습니다.

"저쪽 베드에 누워 계신 분이 부인이신 것을 분명히 알고 있습니다. 부인은 임신중독증으로 사망했습니다. 마지막 희망은 태아의 생명을 건지는 것입니다. 수술동의서에 서명해주십시오."

"도대체 무슨 말씀이십니까? 이진은 임신하지 않았습니다."

"부인이 임신한 것을 몰랐다는 말입니까?"

"모른 것이 아닙니다. 그녀는 임신하지 않았습니다. 그럴 리가 없습니다."

나의 대답은 거의 비명에 가까웠습니다. 그러나 의사는 냉정하고 확신에 차 있었습니다.

"이렇게 말싸움할 시간이 없습니다. 모체가 이미 생명활동을 멈추었으니 태아는 오래 버틸 수 없습니다. 부인의 임신 기록을 알 수 없으므로 정확하게 알 수 없지만 초음파상으로 보기에 태아는 이미 육 개월에 이른 것으로 보입니다. 한시바삐 제왕절개를 해서 인큐베이터에 옮긴다면 건강하게 자라날 가능성이 있습니다만 그러지 않으면 아이까지 잃게 됩니다. 얼른 서명을 해주십시오."

의사는 나의 동의를 얻는 절차가 늦어져 아이까지 사망할 경우 환자 가족이 병원을 상대로 소송을 제기할 가능성을 우려하는 듯했습니다. 그는 망연자실한 내 손에 억지로 펜을 쥐여주어 서명을 받아냈습니다. 이상하게 일그러진 나의 서명이 떨어지자 병원 스태프들은 신속하게 움직이기 시작했습니다. 이진이 누운 침대는 산소호흡기를 달고 수술실로 바람같이 밀려들어갔습니다.

의사에게도 간호사에게도, 내가 이미 예전에 불임수술을 하여 아이를 낳을 수 없는 몸임을 설명할 겨를이 없었습니다. 설사 정신을 차려

말을 했던들, 나는 아내가 임신한 것도 임신중독증인 것도 모른데다가 아내가 다른 남자와 사통한 것조차 전혀 눈치채지 못한 지구상 최악의 오쟁이진 놈이 되는 수밖에 없었을 것입니다. 나에게 불행과 불명예는 이미 우주에 충만했습니다. 입을 열어 더 보태지 않은 것이 다행이었습니다.

이미 사망한 모체에 대한 배려가 필요 없었기 때문이었을까, 아이는 예상보다 빨리 세상에 나왔습니다. 미숙아였으므로 나의 손에 맡겨지지 않고 그대로 인큐베이터에 들어갔습니다. 손바닥만큼 작은 아기였습니다. 아이를 보기 전에 나는 이미 딸인 것을 알았고 간호사들이 수군거리는 소리를 듣지 않고서도 아이의 몸에서 알 수 없이 눈부신 광채가 솟구친 것도 알 수 있었습니다. 아이는 나의 딸이 아니었습니다. 아이는 이진의 뱃속에서 홀로 잉태되어 태어난 작은 이진이었습니다.

아이를 잉태시킨 것이 나의 정액이 아니라 나의 배신이었음을 깨달았을 때 나에게 휘몰아친 격렬한 통증을 어떻게 설명할 수 있을까요. 골격과 관절들이 한꺼번에 맷돌로 으깨어지는 듯이 고통스러웠습니다. 나의 입에서 신음이, 나의 눈에서 눈물이 쏟아진 것은 슬픔 때문이 아니었습니다. 나는 사랑하는 아내를 잃은 젊은 남편들의 순수한 비탄을 부러워해야만 했습니다. 나의 징그러운 통증에 견줄 때 사별의 아픔은 차라리 달콤해 보일 지경이었습니다. 어떻게 울어도, 어떻게 뒹굴어도 나의 온몸을 지근지근 밟아드는 고통은 줄어들지 않았습니다.

내가 고통에 겨워 보호자 대기실의 의자를 이빨로 물어뜯는 모습을 보며 사람들은 동정과 연민을 감추지 못했습니다. 그들은 나의 고통이 슬픔인 것으로 착각하는 듯했습니다. 그것이 아니라고 설명할 겨를조차 없었습니다. 아내를 잃어서 우는 것이 아니라고, 갑작스럽게 나의 관절을 갉아먹기 시작한 이 징그러운 통증에서 벗어나게 해달라고 나는 울부짖었지만 어금니에 짓씹힌 나의 혀는 인간의 말을 하지 못했습니다. 나는 꺽꺽거리는 짐승의 소리로 울었습니다.

나의 고통이 온전히 정신적인 것에 속하지 않음을 뒤늦게 깨달은 한 간호사가 다가왔습니다.

"진통제를 주십시오."

나는 간호사의 옷자락에 매달려 애원했습니다.

"견디기 힘듭니다. 진통제를 주십시오."

"지병이 있으셨나요?"

"관절염이 생긴 것 같습니다. 온몸의 뼈마디가 견딜 수 없이 아픕니다."

"아무렇게나 약을 드릴 수는 없어요. 충격이 크신 것 같은데 외래진료를 받아보시겠어요? 제가 접수를 도와드릴게요."

나는 간호사의 도움으로 가까스로 몸을 일으켰습니다. 처음으로 두 다리를 얻은 인어공주처럼, 한 발짝을 옮길 때마다 천 개의 칼날과 유리조각으로 찌르는 것 같은 고통이 엄습했습니다. 간호사는 정신과에 접수할 것을 권했지만 나는 정형외과를 고집했습니다. 친절한 간호사는 나를 대기석 의자로 안내해주었습니다.

"오늘 일어난 일들은 정말 모두 안되었어요. 무슨 말로도 위로가 되지 않겠지만, 정말로 안되었어요. 진심으로요."

그녀는 오늘 오후 동안 내가 겪은 일들을 가까운 곳에서 지켜본 모양이었습니다. 나는 울면서 고맙다고 대답했습니다.

"아직 젊은 분께 그런 일이 일어나다니, 정말 끔찍하죠. 하지만 아기는 목숨을 건졌잖아요. 저희는 아기들을 보면 금방 알거든요. 아기는 건강할 거예요. 그리고 깜짝 놀랍도록 예쁜 아기예요. 아직 아기를 만나보지 않으셨죠? 많이 힘드시겠지만, 아기를 생각해서 힘을 내세요. 아기도 몹시 힘든 상황이에요. 아빠의 사랑과 보호가 절대적으로 필요해요."

그제서야 나는 잠시 잊고 있었던 신생아를 떠올렸습니다. 새로운 공포와 신경증이 몰려왔습니다. 친절하고 선의로 가득 찬 고마운 간호사에게 내가 도대체 무슨 짓을 한 것인지, 이성으로는 도저히 해석되지 않습니다. 하지만 분명히 나는 그녀에게 버럭버럭 소리를 질러대고 눈을 부라리고 때릴 듯이 위협적으로 주먹까지 들어 보였던 것이 분명합니다. 그녀는 겁에 질린 표정으로 하얗게 얼굴이 바래어 총총히 사라졌습니다. 아무리 아내를 잃은 충격이 크다 한들, 사람이 저렇게 막무가내일 수가 있을까? 나를 향한 온정적인 시선들도 경악으로 싸늘하게 식어갔습니다. 모든 것을 뻔히 알면서도 나는 패악을 멈출 수 없었습니다.

나를 이해해줄 사람이 있었을까요? 갓 태어난 얼굴에 태지조차 묻지 않고, 곱게 빚어낸 도자기처럼 투명한 피부에 명백히 이진의 얼굴을 한 갓난아기에게 내가 애정을 가질 수 없었음을? 그 아이에게 느꼈던 것이 오로지 순도 높은 증오심이었음을, 인간의 형용사를 모두 동원하여 설명했던들 이해해줄 사람이 있었을까요? 이미 죽어버린 장인을 제외하고 아무도 나를 이해할 수 없다는 사실을 나는 깨달았습니다. 그 아이가 눈을 뜨는 날 빙하에서 막 퍼올린 다갈색 구슬 같은 아름다운 눈망울이 모습을 드러낼 것을 이미 알고 있었고, 갓난아기 같지 않은 눈길로 나의 영혼을 차근차근 읽어나갈 것을 알고 있었습니다. 손가락으로 연필을 쥐게 될 수 있게 되자마자 영혼을 기록해나갈 이진의 딸의 아비 노릇을 하게 된 것은 끔찍한 일이었습니다. 나는 신과 운명에게 항의하고 싶었습니다. 그 일을 내 몫으로 하고 싶지 않았습니다.

모든 것이 뒤죽박죽으로 뒤섞여, 나는 도대체 이전까지 존재했던 나, 이현으로 돌아갈 수가 없었습니다. 맑은 머리로 제대로 생각을 하고 싶었지만 징벌처럼 엄습한 관절의 통증 앞에서는 무슨 생각도 똑바로 할 수가 없었습니다. 나는 필사적으로 이진을 생각하려 했습니다. 그 천진무구했던 눈동자, 절대적인 아름다움, 나를 향한 신뢰와 사랑, 우리들의 황홀했던 잠자리. 우주에서 떨어진 한줄기 광채처럼 희귀하고 아름다웠던 이진은 나를 사랑했습니다. 분명히 말하건대 이진은 나를 사랑했습니다. 그녀는 어리석게도 사랑을 부인했지만, 그녀는 나를 사랑했던 것이 분명합니다. 내가 그녀에게 쏟아부었던 것과 같은 진실하고 간절한 사랑의 회구에 마음을 돌이키지 아니할 사람은 지구상에 없었습니다. 말로 형언할 수 없이 보람되고 기쁘던 그 사랑은 지금 어디로 간 것일까요? 나와 약속한 삼 년의 기한을 채 다하지도 않고 이진은 어디로 사라진 것입니까?

나를 진찰한 의사는 내 어깨와 무릎과 골반에 류머티즘성 관절염이 발생했다고 말했습니다. 나는 눈물을 줄줄 쏟으며 그 아득한 선고를 들었습니다. 이진에 대해 생각하고 싶은데, 사랑하는 나의 아내에 대해 생각하고 싶은데 도무지 쉽지 않았습니다. 생각이 모아질 듯하면 장례와 입원에 관한 복잡한 절차를 처리해야 했고 이진의 모습이 분명해질

듯하면 온몸의 관절들이 한꺼번에 악머구리처럼 들끓었습니다. 모든
것이 모호하고 어지럽게 뒤섞인 가운데 한 가지 감정만이 점점 또렷하
고 날카롭게 불거졌습니다. 그것은 분노였습니다.

　나에게 주어진 이 모든 상황은 부당했습니다. 나는 이런 일을 겪을
만큼 나쁜 일을 하지 않았습니다. 생각해보십시오. 이진과 같은 별난
여자와 함께 사는 일이 늘 달콤하기만 했겠습니까. 그런 여자를 사랑하
기로 마음먹은 것부터가 보통 결심이 아니었습니다. 그러나 나는 최선
을 다했습니다. 맹세코 나의 모든 영혼과 육신을 바쳐 최선을 다했습니
다. 누구라서 나의 노력과 성과를 무시할 수 있을 것입니까.

　나는 최선을 다했습니다. 나의 노력은 칭찬받을 만한 가치가 있는 일
이었습니다. 부총리에 대해 얼토당토않은 이야기를 적어놓았던 노트의
그 마지막 부분을 찢어버린 것은 물론 그녀와의 약속을 저버린 것이긴
합니다만, 지극히 인간적이고 악의적이지 않은 일에 불과했습니다. 내
가 어떤 비윤리적이고 부도덕한 죄악을 제대로 저지르기나 했다면 이
보다 더한 징벌을 받은들 이렇게 억울하지는 않았을 것입니다. 나는 그
이야기를 하고 싶었습니다. 내가 한 일은 아주 평범하고 자연스러운 방
어본능의 발산에 불과했습니다. 그것 때문에 이렇듯 갑작스럽게 파국
이 찾아오리라는 것을 아무도 나에게 귀띔하지 않았습니다. 누구든 붙
잡고 나의 억울함을 호소하고 싶었습니다. 내가 저지른 단 한 가지의
감정적인 실수 때문에 오랜 시간에 걸친 선의와 헌신들이 한꺼번에 무
위로 돌아가고 이렇듯 잔인한 방식의 징벌을 감수해야 한다는 것은 말
도 되지 않는 일이었습니다. 누가 이 따위로 엉터리없이 부당한 계획을
세운 것입니까? 신입니까? 운명입니까? 그것이 무엇이든 나는 따지고

싶었습니다. 항의하고 싶었습니다. 그런 일은 도무지 말도 되지 않는 것입니다. 그렇지 않습니까? 도대체 말이 됩니까?

그러나 허공을 향해 휘두르는 나의 불행한 손가락에는 누구의 멱살도 잡히지 않았습니다. 나는 누구에게도 나의 억울함을 하소연할 수 없었습니다. 모든 것은 돌이킬 수 없었습니다. 아무리 간절하게 소망해도, 내가 이진의 노트를 찢어버린 바로 오늘 아침 그 이전으로 돌아갈 수는 없었습니다. 이런 결과를 초래할 줄 알았더라면 나는 부총리 아니라 세상 그 어떤 권력자의 꼬드김으로도 이진의 노트에 손을 대지 않았을 것입니다. 그런 중요한 문제에 대해 나에게 아무런 경고도 없었던 것은 너무나 비열하지 않습니까? 도대체 왜 내가, 아무도 돌보지 않던 이진에게 홀로 최선을 다하려 애썼던 내가 이런 징벌을 받아야 하는 것입니까? 이진을 사랑했고 많은 어려움을 감수했던 대가가 겨우 이런 것이라면 너무 불합리하고 잔인한 일이 아닙니까? 이럴 줄 알았더라면 세상의 다른 모든 사람들처럼 차라리 이진을 외면하는 것이 더욱 현명하지 않았겠습니까?

시간이 흐르자 관절의 통증에 조금은 익숙해진 듯했습니다. 나는 온몸에서 괴성을 질러대는 관절의 비명을 동무 삼아 휘청휘청 걸음을 옮겼습니다. 정신이 반쯤 나간 듯한 내 모습에 사람들이 모세의 바다처럼 단숨에 갈라졌습니다. 나는 울지도 않고 저주하지도 않으면서 어느 정도 침착한 모습으로 신생아실 앞에 도착했습니다. 아까 내가 부린 행패의 소식을 이미 접한 간호사들은 경직된 모습으로 나를 안내했습니다. 이진의 후손, 홀로 잉태된 배신의 아기는 인큐베이터 안에 누워 있었습니다. 낯익은 살구꽃 향기에 둘러싸여, 나는 광채가 뿜어져나오는 투명한 작은 몸뚱이 앞에 섰습니다.

가녀리게 할딱이는 작은 생명 앞에서 나는 불현듯 깨달았습니다. 비열한 음모와 인정할 수 없는 수치, 어디에도 항의할 수 없고 누구에게도 따져물을 수 없는, 나에게 닥친 모든 불운과 저주의 결정체가 내 앞에 누워 있음을. 거대한 시험 앞에서 내가 신생아처럼 무력했듯이, 나의 분노 앞에서 아이는 절대적으로 무력했습니다. 나는 이 존재의 무력함이 유일하게 마음에 들었습니다. 아무도 들어주지 않을 나의 넋두리, 누구에게도 칭찬받지 못할 나의 불운했던 분투를 화풀이할 수 있는 유일한 적통(嫡統)의 아이가 유리상자 안에서 힘들게 숨쉬고 있었습니다. 분출될 구멍을 찾지 못해 붉은 용암처럼 내 안에서 미친 듯이 소용돌이치던 분노가 아이를 보자 우주의 끝에 닿을 기세로 부풀어올랐습니다. 내 안에서 막무가내로 부풀어오르는 거대한 분노를 가두기에는 나의 자아가 너무나 보잘것없이 약했습니다. 이대로 폭발하여 아이에게 모든 분노와 저주를 쏟아부을 수 있기를 소망했습니다. 구멍 난 풍선처럼 허공에 치솟아 한없이 발광하다가, 마침내 힘없이 바닥에 늘어져 누울 수 있기만을.

나는 아기가 누워 있는 유리상자를 주먹으로 쳤습니다. 뼈가 부스러질 듯이 고통스러웠습니다.

아아, 아버지.

생부를 부르듯이 이세 공을 부르고, 나는 그 자리에 주저앉았습니다.

모든 것을 뒤늦게 깨달은 자의 견디기 힘든 회한으로, 나는 이 노트의 마지막을 기록합니다. 내가 찢어버린 이진의 마지막 기록, 부총리에 관한 믿기 어려운 이야기들을 다시 제자리에 돌이킬 수 있다면 모든 일은 제자리로 돌아갈 수 있을까요? 망상에 불과합니다. 이진은 죽었으며 나의 배덕으로 잉태된 새 아기가 태어났습니다. 아무것도 돌이킬 수 없었습니다. 내가 사랑이라 불렀던 그 달콤하고 가슴 아픈 감정으로도. 나를 집어삼켜 모든 것을 잊게 만드는 뼈아픈 분노와 부정으로도. 이 세상에는 어린 아기가 되어 다시 태어난 이진과 나, 둘만이 남았습니다. 나는 아직도 아니라고 말하고 싶습니다. 이진을 죽게 하고 아기가 태어나게 한 것이 나의 배신 때문이 아니라고, 그 끔찍한 불행이 나의 실수 때문이 아니라고. 아니야, 아니야, 너의 잘못이 아니야, 라고 누군가 나에게 말해준다면, 나는 그가 악마라 할지라도 나의 영혼을 바칠지도 모르겠습니다.

이진이 죽은 뒤로, 그녀는 자주 꿈자리에 나타납니다. 나의 영혼이 철없이 행복했던 그 시절로 돌아가기나 한 것처럼, 그녀는 매혹적으로 나를 유혹하고 나를 포옹합니다. 나는 그게 사랑이었노라고 지금도 믿고 싶습니다. 우리가 서로 사랑했노라고. 하지만 이진이 죽은 뒤에야 새롭게 명료해진 나의 두뇌는, 그것이 사랑이 아니었노라고 스스로에게 속삭입니다. 그것은 사랑을 닮은 환상에 불과했다고.

그렇습니다. 나는 그녀에게 헌신했노라고 믿었지만 기실 그것은 얄팍한 자아도취에 불과했습니다. 나는 언젠가 이진이 나의 진정을 알아줄 것이라 믿었고 나의 사랑으로 그녀가 변화될 것이라 믿었습니다. 그러나 영혼을 기록하는 여자 이진은 나의 흥겨운 사랑놀음 따위에 본질이 바뀌는 사람이 아니었습니다. 마음이 없는 이진은 나의 인내를 시험하듯 영원히 같은 모습으로, 언제나 무력하고 언제나 고지식하고 언제나 기록밖에 모르는 그 모습 그대로 남아 있었을 것입니다. 그리고 나의 자기 기만이 그 종말에 다다르는 순간, 약간 머리가 아프다는 듯이 이마를 짚어 보이고는 잠든 듯이 이 세상을 떠났을 것입니다.

나는 분명히 이진을 사랑했습니다. 하지만 이진을 향한 사랑이 보답 없는 영원한 헌신만을 의미하는 것을 알았더라도 그녀를 사랑했을지, 그것은 애초 의문입니다. 나는 사랑을 쉽게 보았습니다. 한 잔의 붉은 와인처럼 말입니다. 그 사랑이 나의 심장을 갈라 쏟아져나오는 붉은 피처럼 처절한 것이었음을 알았더라면 나는 차마 그녀를 사랑할 엄두를 내지 못했을 것입니다.

아무러하든, 꿈속에서 나는 이진을 만나고 사랑합니다. 나는 그녀에게 열렬한 애정을 바치며 무력한 그녀를 꼼꼼하게 보살핍니다. 하지만 눈을 떠보면 이진은 죽었고 내 곁에는 나의 배신을 증언하는 이진을 꼭 닮은 어린아이만이 남아 있습니다. 그건 정말 끔찍한 일입니다. 빙하에서 갓 퍼올린 구슬같이 저항할 수 없는 눈망울로 벌써 영혼을 따라 눈길을 옮기는 저 어린아이가 아니라면 제발 잊고 싶은 나의 과오를 정말로 얼마쯤은 잊을 수 있을지도 모르겠습니다. 그날 이후로 저주와 같이 따라붙은 관절의 통증만으로도 나의 인생은 훨씬 고통스럽게 변했지만, 깜짝 놀라도록 이진을 닮은 저 영혼의 아이를 키우는 일만큼 고통스럽지는 않습니다.

볼 때마다 나의 관절과 심장에 통증을 더하는 저 아이를 어떻게 대해야 할 것인지 나는 아직 결심하지 못했습니다. 차마 사랑한다고 말할 수는 없습니다. 이진을 그대로 축소한 아이를 볼 때마다 나는 등 털이 곤두섭니다. 이해하기 어려운 일인가요? 이렇게 설명하면 어떨까요?

나는 아이를 볼 때마다 내가 살해한 아내의 토막난 신체 일부분을 보는 것 같은 느낌입니다.

나는 이진을 자주 생각하지 않으려 노력합니다. 그보다는 나의 장인인 이세 공을 더 많이 생각합니다. 살아서는 그를 이해하지 못했지만 이제 이진과 이세 두 사람이 모두 죽어 내 곁을 떠난 뒤로는 그에게 혈육보다 더 진한 애정을 느낍니다. 나의 회한과 고통을 이해할 수 있는 사람은 오로지 이세 공밖에 없었을 것입니다. 하지만 그는 이미 죽었고 살아 있었더라도 다정하게 위로를 해주지는 않았을 것입니다. 아무러하든 그를 생각하면 큰 위안이 됩니다. 이와 같은 고통을 겪은 사람이 지구상에 나 하나뿐은 아니었음을 상기하는 것만으로도 고통이 절반쯤 가벼워지는 느낌입니다.

실제로 나에게 힘이 되어줄 수 있는 것은 거의 없습니다. 사랑의 힘을 빌려 살아갈 수 없는 것은 불행입니다. 이진을 죽게 한 나의 과오를 인정하든, 인정하지 않고 저주하든, 나의 몫은 언제나 고통스럽습니다. 위액이 역류하여 쓴물이 올라오지만, 나는 이제 나의 운명을 거의 수긍하고 있습니다.

내가 그녀의 노트를 찢어내는 어리석은 짓을 하지 않을 수 있었다면 가장 좋았겠지만, 그 일은 이미 일어났고 무엇으로도 돌이킬 수 없게 되었습니다. 영혼을 기록하는 여자와 결혼한 남자의 당연한 몫인 듯, 고통에 기대어 살아가야 하는 것이 나의 남은 운명입니다. 내가 사랑으로 키우든 증오로 키우든 저 어린아이는 자라날 것이고 또 어떤 자에게 운명의 시험장을 펼쳐놓을 것입니다. 먼 훗날 나의 사위가 될 그 작자는 그 가혹한 시험대를 뛰어넘을 수 있을까요? 나의 장인 이세 공이 냉소했듯이, 나는 내 불쌍한 사위가 그 시험을 통과할 수 있을 확률을 매우 낮게 보고 있습니다.

어찌 되었건, 미래의 내 사위가 어떤 행운의 별을 안고 태어났을지 그런 문제를 상상하는 일은 부질없습니다. 나처럼 고통을 벗 삼아 살아가게 된 사람에게는 그런 한가한 일이 어울리지 않습니다. 나는 당면한 숙제만으로도 두개골이 빠개질 듯이 괴로운 사람입니다. 한 아이의 아버지가 되리라고는 상상도 해본 일 없는 내가 이렇듯 비상식적인 부녀관계에 비자발적으로 얽매인 것은 난센스입니다. 볼 때마다 고통스러운 과거를 상기시키는 이진의 딸을 키워야 한다는 것은 나의 배신으로 세상을 떠나야 했던 이진이 안겨준 결코 가볍지 않은 복수라고나 할까요.

이제 노트의 남은 빈칸들이 어지간히 채워진 듯합니다. 이진의 딸이 자라나 자줏빛 카우치의 용도를 알게 될 때까지 당분간 이 낡은 책상과 걸상을 사용할 사람은 없을 것입니다. 나는 곤두선 등 털을 가라앉히며 이진의 딸에게 분유를 먹이러 가야 합니다. 아이와 눈길이 마주칠 때마다 나의 팔뚝에는 오들오들한 소름이 돋아납니다. 아이가 좀더 큰다면 나의 마음속에 숨은 죄책감과 공포를 눈치챌 날도 오게 될지 모르겠습니다. 그런들 어쩌겠어요. 중요한 것은 내가 공포와 분노를 감추고 이진의 딸을 성의껏 키우려 노력하고 있다는 점입니다. 적어도 나는 이세 공처럼 분노에 매몰당한 아버지가 되지 않으려 노력하고 있습니다. 하지만 나에게 엄습하는 공포스런 기억이 얼마나 가공할 위력을 가지고 있는지 잘 알고 있으므로 내가 이세 공의 전철을 분명히 피해갈 수 있으리라고 장담하기는 어렵습니다.

성공의 여부를 모르는 대로, 희망에 들떠 일단 걸어가는 것이 인생이 아니던가요? 그러므로 육신과 정신의 고통을 이기고 이세 공의 전철을 밟지 않고자 결심한 나의 이름은 기록될 가치가 있습니다. 나의 이름은 이현. 영혼을 기록하는 여자를 사랑했던 남자.

기록하는 셰에라자드와의 비극적 연애

정혜경(문학평론가·순천향대 교수)

1. 기록과 연애가 만들어내는 비극의 코드

『나의 아름다운 정원』(2002)과 『달의 제단』(2004)의 작가 심윤경은 2000년대 문학 가운데 '비주류'라고 할 수 있다. 기왕에 지적된 것처럼 그가 문예창작과는 거리가 있는 분자생물학을 전공했고 문단의 인맥에 익숙하지 않다거나, 단편소설이 우세한 한국문학계에서 장편소설에 주력하고 있다는 점 등을 그 예로 들 수도 있을 것이다. 그러나 무엇보다 중요한 근거는 그녀의 인물이 최근 소설들의 인물군으로부터 멀리 있다는 점이며 이는 물론 작가의 문학적 태도에서 비롯된 것이다.

최근 문학은 80년대 문학을 대타화했던 90년대 문학에 결별을 고하고 있다. 다양한 방식을 통해 나타난 변화의 증상들은 2000년대 문학의 특징이라고 할 만한 것으로 모습을 드러내었는데 이는 크게 두 가지를 들 수 있다. 하나는 최근 소설들이 나르시시즘적 내면세계를 뚫고 들어오는 타자들을 의식하고 있다는 점이며, 다른 하나는 일상을 촘촘히 조이고 있는 압도적인 자본주의 시스템에 태생적으로 무기력한 인물들의 실존을 보여주고 있다는 점이다. 특히 무력한 '백수'의 형상으로 등장하곤 하는 이 '빈곤하고 왜소한 주체'는 2000년대 문학의 가능성과 한계를 동시에 발견할 수 있는 유력한 거점이다. 그들은 엉뚱한 상상력과 경쾌한 웃음, 위악적인 냉소 또는 무표정한 우울, 간혹 공감의 연대를 통해 이 시대 삶을 증거하고 현실의 표면을 탈주해간다. 그런데 심윤경의 인물들은 이와는 다른 행동방식을 보여주고 있다.

물론 『나의 아름다운 정원』의 어린 '동구'와 『달의 제단』의 불우한 서자 출신 종손인 '상룡'도 역시 현실의 권력과는 거리가 먼 무력한 존재들이다. 그러나 그들에게는 특별한 '집요함'이 있다. 그 집요함이란 어떤 것에 자신을 '올인'하는 진지한 열정이다. 70년대 말에서 80년대 초 혼란스러웠던 시절, 가족의 불화 속에서 난독증(難讀症)을 앓던 '동구'는 글과 세상을 읽을 수 있도록 이끌던 '박영은 선생'과 가족의 유일한 희망이었던 동생 '영주'를 기릴 수 있는 자신만의 아름다운 정원에 유년이라는 한 시기를 온통 헌사하였다. 한편, 가문의 광영을 위해 은폐되었던 추악한 진실 속에서 자신의 의지와는 상관없이 종손의 자리를 이어가야 했던 '상룡'은 집안의 허드렛일을 하는 흉한 몰골의 '정실'과 위험한 사랑에 골몰했고 그녀에게 자신의 모든 것을 던진다.

심윤경이 주목하는 이들은 바로 이처럼 무력한 자신을 고스란히 던지는 행위를 통해 운명과 대면하고 세상과 만나려는 자들이다. 이는 작가의 문학적 태도에서 비롯된다. 여기저기 '쿨(cool)'이 넘치는 세상에서 심윤경은 "뜨겁게. 여한 없이 뜨겁게. (……) 맹렬히 불타오르고 재조차 남지 않도록 사그라짐을 영광으로 여기는 옛날식의 정열을 다시 만나고 싶다. 그것이 요즘 유행하고는 한참 동떨어진 것이라 해도"('작가의 말', 『달의 제단』)라고 선언한 바 있다. 작가가 보기에, 모습을 달리하여 더 혹독해진 현실 한가운데에서 우리가 해야 할 일은 표면을 가볍게 미끄러지는 것이 아니라 그 속에 깊숙이 몸을 담그는 것이다. 이를 통해 무력한 존재는 역설적으로 세상에 대적한다. 그러므로 그녀가 말하는 "옛날식의 정열"이라는 것은 특정한 이념에 기댄 것도 아니고, 상투적이거나 보수적 성향을 띠지도 않는다.

"맹렬히 불타오르고 재조차 남지 않도록 사그라짐을 영광으로 여기는" 열정은 심윤경식으로 말하는 '비극'의 정의라고 할 수 있다. 여기서 우리는 두 가지 요소를 발견한다. 하나는 온몸을 던져 자기를 극한으로까지 추동하는 것이고, 다른 하나는 종말 혹은 파국을 일종의 희생제의(sacrifice)로 변환하는 것이다. 이는 물론 서로 유기적으로 연관되어 있다. 『나의 아름다운 정원』의 결말에서 할머니를 만나러 1980년 5월 광주로 간 박영은 선생님이 행방불명이 되고 불의의 사고로 동생 영주가 죽은 뒤 가족의 불화가 최고조에 이르자 열 살 동구는 엄마에 대한 그리움을 희생시키고 할머니와 고향 노루너미로 가서 살기로 결심한다. 한편 『달의 제단』에서는 할아버지가 상룡의 아이를 가진 정실을 무자비하게 내쫓고 가문을 위해 영아살해를 저질렀던 패악이 적힌 윗대 소산할매의 언찰을 불태우자 상룡은 분노를 폭발시키며 불붙은 효계당 지붕으로 올라가 가부장제의 존속을 위해 죽음으로 내몰렸던 여인들의 넋 앞에 자신의 몸을 던진다. 이는 누대에 걸친 종가의 횡포를 대속(代贖)하는 번제(燔祭)라고 할 만하다.

심윤경이 보여주는 비극의 코드는 이와 같이 진지하고 열정적으로 운명에 대처하는 자세에 초점이 맞춰져 있다. 이번 장편소설 『이현의 연애』는 평범하지 않은 연애라는 외관을 가지고 이 문제에 좀더 적극적으로 육박해들어간다. 이 소설은 '영혼을 기록하는 여자, 이진'과 '영혼을 기록하는 여자를 사랑하는 남자, 이현'의 관계가 중심서사를 이루고 그 사이사이에 '이진의 기록'이라고 명기된 단편이 삽입되어 있다. 생령(生靈)들의 이야기를 기록하는 데 모든 것을 바치는 이진, "운명적인 신비로움"(19쪽)에 이끌려 그녀를 격렬하게 사랑하게 되는 이현이 앞서 말한 것 같은 집요한 열정을 가진 것은 물론이다. 그리고 그들의 결혼생활이 삼 년이라는 한시적인 시간으로 계약된 것이었다는 점, 이진의 아버지 '이세 공'이 예언하듯 경고하고 결혼을 만류했음에도 불구하고 이현이 받아들이지 않았다는 점, 또 영혼의 이야기를 기록한 이진의 노트를 들춰봐선 안 된다는 금기가 결혼과 동시에 작동했다는 점에서 '이현의 연애'는 비극의 요건을 갖추고 있다. 그렇다면 이번 작품의 추동력인 '기록하고' '사랑하는' 두 사람의 행위는 과연 어떤 방식으로 비극을 완성하는가?

2. 영혼을 기록하는 여자, 혹은 2000년대의 특별한 셰에라자드

'프롤로그'로 이 소설을 여는 여자, '이현'이 사랑하는 대상인 '이진'은 매우 독특하다. 그녀는 자신을 '영혼을 기록하는 여자'라고 소개한다. 21세기 첨단과학기술이 열어주는 이 화려하고 가벼운 시대에 영혼이라니. 그래서 어렸을 때부터 외딴 집에 격리되고 정신병원을 들락거리며 아버지에게조차 증오를 샀던 것이 그녀의 현실이다. 인정은커녕 사람들에게 환영받지 못하는 작업을 고독과 적막 속에서 이어나가면서 스스로도 '왜'라는 질문에 답할 수 없었으므로 그녀는 이를 운명으로 받아들인다.

이진은 온 생애를 걸고 영혼들의 이야기를 기록한다. 목숨을 걸고 이야기해야 했던 존재, 이야기를 계속하는 한 삶이 계속될 수 있었던 인물은 『천일야화The Book of the Thousand Nights and a Night』의 '셰에라자드'가 아니던가. 이런 점에서 이진은 2000년대의 특별한 셰에라자드라고 할 만하다. 그런데 심윤경의 셰에라자드는 이야기를 '말'하지 않고, '기록'한다. 기록할 수만 있다면 그 외의 것들은 어떠해도 상관없는, 그래서 그것은 이현의 헌신적인 사랑으로도 변화시킬 수 없는 절대적인 것이다. 최소한의 일상생활 위에서 매일 열한 시간에 걸쳐 이루어지는 기록작업은 때론 광란과 고사(枯死) 지경에 이르게도 하지만 그녀는 그만둘 수 없다. 기록행위는 2000년대 특별한 셰에라자드의 존재 근거이다. '나는 기록한다. 고로 나는 존재한다.'

기록이란 중요한 거예요. 원초적으로 그래요. 기록이 남지 않은 것은 어쩌면 존재하지 않았던 것이라고 볼 수 있지요. 아니라고요? 실존이란 엄연하고도 무거운 거라서, 지켜보는 눈길이나 기록하는 손가락 따위의 존재 여부로 달라지지 않는다고요? 당신은 그렇게 생각하나요. 나하고는 생각이 다르군요.

존재했던 엄연하고 무거운 현실도, 기록되지 않으면 사라져버립니다. (……) 우리는 기억을 믿듯이 기록을 믿어요. 결국 기록은 존재를 대신해요.(7~8쪽)

'구술' 하지 않고 '기록' 하는 행위에는 간단치 않은 의미가 있다. 일회적이거나 유동적이지 않은 문자언어로 된 기록은 현란한 영상과 거대한 자본의 소용돌이 속에서 점점 더 희미해져가는 개인의 존재 증명이라고 할 수 있다. 위의 인용문에서 "존재했던 엄연하고 무거운 현실도, 기록되지 않으면 사라져버립니다"라는 진술은 시간이 존재를 소멸시킨다는 사실을 거스르면서, 유한한 자가 자신의 존재를 증명하고 더 나아가 불멸에까지 가 닿을 수 있는 통로가 바로 기록이라는 점을 시사한다. 소멸의 운명을 앞둔 유한한 존재가 기록을 통해 존속한다는 것은 불멸이라는 구원의 문제에 접근하는 일이다.

이진은 "오늘을 살아가는 평범한 사람들"(8쪽)의 생령을 불러들여 그들의 이야기를 기록한다. 이는 그 자체로도 낯설고 특이하지만, 우리가 다시 주목해야 할 것은 바로 기록의 방식이다. 이것이 사실과 행위가 초 단위로까지 기재되는 이 시대의 영수증 형태의 기록이 아닌 것은 물론이다. "나 자신이 그 영혼이 되어버리"는 방식, "옷을 입듯이 그의 육신을 입"고 "그가 살았던 시대, 그가 살아온 인생 속으로 들어가" "그가 겪는 일들을 함께 경험"하고 "나의 일을 기록하듯이 그 영혼의 삶을 기록"(8쪽)하는 방식이 논리적으로 설명할 수 없는 이진의 독특한 능력에 힘입어 가능해진다. 이는 주체가 동일성의 원리가 아닌 방식으로 타자를 만날 수 있는 기묘한 방법이다. 작가는 이진의 예외적인 능력을 통해, 타자를 주체의 원근법으로 동일시하는 것이 아니라 타자를 타자로서 만나는 어려운 길을 트고 있는 것이다.

이때 이진이 기록하는 타자들의 진실이란 그들이 인식하고 있는 것은 물론이고, "밝히기 원치 않는 내밀한 감정과 사건"(34쪽), 의식하지 못했던 "영혼의 가장 어두운 밑바닥"(285쪽), "인류의 보이지 않는 이면들"(269쪽)까지를 포괄한다. 그럼으로써 "절대적인 진실, 절대적인 감정, 절대적인 사건들"(9쪽)에 이르려는 이 진지하고도 야심 찬 기획은, 상대적이고 불안하게 흔들리는 이 시대에 구원의 문제를 제출하려고 한다. "사람들은 그녀의 향기를 맡으며 자신들에게 그런 때가 있었는지조차 잊고 있었던 황금빛 시절, 그들이 완벽했던 시절로 돌아간 듯이 정화되고 들떴다"(200쪽)는 것도 이진의 마술적인 특별한 능력에서 구체화되는 구원의 가능성으로 볼 수 있을 것이다.

이 소설에서 이진은 '프롤로그 : 나는 이진입니다'에서만 직접 서술자로 등장하고 대개는 이현의 시선을 통해 그려진다. 뛰어난 미모를 가진 이진은 이현에게 "피부에서 살구즙의 향기를 풍기고, 빙하에서 방금 퍼올린 다갈색 구슬 같은 눈으로 바라보는 여인"(21쪽)이다. 그녀의 외양 묘사는 좀더 다양한 수사로 나타나지 않고 이같은 동일한 형태로 여러 차례 반복되는데, 이는 이진이라는 인물을 구체적이고 현실적인 모습으로 형상화하기보다는 많은 것을 생략함으로써 오히려 신비로운 여인의 이미지로 드러내는 데 기여한다. "마음속에 돌이킬 수 없는 동경과 순정만을 쌓아온 오래된 사랑"(38쪽), "살구 향기가 풍겨나올 듯한 그 절대지고의 여인을 제외하고 그가 다시 사랑할 수 있는 여인은 어디에도 없다고 믿었다"(19쪽)고 하지 않는가. "빙하의 음영과 오로라의 광채마저 무색하게 만들어버릴"(88쪽), "인간의 체취로는 어울리지 않"(89쪽)는 압도적인 아름다움으로 표현되는 그녀의 비현실적인 아우라는 이 시대 중심의 질서에서 멀리 떨어져 있는 주변부 타자의 징표라고 볼 수 있다. 이는 어린 동구의 난독증(『나의 아름다운 정원』)이나 서자 출신이라는 상룡의 태생의 비밀과 정실의 흉측한 외양(『달의 제단』)과 같은 차원이다. 이진의 신비한 아름다움과 마술적인 능력은 소설 속에서 결코 돈으로 거래될 수 없는 것으로 나타나는데 이는 그녀가 현실적으로는 철저하게 무력한 존재라는 점과 맞물려 있다.

3. 이진의 기록, 혹은 임계점(critical point)에 이른 삶의 예증들

낡은 자줏빛 카우치에 앉은 영혼 안으로 스며들어 그들의 내부를 기록함으로써 그들을 파악하고 위로하는 이진은 어떤 이야기를 가진 존재들을 불러들이는가? 중심서사 사이에 삽입된 네 편의 '이진의 기록'에는 각기 성별, 나이, 성격, 직업 등이 상이한 사람들의 이야기가 기록되어 있지만 그럼에도 불구하고 거기에는 일종의 공통점이 있다. 그들의 이야기는 대체로 비가 내리는 우울한 배경 위로 삶의 임계점에 이른 사람들의 '어두운 밑바닥'을 드러내고 있다.

'토토로의 집'에서 '나'는 비 내리는 초겨울, 남편과 아이들이 이사한 외딴 시골집으로 간다. 파산한 남편은 마지막 차까지 팔아 대학 기부금으로 내놓고 교수가 될 날을 기약 없이 기다리며, '나'는 가족의 생계를 위해 군무원으로 재취업하였다. 버스 끝에 매달려 간신히 도착한 집은 어린 두 딸이 상상하는 것처럼 미야자키 하야오의 애니메이션 〈이웃집 토토로〉에 나오는 것 같은 거목 곁에 납작하게 엎드려 있다. 그녀는 극심한 피로로 인한 현기증과 구토감을 겨우겨우 견뎌가면서 아이들의 그리움을 만나고, 떨어져 있었던 젊은 남편의 욕망과 만난다. 숲에 산다는 신령한 요정에게 속물적인 소원을 빌어보다 "치밀어오르는 눈물만은 참으려고 이를 악물어보는데, 발가벗고 돌아누워 부끄러움을 삼키는 이 밤은 언제 끝날까? 토토로라면 혹시 알까?"(69쪽) 하고 독백한다. 이는 "대책 없는 무력감"(68쪽)과 극심한 육체적 고통, 그에 못지않은 모멸감과 죄책감, 부끄러움이 한데 엉킨 삶의 임계점에서 새어나온 신음이다.

'라 캄파넬라'에서 '나'와 작은오빠는 서쪽으로 몰려가는 먹장구름을 뒤쫓듯 빨간색 스포츠카를 타고 질주한다. 돌발성과 예측불능성이 체질에 맞는 작은오빠는 수십억의 빚을 지고 가족들의 증오를 사고 있지만 본인은 아랑곳하지 않고 늘 그렇듯 스피드를 쫓는다. 결혼 십 년째 불임으로 아이를 포기한 '나'는 그 사실에 대해 무심한 듯하지만 실은 그녀를 바라보는 세상의 평균적인 시선에 시달리고 있다. 월광 3악장을 틀어놓고 폭우 속을 달리던 '나'는 예기치 못한 이상한 기운에 휘몰려 차의 지붕을 열어 쏟아지는 비를 맞으며 다음번엔 바이올린을 가져오겠다고 소리지른다. "방향을 알지 못하고 달리는"(117쪽) 차의 운명과 같이 그녀는 자신의 광기에 전율한다. "빗방울의 소멸은 참 쿨하기도 하지. 사람의 목숨도 투명한 셀로판테이프처럼 원하는 길이로 착착 끊어져주면 얼마나 좋을까. 사라질 때 집착이나 슬픔 따위 구질구질한 찌꺼기는 남기지 않고 물방울처럼 투명하게. 빗방울처럼 유쾌하게.”(114쪽) '폭주영혼'(잡지 게재 당시 단편소설의 제목)의 광기는 이렇듯 죽음의 유혹에 휩싸여 있다.

'창세기'는 불의의 사고로 가족을 모두 잃은 젊은 부목사의 종교적 탐문을 통해 좀더 관념적으로 고통을 해석하고 초월의 길을 모색한다. 개인의 복을 빌고 맹목적인 믿음을 요구하는 기존의 대중적인 신앙의 형태를 수용할 수 없었던 젊은 부목사는 자신의 의도와는 상관없이 신자들에게 성인으로 때로는 위선자로 불리면서 더욱 자신의 질문(신이 전지전능하다면 왜 세상에 악이 존재하는지, 왜 신은 고통과 재난에서 사람들을 구원하지 않는지, 또 왜 불운은 거듭 닥쳐오는 것인지 등)에 대한 해답을 구하기 위해 골몰한다. 마치 '사탄이 번개처럼 떨어지듯' 폭우와 우레가 내리꽂히던 날 그는 “인간을 신에게 닿게 할 신앙의 빠진 고리”(185쪽)에 대한 실마리를 더듬는다. 그리하여 인간이 낙원을 떠난 것은 악의 유혹에 빠진 것이 아니라 신의 형상을 닮은 자답게 다른 삶을 살고자 하는 의지에서 출발한 것이며, 그들이 뜻을 이룰 때까지 고귀한 선택을 훼손하지 않고 존중해줄 것을 약속한 신의 뜻이 바로 지금의 “무력한 신의 영원한 침묵”(192쪽)을 낳았다는 결론을 통해 그는 인간적 고통의 임계점에서 초월의 문을 더듬어 찾고 있다.

'외알 안경을 낀 사나이'에서 재정경제부 장관이자 부총리인 '나'는 국정감사 기간에 형의 갑작스런 방문을 받고 자기 안에 오래도록 감추어왔던 부끄러운 욕망의 기억을 떠올린다. 그의 내부에 감춰져 있던 것은 바로 형의 장난스런 음모에 휘말려 수음을 하게 되었던 성장통의 현장이었다. 그런데 거기에는 단순한 성장통이 아닌 흔적이 있다. 그가 성욕의 정점으로 치달았던 것이 여자의 나신을 보면서가 아니라 형의 탄탄한 근육과 튼실한 남성을 목격하면서부터였기 때문이다. 그 순간은 자신에 대한 수치심과 형에 대한 증오로 바뀌어 깊숙한 기억의 창고에 묻혀 있었다. 그런데 그 욕망이 정치적 성공의 정점에 오른 자리에서 불안한 형태로 서서히 드러나기 시작한다. "우리 사이에는 전생 이전부터 연결되어온 보이지 않는 가느다란 끈이 이어져 있는 것일지도 모른다"(243쪽)는 전조는 이현에 대한 정치적 관심으로 포장되어 있어 선명하게 의식되지 않지만, 그를 파멸로 이끌지도 모를 불합리한 욕망이 분명 자리를 잡아가고 있었던 것이다.

혹독한 무력감, 예측할 수 없는 광기, 고통과 구원의 매개를 찾으려는 절박한 물음, 무의식에 잠겨 있는 불합리한 욕망은 모두 파국이 눈앞에 닥쳐와 있는 임계점에서 나타날 수 있는 증상들이다. 이들은 대체로 윤리적 잣대로 치죄할 수 없는 인물들이다. 설령 '미쳤다'고 할 수는 있을지 몰라도 '나쁘다'고 하기는 어려운 존재들인 것이다. '라 캄파넬라'에서 수십억의 빚을 지고도 아랑곳없이 속도에 집착하는 작은오빠의 경우만 보아도 그러하다. '나'는 그가 가족 안에서 고립되어 있는 이유를 생각해보지만 딱히 집어낼 수가 없다. 오히려 "우리 가족들은 우리에게 찾아오는 불명예와 위기가 모두 작은오빠 때문이라고 생각하기를 좋아하고, 나름대로 영특한 작은오빠는 어찌 된 일인지 이런 말도 안 되는 편견을 모두 합리화시킬 만큼 덜떨어진 짓을 하면서 살아갈 따름이다"(105쪽). 오히려 그는 불안한 영혼들의 도피처 역할을 감당하고 있는 것이다. 이렇게 이진의 노트에는 합리적으로 설명할 수 없는 불가해한 운명과 한 개인으로서는 어찌해볼 도리가 없는 참혹한 고통에 젊은 존재들의 외양과 내부가 기록되어 있다. 네 편의 기록은 이현과 이진의 관계를 풀어내는 중심서사 사이사이에 삽입되면서 포섭되는 거울 텍스트로서, 임계점에 이른 삶의 몇 가지 예증으로 기능한다.

4. 타자의 윤리와 치명적 사랑

네 편의 '이진의 기록'이 극한에 내몰린 삶을 예증하는 편린들이라면, 이를 감싸고 있는 중심서사는 치명적인 사랑의 과정을 통해 임계점에 이른 자가 이에 대처하는 자세를 보여준다. 이는 주로 이진을 사랑하는 이현의 내면과 행동방식으로 이루어진다. 개체의 경계가 지워지는 국면을 맞이한다는 측면에서 모든 사랑은 치명적인 것인지도 모른다. 이현의 경우는 이 치명성을 운명적으로 극화(劇化, 極化)시켜놓은 예라고 할 수 있다. 아름다운 여인을 향한 첫사랑이 그녀의 결혼식에서 시작되었다는 유년의 기억은 '존재가 상처'라는 것을 암시한다. 그 기억이 이진을 통해 되살아나면서 그의 삶은 임계점을 향해 가기 시작한다.

어린 시절 보았던 그 여인이라고 착각할 만큼 똑같은 여자를 구내매점에서 본 후 이현은 "신비롭고 운명적인 무언가가 닥쳤다는 사실을 본능적으로 직관"(16쪽)하면서 그녀에게 매혹된다. 빛바랜 결혼사진 속의 신랑 신부가 이진의 부모였다는 사실을 알게 되고 기록을 둘러싼 이진의 내밀한 사정을 들은 그는 삼 년간의 계약결혼을 제안한다. 이현의 결혼이 문제적인 것은 영혼의 이야기를 기록하는 특별한 여인과 삼년이라는 시한부로 인연을 맺었다는 점 외에도 그가 예언의 성격을 띠는 이세 공의 위협적인 경고를 외면했다는 점 때문이다. 방계 왕족의 아들로 태어나 약 십여 년에 걸친 활발한 시작(詩作)활동으로 주목받았던 이세 공이 돌연 절필하고 은둔을 고집한 저간의 사정은 밝혀져 있지 않다. 그러나 이진의 진술로 미루어보면, 그것이 언제나 먼 곳을 바라보는 무심한 시선에 이 세상 사람이 아닌 듯한 아름다움을 지닌 신부와의 결혼에 연관된 것이라는 점을 어렵지 않게 추측할 수 있다. 문학사적으로 칭송되던 시인이 더이상 서정시를 노래할 수 없었던 정황은 이제 이현 앞에 나타난 이세 공의 끔찍한 몰골이 대신 설명해주고 있다. "섬세하게 근육을 발라낸 골격 표본처럼 극도로 야윈 몸으로, 이세 공은 느리고 부자연스럽게 움직였다."(70쪽) 우람한 뼈대의 젊은 비서가 떠먹여주는 묽은 죽을 간신히 받아먹으며 아주 작은 움직임만으로도 "매순간 고통에 갉아먹히는 이세 공"(206쪽)의 모습은 그 존재 자체가 이현에게 경고의 메시지이다. 이현은 경고를 거절할 의지를 스스로 다지기 위해 경련에 가까운 이세 공의 기침 때문에 오물 세례를 받은 음식을 남김없이 다 먹어치운다.

이현의 결혼생활은 이세 공의 예언, 즉 "오랫동안 의문과 싸워야 하고 모욕을 참아내야 하는 일"(74쪽)을 하나씩 실천하는 과정이었다. "이세가 조언을 하지 않는 이상 답을 얻기 어려운 모호한 수수께끼가 온전히 제 몫으로 남겨진 것"(81쪽)을 알면서도 멈추지 않는 어리석은 의지 그리고 그 모호한 수수께끼는 인간의 이성(理性)과 정의(正義) 바깥에 있는 불가해한 비극적 구조일 것이다. "우주에서 떨어진 한줄기 광채처럼 희귀하고 아름다웠던"(293쪽) 아내의 천진한 미소와 살구즙 향기 속에 깊이 파묻힐 수 있는 대신 그는 보답 없는 헌신과 의문과 모욕을 지불해야 했다. 극도의 채식주의자인 이진의 식탁에 익숙해져야 했고, 집 안 여기저기 빈 공간이 두려워졌으며, 이진에게 다양한 세상을 경험시켜주려던 노력들이 매번 수포로 돌아가는 것을 감수해야 했던 것이다.

이 소설의 중심서사인 '연애'의 외관을 걷으면 타자를 만나는 방식의 대결 구도를 찾아볼 수 있다. 이 문제를 살피기 위해 여기서 잠시 이 소설의 구조를 볼 필요가 있다. 앞서 말한 것처럼 이 소설은 두 개의 이야기 층위(narrative level)를 가지고 있다. 하나는 주로 이현의 시선으로 바라본 이진 관련 이야기이고, 또하나는 '이진의 기록'이라고 명기된 다양한 사람들의 이야기이다. 전자는 후자를 감싸는 상위 이야기이다. 전자를 보자. '프롤로그 : 나는 이진입니다'에서는 이진이, '에필로그 : 나는 이현입니다'에서는 이현이 직접 서술한다. 이 둘 사이에 있는 '이현, 이진을 만나다' '영혼을 기록하는 여자' '늪지의 고양이' '은둔자' '나는 그를 사랑했다'의 서술자는 누구인가? 여기서 좀 모호하고 복잡해진다. 왜냐하면 앞의 장들에서는 스토리 외부의 서술자가 주로 이현의 시선을 통해 이진과의 관계를 서술하는 데 반해, '나는 그를 사랑했다'에서 서술자 '나'란 놀랍게도 이현을 사랑하는 늙은 부총리이기 때문이다. 부총리의 이야기인 네번째 이진의 기록 '외알 안경을 낀 사나이'에 이어지는 상위 이야기 '나는 그를 사랑했다'에서 처음에는 앞장들처럼 스토리 외부의 서술자가 이야기를 서술하는 듯하다가 부총리가 일인칭 서술자라는 사실이 부각되는 것이다. '나'(늙은 부총리)는 이현과 이진을 옆에서 관찰할 뿐만 아니라 심지어 그들의 정사를 지켜보며 이현의 흐트러진 머리칼을 쓰다듬는 불온한 욕망을 드러낸다. 이야기 층위를 넘어서는 이 모험적 시도는 의외의 반전과 위기를 조성한다. 그렇다면 일관성의 측면에서 중심서사를 이루는 앞 장들도 모두 부총리의 숨은 서술이라고 봐야 할 것인가? 그보다는 오히려 이 장들 역시 이진의 또다른 기록이라고 보아야 할 것 같다. 다시 말하면 이진이 이현과 부총리의 영혼을 만나 기록한 그들의 이야기인 것이다. 먼저 이진의 사후에 그 뒤를 이어 "이 노트의 마지막을 기록"(296쪽)한다는 '에필로그'의 이현의 진술을 볼 때 그렇게 추정할 수 있다. 이진의 영혼 기록방식이 늘 그러했듯, 이현과 부총리 역시 만남의 대상에서 제외되지 않았을 것이다. 그리고 이현이 이진에게 남편과 관련된 불미스런 이야기를 기록하면서 갈등도 하지 않았느냐며 항의하게 되는 즈음에 "생선회를 앞에 두고 이현의 정치적 대부가 될 의중을 밝히는 오늘의 부총리에 대한 기록에 다다르자"(276쪽)라고 하는데, 이 장면은 부총리의 이야기인 네번째 '이진의 기록'('외알 안경을 낀 사나이'에서는 부총리가 이현에게 가볍게 한잔 더 하자고 권유하는 장면까지만 나와 있다)에는 없고, 상위 범주인 '나는 그를 사랑했다'에서 밝혀진 이야기이기 때문이다.

이로써 볼 때 이현과 이진의 관계에서, 이진에 대한 이현의 태도가 '사랑'의 방식이었다면, 이현에 대한 이진의 태도는 '기록'의 방식이었다고 할 수 있다. 다시 말해 "나 자신이 그 영혼이 되어버리는" 이진의 '기록'이 주체의 바깥에 있는 타자를 타자 그 자체로서 만나는 방식이었던 데 반해, 이현의 '사랑'은 주체가 타자를 자신의 영역 안으로 동화시키는 방식이라고 할 것이다. 이현은 이진이 "집착하고 (……) 질투하고 울고 화내며 그의 해명과 맹세를 요구"(149쪽)하기를 바라고,

약속을 깨고 "불현듯, 이진이 동의하기만 한다면 어쩌면 아이를 낳아도 좋지 않을까"(201쪽) 하고 생각하는 데 이른다. 이는 그가 살구즙 향기를 전신에 휘감은 신비로운 이진을 일상으로 끌어내리고 전유하려는 것이다. 이현은 에필로그에서 "나는 그녀에게 헌신했노라고 믿었지만 기실 그것은 얄팍한 자아도취에 불과했습니다"(297쪽)라고 고백하고 있지 않은가. 타자를 만나는 방식의 대결 구도에서 이현의 방식이 결국 이진의 기록을 찢어버리는 '배신'에 이름으로써 그는 파국의 운명을 고스란히 지고 가야 했다.

5. 불합리한 삶 앞에 선 인간의 비극적 정신을 위하여

'이현의 연애'는 예고된 비극을 실천하는 과정이라고 할 수 있다. "지옥의 고통이 어떤 것인지 남김없이 보여주"(78쪽)는 이세 공의 경고를 거절하고 답을 얻기 어려운 모호한 수수께끼를 자신의 몫으로 하여 이진과 결혼한 이현은 의문과 싸우고 모욕을 견디다 결국 스스로 금기를 깨고 파국을 맞는다. 그러나 비극이란 단순히 슬프고 비참한 고통 그 자체만을 가리키지 않는다. 이진이 미처 완성하지 못한 기록의 뒤를 이어 쓰는 행위를 통해 이현은 비극의 운명을 당당히 자신의 것으로 한다. '내 이름은 이현'으로 시작하는 '에필로그'는 비극적 정신에 거는 작가의 기대와 신뢰를 울림이 있는 언어를 통해 생생하게 보여주고 있다. 이 부분은 자신의 두 눈을 찌르고 장님이 되어 길을 떠나는 오이디푸스의 절규를 떠올리게 한다.

아이를 잉태시킨 것이 나의 정액이 아니라 나의 배신이었음을 깨달았을 때 나에게 휘몰아친 격렬한 통증을 어떻게 설명할 수 있을까요. 골격과 관절들이 한꺼번에 맷돌로 으깨어지는 듯이 고통스러웠습니다. (······) 이미 죽어버린 장인을 제외하고 아무도 나를 이해할 수 없다는 사실을 나는 깨달았습니다. (······) 말로 형언할 수 없이 보람되고 기쁘던 그 사랑은 지금 어디로 간 것일까? (······) 부총리에 대해 얼토당토않은 이야기를 적어놓았던 노트의 그 마지막 부분을 찢어버린 것은 물론 그녀와의 약속을 저버린 것이긴 합니다만, 지극히 인간적이고 악의적이지 않은 일에 불과했습니다. (······) 그것 때문에 이렇듯 갑작스럽게 파국이 찾아오리라는 것을 아무도 나에게 귀띔하지 않았습니다. 누구든 붙잡고 나의 억울함을 호소하고 싶었습니다. 내가 저지른 단 한 가지의 감정적인 실수 때문에 오랜 시간에 걸친 선의와 헌신들이 한꺼번에 무위로 돌아가고 이렇듯 잔인한 방식의 징벌을 감수해야 한다는 것은 말도 되지 않는 일이었습니다. 누가 이 따위로 엉터리없이 부당한 계획을 세운 것입니까? 신입니까? 운명입니까? 그것이 무엇이든 나는 따지고 싶었습니다. 항의하고 싶었습니다. (······) 모든 것을 뒤늦게 깨달은 자의 견디기 힘든 회한으로, 나는 이 노트의 마지막을 기록합니다. (······) 이 세상에는 어린 아기가 되어 다시 태어난 이진과 나, 둘만이 남았습니다. (······) 이진이 죽은 뒤로, 그녀는 자주 꿈자리에 나타납니다. (······) 나는 그게 사랑이었노라고 지금도 믿고 싶습니다. 우리가 서로 사랑했노라고. 하지만 이진이 죽은 뒤에야 새롭게 명료해진 나의 두뇌는, 그것이 사랑이 아니었노라고 스스로에게 속삭입니다. (······) 나는 그녀에게 헌신했노라고 믿었지만 기실 그것은 얄팍한 자아도취에 불과했습니다. (……) 이진을 향한 사랑이 보답 없는 영원한 헌신만을 의미하는 것을 알았더라도 그녀를 사랑했을지, 그것은 애초 의문입니다. (……) 영혼을 기록하는 여자와 결혼한 남자의 당연한 몫인 듯, 고통에 기대어 살아가야 하는 것이 나의 남은 운명입니다. (……) 중요한 것은 내가 공포와 분노를 감추고 이진의 딸을 성의껏 키우려 노력하고 있다는 점입니다. (……) 성공의 여부를 모르는 대로, 희망에 들떠 일단 걸어가는 것이 인생이 아니던가요? 그러므로 육신과 정신의 고통을 이기고 이세 공의 전철을 밟지 않고자 결심한 나의 이름은 기록될 가치가 있습니다. 나의 이름은 이현. 영혼을 기록하는 여자를 사랑했던 남자.('에필로그 : 나는 이현입니다', 290~301쪽)

이현이 이진의 기록을 찢어버린 아침, 존재의 근거를 빼앗긴 이진은 두꺼운 이불 속에서 죽음을 맞는다. 병원에서 말한 이진의 사망 원인은 임신중독증이었고 육 개월 된 태아는 인큐베이터에 들어간다. 불임수술을 받았던 이현은 그 아기가 '기록'의 지속을 위해 "이진의 뱃속에서 홀로 잉태되어 태어난 작은 이진"(290쪽)이라는 것을 알아본다. 이진의 죽음은, 손상된 기록에 대해 속죄하고 공정하고 온전한 기록의 재생을 불러오는 일종의 희생제의와 같다.

위에 길게 인용한 에필로그 부분은 파국을 맞은 이현의 동요하는 내면, 고통스러우면서도 당당한 정신의 기록이다. "내가 기록하지 않으면 사람들은 이진이라는 여자가 이 세상에 살았던 것조차 쉽사리 잊어버릴 테니까"(287쪽) 이진의 존재 증명을 위해 기록한다는 이현에게는 여전히 이진에 대한 사랑이 남아 있다. 또 그는 예고된 비극이 실현되

는 것을 격렬한 통증으로 느끼면서 깊이 신음하기도 하고, 자신의 행위
가 부도덕한 것이기보다는 인간적인 것이었다고 항변하기도 하며, 자
신의 헌신적 노력이 무위로 돌아가고 오히려 징벌을 감수해야 한다는
사실을 부정하기도 한다. 그리고 자신의 어리석음을 깨닫고 나약하고
유한한 존재의 한계를 드러내는 동시에, 고통을 제거하는 것이 아니라
고통과 함께 가야 하는 자신의 운명을 의지적으로 받아들인다.

이현은 이진의 노트를 마저 채우면서 이진을 사랑하고 이진에게 분
노하는, 혹은 자기 자신을 증오하고 스스로를 항변하는, 혹은 좌절하면
서 의지를 가다듬는 양가적 심리를 생생하게 드러내고 있다. 에필로그
는 사랑과 증오, 좌절과 재생의 의지가 뒤섞이는 이현 자신의 존재 증
명이다. 그리하여 결국 그는 공포와 분노를 감추고 이진의 딸을 키우겠
다는 결심을 하는데, 이는 기록의 지속을 위해 자신의 고통을 감내하는
희생제의적 성격을 갖는다. 이렇듯 기록과 사랑의 극한으로 자신을 몰
아간 이진과 이현은 각자의 자리에서 희생제의를 수행하고 있다. 그리
하여 "성공의 여부를 모르는 대로, 희망에 들떠 일단 걸어가는 것이 인
생이 아니던가요? 그러므로 (……) 나의 이름은 기록될 가치가 있습니
다"라는 데에 오면 불합리한 운명, 스스로 실천한 파국을 정면으로 대
면하는 당당한 비극적 정신에 이르게 된다.

작가 심윤경은 이번 소설에서 현실과 영혼의 분리라는 이분법을 감
수하면서도 자신 있게 자신의 인간관과 문학적 태도를 드러낸다. 진지
함과 열정, 진리 탐색이 마치 지난 연대의 후일담처럼 여겨지는 이 시
대에 그녀는 비극의 정신을 당당하게 들고 나와 가벼운 현실을 암묵적
으로 비판하고 있다. 예고된 경고들이 하나 둘씩 실현될 때 갈등과 치

부를 감추지 않고 그 앞으로 나아가 자신을 바치는 희생제의를 당당하게 치를 수 있는 정신, 성공을 장담할 수 없지만 끝까지 고통과 함께 가겠다는 인간의 모습을 작가는 명료하고 유려한 언어를 통해 과감하게 제출하고 있는 것이다. 이 소설은 단순히 고통과 슬픔 그 자체가 아니라 이것이 있어야 드러날 수 있는 비극적 정신에 초점을 맞추고 있다는 점에서 중요한 의미를 지닌다. 그것은 비극적 정신을 원천적으로 방해하거나 해체시키는 이른바 후기 자본주의 시대의 교묘하고도 참혹한 무대 위에 과감하게 서려는 것이기 때문이다.

이 소설의 심층 구도에서 본 것처럼 작가는 타자를 타자로서 만나는 방식이 동일성을 존재 근거로 하는 주체의 방식에 의해 손상될 수밖에 없고 이것이 인간의 운명이라고 여기고 있는 듯하다. 고통이 있어야 드러날 수 있는 비극적 정신도 물론 여기에서 나온 것이다. 그러나 이진의 기록이 손상될 수밖에 없었던 것처럼 타자를 타자 자체로 만나는 것은 정녕 불가능한 일인가? 이진이 과장된 수사로 신비하게 묘사되어 있다든지, 영혼의 기록이 그녀가 '옷을 입듯이 타자의 육신을 입고 그 시대와 인생 속으로 들어가는' 설명하기 힘든 마술적인 능력에 의존하고 있는 점들을 보면 작가는 그 현실적인 불가능성을 전제하고 대응방식을 찾는 듯하다. 그렇다면 이진이 보여준 것처럼 오늘날의 셰에라자드는 비현실과 관념 속에서만 존재할 수 있는 것인가? 이러한 질문은 소설의 시대적 현실적 배경에 대한 독자의 적극적인 요구와도 맞닿아 있다. 『나의 아름다운 정원』이 70년대 말에서 80년대 초에 이르는 과거의 시간을, 『달의 제단』이 '효계당'이라는 과거의 공간을 가져왔다면, 『이현의 연애』는 현재의 시공간을 배경으로 하고 있다. 이현이 재정경제부에 다니고 있다는 설정도 정치와 자본이 개입되는 현재를 불러오는 것이며, 재정경제부 장관 겸 부총리가 등장하고 국민연금기금과 관련한 국정감사 장면이 연출되는 것도 그러한 연장선에 있다. 그러나 비극적 정신의 보편적 가치에 초점이 맞춰짐으로써 소설에서 이같은 현실적 개입은 뒤로 물러나 있다. 작가의 열정과 관심이 '옛날식 정열'을 넘어 보편성을 띠면서도 '2000년대식 정열'이 되기 위해서는 동시대에 대한 개성적인 탐색이 필요하다. 그리하여 비주류의 가능성을 적극적으로 보여주고 있는 작가 심윤경의 문학적 기록은 계속될 것이다.

작가의 말

때로 난, 내가 왜 소설가가 되었을까 생각한다.

스스로 직업을 밝히기 부끄러울 만큼 빈약한 독서 이력을 생각해도
그렇고, 그 빈약한 독서 편력조차 곁에 놓으면 화려해 보일 만큼 밍밍
하고 단순하기 그지없는 인생 이력을 생각하면 더 그렇다. 어쩌자고 집
안에 빨치산 하나도, 민주투사 하나도 없을까. 하다못해 사투리라도 써
보게 지방에서나 낳아주시지, 서울 사대문 안 조용한 가정 속에 나를
낳아놓으신 부모님. 나더러 도대체 무얼로 작가를 하라고 그렇게 곱게
만 길러주셨단 말인가.

극빈도, 방황도, 일탈도, 역사도, 투쟁도 모두 한 끗씩 나를 비껴갔
다. 서울의 중류층 가정에서 나고 자라 수도권 대학에 갔고 얌전한 직
장에 다녔고 이마에 정직 성실이라고 씌어 있는 남자와 결혼해서 순딩
한 딸 하나 낳고 살고 있는, 심심하면 가끔씩 책을 읽는 나는 한없이 평
범한 삼십대 여성이다. 노트북의 백지 화면을 마주할 때마다, 내 평범

한 인생을 아무리 두레박질해봐도 길어올릴 만한 별다른 재료가 없음을 실감할 때마다 빈혈처럼 눈앞이 아득해진다. 나는, 체험적 자산 면에서는 가장 빈한한 문학적 프롤레타리아의 처지를 평생 벗어나지 못할 것이다.

소설에 등장하는 이진과 이현은 각각 진실과 현실을 상징한다. 순수한 듯 속물스럽고 닳아빠진 듯 고지식한 이현의 모습은, 일생을 걸어 진실만을 사랑하리라 믿었던 젊은 날의 내 모습을 우스꽝스럽게 닮았다. 계면쩍게 끝나버린 이현의 사랑 앞에서 내가 괜히 한숨을 내뿜는 것은 그런 이유에서다. 무언가 안에서 뜨겁게 치미는 것을 꿀꺽 삼키고, 그의 어깨를 두드려주고 싶다. 어쩐지 나는 그의 마음을 알 것 같다.

한편 나는 편집적으로 은둔만을 고집하던 이진의 마음 또한 알 것 같다. 사랑한다는 애타는 고백 따위엔 한없이 냉담하고 무관심한, 세상의 속박이 팔과 다리를 억압해도 까짓것 죽으면 그뿐이라고 생각해버리는 그 별난 여자의 마음을 말이다. 이렇게 남의 마음이 다 내 것 같다고 생각하는 게 바로 나의 해묵은 병이다. 세상의 모든 일이 모두 다 나의 어떤 부분을 닮았다고 생각하는 고질병 때문에 나는 텅 빈 백지 화면 앞에서 한숨을 한번 들이쉬고는, 무언가 조금씩 써내려가기 시작하는 것이다.

어쩌면 나는, 사막을 보면 터벅터벅 걷고 싶어지는 낙타의 체질을 닮은 것 같기도 하다.

2006년 가을
심윤경

문학동네 장편소설
이현의 연애
ⓒ 심윤경 2006

1판 1쇄 │ 2006년 11월 13일
1판 3쇄 │ 2007년 2월 5일

지 은 이 │ 심윤경
펴 낸 이 │ 강병선
책임편집 │ 조연주 이상술
펴 낸 곳 │ (주)문학동네
출판등록 │ 1993년 10월 22일 제406-2003-000045호

주 소 │ 413-756 경기도 파주시 교하읍 문발리 파주출판도시 513-8
전자우편 │ editor@munhak.com
전화번호 │ 031) 955-8888
팩 스 │ 031) 955-8855

ISBN 89-546-0240-1 03810
✱ 이 책의 판권은 지은이와 문학동네에 있습니다.
  이 책 내용의 전부 또는 일부를 재사용하려면 반드시 양측의 서면 동의를 받아야 합니다.
✱ 이 도서의 국립중앙도서관 출판시도서목록(CIP)은 e-CIP 홈페이지(http://www.nl.go.kr/cip.php)에서
  이용하실 수 있습니다.(CIP제어번호: CIP2006002362)

www.munhak.com